화서인

华胥引

下

당칠공자

길찾기

목 차

제3부 배중에 내리는 눈

제4부 일세안(一世安)

제3부

배중에 내리는 눈

1장

　오랫동안 군위에게서 회신이 오지 않자 나는 괜히 걱정부터 앞섰다. 모언은 그의 곁에 소황이 있으니 너무 걱정할 거 없다고 위로했지만 현실은 그리 낙관적이지 않았다. 그가 그렇게까지 말하니 소황이 동물원에 저당 잡혀 있다는 말이 입 밖으로 나오려다 쏙 들어가 버리고 말았다. 군위가 소황을 그곳에서 찾아왔는지 지금으로서는 알 길이 없었다. 내가 군위를 잘 알아서 하는 말인데 이 일에 무슨 희망을 품는 것은 금물이었다. 걱정이 앞서다 보니 세상에 남색을 좋아하는 자들이 얼마나 많은지, 여기서 한 발 더 나아가 군위의 자태가 어릴 때부터 어찌나 아름다웠는지 불현듯 떠올라 마음이 복잡해졌다. 아무래도 군씨 가문은 십중팔구 대가 끊길 일만 남은 듯 보였다.

　지난해까지만 해도 그는 내가 시집을 못 가면 자기가 데려갈 테니 걱정하지 말라고 호언장담을 했다. 그런데 지금 가혹한 운명이 이런 식으로 장난을 치며 정말이지 할 말을 잃게 만들었다. 그렇다고 한들 그가 어디에 있는지조차 모르는 상황에선 순리에 따를 뿐 달리 어찌해 볼 방도도 없었다.

　모언은 군위에게서 오랫동안 회신이 없자 자신이 조_曌나라 왕도로 가는 김에 나를 군우산까지 데려다주려 했다. 그는 중주中州 북부에 있는 천자의 도읍에 한 번 갔다 오려 했고, 이 순간 나는 줄곧 마음 한구석을 짓누르고 있던 그때가 다가오고 있음을 직감할 수 있었다.

내가 아는 모언은 나처럼 어린 처자를 데리고 하릴없이 산수 구경이나 하며 떠돌아다닐 사람이 절대 아니었다. 그래서 언젠가 그의 입에서 이별을 알리는 말이 나올 거라고 짐작하고 있었다. 진즉부터 그 말을 들을 마음의 준비를 해왔지만 막상 듣고 나니 슬프면서도 안도의 한숨이 새어 나왔다.

적막하고 황량한 산길과 끝없이 펼쳐진 평야를 거쳐 세차게 흐르는 강을 건너고, 고갯마루와 외진 마을을 지나는 동안 시간은 쏜살같이 지나갔다. 손가락으로 날짜를 꼽으며 그와 헤어질 날을 계산해봤지만 이미 정해진 날을 예전처럼 제멋대로 미룰 수 없었다. 모언이 재미있다는 표정으로 물었다.

"왜 계속 나를 쳐다보는 것이오? 내 얼굴에 뭐라도 묻었소?"

나는 대범하게 그에게 바짝 다가갔다.

"응, 묻었어요. 자, 잘 좀 보게 이리 와봐요."

그가 고분고분 고개를 숙였고, 장난스러운 눈빛으로 내 눈을 똑바로 쳐다봤다.

"자, 어서 잘 좀 봐보시오."

그가 놀리고 있다는 생각도 들었지만 그런 것 따위 내 알 바 아니었다. 어차피 헤어질 날이 머지않은 마당에 얼굴이 좀 두꺼워진다고 한들 무슨 상관이겠는가.

나는 고개를 끄덕이며 말했다.

"그럼 눈을 감아 봐요."

그가 순순히 눈을 감아 주었다. 야자수 숲이 타들어가며 옆은 푸른빛의 불꽃이 일어났고, 창밖에서 벌레 울음소리가 간간이 들려왔다. 그는 마치 나 잡아 잡수라고 하는 듯 그 자리에서 꼼짝도 하지 않은 채 온전히 자신을 맡겼다. 그 모습을 보고 있자니 나도 모르게 손을 뻗어 바로 코앞에 있는 그의 얼굴과 눈을 만져보고 싶은 충동이 일었다. 하지만 감히 그러지 못했다.

손바닥에 땀이 배어나오는 가운데, 손가락이 그의 눈썹과 눈가를 따라 그림을 그리듯 움직였다. 잠시 후 어디서 그런 용기가 났는지 모르겠지만 떨리는 손끝이 그의 이마 근처에 가닿았고, 그 찰나의 촉감과 살갗의 온도가 고스란히 나의 머릿속에 각인되었다. 일단 손이 닿고 나자 나의 의지로는 도저히 그 손을 뗄 수가 없었다. 지금 이 순간 나는 그의 눈썹, 눈, 콧날, 입술, 그의 잘생긴 얼굴과 그 안에 담긴 생동감 넘치는 표정을 하나도 빠뜨리지 않고 마음 깊이 새기고 싶었다. 그와 헤어지고 난 후에도 평생 그를 기억할 수 있도록.

그가 고개를 갸우뚱하며 슬며시 눈을 떴다.

"아불?"

나는 떨리는 손을 얼른 거둬들였다. 그 순간 야자수 숯의 불씨가 타닥 소리를 내며 피어올랐다. 한참이 지나서야 나는 그의 얼굴로 손을 뻗었다.

"봐요, 그쪽 이마에 붙어 있는 걸 내가 떼어냈어요."

그의 시선이 아무것도 없는 나의 손바닥 위에 멈췄다.

"어디?"

나는 깜짝 놀라는 척을 했다.

"어머? 어디 갔지?"

그는 웃는 듯 아닌 듯 애매한 미소를 지으며 턱을 괴고 앉아 아무 말이 없었다. 그동안 같이 다니면서 나는 그가 무슨 생각을 하는지 모를 때가 참 많았다. 하지만 그런 것쯤은 대수롭지 않았다. 내가 무슨 생각을 하는지 명확히 알고 있으면 그것으로 충분했다.

군위는 누군가를 좋아하면 그 사람의 마음을 얻기 위해 전전긍긍하게 되고, 그 마음을 얻고 나서도 다시 잃게 될까봐 노심초사하느라 마음이 늘 우울해진다고 했다. 과연 그의 말은 일리가 있었다. 모언의 곁에 있는 동안, 나는 늘 그런 비슷한 마음에 시달렸다. 그러나 내가 그를 잃는다 해도 더 이상 얻거나 잃을 것이 없었다. 나에게 남는 것은 기억에 각인된 그의 아름다운 모습뿐이고, 그것은 나의 마음 깊은 곳에서 가장 진귀하고 큰 꽃송이로 자라날 것이다.

제비는 돌아오지 않았고 백일홍은 달빛에 젖어들었으며, 북쪽에 꽃이 피는 동안 남쪽에 핀 꽃은 시들어갔다. 우리는 갈 길을 재촉하며 바삐 움직였고, 어느새 진나라와 강나라의 접경 지역에 도착했다. 그리고 이곳에서 예기치 못한 일이 벌어지고 말았다. 원래 이런 일은 이 이야기의 초반에 발생해야 정상이지만 이상하게도 모두의 예상을 깨고 오래도록 일어나지를 않았다. 그런데 이제 더 이상 일어날 리 없다고 여겼던 그 일이 예상치도 못한 시점에 발생해버렸다.

나는 납치를 당하고 말았다.

이런 일이 일어날까 봐 군사부는 산에서 내려오기 전에 군위에게 나를 잘 지키라고 신신당부하셨다. 화서인의 놀라운 능력은 널리 알려지지 않았을 뿐 암암리에 전해지며 사람들의 호기심을 자극했다. 그동안 화서인은 죽은 사람도 살릴 수 있고, 남자가 연마하면 어쩌고저쩌고, 여자가 연마하면 어쩌고저쩌고 등 다양한 설을 낳으면서 그야말로 남녀노소를 가릴 것 없이 모두가 한 번쯤 꿈꾸는 무공의 경지가 되었다.

하지만 다수가 꿈꾸는 비술의 존재감이 커질수록 그것을 짓누르고 말살하려는 소수의 움직임도 바빠지기 마련이었다. 그런 탓에 화서인은 설만 존재할 뿐 실체를 드러낸 적이 없었고, 화서인과 관련된 기록조차 거의 남아 있지 않았다. 그렇다 보니 수백 년의 역사를 가지고도 여전히 장막에 가로막힌 듯 그 실체에 접근하기조차 어려웠다. 그래서 나는 이런 비술이 이제 사람들의 기억 속에서 영원히 사라졌을 거라 여겼다. 하지만 군사부는 군위를 나한테 딸려 보내면서도 영 마음을 놓지 못하셨다. 지금 와서 생각해 보니 군사부님의 연륜은 과연 나 같은 애송이와 비교가 되지 않았다.

날이 점점 저물어가고, 나의 손발은 납치를 당하는 통에 단단히 묶여 있었다. 물론 내겐 이런 밧줄을 푸는 것쯤은 그야말로 식은 죽 먹기였다. 밧줄을 풀고 덮개 위로 고개를 내밀자 휘장 위로 황금빛 느림流蘇*이 보였고, 한 치의 틈도 없이 이어진 여섯 폭의 병풍이 앞에 가로놓여져 있었다.

그런데 그 위에 그려진 그림이 남달랐다. 보통은 산수화가 그

---

* 수레·깃발·장막·초롱 따위의 가장자리에 꾸밈새로 늘어뜨리는 것

려지기 마련인데 희한하게도 남녀가 초롱불을 들고 밤에 노닐거나, 시가나 노래 등을 주고받는 모습이 그려져 있었다. 게다가 그중 두 폭에는 사내가 차를 만들고, 한가로이 거문고를 뜯는 모습이 담겨져 있었는데 아무리 봐도 눈에 익었다. 마음속에서 언뜻 떠오르는 생각이 있었지만 이 그림을 그린 사람의 수준이 그런 지경까지 떨어질 리 없다며 이내 그 생각을 휘이휘이 날려버렸다.

나를 납치한 사람은 모언이 외출한 틈을 타 나를 이곳으로 데려왔지만 소문으로만 존재하는 신비로운 비술의 실체가 구슬 속에 봉인되어 내 몸 안에 들어와 있다는 사실을 모를 가능성이 컸다. 게다가 그들은 내가 죽은 사람이라는 사실도 절대 알 리 없고, 설사 이 비밀이 밝혀진다 해도 분명 믿지 못할 것이다. 죽은 자의 몸으로 화서인을 연마한 사람은 조漢왕조 고제高帝가 천하를 나눠 아홉 개의 주州를 분봉分封*한 이래 내가 유일한 존재였기 때문이다.

그런데 지금의 상황을 좀 더 명료하게 분석하기도 전에 꽉 막혀 있던 병풍이 옆으로 접히면서 서서히 열리기 시작했다. 나는 얼른 손발을 이불 속에 다시 집어넣고 고개를 들어 앞쪽을 바라봤다. 그때 시선의 끝자락에 희미하게 불을 밝히고 있는 등잔이 들어왔다.

병풍을 옆으로 밀어제친 시녀는 휘장을 걷어 올린 후 한쪽에 서 있었고, 어둠 속에 묻혀 모습조차 잘 보이지 않았다. 비교적

---

* 군주가 땅을 나누어주며 제후를 봉하는 일

존재감이 있는 사람은 정면에 앉아 있는 여인이었다. 그녀가 나의 시선을 끌었던 이유는 얼굴이 아니라 특이한 차림새 때문이었다. 유난히 큰 옷과 넓은 소맷자락으로 적잖은 공간을 차지하고 앉아 있으니 시선이 안 갈래야 안 갈 수 없었다. 하지만 희미한 불빛 탓에 시야가 너무 좁아 그녀의 얼굴을 보기 힘들었고, 단지 적대감으로 가득 찬 얼음장처럼 차가운 시선만이 느껴질 뿐이었다.

등불이 점점 밝게 타오르면서 탁자 위에 놓인 청동 방이方彝* 하나가 모습을 드러냈다. 방이 안에는 짙은 푸른빛의 술이 가득 담겨 있었다. 차가운 시선으로 눈길을 끌었던 여인의 모습도 마침내 한눈에 들어왔다. 비록 절반은 밝은 불빛 아래 반사되고, 또 절반은 기둥에 가려 온전히 보이지는 않았지만 풍기는 분위기와 윤곽만으로도 그녀가 얼마나 아름다운지 충분히 짐작할 수 있었다.

나의 입은 천으로 꽉 막혀 있어 아무 말도 내뱉을 수 없었다. 내가 발버둥을 치자 그 여인이 살포시 손을 올려 시녀에게 손짓했다. 그러다 돌연 동작을 멈추고 손을 내리더니 냉소를 지었다.

"괜한 짓을 할 뻔했구나. 널 풀어줘서 무엇하겠느냐? 오늘 너는 그 두 귀로 내 말을 듣기만 하면 된다."

그녀는 탁자 위에 놓인 술잔을 들어 그 안에 가득 담긴 술을 단숨에 마셔버린 후 비틀거리며 휘장 앞으로 몇 걸음 걸어왔다. 그녀는 시녀의 부축도 뿌리치고 내 턱을 쥐어 잡아 순식간에 가

---

* 네모난 술잔

면을 들어 올렸다. 나는 순간적으로 너무 당황해 어찌할 바를 몰라 하다, 문득 화서인의 실체가 이 가면 아래 있다고 생각해서 이러는 것이 아닐까라는 생각이 들었다.

한참 후 그녀의 희고 가는 손가락이 나의 이마에 구불구불하게 나 있는 긴 상처 자국을 타고 움직였고, 그녀의 눈빛만큼이나 차가운 목소리가 들려왔다.

"예쁜 얼굴이었겠구나. 그런데 남의 물건에 함부로 손을 대면 안 된다는 말은 못 듣고 자란 듯하구나?"

방 안에 무거운 침묵이 흐르는 가운데 나는 고개를 빳빳이 들고 그녀의 눈을 노려보았다. 무슨 말을 해야 할지 딱히 떠오르지는 않았지만 기만큼은 절대 밀리지 않았다. 그렇게 한참 동안 서로의 눈을 보며 기싸움을 벌이고 나자 그녀의 입가에 서릿발처럼 차가운 미소가 떠올랐다.

"이렇게까지 당당하게 굴다니 참으로 맹랑한 계집이구나. 네가 한 일을 벌써 잊기라도 한 것이냐?"

나는 그녀가 무슨 말을 하는지 도통 이해가 가지 않았다. 그녀가 하는 말로 봐서는 화서인을 빼앗기 위해 납치한 것 같지는 않았다. 그렇다면 나를 다른 사람으로 착각해 납치한 게 아닌지 의심마저 들었다. 그 순간 나의 등이 곧추세워지며 그녀의 머리가 바싹 다가왔고, 트레머리 위에 꽂혀 있던 머릿장식이 내 이마 근처를 스쳐 지나갔다. 귓가에서 얼음장처럼 찬 그녀의 숨결이 느껴졌다.

"내가 모를 줄 아느냐? 가소롭게도 그동안 내가 없는 빈틈을 파고 들어가 그의 마음을 얻기 위해 별의별 짓을 다하고 있었더구나. 그에겐 이미 마음을 준 다른 여인이 있다는 사실을 모르는 것이냐?"

나는 한동안 정신이 멍해진 채 그녀를 바라만 봤다. 그 믿을 수 없는 말을 듣는 순간 내 머릿속에 한 줄기 빛이 번쩍이더니 우르릉 쾅쾅 천둥 번개가 치고 지나갔다. 나는 본능적으로 기억을 되짚으며 벽산에서 모언을 칼로 찔렀던 여인을 기억해내려 애썼다. 하지만 봄이 끝나가는 4월 말 장미꽃이 가득했던 그때의 단편적인 장면만 떠오를 뿐이었다.

내 앞에 있는 여인은 고개를 살짝 기울여 멍한 표정의 나를 쳐다봤고, 가늘고 긴 손가락이 무의식중에 오른쪽 귀밑머리를 스쳐 지나갔다. 그 순간 내 시선이 까마귀 털처럼 새까만 귀밑머리에 꽂힌 명주실로 엮어 만든…… 어두운 빛깔의 장미꽃에 가서 박혔다.

만약 그녀가 진자연이라면 분명 지금까지 모언을 단 한순간도 잊은 적이 없을 것이다.

하지만 그녀는 그에게 상해를 입혔다.

복잡해진 마음만큼이나 표정 역시 얼굴에 그대로 드러났다. 만약 내가 그녀보다 먼저 그를 만났다면 지금 어떻게 되었을까?

하지만 3년이라는 길고 긴 세월의 낮과 밤을 보내는 동안 나는 그를 찾아내지 못했고, 마치 하늘의 뜻처럼 죽기 직전까지도 그를 만날 수 없었다.

그녀는 나에게 좀 더 바싹 다가와 앉아 손가락으로 이마 언저리를 쓸어내리며 눈살을 살짝 찌푸렸다. 아무래도 술기운을 이기지 못하는 듯했다. 어둑어둑한 불빛 아래서 홍조를 띤 얼굴이

유달리 서늘하면서도 아름답게 보였다. 그녀의 시선은 나를 향해 있었지만 그 눈빛 속에 또 다른 무언가를 담고 있는 듯 보였고, 입가에 희미한 미소가 떠올랐다.

"그때 나는 조 왕궁에서 악기를 연주하던 악사였다. 궁에서 연회가 열리던 날 그를 만났지. 그는 적을 무찌르고 수차례 영토를 확장하며 혁혁한 공을 세운 장군이었어. 조나라 왕궁의 공주들은 물론 모든 여인들이 그를 연모했지."

나를 뚫어지게 보던 그녀가 한쪽 입꼬리를 치켜 올렸다.

"그런데 그가 나만 데리고 개선을 했다."

그녀는 잠시 침묵을 지키며 가소롭다는 듯 나를 쳐다보았다.

"네가 아는 그는 그저 점잖고 사내다운 멋진 모습뿐이겠지. 그런 그가 한 여인을 진심으로 연모하며 마음에서 쉽게 떨쳐내지 못하는 모습은 본 적이 있느냐?"

내가 고개를 가로젓자 그녀의 비웃음이 들려왔다.

"우리가 함께 겪은 지난 일들은 네가 감히 상상할 수 있는 것이 아니다."

그 순간 거대한 돌이 심장을 짓누르는 듯했지만 나는 그녀 앞에서 위축된 모습을 보이고 싶지 않았다. 마치 들판에서 늑대와 맞닥뜨리게 되는 경우처럼, 살아남기 위해서는 아무리 두려워도 고개를 빳빳이 들고 절대 시선을 피해선 안 된다. 그 상황에서 먼저 고개를 숙이고 시선을 피하는 쪽이 상대방의 먹잇감이 되고 만다.

지난 생에서 부왕께서는 내게 쓸모 있는 가르침은 하나도 주지 않으셨다. 그래도 딱 한 가지 배운 게 있다면 이렇게 당황스럽고 마음의 갈피를 잡을 수 없는 순간일수록 침착하게 아무렇지 않은 척을 해야 한다는 것뿐이었다. 사실 나는 그녀에게 그를 좋아한다면서 왜 그렇게 심한 상처를 입혔는지, 그리고 그 후 왜 한 번도 그를 찾아오지 않았는지 물어보고 싶어 입이 달싹거렸다. 사랑하는 사람을 칼로 찔러 죽음의 문턱까지 가게 만드는 것이 과연 사랑인지 도무지 이해가 되지 않았다.

인간사는 이해할 수 없는 것들 천지고, 그중 감정에 얽힌 문제는 더욱 그랬다. 나는 오직 경험에 의지해 그런 문제를 바라볼 수밖에 없다. 안타깝게도 이 방면에서의 나의 경험은 무척이나 미천했다.

문밖에서 발소리가 들리자 그녀의 얼굴 표정이 싹 바뀌었다. 그녀는 자리에서 벌떡 일어나 열려 있던 병풍을 다시 펼쳐 걸어 잠갔다. 희미한 불빛이 눈앞에서 완전히 사라지고, 언제인지 모르지만 그녀와 모언이 함께 보낸 즐거운 시간이 담긴 병풍의 그림도 점점 어렴풋해지며 어둠 속에 잠겨버렸다. 침대 옆으로 거대한 그림자가 흐르는 먹구름처럼 드리워지는가 싶더니 비단 손수건이 입에 대고 짓눌려져 소리조차 낼 수 없게 만들었다.

이 상황에서도 나는 실낱같은 희망을 품고 등을 꼿꼿이 펴며 발버둥을 쳤다. 이때 누군가가 방문을 세 번 두드리고 난 후 문이 서서히 열리는 소리가 들려왔다. 그리고 잠시 후 따뜻한 봄바람을 타고 버들가지가 흔들리듯 부드러운 목소리가 반가움에 겨워 그녀의 이름을 불렀다.

"자연, 그동안 당신을 얼마나 찾았는지 아시오?"

모언이었다.

여자는 울먹이는 목소리로 대답했다.

"나 역시 당신을 기다렸어요. 당신이 나를 찾아오기만을요."

그 순간 온몸의 기가 한꺼번에 다 빠져나간 것처럼 몸이 침대 위로 풀썩 내려앉았다. 죽기 전에 느껴 봤던 그런 한기가 등줄기를 타고 점점 몸 안으로 스며들었고, 교주가 자리 잡은 가슴에서 갑자기 통증이 느껴졌다. 정말 기이한 일이 아닐 수 없었다.

공교롭게도 바로 이때 미처 반응할 틈도 없이 침대가 갑자기 획 뒤집어지더니 어딘가로 툭 떨어졌다. 어디인지도 모를 곳에 희미한 빛이 새어들어 왔고, 어렴풋하게나마 이곳이 길고 긴 동굴 안이라고 짐작할 뿐이었다. 그나마 다행은 아까 나를 옭아맨 밧줄을 푼 덕에 높은 곳에서 떨어지고도 별다른 상처를 입지 않을 수 있었다는 점이다.

나는 동굴 벽에 기대어 위쪽을 바라보았다. 지금 그 방에서 무슨 일이 벌어지고 있을지 알 수 없는 상황 속에 내가 상상할 수 있는 광경은 단 하나뿐이었다.

창밖으로 별이 유난히 밝게 빛나고, 그는 평소처럼 여유가 몸에 배인 당당하고 고결한 모습으로 달빛을 밟으며 걸어와 문을 열었을 것이다. 그 모습은 '담장을 스치는 꽃 그림자에 님이 오시는 줄 알았다'는 시구와 너무나 딱 맞아 떨어졌다. 다만 그가 찾아가는 여인이 내가 아닐 뿐이었다.

지금까지 두 사람에 대한 나의 논리는 아주 단순했다. 자연이 그를 죽이려 했으니 다시는 그의 정인이 될 수 없고, 그도 그녀를 더 이상 좋아할 리 없다고 생각했다. 그리고 나는 죽은 몸이라 그와 어떻게 해 볼 자격조차 없으니 그가 더 좋은 여인을 만나기를 간절히 바랐다.

아니, 다 거짓말이다. 나는 그가 더 좋은 여인을 만나기를 티끌만큼도 원한 적이 없다. 툭 까놓고 말해서 나는 지극히 이기적이다. 하지만 꼭 선택을 해야 한다면 그 대상이 자연만 아니면 누구라도 상관없었다. 예전에 용원이 그랬던 것처럼 말이다. 그런데 두 사람은 결국 다시 만났고, 둘 다 옛정을 여전히 잊지 못하는 듯 보였다.

진자연의 말처럼 나는 그저 그의 앞에서 재주나 피우는 어릿광대에 불과했고, 나의 사랑은 유치했다. 지금 이 순간 나 자신이 성숙한 사랑에 대해 아는 게 하나도 없는 철부지처럼 느껴졌다. 생명선이 사라진 오른손을 보고 있자니 그런 생각이 더 내 머릿속을 괴롭혔다. 무기력함과 자책감이 끝도 안 보이는 심연 속으로 나를 잡아당겼고, 나는 속수무책으로 무너져 내렸다.

나는 바닥에 떨어져 있던 가면을 주워 소매로 흙먼지를 닦아낸 후 다시 썼다. 이제 더 이상 어찌해볼 도리도 없어졌고, 이런 식으로 이별이 찾아와버렸다. 앞으로 다시는 그를 볼 수 없을 것이다. 나의 생명선은 너무 일찍 끊어져 버렸고, 어릴 때 그를 만난 탓에 남녀의 사랑에 대해 아는 바도 없었다. 그리고 그것을 알 나이가 되자 그에게 이미 다른 사랑이 찾아와 있었다. 어두운 동굴은 끝없이 이어져 있고, 무거운 적막감이 나를 짓눌렀다. 나는 무너져 내리듯 자리에 주저앉아 무릎에 얼굴을 묻고 펑펑 눈물을 쏟아냈다.

한참을 울고 났지만 마음은 전혀 후련해지지 않았다. 그러고 보면 눈물로 툭툭 털어낼 수 있을 만큼 가벼운 감정의 무게가 아니었으니, 눈물은 물론 다른 무엇으로도 이 기분을 해소할 방도가 없어 보였다.

나는 소맷자락으로 눈물을 쓱쓱 닦아내고 작은 목소리로 스스로에게 다짐을 했다. 아진, 이제부터 너 혼자야. 남들 걱정시키지 말고 잘 헤쳐 나가야 해. 낮게 가라앉은 목소리가 어두컴컴한 동굴 안에 나지막이 울려 퍼졌다. 그런데 희한하게도 그 소리가 마치 누군가 옆에서 나를 위로해주는 것처럼 들렸고, 미약하나마 한 사람을 잊고 다시 일어설 용기를 주었다.

벽을 짚고 일어나 길게 이어진 동굴을 따라 휘청휘청 걸었다. 걸어가는 내내 썩은 시체와 해골이 발에 툭툭 걸리며 공포를 불러일으켰다. 헤어지고 나서야 모언이 늘 곁에서 나를 지켜주고 있었다는 것을 새삼 깨닫게 되었다. 모언 덕에 자신이 평범한 보통 여인들과 다를 바 없다는 착각에 빠져, 죽은 자에게 두려움과 공포의 감정이 있을 리 없다는 사실을 내내 잊고 살았다. 이 동굴에 널려 있는 무시무시한 백골과 나는 하등 다를 바 없었다.

나는 어둠 속에서 힘겹게 벽을 더듬어가며 밖으로 빠져나왔다. 하지만 칠흑같이 어두운 밤하늘은 동굴 안과 별반 다르지 않았고, 흡사 천군만마가 달리는 듯한 거센 빗줄기의 폭우가 쏟아지고 있었다.

비의 장막을 뚫고 밤길을 헤쳐 나가기 위해 한 발을 내디뎠다. 진자연은 나를 동굴에 가두면서 이렇게 도망칠 거라 예상하지 못했을 테고, 모언은 그녀가 나를 납치했다는 사실을 상상조차 하지 못할 것이다. 그러고 보니 방금 발에 차이던 백골들이 모두 동굴을 가득 채운 장독瘴毒*에 걸려 죽었을 거란 생각이 번뜩 들었다. 그녀는 내가 이미 죽은 자인 줄도 모르고 나를 죽일 작정이었다.

겹겹이 이어진 산은 드러누워 시뻘겋고 축축한 아가리를 크게 벌리고 있는 거대한 맹수 같았고, 하늘에 닿을 듯 높이 치솟은 고목들은 무시무시한 괴물 같았다. 나뭇가지에서 떨어진 능소화는 거세게 쏟아지는 빗줄기를 감당하지 못한 채 짓눌려 있었다. 거센 바람이 귓가를 스쳐 지나가자 빗방울이 바람을 타고 내 몸을 강타했다. 빗줄기는 엄동설한에 꽁꽁 얼어붙은 얼음처럼 내 몸과 마음을 얼어붙게 만들었다.

영원히 그치지 않을 듯한 비였다. 쏟아지는 빗줄기 속에서 저 멀리 희미한 불빛이 눈에 들어왔다. 지금 이 순간 그곳은 세상에서 가장 위험한 곳이었다. 나는 군우산으로 가는 방향은 몰랐지만 저 불빛과 정반대로 가야 한다는 생각에 무조건 앞만 보며 달려갔다. 산길은 질척거리고 미끄러웠다. 아무리 어둠에 익숙해졌다 해도 곳곳에 위험이 도사리고 있는 산길을 걷는 일은 말처럼 쉽지 않았다. 앞이 잘 보이지 않으니 수도 없이 걸려 넘어지기 일쑤였고, 온몸은 진흙투성이가 되어버렸다.

한참을 걷고 난 후 더 이상 아무도 쫓아오지 않을 거라 안심하는 사이에, 길옆에 있는 키 작은 관목 하나가 눈에 들어왔다. 나는 일단 그곳에 몸을 숨기고 비를 피하기로 했다.

교주 탓에 나는 다른 사람들보다 유난히 추위를 탔다. 관목 아

---

* 산중의 습기 찬 독기

래 웅크리고 앉아 한숨을 돌리고 나자 긴장이 풀린 탓인지 한기가 더 강하게 느껴졌다. 차가운 비가 진흙과 함께 온몸 구석구석으로 스며들어 얼음장처럼 차가워졌다. 나는 어떻게든 한기를 줄이고자 몸을 잔뜩 웅크리고 앉아 이 비가 지나고 나면 모든 것이 괜찮아질 거라고 애써 스스로를 위로했다.

깊은 산중에 비가 내리면 평소보다 위험이 더 곳곳에 도사리고 있기 마련이었다. 나는 동굴을 나오기 전에 다양한 위험요소를 미리 계산해두었지만 딱 한 가지 간과한 바가 있었으니, 바로 비 내리는 밤에 먹이를 찾아 헤매는 맹수의 존재였다. 사방에 도사린 위험을 나만 모르고 있었다.

아니나 다를까, 열 장丈 정도 떨어진 곳에서 호시탐탐 나를 노리고 있던 표범과 마주치고 말았다. 표범의 덩치로 보아 새끼 티를 갓 벗은 듯했고, 초록빛 눈동자는 흡사 도깨비불처럼 무시무시하게 번뜩였다. 차가운 비에 흠뻑 젖은 가죽 위로 얼룩무늬가 더 도드라져 보였다. 어미젖을 뗀 지 얼마 안 된 듯한 표범은 나에게서 눈을 떼지 않은 채 상황을 주시했다. 그는 관목 수풀 안에 몸을 숨긴 진흙투성이의 생명체가 대체 무엇인지, 과연 배를 채울 만한 것인지 따져보고 있는 게 분명했다. 지금 내 몸을 지킬 수 있는 것은 고작해야 동굴에서 주워온 비수 하나뿐이었다.

이 순간 나는 아무 생각도 할 수 없었다. 나는 군위나 소황이 갑자기 하늘에서 뚝 떨어져 나를 도와줄 거라고 생각할 만큼 순진하지 않았다. 하물며 모언이 이곳에 나타나기란 불가능에 가까웠다. 그들이 나타나기를 기대하는 것은 그냥 죽음을 기다리는 것과 다르지 않았다.

이 용맹한 표범은 한참 동안 나를 노려보다 마침내 날렵한 몸놀림으로 이쪽을 향해 다가왔다. 그 순간 나는 어디서 그런 용기가 났는지 표범을 피하거나 숨지 않은 채, 비수를 단단히 움켜쥐고 표범의 목을 겨냥하며 정면으로 달려들었다.

안타깝게도 비수는 표범의 목을 빗겨나갔다. 표범의 날카로운 발톱이 내 몸에 깊은 상처를 남겼지만 나는 고통을 느끼지 못하니 상관없었다. 그렇다 해도 그놈이 나의 살점을 뜯어먹는 것을 눈뜨고 볼 수만은 없었다. 나는 움켜쥔 비수로 그놈의 목구멍을 절단 내고 말겠다는 오직 한 가지 생각만 하며 온 힘을 비수에 쏟아부었다. 다음 순간 귀청을 찢을 듯 처절한 포효가 귓가에 들렸다. 나는 그 소리가 행여 다른 맹수들을 불러들일까 봐 두려워 얼른 표범을 죽여야 한다는 생각뿐이었다.

비수가 표범의 목구멍을 정확히 관통하자 새빨간 피가 뿜어져 나왔다. 그 피는 마치 빗속에 떨어지는 붉은 벚꽃처럼 내 가슴 위에 내려앉았다. 높고 광활한 하늘과 끝이 보이지 않는 밤의 어둠 속에서 비수를 쥔 손이 부들부들 떨렸고, 땅에 떨어진 핏방울은 진흙 속으로 스며들어 갔다. 빗방울 떨어지는 소리만이 들리는 가운데 나는 숨소리조차 낼 수 없었다. 사방에 살아 있는 생명체는 더 이상 아무것도 없었다.

두려움이 발끝에서부터 서서히 심장으로 타고 올라갔다. 군위는 나처럼 담이 크고 겁 없는 여자아이는 처음이라고 늘 혀를 내둘렀다. 하지만 그것은 어릴 때뿐이었다. 커가면서 잃고 싶지 않은 것이 많아질수록 나의 담은 점점 작아져갔다. 군위 앞에서 센 척하고 겁 없이 굴었던 모습은 그저 호기를 부린 것에 불과했다.

나는 손으로 눈을 가리고 한 달 전을 떠올렸다. 늑대의 습격을 당했던 그 달밤에 무수히 많은 별이 하늘을 환히 밝히며 벽산 전체를 은빛으로 물들였다. 그때 누군가 내 앞에 서서 웃을 듯 말 듯 묘한 표정으로 물었다.

"설마 등 뒤에 늑대가 쫓아오고 있다는 걸 몰랐던 거요?"

그가 나의 등을 토닥이며 위로를 했다.

"이제 무서워할 거 없소. 내가 이미 죽이지 않았소?"

눈물을 흘려도 소용이 없다는 것을 알면서도 감정이 주체가 되지 않았다. 결국 나는 비 오는 적막한 어둠 속에서 미친 듯이 울부짖었다. 하염없이 눈물을 흘리며 그를 떠올렸다.

"모언, 어디 있어요? 나 너무 무서워요."

나는 이 상황이 너무 두려웠다.

시간이 얼마나 지났는지 모르겠지만 쏟아붓던 빗발은 전혀 잦아들 기미를 보이지 않았고, 거센 빗줄기가 빼곡한 나무 수풀에 부딪히며 쏟아지는 소리만이 들릴 뿐이었다.

앞쪽에서 맹호의 포효 같은 소리가 어렴풋하게 들려왔다.

나는 죽을힘을 다해 진흙바닥에서 몸을 일으켰고, 계란으로 바위를 치는 것이 과연 승산이 있을지 따져보았다. 결론은 승산이 없다고 내려졌다. 나의 미약한 힘으로 이제 갓 새끼 티를 벗어난 표범을 죽인 것은 그야말로 운이 좋았던 경우였다. 내 힘으로 다 큰 호랑이를 상대해 죽이기란 죽었다 깨어나도 불가능한 일이었다.

이제 더 이상 요행을 바랄 수 없었다. 만약 호랑이가 내 교주를 삼키는 순간 무슨 일이 벌어질지 나 또한 알 수 없지만 그 결과는 분명 참혹할 것이다. 군사부는 화서인을 봉인한 교주의 신비한 능력이 예측 불가능하고, 단지 그 능력에 의지해 죽은 자가 3년 동안 살아남을 수 있다고 하셨다.

이 교주가 맹수를 몇 년이나 더 살게 할 수 있을지 지금은 나 역시 알 길이 없다. 가장 나쁜 상황은 오늘 밤 이후로 이 세상에 불로장생하는 호랑이가 생기게 되는 것이다. 그러면 먹이사슬의 균형이 깨지게 될 테고…… 나는 호랑이의 포효 소리와 정반대 방향으로 미친 듯이 뛰기 시작했다. 사실 이제 어찌 되든 아무 상관이 없었다. 나는 맹수와 싸워 이길 능력이 없으니 오늘 밤을 넘기지 못할 것이다. 어차피 이 숲을 살아서 빠져나가지 못할 운명이라면 최소한 대자연의 섭리를 거스르는 일만큼은 막아야 했다.

물론 두려움이 없다면 거짓말이었다. 나는 빗물에 핏자국이 깨끗이 씻겨나간 비수를 단단히 움켜쥐고 부들부들 떨리는 손을 들어 올려 내 가슴을 향해 칼끝을 겨냥했다. 그리고 스스로에게 주문을 걸었다. 저 호랑이와 마주치는 순간 이 비수로 내 가슴을 찔러 교주를 깨뜨려야 해.

바짝 긴장한 채 호랑이가 나타나기만을 기다렸지만 맹수의 포효는 더 이상 들리지 않았다. 빗방울이 진흙 웅덩이로 떨어지며 파문이 퍼져 나갔다. 떨어지는 빗방울 소리와 겹쳐져 어지러운 발자국 소리가 들리는가 싶더니 어느 순간 등 뒤에서 멈추어 섰다. 이런 폭우 속에서도 숨이 턱에 찬 거친 숨결이 빗소리에 섞여 들릴 정도였다.

"아불."

쉬고 갈라진 목소리는 그의 것이라고 믿기 힘들 정도였다. 나는 그 자리에 꼼짝도 하지 않고 서 있었다. 아니, 천년만년 기다리다 망부석이라도 된 것처럼 움직일 수 없었고, 고개를 돌릴 용기조차 나지 않았다. 곁눈으로 그의 오른손에 들린 검이 얼핏 보였다. 검의 손잡이에 박힌 보석의 영롱한 푸른빛이 소맷자락에 묻은 붉은빛을 더 도드라져 보이게 했고, 그 붉은색 자국은 흡사 연지가 번진 양 묘한 아름다움을 자아냈다.

그였다. 내 어깨 위에 닿은 그의 손이 잠깐 멈칫하는가 싶더니 나를 와락 끌어당겨 안았다. 장대비가 쏟아져 내리며 주변의 모든 소리를 삼켜버렸고, 이 세상에 오직 그와 나만 존재하는 것 같은 착각에 빠져들었다. 그의 입술이 나의 귓가에 닿자 거칠었던 호흡이 점점 편안해지는 것이 그대로 전해졌다. 한참 후 한결 홀가분해진 듯한 그의 목소리가 들려왔다.

"내가 십년감수한 것 아시오?"

그가 분명했다. 분명 아무 냄새도 맡을 수 없는데 이상하게도 청량한 매화 향기에 끌려 떨리는 두 손으로 그의 팔을 움켜잡았다. 그 순간 나는 만년설로 뒤덮인 넓은 들판을 화려하게 물들인 매화꽃을 본 듯한 착각에 빠져들었다.

나의 떨리는 목소리가 고스란히 내 귀에도 전해졌다.

"이제 다시는 당신을 못 볼 줄 알았어요."

그가 나를 더 꽉 끌어안았다. 그는 표범의 발톱에 긁혀 상처를 입은 나의 왼쪽 어깨를 건드리지 않기 위해 조심하며, 차갑게 얼어붙은 손가락으로 내 눈가를 어루만져 주었다.

좀 전까지만 해도 오늘 밤이 바로 나의 제삿날이라고 생각하며 절망에 빠져 있었다. 그런데 지금 이 순간 모언이 내 곁을 지켜주자 불안했던 마음이 연기처럼 싹 사라지고, 더 큰 슬픔이 마음속에 차올랐다. 처음에는 아무렇지 않은 척, 강한 척을 해서라도 나의 나약함과 슬픔을 그에게 들키고 싶지 않았다.

하지만 이 또한 실현 불가능한 일이었다. 눈물이 주책없이 흘러내렸고, 숨죽여 가며 흐느껴 울던 것도 잠시일 뿐 어느새 감정은 나의 통제능력을 벗어나 버렸다. 그는 말없이 그런 나를 꼭 안고 가면 위로 흘러내리는 눈물과 빗물을 손으로 살포시 닦아주었다. 하지만 안타깝게도 빗물과 눈물은 계속해서 나의 가면 위를 적셨다. 한참 후 그가 내 이마에 뺨을 대며 가볍게 한숨을 내쉬었다.

아주 오래전에 나는 연모하는 이가 생기면 기쁨은 물론 슬픈 감정까지도 모두 숨김없이 그에게 들려주고 싶었다. 그리고 지금 내가 연모하는 이가 바로 내 곁에 있었다.

등 뒤에서 나를 안아주던 그가 천천히 내 몸을 돌려세우는 것이 느껴졌다. 얼음장처럼 차가운 손가락이 내 살쩍을 지나 다시 눈가에 닿았다.

"혼자 걸을 수 있겠소?"

나는 고개를 끄덕이다가 이내 다시 가로저었다. 몸이 갑자기 붕 뜨는가 싶더니 귓가에 그의 목소리가 들렸다.

"다른 데도 다쳤을지 모르니 아픈 곳이 있으면 바로 나한테 말하고."

나는 고개를 가로저으려다 그냥 끄덕였다. 그는 내가 불쌍해 보여 동정하는 게 분명했다. 그런 연민의 정은 장난꾸러기 어린 아이가 자신이 쏜 새총에 맞아 날개를 다친 참새를 봤을 때 생기는 감정과 별반 다르지 않았다. 그의 감정이 사랑이기를 간절히 바란다 한들 나의 망상에 불과했다. 그러나 설사 망상이라 해도 좋으니 그 감정에 잠시나마 나를 맡겨두고 싶었다.

모언의 품에 안겨 객잔으로 돌아오는 동안 나는 아무 말도 하지 않았다. 그 길 내내 억수처럼 쏟아지는 빗줄기도 잦아들 기미를 보이지 않았다.

객잔 문 앞에 도착하자 오래전에 헤어졌던 집숙이 우산을 받쳐 들고 우리를 기다리고 있었다. 그녀가 왜 갑자기 이곳에 나타났는진 모르겠지만 모언의 호위무사들이 여기까지 오는 내내 그를 눈에 띄지 않게 뒤따랐던 것처럼 그녀 역시 그랬을 거라고 짐작할 따름이었다. 그들은 평소에 모습을 전혀 드러내지 않고 그림자처럼 따라붙으며 주인의 일거수일투족을 주시하다, 결정적인 순간에 마치 바람을 타고 하늘에서 뚝 떨어진 것처럼 나타난다. 그런데 문득 이런 행동이 관음증과 무슨 차이가 있는지 궁금해졌다.

집숙은 우산을 접으며 모언이 나를 내려놓는 것을 도우려 했다. 내가 그의 품에서 내려와야 할지 주저하는 사이에 내 등과 다리를 받치고 있던 손에 힘이 들어가는 것이 느껴졌다. 고개를 들어 그의 얼굴을 올려다보니 희미한 등불 아래로 굳게 다문 입술과 비에 젖은 머리카락, 창백한 안색이 눈에 들어왔다.

그의 표정은 마치 엄동설한에 꽁꽁 얼어붙은 강물 같았고, 이렇게까지 차가운 표정은 지금까지 한 번도 본 적이 없었다. 나는 손을 뻗어 그의 어깨를 잡으려 했다. 내 손가락이 옷깃에 닿은 순간 그의 발걸음이 갑자기 멈칫했다.

"상처가 아픈 거요?"

빗방울이 그의 옆머리를 타고 흘러내렸다. 매섭게 몰아치는 바람 탓에 집숙이 들고 있던 등롱이 위태롭게 흔들리더니 결국 불이 꺼지고 말았다. 나는 어둠 속에서 조심스럽게 그의 목을 끌어안으며 자그마한 목소리로 대답했다.

"아프지 않아요."

그리고 뒤이어 이렇게 묻고 싶었다.

"무겁죠? 힘들지 않아요?"

나는 그가 어떻게 대답할지도 이미 알고 있었다. 그는 분명 장난기 어린 표정으로 나를 놀릴 것이다.

"이제야 내가 힘들 거라는 생각이 들었소?"

그런데 이번만큼은 나의 예상을 빗나갔다. 무언가 내 이마 위에 살포시 닿는 듯하더니 따뜻한 숨결이 느껴졌다. 나는 그것이 무엇인지 금세 알아챘고, 얼굴이 순식간에 빨갛게 달아올랐다.

회랑을 걸어가는 내내 나무 바닥이 삐거덕거리는 소리가 이어졌다. 방문이 열리자 붓꽃이 그려진 병풍 뒤로 김이 모락모락 피어오르는 욕조가 어렴풋이 보였다.

모언은 나를 바닥에 내려놓더니 등불 아래서 내 몸에 난 상처를 자세히 살펴보았다. 다행히 어깨의 상처 외에 다른 상처는 없었다. 그는 안심하며 집숙을 불러 이런저런 지시를 내린 후 자리를 뜨려 했다. 그 순간 나는 재빨리 그의 옷자락을 붙잡았다.

"어디 가요?"

그의 얼굴에 그제야 미소가 떠올랐다.

"옷을 갈아입으러 가는 것이오. 당신이 목욕을 다 마치고 나면 다시 오지."

집숙이 상처를 처치하는 방면으로 아무리 능력이 뛰어나도 내 입장에선 그녀의 도움을 받을 수 없는 노릇이었다. 결국 이런저런 핑계를 대며 반신반의하는 그녀를 안심시켜 방 밖으로 내보냈다. 나처럼 몸 전체가 온통 비술과 비밀 덩어리인 존재는 함부로 남에게 몸을 보여줄 수 없었다. 결국 나는 그녀를 내보내고 혼자 상처를 치료했다.

다행히 떠나오기 전에 군사부가 준 상처 연고가 아직 남아 있었다. 비록 빗속을 뚫고 오느라 물이 조금 새어 들어갔지만 충분히 쓸 만했다. 나는 맹수의 발톱에 긁힌 상처 자국을 대충 치료한 후 젖은 옷을 갈아입었다. 잠시 후 모언이 문을 두드리는 소리가 세 번 들려왔다. 그 소리는 길지도 짧지도 않았고, 서두르거나 너무 여유를 부리지도 않았다.

문이 열리고 문 앞에 서 있는 모언의 모습이 보였다. 그는 소맷자락에 은색 자수가 놓인 검은 옷을 입었으며 손에는 몸을 따뜻하게 덥혀줄 생강차를 들고 있었다. 나는 그가 오기를 기다리고 있었다. 목욕을 하면서도 그가 오면 무슨 말을 할지 오만가지 생각을 다 했다. 하지만 시간이 지날수록 그런 것들은 하나도 중요하지 않았다. 오로지 그와 함께할 수 있다는 점에 감사했다. 설사 그가 생강차만 전해주고 간다 해도 그의 곁에 있으니 그것으로 충분했다.

그가 내 곁으로 다가와 생강차를 따라주었다. 그때까지도 그가 자신에 관한 이야기를 해줄 거라고는 상상조차 하지 못했다.

　내가 생강차를 꿀꺽꿀꺽 다 마신 후에도 그는 방을 나갈 기미를 보이지 않았다. 그저 침대 가장자리에 앉아 내가 마지막 한 방울까지 싹 비우는 것을 확인하고 나서야 입을 열었다.

　"내 나이 열두 살 때 아버지를 따라 처음 전쟁터에 나갔소."

　잠들기 전에 들으면 딱 좋은 이야깃거리였다. 나는 빈 그릇을 침대 옆 협탁에 내려놓고, 이불을 살짝 끌어올리며 침대 머리에 기대 이야기를 들을 만반의 준비를 마쳤다.

　"그때 나는 어리고 혈기왕성해 물불을 가리지 않았고, 결국 적의 유인술에 걸려 첩첩산중에 갇히고 말았소. 그때도 오늘처럼 비가 내리는 밤이었고, 나를 따르던 백여 명의 정예 병사도 큰 타격을 입어 그들의 시체가 산길을 덮을 정도였소. 그들은 어떻게 해서든 날 지키기 위해 나를 동굴 안에 숨겨 놓았지. 멀지 않은 곳에서 먹이를 다투는 맹수의 포효가 울려 퍼졌고, 나는 그 먹잇감이 바로 내 부하들의 시체라는 걸 알고 있었소. 그때 나 역시 화살을 맞아 부상을 당한 터라, 결국 그 피비린내가 맹수를 끌어들이는 것도 시간문제였지. 그렇다고 맹수를 쫓기 위해 횃불을 밝히면 적에게 나의 위치를 알려주는 꼴이 되니 그야말로 진퇴양난이었다오."

　그는 생각에 잠겨 손으로 이마를 살짝 짚었다. 그렇게 진지한 모습은 지금까지 한 번도 본 적이 없었다.

　아무래도 그는 여동생을 위해 잠들기 전에 이야기를 들려준 경험이 별로 없는 듯했다. 이런 흥미진진하고 변화무쌍한 이야기를 들으며 누가 쉽게 잠이 들 수 있겠는가. 역시나 나는 그의 소맷자락을 붙잡고 이야기를 재촉했다.

"그래서 어떻게 됐는데요?"

그가 눈을 들어 나를 보았다. 촛불에 비친 눈동자가 유난히 까맣게 반짝였다.

"지금이야 아무리 힘든 상황이 닥쳐도 의연하게 대처할 만큼 나이가 들었지만 그때는 정말 세상 무서울 것이 없을 만큼 무모했소."

나는 고개를 끄덕였다.

"음, 정말 용감했군요. 그래서 그다음엔 어떻게 됐는데요? 어떻게 도망쳤어요?"

그는 딴전을 피우며 찻잔을 집어 이리저리 굴렸다.

"이런 일을 맞닥뜨리고도 겁을 먹지 않는 나를 보면서 어쩌면 평생 두려운 감정 따위 느끼지 못할 거라 생각했지."

그가 잔을 만지작거리던 움직임을 잠시 멈추고 눈을 들어 나를 바라봤다.

"우리가 처음 만났던 그때, 내가 진자연의 칼에 찔렸을 때도 그랬소."

그는 나의 놀란 표정을 보며 희미하게 미소를 보이는가 싶더니 이내 손에 쥔 자기 찻잔을 다시 만지작거렸다.

"그때 나는 머릿속으로 이런 계산을 했다오. 두 사람이 서 있는 자세로 봤을 때 그녀의 비수가 나의 몸 중 어디를 찌를 수 있을지, 상처가 어느 정도 깊을지, 얼마나 치료를 받아야 할지, 내 아우가 이 기회를 틈타 언제쯤 반란을 일으키게 될지."

그는 자기 찻잔을 손 안에서 한 바퀴 굴렸다.

"아주 위태로운 순간이었소. 자칫 잘못하면 치명상을 입을 수도 있었지. 그런데 예상대로 칼이 내 몸을 찌르고, 보이지 않는 칼끝을 따라 몸의 방향을 틀어 고통을 견디는 그 순간에도 두려움이나 공포는 그리 느껴지지 않았소."

찻잔을 왼손으로 바꿔 들며 그가 담담하게 말했다.

"마치 태어날 때부터 두려움이나 공포란 감정 자체가 없었던 것처럼 말이오."

나는 너무 놀라 말문이 막힐 정도였다. 긴 침묵을 깨고 내 입에서 나온 말은 고작 이 한마디였다.

"만일 죽기라도 했으면요?"

지금 이 순간 그와 진자연의 관계 따위는 아무 의미가 없었다. 내 머릿속에 떠오른 단 하나의 생각은, 그가 그녀의 칼에 맞아 죽었을 최악의 경우뿐이었다. 어쩌면 나는 그토록 만나고 싶었던 사람이 눈앞에서 피를 철철 흘리며 죽어가는데도 그 존재를 모를 수도 있었다. 이런 생각이 들자 나도 모르게 안도의 한숨을 내쉬었다. 다행히 그런 황당한 일은 일어나지 않았으니 천지신명께 엎드려 절이라도 드릴 판이었다.

그가 손에 든 찻잔을 탁자 위에 엎어 놓자 촛불이 잠시 일렁였다. 그는 나지막하게 '만일'이라는 두 글자를 되뇌는가 싶더니 이내 가볍게 웃어 넘겼다.

"'만일'이란 있을 수 없소. 수술數術* 문제를 풀 때 만 가지 과

---

* 점복(占卜), 점후(占候), 점성(占星) 등을 통해 자연현상의 변화를 관찰하여 길흉화복과 사회의 치란(治亂), 왕조와 통치자의 운명 등을 예견한다.

정을 거치되 그 하나하나의 과정에 한 치의 오차도 없어야 하는 것처럼 말이오. 만에 하나 실수가 나온다면 치밀하고 완벽하게 문제를 풀지 못한 탓이고…….”

나는 그의 말을 끊었다.

“하지만 세상사가 모두 수술 문제처럼 정해진 원칙대로 풀리는 건 아니잖아요. 사람에겐 감정이란 게 있고, 두려움이나 공포를 느끼는 순간 누구나 만에 하나 실수를 저지를 수 있어요.”

그가 손가락으로 이마를 짚으며 말했다.

“음? 아불, 그럼 인간이 왜 두려움을 느낀다고 생각하오?”

대답을 고민할 필요조차 없는 질문이었다.

“그거야 지키고 싶은 게 있으니까 그렇죠.”

그가 말없이 나의 눈을 한동안 바라보았다.

“그렇소. 그게 바로 오늘 밤 내가 두려움을 느꼈던 이유였소.”

왜 갑자기 말이 그쪽으로 튀는지 선뜻 이해하지 못한 채 잠시 멀뚱히 그를 쳐다봤다.

“근데 지금까지 두려움을 느껴본 적 없다고 해놓고 왜…….”

그가 팔을 뻗어 내 손을 잡았다.

“오늘 밤 너무 겁이 났소.”

나는 그 말의 의미를 깨닫는 순간 얼이 빠진 표정으로 그를 바라보다가 바싹 긴장하여 무심코 그의 손을 뿌리쳤다. 하지만 이내 그에게 다시 손이 잡히고 말았다.

“내 잘못이었소. 당신을 혼자 객잔에 남겨둔 내 탓이 크오.”

예상치 못한 상황에 내심 당황한 탓인지 목소리가 저절로 기어들어갔다.

"당신 탓이 아니에요……."

그가 안 해도 될 한마디를 더 보탰다.

"당신이 얼마나 몸놀림이 둔하고, 사람을 쉽게 믿는 바보인지 내 잠깐 깜빡했지."

"……그만하시죠."

나는 그를 쏘아보며 투정을 부렸다.

"사실 이게 전부 다 당신……."

그가 갑자기 내 말을 끊고 끼어들었다.

"당신을 좋아하오."

그의 갑작스러운 고백을 듣는 순간 머릿속이 온통 하얘지고, 손이 희미하게 떨렸다.

이런 달콤한 말을 듣는 지금 이 상황이 꿈결처럼 느껴졌다. 나는 자연스레 눈을 감았고, 그 순간 사방이 고요 속에 잠기며 창밖에 내리던 빗줄기가 점점 잦아드는 소리만이 들려왔다.

꿈일 거야. 하늘에서 돈벼락이 떨어져 덩실덩실 춤을 추며 좋아했는데, 닭 울음소리를 듣는 순간 모두 꿈이라고 깨닫는 것처럼 지금 이 상황도 아마 그런 걸 거야.

창문이 벌컥 열리는 소리에 놀라 나는 아무런 마음의 준비도 없이 눈을 번쩍 뜨고 말았다. 열린 창문으로 비에 젖은 참새 한 마리가 날아 들어와 파닥파닥 날갯짓을 하며 정신없이 바닥을 휩쓸고 다녔다. 나는 바짝 긴장한 채 곁눈질로 침대 앞을 슬쩍 한번 쳐다보았다. 가장 먼저 눈에 들어온 것은 신발이었고, 그 신발이 조금씩 다가오고 있었다. 모언은 이러지도 저러지도 못한 채 난감한 표정으로 나를 바라보았다.

"당신의 대답을 기다리고 있는데 눈을 감고 자는 척을 하는 거요? 이걸 어떻게 받아들여야 하지?"

꿈이 아니었다.

당황한 탓인지 혀가 말을 듣지 않고 자꾸 꼬였다.

"무, 무슨 대답이요?"

그가 내 손을 이불에서 떼어내 꼭 움켜쥐더니 옅은 미소를 띠며 나의 눈을 똑바로 쳐다봤다.

"당신을 좋아하오. 아불, 당신도 날 좋아하는 것 아니었소?"

나는 내 귀를 의심하며 홀린 듯 그를 바라보았고 머릿속이 하얘졌다. 그렇게 잠깐의 시간이 흐른 후 나조차 무슨 말을 하는지 알 수 없는 그런 말들이 내 입에서 흘러나오고 있었다.

"그 말은 나를 당신의 여동생처럼 그렇게 좋아한다는 말인가요? 정말 그렇다면 나도 당신을 오라버니처럼 좋아해요."

그가 고개를 살짝 숙여 나와 시선을 맞췄다.

"내가 당신에게 어떤 감정을 품고 있다고 생각하오? 예전에 나에게 시집오면 좋은 점이 훨씬 많을 거라고 했던 말, 기억하오? 만약 평생 당신 외에 누구에게도 장가를 가지 않겠다고 한다면 나와 혼인해주겠소?"

하얀색 휘장을 친 듯 흐드러지게 핀 매화의 청량한 향이 차가운 밤공기를 타고 점점 짙어지며 작은 방 안을 온통 가득 채웠다. 사실 이것은 모두 환각에 불과했다. 별빛이 찬란했던 그날 밤 처음 그를 만났을 때도 나는 온 산에 가득 핀 하얀색 매화의 향을 맡은 듯한 착각에 빠져들었다. 그는 입가에 미소를 머금고 물끄러미 나를 바라보았다. 차가운 바람이 열린 창문을 넘어 들어오고, 창밖에 늘어진 배롱나무 꽃가지가 흔들렸다. 자줏빛 꽃잎이 밤하늘 아래서 더 그윽한 분위기를 자아냈다.

하늘이 우리를 다시 만나게 해준 것만으로도 이미 인생 최고의 선물을 받은 셈이었다. 마음속으로 그도 나를 좋아해주길 바랐지만 그것이 현실이 될 수 있다고 기대한 적은 단 한 번도 없었다. 그런데 지금 그 또한 나와 같은 마음이라는 사실을 알게 되었는데 어찌 기쁘지 않겠는가. 하지만 나는 살아 있는 사람이라고 할 만한 존재가 아니었다.

이런 나는 그를 안고 싶어도 감히 그럴 수 없었다.

살아 있는 사람과 죽은 사람은 함께할 수 없고, 그런 바람을 꿈꿨던 것은 나의 지나친 집착에 불과했다. 그는 이 세상에서 내가 가장 좋아했던 사람이었다. 나는 마음속에 아주 조심스럽게 그를 품었고, 그를 지켜주며 어떤 상처도 주고 싶지 않았다.

지금 그를 향해 고개를 끄덕이는 것쯤이야 식은 죽 먹기처럼 쉬운 일이다. 하지만 언젠가 그가 나의 실체를 알게 된다면 과연 어떻게 될까? 나는 어떻게 해야 하지?

평생 쓸 용기를 다 끌어모아 떨리는 손으로 그의 손가락을 나의 코 밑에 가져다 댔다. 그의 표정만 봐서는 속내를 미루어 짐작하기 애매했지만 어떻게 변할지 모를 그 얼굴을 더 이상 마주할 용기가 나지 않았다. 나는 쓰라린 마음의 고통을 애써 억누르며 떨리는 목소리로 물었다.

"이제…… 느껴지나요? 모언, 난 숨을 쉬지 않아요."

코밑에 가져다 댄 그의 손가락이 순간 멈칫했다. 사실을 털어놓고 나니 이제 모든 것을 다 솔직히 말할 수 있을 것 같았다.

"나는 통증을 느끼지 못해요. 그동안 단 한 번도 내가 이상하다는 생각이 들지 않았나요?"

나는 입술을 깨물며 눈물을 간신히 참았다.

"나는 통증은 물론 냄새나 맛도 느끼지 못해요. 짙은 꽃향기도 맡지 못하고, 산해진미가 차려져 있다 한들 그 맛도 모르죠. 당신은 내가 새우만두를 엄청 좋아하는 줄 알고 있지만 사실 초를 씹는 것처럼 아무 맛이 없어요. 그냥 예전에 아주 좋아했던 음식의 맛을 기억하고 반사적으로 젓가락이 갈 뿐이에요."

고개를 들어 두 손으로 눈을 가려보지만 눈물이 주책없이 또 흘러내렸다. 이제 모든 것이 끝나버렸다. 나는 지푸라기라도 잡는 심정으로 침대의 휘장을 꼭 움켜쥐었다. 마치 망망대해에서 나의 생명을 의지할 수 있는 유일한 부목처럼 느껴졌다.

"나와 혼인하고 싶다고 했나요? 나 역시 그러길 간절히 원해요. 하지만 이런 나라도 상관없나요?"

이제 모든 것이 끝났다.

한참 후 그의 얼음장처럼 차가운 손가락이 나의 귓가에 닿더니 가면을 따라 이마 위로 조심스레 움직였다. 나는 자포자기의 심정으로 가면을 벗기는 그의 손길을 묵묵히 받아들였다.

가면이 벗겨진 후에도 나는 차마 눈을 뜨지 못했다. 핏기 하나 없이 창백한 얼굴과 이마 위에 깊이 파인 기다란 상처가 그의 앞에 적나라하게 모습을 드러내고 말았다. 흉측한 몰골로 산 자와 죽은 자의 경계에 서 있는 괴물 같은 여인을 과연 그가 받아들일 수 있을까?

이 순간 예전에 들었던 동화가 떠올랐다. 주인을 사랑했던 목각인형은 마녀의 도움을 받아 인간의 모습으로 다시 태어났고, 꿈에 그리던 이와 혼인을 했다. 하지만 그녀에게 걸어둔 마법의 주문이 풀리는 순간 주인은 그녀가 목각인형이었다는 사실을 알고 충격에 휩싸여 기절하고 말았다. 그때까지 의식이 남아 있던 목각인형은 혼절한 주인의 곁을 지켰고, 날카로운 검으로 자신의 팔과 다리를 잘라내며 스스로에게 벌을 내렸다.

지금의 나 역시 그 목각인형의 운명과 다르지 않았다. 그녀의 주인은 그녀의 실체를 보는 순간 충격과 두려움에 휩싸였다. 하지만 그는 그녀가 자신보다 만 배는 더 두려워하고 있다는 사실을 알아채지 못했다.

나의 미간을 어루만지던 손길이 이마를 지나 왼쪽 귓가에 가 닿았다. 거기는 바로 이 상처가 시작된 곳이자, 그에게 가장 보이고 싶지 않은 곳이기도 했다. 그의 손이 그곳에 닿는 순간 마지막으로 용기를 쥐어짜내 하려던 말이 쏙 들어가고 말았다.

'우리의 인연은 여기까지니 이번 생에서 다시 보지 말아요.'

나는 군위의 소설에 자주 등장했던 이런 독한 말로 관계를 깨끗이 끝내려 했다.

그가 나의 귀밑머리를 쓸어 넘겼다. 창살을 두드리는 빗방울 소리에 뒤섞여 그의 살가운 목소리가 들려왔다.

"아불, 눈을 뜨고 나를 봐요."

나는 잔뜩 긴장해 소맷자락을 꽉 움켜쥐었다. 그의 말을 거부할 수도, 그렇다고 보고 싶지 않은 것을 볼 용기도 나지 않았다. 하지만 결국 호기심을 이기지 못하고 살며시 눈을 떠 그의 표정을 살폈다. 모언의 표정은 꽤나 낯설었지만 그렇다고 혐오감이 나 두려움을 담고 있지는 않았다. 굳이 말로 표현하자면 승리를 확신할 수 없는 전쟁을 앞둔 장수의 결연한 표정에 가까웠다.

나는 멍하니 그를 바라봤다.

그는 희미하게 주름이 잡혀 있던 미간을 펴며 나를 좀 더 가까이 끌어당겼다.

"당신이 그 비밀을 나에게 알려줘서 얼마나 기쁜지 모르오."

나는 왼손으로 이마의 상처를 가리켰다.

"이게 끔찍하지 않나요?"

그는 말 같지도 않은 이야기라도 들은 듯 고개를 가로저었다.

"그게 왜 끔찍하지?"

어떻게 끔찍하지 않을 수 있지? 가끔 꿈에서 깨어났을 때 산 자도, 죽은 자도 아닌 나를 생각하면 그저 두렵고 끔찍했던 적이 한두 번이 아니었다. 나 자신조차도 이런데 하물며 나도 아닌 남이 어떻게 이리 담담하게 이 사실을 받아들일 수 있단 말인가.

맞은편 거울을 통해 이마를 손으로 가린 여자의 우스꽝스러운 모습이 눈에 들어왔다. 나는 어두운 곳으로 몸을 숨기며 씁쓸한 속내를 드러냈다.

"난 살아 있는 사람과 완전히 달라요. 게다가 내 흉측한 몰골마저 다 봤잖아요."

그는 어둠 속에서 나를 끌어내 어느 때보다 진지한 눈빛으로 내 얼굴을 이리저리 살폈다. 그의 시선이 훑고 지나간 자리는 마치 뜨거운 불에 덴 것처럼 화끈거렸다가 다시 얼음처럼 차가운 냉탕에 들어간 듯 열기가 식어갔다. 나는 이렇게 극과 극의 감각이 주는 혼란을 피해 고개를 돌려 그의 시선을 피했다. 그러자 그가 몸을 틀어 이마를 가린 내 손을 떼어내 꼭 잡아주었다.

"왜 자신의 얼굴이 흉측하다고 생각하오? 만약 천하에 이름을 남긴⋯⋯."

그는 여기까지 말하다 말고 고개 숙여 살며시 미소 짓더니 혼 잣말처럼 말을 이어갔다.

"생각은 해봤었지만⋯⋯ 진짜 이런 일이 일어날 줄은 꿈에도 알지 못했소."

그는 고개를 들며 오른손으로 이마에 난 흉한 상처를 어루만 졌다.

"만약 그때 우리가 이렇게 만날 줄 알았다면⋯⋯."

그가 더 이상 말을 잇지 못했다. 나는 그가 무슨 말을 하려 했 는지 알 수 없었다. 그저 내가 알 수 없고, 알 필요도 없다고 받 아들일 뿐이었다.

그의 손이 나의 뺨 위에서 멈췄다.

"자신감을 가져요. 고작 이 정도의 상처로 망가질 미모가 아니 니까. 당신은 내가 본 여인 중 가장 아름답소."

그는 엄지손가락으로 흐르는 눈물을 닦아주며 내 눈을 똑바로 쳐다보았다.

"이제 내가 당신 곁에 있으니 너무 걱정 말고. 내가 방법을 찾 을 때까지 당신은 끝까지 살아서 내 옆에 붙어 있어야 하오. 알 겠소?"

나는 고개를 끄덕이는 것 외에 그 어떤 것도 할 수 없었다. 만 약 이것이 꿈이라면 평생 절대 깨어나고 싶지 않았다.

연신 고개를 끄덕이는 사이, 구름무늬 장식의 옥패가 내 목에 걸렸다. 양의 기름처럼 희고 부드러운 광택이 흐르는 옥이었다. 귀한 옥 장식을 바라보던 그의 입가에 흡족한 미소가 걸렸다.

"약혼 예물이오. 어머니가 내게 남겨주신 아주 귀한 물건이지. 자, 이제 당신 차례요."

나는 그에게 무엇을 예물로 줘야 할지 선뜻 떠오르지 않았다. 몸에 지닌 물건을 전부 꺼내보니 상처 연고가 든 약병과 일전에 그가 직접 옥을 조각해 만든 호랑이 장식품, 몰래 숨어서 그를 그린 반폭짜리 그림, 그리고 그에게 주기 위해 샀지만 아직까지 주지 못한 백옥 비녀가 나왔다.

그가 호기심 어린 눈빛으로 나를 보았다.

"이것은……."

나는 물건들을 그의 앞으로 살짝 밀쳤다.

"이 중에서 맘대로 골라 봐요."

나는 값비싼 물건을 살 형편이 아니었기에 이 보잘것없는 물건 중에 그의 마음에 드는 것이 하나라도 있기를 바랐다.

나를 한참 동안 바라보던 그는 백옥 비녀를 집어 들었다.

"그때 그림을 그린 게 이 비녀를 사서 내게 주기 위해서였소?"

겸연쩍은 표정으로 나는 고개를 살짝 끄덕이며 구차한 변명을 늘어놓았다.

"이게 고옥古玉인지 뭔지로 만든 건데 한 이백 년 정도 됐다고 했어요. 무슨 명장이 만들어 세공기술도 뛰어나서 금화 3백 냥 정도의 값어치는 될 거라고……."

말이 끝나기도 전에 불빛이 살짝 어두워진다 싶더니 그가 소리 없이 다가와 예고도 없이 입을 맞췄다. 두 뺨에 와 닿는 따뜻한 숨결이 느껴졌다. 이런 순간이 오면 다른 여자들처럼 두 눈을 감아야 정상이지만 나는 그런 것조차 모른 채 그를 빤히 바라보았다. 그의 기다란 속눈썹과 눈가에 어린 미소가 바로 코앞에서 보였다. 지금 이 순간 입맞춤조차 제대로 하지 못하는 자신이 원망스러웠지만 그는 서두르지 않고 나를 이끌어 주었다.

지금까지 돌고 돌아 지나온 인생 여정을 생각하니 눈가가 시큰해지고 나도 모르게 눈물이 흘러내렸다.

그는 나와 이마를 맞댄 채 내 뺨 위로 흐르는 눈물을 닦아 주며 장난스럽게 웃었다.

"울보 아가씨네."

나는 그의 목을 끌어안고 흐느껴 울며 반박했다.

"울보 아니거든요."

그의 손이 내 머리카락을 헝클어뜨렸다.

"오? 보아하니 또 한바탕 일장연설을 할 기센데. 어디 한번 들어나 봅시다."

나는 그에게서 살짝 떨어져 나왔다.

"그래요. 난 울보예요. 하지만 잘 우는 게 부끄러운 일은 아니라고 생각해요. 이 세상에서 눈물만큼은 억지로 참을 필요가 없어요. 물론 가끔은 나도 강해 보이고 싶어서 억지로 눈물을 참기도 해요. 하지만 정말 참을 수 없을 때는 그냥 눈물을 흘려요. 잘 운다고 해서 강하지 못하다는 건 편견에 불과하다는 걸 알게 된 거죠. 한바탕 울고 나면 다시 일어날 힘이 생기고, 어떤 방향으로 걸어가야 할지, 어떤 일을 해야 할지, 어떤 사람이 되어야 할지 좀 더 명확히 보이기도 하니까요. 맘대로 울 수조차 없다면 나의 두려움과 걱정을 무엇으로 증명할 수 있었을까요? 내가 아직 살아 있다는 이 사실을 또 어떻게 증명해야 할까요?"

불빛이 바다처럼 깊은 모언의 눈동자를 비추자 별빛이 그 안에 떨어진 듯 반짝였다. 창밖에 불던 비바람 소리도 더 이상 들리지 않았다.

그가 나를 품 안으로 끌어당겨 안았다.

"아불, 이제부터는 내 곁에서 맘껏 울어도 좋소."

나는 그의 어깨를 꼭 끌어안았다. 지금 이 순간 나는 꿈속을 걸어 들어가는 듯한 착각에 빠져들었다. 그곳은 바로 내가 꿈꾸던 화서의 공간이었다. 그의 까만 머리카락이 내 뺨을 간질이고, 나의 마음속 깊은 곳에서 작은 나무 한 그루가 자라나며 영롱한 빛의 꽃이 활짝 피어났다. 서로를 끌어안고 있는 그림자가 하얀색 침대 휘장에 드리워지고, 그 모습이 나의 눈동자 안을 가득 채웠다.

2장

이날 아침 군위의 서신이 드디어 우리 손에 도착했고, 그제야 그가 백리진과 함께 있다는 사실을 알게 되었다. 지금 그들은 배중杯中에서 어떻게 하면 약물을 이용해 인간을 흉수로 둔갑시킬 수 있을지 연구 중이었다.

내가 아는 한 군위는 몸을 쓰는 일이라면 일가견이 있을지 몰라도 이런 비술에는 문외한이나 다름없었다. 추측해 보건대 군위는 우연히 백리진을 만난 후 그의 꼬임에 넘어가 헛짓거리를 하는 게 틀림없었다. 행간의 의미로 파악해보니 이 연구는 아직 시작 단계에 불과했고 성공하려면 우선 먹으면 흉수로 변하는 약물이 필요했다. 그래서 그는 내게 무슨 좋은 생각이 없는지 의견을 구하고 있었다.

내가 생각하기에 흉수로 변하는 약물의 존재는 모르지만 인간을 짐승으로 만들려면 최음제만 사면 충분했다. 내가 아는 한, 이 최음제는 사람을 짐승으로 만들기에 충분하다. 다만 짐승이 먹게 되면…… 더 미친 듯이 날뛰며 결국 새끼 금수들만 잔뜩 만들어낼 뿐이겠지…….

모언은 이 서신을 본 후, 잠시 고심하다 생각을 바꿔 나를 배중으로 데려다주기로 결심했다. 마치 한 집안의 가장이 큰일을 앞두고 아이들을 다른 곳에 잠시 맡겨 두는 것과 비슷한 형상이었다. 그런데 문제는 큰일을 치르러 간 가장들은 늘 돌아오지 않거나 돌아올 수 없는 상황에 맞닥뜨린다는 것이다. 가장을 잃은 아이들은 남의 집에 맡겨진 채 천덕꾸러기로 자라거나 삐뚤어지고…… 나는 본능적으로 모언을 따라가야 할 것 같았다. 하지만 그는 나를 안전한 곳에 머물게 하고 싶어 했고, 배중이야말로 가장 적임지였다.

나는 곧바로 반박하며 무슨 일이 있어도 그와 기쁨과 슬픔을 함께하겠다고 말했지만 결국 그의 말에 백기를 들고 말았다.

"세상에는 여자에게 특히 위험한 곳이 있기 마련이지. 당신을 그런 곳으로 끌어들인다면 나 또한 안심이 되지 않을 듯하오."

그 말도 일리가 있었으나 나는 끝까지 그의 마음을 돌리기 위해 애를 썼다.

"아직 모르나본데 전부터 군위가 자기한테 시집오라는 말을 입에 달고 살았다구요. 그런데도 지금 날 그의 곁으로 보내는 건 고양이 앞에 생선을 주는 꼴이죠. 아주 위험한 발상이에요."

나는 내 눈앞에 있는 이 사람이 극한에 도전하길 얼마나 좋아하는지 깜빡 잊고 있었다. 그는 곧장 나를 안아들고 나가 마차에 실었다.

"한번 해보라지."

우리는 밤새 말을 달려 배중으로 향했다.

위나라와 진나라는 단하端河를 사이에 두고 인접해 있는데, 이 강의 발원지가 바로 진나라의 배중이었다. 그러나 배중은 단하가 아니라 다른 것으로 더 유명했으니, 바로 대대로 가업을 이어

검을 주조하는 공의公儀 가문이었다.

공의 집안은 가문의 역사가 길다. 전설에 의하면 그들의 조상이 신화 속 거인과 돌로 만들어진 거대한 분지에서 결전을 벌인 후 무武를 포기하고 상업에 종사하기 시작했다고 한다. 그들은 배중에서 가업을 시작하며 대대손손 검을 주조해왔고, 일찍이 전쟁에서 공을 세운 덕에 특권을 누리며 살다 진나라가 분봉을 할 때쯤 한 나라에 버금가는 부를 축적할 수 있었다. 진나라 왕들은 모두 가장 총애하는 여식을 그 가문에 시집보냈고, 이 때문에 공의 가문과 진나라 왕실의 혈통이 복잡하게 얽히고설키게되었다.

세상 사람은 모두 진나라 왕이 이런 판을 짠 것을 두고 공의 가문의 재산을 염두에 두었다 여겼다. 내 생각은 그들과 좀 달랐지만 어찌 됐든 7백 년 동안 25대를 이어온 공의 가문은 7년 전에 큰 화마에 휩싸여 흔적도 없이 사라지고 말았다.

생각해 보니 7년 전에 참 많은 일이 일어났다. 그때 나는 청언종에 사는 어린 풋내기에 불과했다. 일면식도 없는 가문이 화재에 휩쓸려 하루아침에 무너졌다는 소식이 국종의 높은 담벼락을 넘어 들어왔지만 나와는 전혀 상관이 없다고 생각했다.

그때 사부께서 이런 말씀을 하셨다.

"너는 위나라 공주니 천하의 흐름에 대해 어느 정도 알고 있어야 한단다. 공의 가문이 어떻게 부를 축적했든 그들의 몰락으로 인해 진왕은 팔 하나를 잃는 고통을 감수해야 하겠지. 어찌 됐든 위나라에는 좋은 일이야."

나는 문득 이런 생각이 들었다.

"진왕이 한 짓이 아니라고 어떻게 장담하죠?"

사부는 한참을 고심하다 홍수 천하千河에 관한 전설을 처음으로 들려주었다. 홍수 천하는 천겁의 세월 동안 쌓인 피가 흘러 강이 된 공의 가문의 수호신이고, 태호강太灝江 아래에서 깊이 잠든 채 공의 가문이 대대손손 태평성대를 누리도록 지켜주는 존재였다. 사실 나는 조금 의아했다. 아무리 그래도 그렇지 홍수에게 어떻게 천하라는 이름을 지어줄 수 있는지 도무지 이해가 가지 않았다. 아무리 감각적인 젊은이라고 해도 그런 이름은 민망해서 짓지 못할 듯했다. 굳이 천겁의 세월 동안 쌓인 피가 흘러 강이 되었다는 뜻을 담고 싶다면 차라리 후하後河라고 짓는 편이 백 번 나았다.

하지만 그건 중요한 문제가 아니었다. 진짜 핵심은 이렇게 강성했고, 수호신의 비호까지 받던 가문이 어떻게 하루아침에 몰락할 수 있는지였다. 그 주범이 진왕이 아니라면 딱 한 가지 경우의 수밖에 없었다. 바로 그들의 수호신이 공의 가문을 무너뜨린 것이다.

내가 이 이야기에서 얻은 교훈은 수호신을 키우는 일에도 굉장한 위험부담을 짊어져야 한다는 것뿐이었다. 그런데 사부는 나보다 더 멀리 내다보았다.

"모든 일이 일어나는 데는 다 나름의 이유가 있단다. 결과가 있으면 반드시 원인도 있기 마련이지. 공의 가문의 몰락 역시 그렇고, 언젠가 위나라가 망한다면 그럴 수밖에 없는 이유가 있어서일 거다. 네가 일의 전후관계를 모른다 해도 상관없지만 어떤 일의 결과를 알고 싶다면 그 일을 하기 전에 그 결과에 대해 많은 고민을 해야 한단다."

공의 가문이 내 기억 속에 각인된 건 사부의 이 말 때문이기도 했지만, 그 많은 돈이 화마에 모두 사라졌다는 아쉬움도 한 몫을 했다. 물론 이 유서 깊은 가문이 우리의 추측처럼 정말 그렇게 몰락했는지 여부는 여전히 수수께끼로 남아 있다. 듣자 하니 2년 후 공의 가문의 25대손 공의비公儀斐가 폐허 속에서 가문을 다시 일으켜 세웠으며, 그 후 공의 가문은 더 이상 검을 주조하는 일에 손을 대지 않고 전장錢庄과 기루를 운영했다고 한다. 물론 이것 역시 소문에 불과했다.

갑자기 이런 옛일이 떠오른 것도 모언이 나를 보내려는 곳이 바로 배중의 공의 가문이기 때문일 터였다. 그가 돌아오기 전까지 나는 그곳에서 그를 기다릴 것이다. 깊이 고민할 것도 없이 인생은 누군가를 기다리거나, 누군가를 기다리게 하는 두 가지 상태로 나뉘지 않던가? 둘 사이의 거리를 잴 수 있는 것은 사람의 마음뿐이다. 예전에 지척이 천 리였다면 앞으로는 천 리가 지척과도 같기를 바랄 뿐이었다. 그래도 가장 좋은 상태는 역시 지척이 천 리 같지 않은 것이다.

며칠 만에 우리는 고죽산孤竹山에 당도해 배중의 땅을 밟았다.

모언은 고죽산 중턱에 공의 가문의 별장 불상원佛桑苑이 있고, 다음 날 우리를 산으로 데려갈 사람이 올 거라고 했다. 이제 군위와 소황이 여기서 멀지 않은 곳에 있다는 게 실감이 났다. 그들이 어디에 있든 조만간 만나게 될 테고, 그때가 되면 군위는 우리가 헤어지고 난 후의 상황은 물론 내 몸에 난 상처에 대해서도 꼬치꼬치 캐물을 게 불 보듯 훤했다.

침대에 누워 헤어져 있었던 지난 시간들을 떠올리다 보니 군위가 조금은 그리워지기도 했다. 가끔 정신이 가출한 듯 이상한 짓을 하기도 하지만, 그럴 때만 빼면 군위 또한 아주 건실하고 전도양양한 젊은이였다. 그러나 아무리 그렇다 해도 지금은 그를 만나 잔소리 폭탄을 떠안기보단 모언의 곁에 머물고 싶은 마음이 더 컸다. 이런저런 생각을 하다 보니 까무룩 의식이 잦아들기 시작했고, 곧 잠이 들 징조가 보였다.

죽음은 단지 암흑일 뿐이다. 천지만물이 암흑 속으로 돌아가면 그 속에서 단 한 발자국도 움직이지 못한 채 죽음의 잠 속으로 빠져든다. 관 속에 드러눕는 순간 몸은 땅 속으로 깊이 꺼지는 듯하다. 익숙한 어둠이 발등을 따라 점점 위로 기어 올라올 때 어둠의 장막을 찢고 한 줄기 빛이 새어 들어왔다. 나는 눈을 뜨지 않았고, 뜰 수도 없었다. 그런데도 밝은 빛이 갑자기 폭죽처럼 터지며 천지를 환하게 비추었다. 잠시 후 짙은 안개가 점점 흩어지자 백여 개의 청석靑石계단이 눈앞에 나타났다. 계단 위에 눈이 부실 정도로 화려한 산문山门이 보였다.

안개비가 흩뿌리고 산중턱에 핀 자주빛 겹불상화의 모습이 안개 너머로 어렴풋이 보였다. 웅장하게 우뚝 솟아 있는 산문은 이층 누각의 형태로, 문에 거대한 오색 주렴이 걸려 있었다. 바람이 불자 주렴이 살짝 흔들리며 구슬이 부딪히듯 영롱한 소리를 냈다.

주렴 옆에 그림처럼 서 있는 여자는 대나무 살로 만든 유지 우산을 들고 있었다. 아무런 장식이나 그림이 없는 새하얀 우산 면을 보아 장례를 치를 때 쓰는 것이 분명했다. 그녀가 손잡이를 살짝 들어 올리자 검은 옥으로 만든 둥근 장식을 두른 새하얀 이마와 가늘고 긴 눈썹, 맑고 서늘한 눈, 높고 매끈한 콧대, 살짝 오므린 핏기 없는 입술이 드러났다.

하얀색 치마 위에 유일하게 다른 색이 있다면 한데 묶어 틀어 올리지 않고 늘어뜨린 검은색 머리카락뿐이었다. 복사뼈까지 길게 늘어진 그녀의 머리카락은 마치 안개비를 배경으로 하여 발묵법發墨法으로 그린 폭포수처럼 보였다. 얼음으로 조각한 듯한 미인이었다.

세 계단 아래쯤에 약간의 균열 자국이 나 있는 청석 바닥 위로 하얀 옷을 입은 남자가 허리를 굽혀 바닥에 떨어진 검은 옥팔찌를 집어 들었다. 고개를 들자 여자와 반쯤 닮은 눈매와 눈썹이 눈에 들어왔다. 다만 눈썹이 초승달처럼 가늘고 길지 않았고, 눈은 그녀에 비해 맑고 서늘한 느낌이 덜했다.

비록 여자처럼 하얀 옷차림이었지만 소맷자락에 자색 실로 겹불상화가 수놓아져 있었다. 그는 가늘고 긴 손가락을 뻗어 검은색 옥팔찌를 집었다.

"이 팔찌가 낭자의 것입니까?"

그의 눈에 보일 듯 말 듯 희미한 미소가 담겨 있었다.

"그런데 우리가 어디에서 본 적이 있지 않던가요?"

비가 흩뿌리면서 청석 위 석대도 빗물에 젖어 풀 색깔이 점점 짙어졌고, 중루重樓 위에 걸린 거대한 청동거울을 통해 산에 가득 핀 붉은 꽃이 비쳤다.

젊은이가 고개를 살짝 들어 주렴을 등지고 계단 위에 서 있는 여인을 바라보았다. 흩뿌리는 안개비 속에서 그녀는 대나무 우산을 들고 한 걸음씩 다가왔다. 부드러운 실로 짠 하얀 신발이 비에 젖어 담황색 테두리가 드러났다.

계단 하나를 사이에 두고 그녀는 비에 젖어 더 영롱해진 검은 옥팔찌를 건네받았다. 그는 흰 손가락이 손끝을 스쳐 지나가는 찰나를 놓치지 않고 그녀의 손가락을 잡아챘다. 그녀의 눈빛이 약간 당황한 듯 흔들렸다.

"고맙습니다."

그녀는 그가 손을 놔주기를 기다렸지만 그는 놔줄 기미를 보이지 않았다.

"전 배중에 사는 공의비라고 합니다. 낭자의 이름을 감히 물어도 되겠는지요?"

그녀가 우산을 살며시 들어 올리며 그를 뚫어지게 쳐다보았다. 그렇게 한참의 시간이 흐른 후 옥구슬이 굴러가듯 맑은 목소리가 들려왔다. 그 소리는 마치 이제 막 봉오리를 터뜨리며 피기 시작한 차디찬 불상화와도 같았다.

"소녀는 영안永安 경쇄쇄卿洒洒라고 합니다."

눈이 번쩍 뜨였다. 만약 내가 호흡을 할 수 있다면 지금 이 순간 분명 숨을 크게 한번 몰아쉬며 마음을 진정시켰을 것이다. 창밖으로 둥근 달이 높이 걸려 있고, 달빛이 창살 틈으로 새어 들어와 침대 앞에 빛과 그림자를 드리웠다.

그것은 꿈이 아닌, 교주에 봉인된 화서인이 포착한 의식이었다. 고죽산을 외롭게 떠돌고 있는 이 의식은 흩뿌리는 안개비에 젖어 얼음처럼 차가웠지만 귀한 존재라는 느낌을 주었다. 그것은 마치 한바탕 덧없는 꿈같기도 하고, 적막 속에서 누군가 찾아와 마지막 붓놀림으로 수묵화를 완성시켜주길 기다리는 것 같기도 했다.

화서인이 감지할 수 있는 의식은 죽은 자의 집착으로, 그중에서 그가 죽어서도 절대 놓치고 싶어 하지 않는 강한 집착이었다.

산사로 들어가는 산문, 오색 주렴, 추적추적 내리는 비, 유지로 만든 우산, 불상화가 피는 계절, 한 쌍의 남녀…… 이것들은 모두 죽은 자에게 아주 중요한 의미가 있는 것이 분명했다. 방금 산문 앞에서 본 상황들을 돌이켜 보건대 망자는 안타깝게도 여자의 손을 잡고 놓아주지 않으려 했던 흰옷의 사내인 듯했다.

그들의 이름을 다시 떠올리고 나서야 뭔가 이상하다는 생각이 번뜩 들었다. 배중의 공의비가 동명이인이 아니라면, 내일 아침 일찍 산 아래로 내려와 우리를 마중 나올 공의 가문 제25대손 역시 분명 같은 이름이었다. 그렇다면…… 내가 본 것은 그 하얀 옷을 입은 여자의 의식이었던 걸까?

나는 이 꿈의 실체에 다가가지 못한 채 밤새 깊은 잠을 이루지 못했다.

다음 날 거문고 선율에 눈을 뜨니 이른 아침 햇살이 방 안으로 새어 들어오고, 이름을 알 수 없는 작은 새들이 창틀에 앉아 지저귀고 있었다. 전형적인 여름철의 아침 풍경이었다.

침대에서 내려와 눈을 비비며 창문을 열자 새들이 놀라 푸드덕 날아오르는 소리가 귓가를 스쳤다. 고개를 들어 정원 안쪽으로 시선을 돌리니 합환목合歡木 아래에 정좌를 한 채 앉아 있는 모언의 모습이 보였다.

돌이켜보니 이별할 때가 되면 그는 늘 거문고를 연주했다. 집숙이 그의 곁에 서 있고, 멀지 않은 곳에 하얀 옷차림의 사내도 보였다. 역광을 받은 탓에 얼굴이 제대로 보이지 않았지만 나를 데리러 온 사람이 분명했고, 그렇다면 공의비의 하인일 가능성이 높았다. 이런 추측을 하고 나니 괜한 거부감마저 들었다.

거대한 합환목에 방울 모양의 꽃이 피어 있었다. 황금빛 아침 햇살이 잎사귀 사이로 미끄러지듯 떨어지며 고치실을 꼬아 만든 일곱 개의 현 위에 내려앉았다. 그 빛은 모언의 손가락이 현을 튕길 때마다 춤을 추듯 일렁였다.

거문고의 현을 따라 부드러운 선율이 흘러나왔고, 그것은 마치 메마른 사막에 초록의 기운을 불어넣는 듯 느껴졌다. 모언만이 만들어낼 수 있는 선율이었다. 작은 개울물이 졸졸 흘러 들어가 마음속 깊은 곳을 따뜻하게 적셔주는 느낌에 나도 모르게 문을 박차고 나가 그를 향해 달려갔다.

거문고 선율이 돌연 멈췄고, 그 순간 발이 무언가에 걸리는 느낌이 들었다. 중심을 잃은 몸이 바닥에 곤두박질치려는 찰나 모언이 전속력으로 달려와 나를 끌어안았다.

"이른 아침부터 달려와 품에 안기다니 너무 과분해서 몸 둘 바를 모르겠소."

나는 놀란 마음을 추스르며 그 김에 그의 품에 폭 안겨 발밑을 흘겨보았다. 알고 보니 주범은 여기저기 흩어져 자라 있는 한 무더기의 등갈퀴 나물이었다.

등 뒤에서 숨을 들이마시는 소리가 귓가를 타고 희미하게 전해졌다. 내가 계속해서 아무 말도 하지 않자 걱정이 되는지 모언이 나지막하게 물었다.

"왜 그러오?"

나는 코를 살짝 비빈 후 두 손으로 그의 허리를 꼭 껴안으며 울적한 목소리로 대답했다.

"별거 아니에요. 내가 이렇게 안겨 있어 주니 좋지요?"

"……."

내가 기억하기로 군위의 소설에선 옛사람들이 이별할 때면 늘 부슬부슬 비가 내렸다. 그 빗속에서 친한 벗들이 서로의 손을 잡고 눈물을 흘리고, 술잔을 나누며 버드나무 가지를 꺾어서 서로에게 건넸다. 그러나 지금은 아침 햇살이 비추고 있고, 조금 지나면 비는커녕 뙤약볕이 내리쬘 기세였다. 게다가 사방을 아무리 둘러봐도 버드나무 가지는 코빼기도 보이지 않았다. 슬픈 이별의 분위기를 자아내기에는 모든 상황이 받쳐주지 않았다.

나는 모언과 헤어지기 너무 아쉬웠다. 이치대로라도 그를 떠나보내는 것은 가슴 아픈 일이 분명했다. 하지만 그도 나를 좋아한다는 사실을 알게 된 후부터 그런 슬픔과 아쉬움마저 달콤하게 느껴졌다. 또 마음이 한결 편안해지며 그가 나를 찾아올 거라는 믿음도 생겼다. 생각이 바뀌니 그와 헤어질 용기가 생겨서 슬픈 감정에 마냥 우울해하고 싶지도 않았다.

그래도 명색이 이별인데 버드나무 가지는 나눠 갖지 못할지언정 그것을 대신할 무언가라도 줘야 마음이 편할 것 같았다. 나는 눈에 보이는 대로 합환목의 나뭇가지를 따서 모언의 손바닥에 올려주었다.

그에게 당부의 말을 하려던 찰나 누군가 '푸흡' 소리를 내며 웃음을 터뜨렸다. 고개를 들어 소리 나는 곳을 보니 멀지 않은 거리에 서 있는 하얀 옷의 사내가 눈에 들어왔다. 공교롭게도 서 있는 각도가 애매해 거리가 가까운데도 얼굴을 제대로 볼 수 없었다. 오른손에 쥔 검고 둥근 고리 모양의 물건을 손가락으로 굴리며 가지고 노는 모습만 대충 눈에 들어올 뿐이었다. 나는 그가 서 있는 방향을 매섭게 노려봐준 후, 모언에게 아까 하려던 당부를 계속하기 위해 다시 고개를 돌렸다. 그런데 그 순간 내 눈에 들어온 모언은 그 깊이를 알 수 없는 눈빛으로 손에 든 합환목 가지를 뚫어져라 바라보고 있었다.

전혀 특별할 구석이 없는 나뭇가지가 뭐 볼 게 있다고 저리 집어삼킬 듯 바라보는지 도통 이해가 되지 않았다.

한참 후 그가 웃음을 참으며 눈을 들어 나를 바라봤다.

"남들은 이별을 할 때 버드나무 가지를 서로 나눠 가지며 아쉬운 마음을 전한다는데, 그 대신에 합환목의 나뭇가지를 준다는 건 설마……."

나는 무슨 말을 하는지 도통 모르겠다는 표정으로 되물었다.

"설마 뭐요?"

그가 나뭇가지를 들어 올리며 딱 두 글자로 모든 의미를 담아냈다.

"합방?"

"……닥쳐요!"

우리가 이야기를 나누는 동안 거문고 옆에 서 있던 집숙은 별다른 표정의 변화가 없었다. 반면에 하얀 옷을 입은 정체불명의 사내는 내내 키득키득 웃어대다 결국 더는 못 참겠는지 파안대소를 했다.

"세…… 공자, 이런 보물을 어디서 주워 오셨습니까?"

목소리가 이상하게 귀에 익었다. 모언은 고개를 숙여 나의 옷깃을 정갈하게 바로잡아줄 뿐 대답하지 않았다. 나는 그의 목소리를 어디서 들었는지 생각하느라 여념이 없었지만 영 떠오르지 않았다. 그때 말을 함부로 해대는 하얀 옷의 사내가 역광을 등지고 느긋한 걸음걸이로 걸어 나왔다.

나는 내리쬐는 아침 햇살 아래로 점점 윤곽을 드러내는 그의 얼굴을 보며 아연실색하고 말았다. 칼로 자른 듯한 살쩍, 붓으로 그린 듯한 눈썹, 맑은 눈빛과 시원시원한 눈매, 여유가 넘치는 행동거지까지 어젯밤에 보았던 사내보다 연륜은 있어 보이지만 이목구비가 똑같았다. 내 생각이 맞다면 그는 배중의 공의비가 확실했다. 이뿐만이 아니었다. 그가 줄곧 손에 들고 이리저리 굴리던 물건도 역광에서 벗어나자 정확하게 그 모양이 눈에 들어왔다. 나는 놀란 눈을 치켜뜨며 무심코 그를 추궁하듯 물었다.

"손에 든 그 팔찌는 누구 건가요?"

그는 뜻밖의 질문에 어리둥절한 표정을 살짝 비치는가 싶더니 이내 팔찌를 들어 올려 아침 햇살에 비추며 이리저리 돌려봤다.

"그쪽이 보기에도 아름다워 보입니까?"

여전히 눈가에 웃음기가 가득해 무척 아끼는 물건이라는 것을 표정만 봐도 알 수 있었다. 하지만 차갑게 툭툭 내뱉는 말투로 봐서는 그런 느낌이 전혀 들지 않았다.

"누구 건지는 모르겠고 태어날 때부터 차고 있었던 것 같습니다만."

그는 팔찌의 원래 주인에 대해 단 한마디도 언급하지 않았다.

모언은 나를 공의비에게 부탁했지만 난 어젯밤 꿈을 떠올리며 지금 이 사내의 말과 행동이 영 미심쩍고 궁금할 따름이었다. 하지만 사부께서 늘 말씀하시길 남의 일에 함부로 끼어들지 말며, 길에서 부당한 일을 봐도 괜히 나서지 말고 돌아가라 하셨다. 나는 꿈에 관한 생각을 머릿속에서 애써 떨쳐내며 모언이 당부의 말을 어서 끝내고 내게 오기만을 기다렸다.

두 사람이 무슨 말을 하는지는 알 수 없었지만 공의비가 빈정거리며 나지막하게 웃는 소리가 어렴풋이 들려왔다.

"이 상황을 누가 믿겠습니까? 영리한 토끼는 굴을 세 개 파놓아 화를 피한다고 하지 않습니까? 무슨 일을 하든지 퇴로를 남겨두는 모 공자가 약점을 잡힌 꼴이 되었습니다. 그것도 천진난만하고 어린 낭자 때문에 말이죠. 당나라와 누나라의 공주들이 이 사실을 알게 되면 다들 피를 토하며 쓰러지겠군요."

나는 귀를 쫑긋 세우고 목을 길게 빼서 모언의 반응에 촉각을 곤두세웠다. 모언은 부채를 부치며 나를 힐끗 쳐다보다 이내 시선을 돌렸다. 그의 옆얼굴을 보니 전혀 아랑곳하지 않는 미소가 입가에 걸려 있었다. 그는 목소리를 최대한 낮췄지만 못 알아들을 정도는 아니었다.

"이런 일이라면 자네만큼 일가견이 있는 사람이 또 있겠는가? 약점이라는 것은 철저히 없애버리든지 잘 품든지 둘 중 하나일

세. 예로부터 큰일을 하려는 자의 대부분이 약점을 뿌리 뽑는 길을 택해왔지? 하지만 나는 그렇게 생각하지 않네. 백 년도 안 되는 짧은 인생을 살아가면서 약점 하나쯤 가지고 있어도 나쁘지 않지."

공의비는 놀란 눈으로 그를 쳐다봤다. 나 역시 놀라기는 마찬가지라 휘둥그레진 눈빛으로 그를 뚫어져라 보았다. 뜨거운 시선을 눈치챈 듯 그가 내 쪽을 슬쩍 쳐다봤다. 나는 얼른 정색을 하고 아무것도 듣지 못한 척 다른 쪽으로 시선을 돌렸다. 그사이 내 마음 깊은 곳에서는 이미 그에게 잘해야 한다는 생각이 슬그머니 자리 잡고 있었다.

얼마 지나지 않아 두 사람의 대화는 끝났고, 공의비가 모언의 뒤를 따르며 천천히 걸음을 옮겼다. 해가 중천에 떴으니 이제 곧 출발할 시간이었다. 모언의 모습을 보아하니 그는 아직도 할 말이 남아 있는 듯했다. 나는 얼른 끼어들어 그의 소매를 잡아당기며 아까부터 계속 당부하고 싶었던 말들을 쏟아냈다.

"저녁에 좀 일찍 잠자리에 들고, 밤은 새지 말아요."

어쩌면 유치하게 들릴지도 모를 말들이었다.

"잠잘 때 이불을 꼭 덮고 자요. 차버리지 말고."

좀 더 성숙한 여인이라면 이별을 앞두고 훨씬 어른스럽게 행동했을 것이다.

"날이 추워지면 옷을 두둑이 입어요. 번거롭다고 얇게 입고 다니지 말고요."

하지만 난 어른스럽게 행동하는 것이 무엇인지 알지 못했다.

"음식을 가려먹지 말고, 채소와 고기를 골고루 먹도록 해요."

만약 내가 그의 곁에 머문다면 하나하나 다 신경 쓰고 챙겨줬을 일들이었다.

죽사竹舍 안에 정적이 흐르고, 누군가의 비웃음 소리도 더는 들리지 않았다. 이제 가장 중요한 말을 할 차례였다. 목이 타고 입술이 말랐지만 여기서 멈출 수는 없었다. 나는 입술을 축이고 얼른 그 말을 꺼내려 했다. 돌연 모언이 소리 없이 웃으며 내 말을 끊었다.

"그게 다 내가 당신에게 해주려던 말이었소."

나는 그를 노려보며 투덜거렸다.

"나 지금 무척 진지하거든요."

그가 내 표정을 살핀 후 장난기를 거두었고, 부채를 접으며 고개를 끄덕였다.

"알겠소. 내 꼭 당신의 말대로 하리다. 또 할 말이 남았소?"

간신히 용기를 내어 하려던 말이 중도에 끊기자 왠지 김이 빠져 다시 이어가기가 애매해졌다. 나는 그의 눈치를 빠르게 살핀 후 헛기침을 하며 땅을 노려봤다.

"그러니까 마지막으로 하고 싶은 말은……."

나는 전에 없이 단호한 목소리로 경고했다.

"다른 여자한테 눈 돌리지 말아요. 예쁜 여자가 말을 걸며 수작을 부려도 절대 상대하지 말고요!"

그가 미소를 지으며 내 어깨에 손을 올렸다.

"그러리다. 또 할 말 없소?"

갑자기 마음이 울적해지는 기분이 들었다. 나는 잔뜩 시무룩한 표정으로 신발 끝만 바라봤다.

"가능한 한 빨리 나한테 돌아와요."

그가 나의 고개를 들어 올려 눈을 맞추더니 이마에 살포시 입을 맞췄다.

"산 위의 불상화가 시들 때쯤 당신을 데리러 오리다."

햇볕이 뜨겁게 내리쬐는 한여름의 이른 아침에 한 사람은 산을 내려가고, 한 사람은 산으로 들어가는 정반대의 길을 떠났다.

나에게 예지능력은 없었지만 왠지 모르게 불안감이 엄습해 왔다. 예로부터 이별을 아쉬워하며 꽃이 피거나 지는 때에 다시 만나자고 약속한 연인들 중에서 제때 해후하는 경우를 거의 본 적이 없다. 그사이에 꼭 무슨 일이 생겨 그들의 만남을 방해했다.

화려한 숲 속의 경관을 지나 얼마쯤 걸어 올라가자 눈앞에 여러 빛깔이 뒤섞인 청석 계단이 길게 이어져 있고, 그 주위로 짙은 나무그늘이 드리워져 있었다. 계단 모퉁이에는 길게 푸른색 이끼가 끼어 있었다. 발걸음을 멈추고 위를 올려다보니 화려한 색채의 기둥, 층으로 이루어진 누각, 백옥으로 만든 갈고리 모양의 기둥, 오색찬란한 주렴 등 지금 눈앞에 펼쳐진 웅장한 산문은 어제 꿈에서 본 것과 완전히 똑같았다.

공의비가 뒤돌아 나를 봤다.

"군 낭자, 힘들지 않습니까?"

사실 지금 내 머릿속에는 대나무 우산을 받쳐 들고 서 있던 여인의 모습만 떠오를 뿐이었다. 나는 고개를 가로저으며 그를 따라 아주 오래된 청석 계단을 걸어 올라갔다. 산문이 가까워졌을 때쯤 나는 결국 입을 또 함부로 놀리고 말았다.

"이 고죽산은 공의 가문의 땅인가요?"

길을 안내하던 공의비가 가던 길을 잠시 멈춰 섰다. 중루의 정 중앙에 걸린 거대한 청동거울에 하얀 옷을 입은 그의 모습이 비 쳤다.

"예전에는 아니었지요. 고죽산은 불상화가 절경을 이루는 곳 이라 매년 꽃이 피는 시기가 되면 꽃구경을 하러 오는 사람들로 인산인해를 이뤘던 장소입니다. 그래서 5년 전에 내가 이곳을 사 들였고, 이제야 이 아름다운 땅이 안정을 되찾게 되었지요."

나는 얼른 산문 바로 아래까지 올라가 빛을 받아 더 영롱하게 빛나는 유리주렴을 만져보았다.

"산문은 꽤 오래전에 만든 것 같은데 이 오색주렴은 마치 새것 처럼 세월의 흔적이 묻어 있지 않네요."

공의비는 희미하게 웃으며 손에 쥐고 있던 옥팔찌를 이리저리 굴려 손장난을 쳤다.

"1월에 한 번 바꿨고, 5년 동안 이 주렴에만 쏟아부은 돈이 얼 만데 새것처럼 안 보이는 게 더 이상하겠지요."

그가 주렴을 걷어 올렸다.

"군 낭자, 들어가시지요."

주렴의 구슬이 서로 부딪혀 맑고 청아한 소리를 자아냈다.

나는 손을 뻗어 흔들리며 부딪히는 주렴을 진정시켰다.

"사실 이 주렴을 걷어내도 괜찮지 않을까요? 이렇게 때마다 새로 바꾸느라 드는 돈이 그렇게 엄청나다면 너무 낭비잖아요."

그가 고개를 숙이며 잠시 고민에 잠겼다.

"안 될 거야 없지요. 근데 그렇게 하면 뭔가 빠진 양 허전할 것 같습니다."

나는 궁금한 눈빛으로 그를 바라봤다.

"뭐가 빠진 것 같은데요?"

생각에 잠긴 그가 잠시 뜸을 들이며 주렴을 만지작거렸다.

"아마도 돈을 쓰는 쾌감이 아닐까요?"

"……."

이 산문이 공의비에게 어떤 의미인진 모르겠지만 별로 크게 의미를 두고 있어 보이지는 않았다. 어쩌면 아주 예전에 이곳에서 한 여인과 해후한 적이 있다는 것조차 이미 잊어버린 듯했다. 그 여인은 하얀 옷에 검은 머리를 늘어뜨리고, 대나무로 만든 우산을 받쳐 들고 있었으며, 언제 어디에서 죽음을 맞이했는지도 알 수 없었다. 산문 옆에는 고목이 하늘 높이 치솟아 있었고, 걸음을 옮기는 순간 무성한 나뭇잎 틈새로 나를 지켜보고 있는 무수히 많은 차가운 눈동자가 느껴졌다. 이 우뚝 솟은 산문은 죽은 여인이 끝내 떨쳐버리지 못한 집념이었다. 그러나 나는 죽은 자를 상대로 장사를 할 수 없었다.

산문 뒤로 또 백 개의 계단이 놓여 있고, 그 돌계단 위 울창한 숲에 깊숙이 자리 잡은 넓은 저택은 규모가 왕실의 행궁에 버금갈 정도였다. 과연 공의 가문이 엄청난 부자였다는 말이 거짓은 아닌 듯했다. 이 정도의 부를 축적하려면 왕실에 뒷배를 봐주는 세력이 있거나, 왕실을 반대하는 세력의 비호를 받거나 둘 중의 하나가 아닐까 싶었다. 모언이 이런 가문과 알고 지낸다고 생각하니 괜히 걱정이 앞서기까지 했다.

우리는 가는 내내 아무 말도 하지 않았다. 저택 앞에 당도하자 문은 단단히 잠겨 있고, 문 앞을 지키는 사람조차 보이지 않았다. 무언가 이상하다는 생각이 들 때쯤 하인으로 보이는 사내가 바싹 마른 말을 타고 비틀비틀 달려오는 모습이 보였다. 그는 허둥지둥 말에서 내리자마자 울먹불며 공의비의 앞으로 달려와 털썩 주저앉았다.

"나리, 이제라도 오셨으니 정말 다행입니다. 부인과 큰아씨께서 또 문제를 일으켜 소풍背風이 다 죽어가고 있습니다. 어서 가셔서……."

하인의 말이 다 끝나기도 전에 눈앞에 하얀 그림자가 휙 지나간다 싶더니 공의비가 나를 잡아끌고 하인이 타고 온 말에 올라탔다. 정신을 차릴 새도 없이 말은 높이 치솟아 있는 담장을 돌아 쏜살같이 질주했다. 나는 말에 올라타고 나서야 간신히 한마디를 물어볼 수 있었다.

"부인? 큰아씨? 이게 다 무슨 소리죠?"

머리 위에서 공의비의 애매한 대답이 들려왔다.

"내 처와 누이의 사이가 안 좋아 가끔 갈등이 격해질 때가 있지요. 군 낭자에게 우스운 꼴을 보이고 말았으니 참으로 부끄러울 뿐입니다."

하지만 그의 말속에선 전혀 그런 마음이 느껴지지 않았다.

바람이 귓가를 스쳐 지나가고, 나는 귀신에 홀린 듯 그에게 물었다.

"당신의 누이는 당신과 쌍둥이인가요?"

등 뒤에서 순간 무거운 침묵이 흘렀다. 하지만 그는 이내 담담하게 그 사실을 인정했다.

"맞습니다."

그 순간 말갈기를 잡고 있던 손이 미끄러지면서 하마터면 중심을 잃고 말에서 떨어질 뻔했다. 말도 안 된다는 말이 혀끝에서 계속 맴돌았지만 결국 그 소리를 입 밖으로 내지 못한 채 차가운 바람과 함께 뱃속으로 훅 들이마시고 말았다.

사실 공의 가문에 쌍둥이 친누이가 살아 있다는 사실은 군위가 어릴 때부터 나를 짝사랑했다는 말보다 더 믿기 힘들었다. 소문에 의하면 배중 공의 가문은 쌍둥이의 존재를 금기시했고, 쌍둥이가 태어나면 그중 한 명을 죽여 가문의 화근을 없앴다.

이런 비극은 모두 공의 가문을 수호하는 흉수 천하의 무능력함이 한몫을 했다. 지금까지 줄곧 공의 가문의 계승자는 자신의 권위를 세우기 위해 흉수를 소환하는 길을 최우선으로 삼았다. 그러나 이 무능한 흉수는 같은 혈통을 가진 쌍둥이를 구분하지 못했다. 만약 공의 가문에 쌍둥이가 태어나 형이 가업을 이어받게 되면 그는 천하와 혈맹을 맺고 흉수를 소환할 수 있는 능력을 얻게 된다. 문제는 천하가 쌍둥이를 구분하지 못해 같은 혈통을 가진 아우가 형을 가장해 소환해도 알아채지 못한다는 점에 있다. 다시 말해서 아우가 모반을 일으키기란 식은 죽 먹기보다 쉬웠다.

천하무적의 영웅을 무찌를 수 있는 사람은 세상 어디에도 없을 것이다. 그러나 일단 그의 몸에 악성 종양이 생기면 말이 달라진다. 병 앞에 장사 없다는 말처럼 그 역시 불치병 앞에선 철저히 무너질 수밖에 없다. 공의 가문에서 쌍둥이의 존재는 바로 악성 종양과도 같은 화근이었다. 아무리 강력한 가문이라도 안에서부터 무너지는 내란을 버텨내기는 힘들다. 이는 인생을 먼저 살다 간 사람들이 일찌감치 경험을 통해 깨달은 진리이기도 했다. 공의 가문은 7백 년의 역사를 가지고 있고, 그사이 쌍둥이나 이란성 쌍둥이가 태어나면 예외 없이 둘 중 하나를 죽여왔다. 둘 중 하나는 천명을 타고난 아이로 떠받들었고, 선택받지 못한 아이는 화근을 뿌리째 뽑아야 한다는 이유로 죽임을 당했다.

흥미롭게도 역대 공의 가문의 계승자 중 가장 뛰어난 능력을 보여준 이들은 전부 쌍둥이로 태어난 자손이었다. 어찌 됐든 쌍둥이 중 한 명은 한날한시에 태어난 죄로, 태어나자마자 죽음을 맞이한 또 다른 혈육의 피를 부채로 떠안고 살아야 했다. 게다가 이런 처지 때문에 그들도 자연스럽게 혈육에 대해 냉정해졌다.

7년 전 공의 가문이 몰락했을 때 나 역시 이 가문의 가업을 이어받을 장손에게 쌍둥이 누이가 있다는 소문을 들었고, 이미 죽었을 다른 아이에 대해 연민의 정을 느낀 적이 있었다. 그런데 지금 그 아이가 살아 있다니 여간 의아한 일이 아니었다. 그렇다면 가문의 수호신에게 바치기 위해 그녀를 태호강에 던진 게 아니란 말인가?

시간이 흐르면서 하나씩 드러난 사실들은 이뿐만이 아니었다. 어느 철학자가 한 말인지 모르겠지만 인생은 놀라움의 연속이라는 말이 딱 맞아 떨어졌다.

우리를 태운 피골이 상접한 말이 거친 숨을 몰아쉬며 탁 트인 초원으로 질주해 들어갔다. 그때 흙으로 덮인 땅 위에 서 있던 윤기가 반지르르한 검은색 준마가 고통스럽게 울부짖으며 털썩 주저앉았고, 그 자리에 흙먼지가 피어올랐다.

공의비는 나를 들어 올려 말에서 내려주었다. 발이 땅에 닿는 순간, 쓰러진 검은 말 옆에서 검을 들고 주저앉아 있는 붉은 옷의 여인이 눈에 들어왔다. 오른팔을 붙잡고 있는 모습으로 보아 상처를 입은 듯했고, 다부지면서도 아름다운 얼굴은 화를 삭이지 못해 장미꽃처럼 붉게 달아올라 있었다. 그곳에 모여들던 하인들이 어찌할 바를 모른 채 허둥대며 일제히 길을 열어주었다. 공의비는 뛰듯이 걸어가 그녀를 부축해 일으켜 세웠다. 그의 손이 상처를 건드린 듯 여인의 입에서 얕은 신음이 새어 나왔다. 그녀는 긴 검으로 땅을 짚어 몸을 지탱했고, 상처를 입지 않은 다른 손으로 공의비의 팔을 꼭 붙잡으며 울분을 토했다.

"소풍 먼저 살펴봐야 해요. 저 미친 여자한테 맞아 죽었을지도 모른다구요!"

공의비는 눈살을 찌푸리며 굳은 표정으로 그녀를 바라보았다. 그는 붉은 옷의 여인이 쓰러진 말을 살펴볼 수 있도록 부축해 주었다. 그런데 나의 시선은 근처 말뚝에 서 있는 흰옷의 여인에게서 떠날 줄을 몰랐다. 폭포수처럼 쏟아져 내려온 검은 머리카락, 차갑고 깊이를 알 수 없는 눈빛, 이마 위에 늘어뜨린 검은 옥 장식, 손에 든 은색 구절편九節鞭…….

영안, 경쇄쇄. 죽은 것이 확실했던 여자가 얼음조각처럼 아침 햇살 아래 서 있었다. 발 아래 드리워진 긴 그림자로 보건대 누가 봐도 살아 있는 사람이었다. 나는 한참 동안 그녀를 뚫어지게 쳐다보다 궁금증을 참지 못하고 가까이 다가가 보기로 했다. 그런데 그 순간 들려오는 공의비의 나지막한 목소리가 내 발길을 붙잡았다.

"훈薰 누님, 어찌 된 일입니까?"

그는 내가 있는 방향을 보고 있었다. 그의 품에 안긴 붉은 옷의 연인은 두 손을 부들부들 떨었고, 분노로 가득 찬 눈에 눈물이 그렁그렁 맺혀 있었다. 그녀 옆에 있는 준마 소풍은 몇 차례 코로 길게 거친 숨을 내쉬는 듯하더니 어느 순간 아무런 움직임이 없었다.

훈 누님?

차분하면서 서늘한 목소리가 들려왔다.

"실수로 손이 미끄러지면서 상처를 입힌 것뿐이에요. 저 말은 어제 아우를 떨어지게 만들었어요. 주인조차 알아보지 못하는 멍청한 말을 계속 곁에 둘 필요야 없겠지요."

나는 흰옷의 여인에게서 눈을 떼지 못했다. 그녀의 눈빛은 빙산에 천 년 동안 녹지 않고 쌓여 있는 눈처럼 차가웠다. 그녀는 할 말을 다한 듯 구절편을 거둬들인 후 뒤도 돌아보지 않고 그곳을 떠났다.

붉은 옷의 여인이 울며불며 공의비에게 매달렸다.

"소풍을 때려죽이고, 내 몸에도 상처를 낸 여자란 말이에요. 왜 그냥 가게 내버려……."

공의비가 단호하게 그녀의 말을 끊었다.

"왜 이리 생각 없이 행동하는 거요. 내가 누이를 늘 멀리하라 이르지 않았소? 그런데도 기어코 이런 사달을 만들다니 도대체 생각이란 건 하고 사는 거요?"

붉은 옷의 여인이 그를 매섭게 노려봤다.

"도대체 누구 편이에요? 내 남편이 맞긴 한 건가요?"

공의비는 다치지 않은 다른 팔을 붙잡으며 그녀를 부축했다.

"아주 좋은 질문이군. 하늘 아래 나 말고 또 누가 이런 잘못을 용인해줄 것 같소?"

붉은 옷의 여인이 그의 손을 뿌리치며 홀로 일어섰다. 눈에는 아직 눈물이 맺혀 있었지만 입술을 깨물며 독기 어린 말을 쏟아냈다.

"하늘 아래 나를 가장 아끼는 사람은 우리 아버지밖에 없어요. 하지만 그분은……."

그녀는 차마 말을 잇지 못한 채 또 주저앉아 대성통곡을 했다.

공의비도 무릎을 꿇고 앉아 소맷자락에서 손수건을 꺼내 그녀에게 건넸다.

"그만 우시오. 하인들도 있는데 체통 없이 이래서야 쓰겠소?"

그녀를 탓하는 듯 말했지만 그 말투는 한없이 부드러웠다.

나는 고개를 들어 경쇄쇄가 떠나간 방향을 바라보았다. 흐르는 구름이 목초지 위로 형체를 알 수 없는 그림자를 드리웠고, 산들바람을 타고 민들레가 춤을 추듯 이리저리 흔들렸다. 그녀의 모습은 온 산에 가득 핀 불상화 속으로 점점 사라져갔다.

그 후 닷새 동안 나는 경쇄쇄를 단 한 번도 본 적이 없었다. 그리고 저택의 하인들의 입을 통해 그녀가 경쇄쇄가 아니라 공의비의 쌍둥이 누이 공의훈이라는 사실도 알게 되었다. 그녀는 어릴 때부터 타지를 떠돌며 살아야 했을 만큼 처지가 가련했다. 그러다 두 해 전 달밤에 공의 가문으로 다시 돌아오면서 오랜 세월 동안 헤어져 지내야 했던 쌍둥이 남매가 마침내 재회를 하게 되었다.

그날 밤 공의비의 부인 공의산公儀珊은 현실을 받아들이지 못한 채 그녀가 가짜일 거라고 확신했다. 그녀는 노기충천하여 달려갔고, 공의훈의 모습을 보는 순간 할 말을 잃고 말았다. 나는 뒷이야기가 무척 궁금했지만 지금까지 신이 나서 떠들던 하인은 더 이상 말하면 안 되겠다 싶었는지 입을 꾹 다물어 버렸다. 아마도 제정신이 아닌 큰아가씨의 이야기를 외부인에게 너무 많이 알려준 듯하여 순간 아차 싶었을 것이다.

이 집 사람들 모두 공의훈의 머리가 정상이 아니라고 말했지만 겉으로 보기에는 너무나 멀쩡해 보였다. 하지만 공의비가 그렇다고 하면 그런 것이다. 이런 논리는 예전에 부왕께서 나를 피도 눈물도 없는 아이로 단정 지었을 때와 다르지 않다. 설사 내 가슴 속에 뜨거운 피가 흐른다 해도 부왕께서 그렇다고 하면 그런 것이었다. 이것이 바로 권위의 힘이었다.

그 후 여기저기서 흘려들은 이야기를 통해 공의비가 누이를 냉대하는 것 같다는 사실도 새롭게 알게 되었다. 공의훈이 다시 돌아왔을 때 남매의 정이 그리 깊진 않았지만 크게 문제될 바는 없었다. 어쨌든 서로 다른 환경에서 자랐으니 서먹서먹한 것도 당연했다.

그러나 남들이 보기에 두 사람이 잘 지내는 듯 보였던 모습도 처음 두 달이 전부였다. 때때로 공의훈이 하는 행동은 상식을 벗어나기 시작했고, 시간이 지날수록 그 모습이 더 도드라졌다. 평상시에는 아무런 문제가 없다가도 일단 나서서 무슨 일을 한다 싶으면 꼭 사달이 났다.

공의훈이 공의 가문에 들어온 지 석 달이 되어갈 무렵 공의비의 벗이 집으로 찾아왔다. 두 사람은 매를 날리며 싸움을 붙였고, 허공으로 날아오른 참매 두 마리는 날카로운 부리로 서로를 맹렬하게 공격했다. 얼마 후 그중 한 마리가 심각한 상처를 입고 주인에게 돌아가려 하자 뒤따르던 매가 끝까지 쫓아가 사생결단을 내려했다. 두 마리의 매가 뒤엉키며 망루에서 구경을 하던 공의비를 향해 곧장 날아갔다. 그때 옆에 있던 공의훈이 구절편을 꺼내 순식간에 매를 쳐 죽였다. 그 일로 공의비는 친구에게 적잖은 돈을 배상해야 했다.

이 날을 시작으로 공의훈은 공의비에게 조금이라도 해가 되는 일이라면 그를 지키기 위해 극단적인 행동도 서슴지 않았다. 그 후 2년 동안 비슷한 사건이 수도 없이 일어났고, 공의비가 이 일들을 무마하기 위해 쏟아부은 돈도 적지 않았다. 이뿐 아니라 공의비를 해치려고 하거나 음모를 꾸몄던 자객들 중 그녀의 구절편 공격을 받아 죽은 자들도 부지기수였다.

나도 형제자매가 꽤 많지만 전부 다른 어머니 밑에서 태어났고, 평소 왕래가 없다 보니 형제간의 정을 느껴본 적이 없었다. 어릴 때부터 가장 가깝게 지낸 사람은 군위가 유일했다. 그래서 이런 가정을 해 봤다. 어느 날 소설 쓰기를 좋아하는 군위가 어떤 명문가에 대대로 전해져 내려오는 세상에 딱 하나뿐인 책을 갖고 싶어 하는데, 그 집 아들이 내가 시집오는 조건으로 그 책을 주겠다고 하면 나는 어떻게 했을까? 과연 내가 스스로 시집을 가겠다고 나설 수 있을까? 그런데 아무리 생각해도 그럴 수 없을 것 같았다. 군위가 나를 기절시켜 몰래 시집을 보낸다 해도 깨어나면 무슨 수를 써서라도 도망쳤을 거다. 그런데 이런 비슷한 상황에서 공의훈은 기꺼이 자신을 희생하는 길을 선택했다. 그녀는 동생이 가장 갖고 싶어 하는 기보棋譜 한 권을 얻어 생일 선물로 주기 위해 기꺼이 기보의 주인에게 시집갈 결심을 했다.

소문에 의하면 상대방이 신부 집에 예물을 보내고 나서야 공의비는 그 사실을 알게 되었고, 예물을 들고 온 사람들을 모두 문밖으로 내쫓았다고 한다. 평소 그는 태산이 무너져도 눈 하나 깜짝하지 않을 만큼 감정을 쉽게 드러내지 않았다. 하지만 그날만큼은 치밀어 오르는 분노를 쉽게 삭이지 못했다.

그날 이후 원래도 그리 좋지 않았던 남매 사이가 점점 벌어졌다. 하인들은 공의비가 누이를 마치 이 세상에 없는 사람처럼 취급하며 산다고 했다.

공의비가 공의훈의 머리는 정상이 아니라고 말한 것도 어찌 보면 빈말이 아니었다. 그런 일을 겪었는데 그녀의 머리가 정상으로 보일 리 만무했다. 어찌 됐든 그녀가 정상이건 아니건 공의훈이 경쇄쇄라는 사실은 분명해 보였다.

물론 그날 산문에서 우산을 쓰고 있던 경쇄쇄는 이미 죽은 사람이었다. 그러나 이 세상에는 또 다른 생명체가 분명 존재한다. 그것은 의식의 끈과 파편들이 응집되어 새롭게 탄생한 형체로, 전생의 기억을 모두 잊고 새로 태어난 존재처럼 인간 세상에 찾아든다. 우리는 이것을 흔히 도깨비라고 부른다.

나는 경쇄쇄가 공의비의 쌍둥이 누이라고 믿지 않았다. 공의 가문은 대대로 쌍둥이가 태어났을 때 철저하게 뒤처리를 했고 인정의 여지를 남겨두지 않았다. 그러나 만약 경쇄쇄가 누이가 아니라면 그녀의 의식의 파편이 응집되어 탄생한 공의훈도 존재할 수 없다.

그렇지만 결국 이 모두는 나의 직감에 불과했다.

군사부는 내가 바깥세상으로 나갔을 때 가급적 문제를 일으키지 않기를 바라셨다. 나는 어릴 때부터 무엇이든 아는 것이 약이고 복이라 생각하며 지냈다. 그런데 나이가 들수록 모르는 것이 약일 때가 더 많다는 사실을 어쩔 수 없이 인정해야 했다. 세상사가 어떻게 돌아가는지 모를수록 행복과 만족을 느끼기 더 쉬워졌다. 어쨌든 나는 공의훈의 실체에 다가가고 싶은 충동을 최대한 자제했다.

하지만 내 결심과 달리 그녀가 나를 찾아왔다.

이날 찬바람이 갑자기 불기 시작하면서 사랑채 앞마당에 핀 자미화가 바람결에 흔들렸다. 고운 자색과 짙은 남색이 뒤섞인 꽃밭은 고요한 바다에 일어나는 잔잔한 물결처럼 넘실거렸다. 공의훈은 물 위를 걷듯 사뿐히 걸어 창문을 사이에 두고 나를 바라보았다.

"세상이 이렇게 넓으니 별의별 일이 다 일어나지요. 당신이 도깨비라면 나는 화서인의 낙인이 찍힌 죽은 자일 뿐입니다."

그녀가 나를 왜 찾아왔는지 이미 짐작 가는 바가 있었지만 정말이지 예상치도 못한 만남의 시작이었다. 나는 문을 열고 그녀를 안으로 들어오게 했다.

"내가 알기로 도깨비는 정신력이 응집되어 만들어진 존재라 영적인 교감이 뛰어나다고 하더니 과연 사실이었군요. 보통 사람들은 내 정신력의 파장이 살아 있는 사람과 다르다는 걸 알아채지 못하죠. 나의 몸에 화서인의 비술이 봉인되어 있다는 건 더 말할 필요도 없구요."

그녀가 눈을 살짝 내리깔았다. 감정이 드러나지 않는 눈동자에 살짝 푸른빛이 띠었다. 마치 산을 에두르고 흐르는 강에 푸른 하늘이 비치고, 그 위로 흩뿌리는 눈을 보는 느낌이었다.

나는 턱을 괴고 앉아 그녀를 바라보았다.

"왜 나를 찾아왔죠? 당신을 위해서 꿈을 엮어주길 바라서인가요? 그럼 화서인에 대해 들어본 적 있을 테니 꿈을 엮어주는 대신 어떤 대가를 치러야 하는지도 알겠군요."

나는 그녀의 눈을 응시했다.

"아시겠지만 당신은 그 대가를 치를 수 없어요. 도깨비의 목숨은 나에게 아무 의미가 없으니까요."

그녀가 창밖으로 시선을 돌려 바람을 타고 물결치듯 일렁이는 자미꽃밭을 바라보았다.

"꿈을 엮는다고요? 나를 존재하게 만들어준 비술사도 화서인의 그런 능력에 대해 말해준 적 있었어요. 하지만 난 당신의 도움을 받아 꿈속에서나마 내 바람을 이루고 싶은 것이 아니에요. 화서인의 공간으로 들어가기 위해 어떤 대가를 치러야 하는지 아는 사람이 세상에 과연 몇이나 될까요? 내가 원하는 바는 그보다 훨씬 현실적인 거죠."

그녀가 나를 바라보았다.

"당신이라면 내 몸에 봉인되어 있는 전생의 기억을 볼 수 있을 거라고 생각해요."

그 순간 어찌나 놀랐는지 턱을 괴고 있던 내 손이 미끄러지며 툭 떨어지고 말았다. 만약 환생이 있다면 도깨비는 거의 인간으로 태어난 것과 다를 바 없는 존재다. 우리가 전생의 기억을 가지고 태어나지 않듯 도깨비 역시 마찬가지였다.

그녀는 나의 우려를 눈치챈 듯 희고 고운 손가락으로 눈꺼풀 아래를 가리켰다. 그곳에 푸른빛을 띠는 그녀의 두 눈동자가 있었다.

"여기에 나의 지난 생의 기억이 봉인되어 있어요. 나는 7년 전에 죽었다고 들었어요. 그 후 비술사가 죽기 전에 남아 있던 기억의 파편들을 끌어 모아 이 두 눈동자에 봉인했고, 새로 생명을 불어넣은 나의 몸에 집어넣었죠. 하지만 지금의 나는 예전의 내가 아니에요. 그때의 기억은 아무것도 남아 있지 않거든요."

그런데 한 가지 이해가 안 가는 점이 있었다.

"그럼 왜 날 찾아온 거죠? 그 비술사에게 봉인을 풀어달라고 하면 모든 게 해결되지 않겠어요?"

그녀의 눈이 순간 흔들렸지만 이내 평온을 되찾았다.

"자각子愒의 말처럼 그렇게 젊은 나이에 죽었으니 마냥 좋은 인생은 아니었을 테죠. 그런 기억들은 저도 다시 떠올리고 싶지 않아요. 자각에게 듣기로, 내가 전생에 아비阿斐에게 마음의 빚을 많이 졌다더군요. 그래서 유일한 바람이 있다면 그 빚을 조금이라도 갚으며 새로운 인생을 살고 싶어요. 그런데 요즘 들어 자꾸 이런 생각이 들어요. 아무리 형편없는 인생이라도 아름다운 기억이 하나쯤은 있지 않았을까 하는 생각이요. 자각은 나를 공의 가문으로 데려다주면서 아비가 나를 많이 그리워한다고 했어요. 하지만 지금은 그의 말이 사실인지 의심이 들기 시작하네요. 나를 도와준 비술사는 내 몸에 봉인되어 있는 기억들을 볼 수 없어요. 당신 말처럼 그들은 이 봉인을 풀어줄 수 있을 뿐이죠. 근데 나는 고통스러웠던 기억을 알고 싶지 않아요. 내가 원하는 건 나를 행복하게 해주었던, 그런 아름다운 기억들뿐이니까요. 화서인이라면 그게 가능하리라 생각해요. 만약 당신이 날 도와준다면 내 능력이 닿는 데까지 원하는 모든 걸 다 들어줄게요. 그러니 내 기억을 먼저 들여다보고 그중 아름다웠던 기억만 나한테 들려줘요.”

그녀는 화서인의 능력을 정확히 알고 있었다. 화서인은 봉인된 기억을 볼 수 있고, 이는 타인의 꿈속을 들여다보는 것과 같은 이치였다. 그녀의 기억 속으로 들어갔을 때 위험한 상황에 빠지지 않도록 각별히 주의만 한다면 크게 문제될 것이 없었다.

한참 후 나는 흘려 말하듯 한 가지를 짚고 넘어갔다.

“자각? 혹시 그게…… 진 세자 소예의 자字인가요?”

그녀가 나를 힐끗 쳐다본 후 가볍게 고개를 끄덕였다.

“맞아요. 소예가 바로 소자각이에요.”

나는 기분 좋게 제안을 받아들였다.

“좋아요. 내가 도와드리죠. 대가는 필요 없으니 걱정 말아요.”

군사부는 나를 살려내면서 내 능력을 이용해 진왕을 죽일 수 있기를 바라셨다. 하지만 그분을 떠나온 지 꽤 긴 시간이 흘렀는데도 나는 아직 아무런 준비가 되어 있지 않았다. 지금이야말로 그녀의 기억을 빌려 그 내막을 알아낼 절호의 기회였다. 공의 가문이 7년 전에 진나라의 조력자였다는 사실을 하마터면 잊을 뻔했다.

3장

공의훈은 자신의 기억 중 좋았던 일들만 알고 싶어 했고, 미루어 짐작하건대 생각을 너무 많이 하기보단 행동이 앞서는 성격으로 보였다. 군위와 그녀의 성격을 반반씩 섞으면 딱 좋을 성싶었다.

어떤 사람들은 생각만 할 뿐 행동으로 옮기지 못하고, 또 행동만 앞서는 사람은 생각이 단순한 편에 속한다. 하인들은 최근 2년 동안 공의훈이 공의 가문에서 벌인 일들을 뒤에서 쑥덕거렸는데, 꽤 많은 사고를 친 것으로 보아 생각이 단순한 쪽은 확실해 보였다. 사실 세상에 태어나 무슨 일을 하든 그 속에서 즐거움을 찾으면 그것으로 족하지 않을까 싶기도 하다. 내가 즐거워야 나를 둘러싼 세상이 즐거워지고, 나와 연결되어 있는 모든 사람들도 행복해지기 때문이다. 사람은 누구나 자기만의 세상이 있고, 인연이 닿으면 그 세상 중 서로 겹쳐지는 부분이 생기게 된다. 공의훈이 나에게 도움을 청하러 온 것도 자신과 공의비의 세상 중 서로 겹치는 부분을 찾고 싶어서였다.

달이 휘영청 뜬 밤에 하얀 옷차림의 공의훈이 다시 내가 머무는 사랑채를 찾아왔다. 그녀는 오늘 밤에 대청에서 보름달맞이 연회가 열리면 여기로 우리를 찾아와 방해할 사람이 아무도 없을 거라고 했다. 하인들이 정원에 있는 포도나무 시렁의 사방으로 휘장을 두르자 천막처럼 아늑한 분위기의 공간이 만들어졌다. 주렁주렁 탐스럽게 매달린 포도송이가 마치 초록색 비취처럼 고운 색을 띠며 그 안의 분위기를 한층 돋보이게 해주었다. 가을밤 서늘한 달빛이 그윽한 빛을 뿌리며 간이침대와 머리맡에 놓인 꽃가지가 그려진 작은 병풍 위로 쏟아져 들어왔다.

모든 준비가 끝나자 하얀 옷을 차려입은 공의비의 모습이 정원 입구에 나타났다. 그는 열 발자국 정도의 거리를 두고 휘장을 두른 천막 앞에 서 있는 공의훈을 무표정하게 바라보았다.

"여기 있는 줄도 모르고 한참을 찾아다녔군요."

공의비는 그녀를 무심하게 힐끗 쳐다본 후 이내 시선을 나에게 돌리며 가을 호수처럼 맑은 눈에 미소를 담았다.

"이왕 제 누이가 군 낭자와 함께 있으니 오늘 밤은 군 낭자께서 누이가 이 정원 밖으로 절대 못 나오게 지켜주셔야겠습니다."

무슨 말인지 언뜻 이해가 가지 않았다. 그는 이유를 묻기도 전에 이미 돌아서서 발걸음을 옮기려다 말고 잠깐 멈춰 섰다.

"일 년 전의 일이 또 일어나지 않기를 바랍니다."

그가 떠나가도록 입을 다물고 있던 공의훈이 뒤돌아서서 비단으로 만든 발을 걷어 올렸다. 그제야 난 궁금한 것을 물어봤다.

"일 년 전에 무슨 일이 있었던 거죠?"

그녀는 침상에 누워 아무 일 아니라는 듯 담담하게 대답했다.

"별일 없었어요. 그때도 세도가들을 초대해 보름달맞이 연회를 열었죠. 이 연회에 대해 당신도 들어본 적이 있지 않나요?"

물론 나도 공경세가에서 보름달이 뜨는 밤이면 이런 연회를 연다는 이야기를 들어본 적 있었다. 그날이 되면 세도가들을 초

대해 밝은 달을 벗 삼아 술잔을 기울이며 인생을 논한다고 하니 듣기만 해도 운치가 넘쳤다. 그러나 현실은 완전 딴판이었다. 사실 연회는 육욕을 채우기 위한 사교 모임에 지나지 않았다. 연회에 동원된 무희들 중 마음에 드는 여자가 있으면 바로 쾌락을 즐기는, 그야말로 타락의 온상이었다. 그것은 조나라가 왕조를 세운 후 7백 년의 세월을 거치는 동안 남긴, 겉은 호사스럽고 속은 썩어 문드러진 풍속 중 하나이기도 했다.

나는 침대 옆에 가까이 기대앉았다. 그녀는 눈을 감고 조곤조곤 말을 이어갔다.

"작년에 이곳에서 달맞이 연회가 열렸을 때 각지의 세도가들이 다 모여들었죠. 그날 밤 난 정원을 돌아다니다 술에 잔뜩 취한 손님 두 명과 마주쳤어요. 그런데 그자들이 나를 연회에서 춤을 추는 무희로 착각한 거예요."

나는 침대 머리맡에 있는 병풍을 옮겨 옆에서 새어 들어오는 저녁 바람을 막았다.

"그래서 어떻게 됐나요?"

그녀는 피곤한 기색으로 관자놀이를 눌렀지만 목소리는 전혀 개의치 않는 듯 생생했다.

"그다음에요? 그자들의 팔을 하나씩 꺾어 부러뜨려 놨어요."

"아……."

"그때 아비가 크게 화를 냈죠. 그러고 보면 나는 늘 그 아이를 화나게 하는 것 같네요. 만약 그때 내가 그자들이 준 모욕을 참았다면 화를 내지 않았을까요?"

나는 잠시 고심했다.

"그랬다면 감히 누이를 모욕한 죄로 그자들을 가만두지 않았
겠죠."

그녀가 머리에 얹어놓았던 한쪽 팔을 내리고 차가운 눈빛으로
나를 바라봤다.

"난 그런 말을 더 이상 믿지 않아요."

하늘에 뜬 구름이 달을 가렸다. 꽃잎이 어지러이 떨어지고, 거
문고 선율이 흐르는 물소리처럼 잔잔하게 주위를 감싸 안았다.
공의훈의 숨소리가 점점 규칙적으로 들리는 것으로 봐서 이미
잠이 든 모양이었다. 이 거문고 연주 소리는 화서조가 아니라 단
지 수면을 돕는 역할만 할 뿐이었다.

도깨비와 같은 생명체는 우주의 순리를 벗어난 존재이기 때문
에 애당초 목숨을 대가로 받아 음을 만들어내는 화서조의 주인
이 될 수 없었다. 나는 도깨비의 목숨이 필요 없고, 그녀가 그렇
게 값비싼 대가를 치를 수 없다면 나 역시 그녀를 화서의 공간으
로 이끌고 들어갈 수 없다. 그러나 다행히 그녀에게는 기억을 봉
인한 눈동자가 있었다. 또한 그녀의 바람은 봉인된 기억을 보는
것뿐이었다. 도깨비는 육체보다 정신이 먼저 만들어졌고, 인간
만큼 정신과 육체가 긴밀하게 결합되어 있지 않은 존재였다. 게
다가 이 두 가지는 어설프게 엮인 만큼 쉽게 분리가 되기에, 육
체의 구속을 덜 받는 정신을 엿보는 일도 수월해진다.

교주의 주인은 화서인을 이용해 그녀의 눈동자에 봉인된 기
억을 엿볼 수 있도록 자아의식을 끌어낼 수 있다. 상대의 정신이
지극히 평온한 상태라면 제아무리 철저하게 봉인된 기억이라 해

도 읽어내기가 가능하다.

물론 이런 일은 비도덕적이라 나에게 아무리 능력이 있다 해도 도깨비의 기억을 함부로 들여다보는 일은 하지 않는다. 더구나 지금까지 살면서 도깨비를 본 적도 이번이 처음이었다. 만약 모언이 도깨비라면 매일 심심할 때마다 그의 기억을 들여다보며 얼마나 좋았을까 싶기도 하다.

눈을 감자 눈앞에 기괴한 장면들이 어지럽게 나타났다. 여기저기 나뒹굴고 있는 돌과 모래사장, 오래되고 바싹 마른 등나무 등 처량하고 스산한 풍경이 빠른 속도로 스쳐 지나갔다. 얼음장처럼 차가운 호수에 놀란 오리 한 마리가 파닥파닥 날갯짓을 하고, 찰나의 순간에 빛무리가 번쩍 터지면서 하늘에 별을 뿌리듯 쏟아져 내렸다. 주룩주룩 내리는 빗소리가 귓가에 들리더니 갑자기 시야가 확 트이며 휘황찬란한 산문 앞이 보였다. 오색 주렴, 판석, 하얀 옷을 입은 소녀가 소년에게 건네받은 검은 옥팔찌, 살짝 들어 올린 우산, 얼음처럼 차갑고 무표정한 얼굴…….

그녀는 분명 경쇄쇄이자 공의훈이었다. 알고 보니 이 장면은 두 사람이 처음 만났을 때였다.

그날 밤 봤던 것들이 하나하나 눈앞에서 스쳐 지나갔다. 나는 시간을 절약하기 위해서 옷에 고인 비를 툭툭 털어낸 후 과감하게 다른 의식을 포착해 들어갔다. 눈 깜짝할 사이에 하늘 끝에 다다랐고, 눈앞이 온통 암흑천지였다.

나는 옷깃을 단단히 여미며 자꾸 스멀스멀 올라오는 두려움을 떨쳐냈다. 이제 곁에 모언이 없으니 도와줄 사람도 없고, 일이 순조롭게 풀리기도 힘들 것이다.

눈이 어둠에 익숙해지고 나니 긴장했던 마음도 어느새 가라앉았다. 심지가 타들어가는 소리가 희미하게 들리더니 드디어 빛이 바닥에서부터 차오르며 공간을 가득 채웠다. 귓가에 경박한 노랫소리가 들리고, 세상만물이 빛으로 물들며 한 폭의 수묵화와도 같은 모습을 드러냈다.

눈을 돌려 주위를 살펴보니 사람들로 와자지껄했다. 고개를 들어 위를 보자 천장에 거대한 장식등이 걸려 있고, 청동으로 만든 조명등 기둥은 구층탑처럼 솟아 있었다. 그곳에 열일곱 개의 등잔을 밝히니 대청 안이 대낮처럼 환했다.

천장 없이 꼭대기 층까지 가운데가 뚫린 건물의 정중앙에는 운석을 잘라 만든 단상이 있었다. 그곳에 붉은 혼례복을 입은 여인 세 명이 꽃처럼 서 있었다. 왼쪽에 있는 여자가 비파를 품에 안고 연주 중이었다. 사방으로 두 장丈의 간격을 두고 의자가 가득 들어차 있었는데, 그곳에 앉은 사람들은 모두 사내들이었다. 열서너 살 정도의 어린 소년에서부터 칠팔십은 족히 되어 보이는 노인들까지 연령대도 다양했다. 만약 징병을 할 때도 이렇게 일사불란하게 한마음으로 모인다면 나라의 앞날을 걱정할 필요도 없을 듯싶었다.

이층에 별실이 있고, 정교하게 조각된 난간 뒤로 여러 겹의 발이 걸린 것으로 보아 귀한 손님이 분명했다. 나는 한참 후에야 내가 어디 있는지 알아채고 눈을 가리며 가벼운 탄식을 내뱉었다. 기루와 어쩜 이렇게 인연이 깊을 수 있을까? 가끔 생각과 행동이 자유분방하고 거침없다 해도 세상에 태어나 기루에 한 번쯤 안 가보면 억울해서 눈도 못 감을 정도의 집념은 없었다.

참으로 얄궂은 운명이었다. 십삼월 때문에 기루를 처음 가보더니 지금 또 영문도 모른 채 이곳에 발을 들여놨다. 분위기를 보아하니 새로 들어온 기녀의 머리를 처음 올려줄 사내가 누가 될지 경매가 한창 진행 중인 듯했다. 정말이지 이해할 수 없는 광경이었다.

비파 연주가 끝나자 아래위층에서 치열한 경매가 시작되었다. 사내들이 들어 올린 가격판이 정신없이 올라왔다 내려가길 반복했고, 그 모습은 마치 하룻밤 계집질에 목숨 건 사람들 같았다.

하지만 기녀의 초야를 치러 줄 사내는 엄청난 돈을 지불해야 한다. 결국 한바탕 파도가 휩쓸고 간 자리에 남은 사람은 별실에 있는 두 사람뿐이었다. 기녀와의 고작 하룻밤이 이렇게까지 거액의 돈을 쏟아부을 만큼 가치 있는 일일까? 내 상식으로는 도무지 이해가 가지 않았다. 차라리 그 돈으로 장가가서 부인과 평생 같이 자면 될 걸 왜 이런 일에 굳이 돈과 시간까지 써가며 열광하는 걸까?

땅까지 늘어뜨린 주렴에 가려 가격을 부르는 사내의 얼굴을 전혀 볼 수 없었다. 어쨌든 은련隱蓮이라 불리는 기녀의 몸값은 이미 금화 삼천 다섯 냥까지 올라갔다. 한 자리 숫자만큼 금액을 올려도 상관없다 보니 왼쪽 별실의 손님이 가격을 부르면 맞은편 별실의 사내는 계속해서 그 돈에 금화 다섯 냥을 더 얹어 받아쳤다.

예사롭지 않은 긴장감이 감돌자 춤과 노래로 시끌벅적하던 기루 안이 순식간에 쥐 죽은 듯 조용해졌다. 다들 왼쪽 별실의 사내가 과연 더 높은 가격으로 또 받아칠지 촉각을 곤두세우고 있었다. 그 무렵 입구 쪽이 소란스러워졌다. 그쪽으로 눈을 돌리니 펄럭이는 흰옷과 은빛이 번쩍하고 지나가는 자리마다 남아나는 자가 하나도 없었다. 기루에서 고용한 호위무사들조차 그녀가 휘두른 은색 채찍 앞에 힘없이 무너지며 대청 안으로 나가떨어졌다. 보기만 해도 간담이 서늘해지는 흰옷의 자객은 바로 경쇄쇄였다. 단상 위에서 자신이 팔리기만을 기다리던 기녀들은 너무 놀라 얼굴이 하얗게 질렸고, 손님들도 겁에 질려 너 나 할 것 없이 문지방을 넘어 도망쳤다. 조금 전까지 시끌벅적하던 기루 안은 삽시간에 손님들이 밀물처럼 빠져나가 텅 비어 버렸다. 과연 경쇄쇄다웠다. 기루를 운영하는 기생어미는 이런 상황에 익숙한 듯 활짝 웃으며 그녀에게 다가갔다.

"아무래도 젊은 처자께서 잘못 알고 들어온 듯하네요. 우리는 아가씨 장사를 하지⋯⋯."

경쇄쇄가 그녀의 말을 딱 잘라버렸다.

"이곳에서 하는 게 바로 아가씨 장사가 아니던가?"

오른쪽 별실의 주렴이 흔들리는 소리가 유난히 크게 들렸다. 뒤이어 주렴이 걷히고 훤칠한 사내의 모습이 드러났다. 그곳에 꿈에서도 생각지 못한 인물이 있었다. 바로 공의비였다.

비단옷 차림의 공의비는 경쇄쇄를 내려다보며 그녀의 시선을 피하지 않았다. 그는 살짝 놀란 듯했지만 이내 희미한 미소를 지으며 한 손으로 주렴을 걷어 올려 고리에 걸었다.

아래층에서 얼굴 가득 색기가 넘치는 가희 한 명이 입을 가리며 속삭였다.

"세상에⋯⋯ 저곳에 있던 사내가 공의 공자라니⋯⋯."

옆에 있던 기녀가 놀란 눈으로 되물었다.

"누구요?"

가희의 표정에 실망이 가득했다.

"배중 공의 가문의 주인이자 '풍채로 세상 사람을 압도하고, 문재 또한 겨룰 자가 없다'고 소문이 자자한 공의비였어."

그녀의 뒷말에 부러움이 가득했다.

"은련이는 정말 천복을 타고났나 봐."

두 여자는 바로 지척에서 이야기를 나눴고, 나에게도 들리는 말이 경쇄쇄에게 안 들릴 리 만무했다. 그녀는 이층 오른쪽 별실을 힐끗 올려다보더니 이내 채찍을 거두고 붉은 천이 깔린 나무 계단을 올라갔다.

기생어미가 그녀의 등 뒤에서 발을 동동거렸다.

"그렇게 기루에서 놀고 싶으면 남장이라도 해요. 멋대로 우리 업종의 규정을 망가뜨리면……."

경쇄쇄의 뒤를 따르던 검은 옷의 시종이 잽싸게 금전을 꺼내 주며 입막음을 했다.

모든 사람의 시선이 갑자기 뛰어 들어온 경쇄쇄에게 일제히 쏠렸지만 그녀는 전혀 아랑곳하지 않고 왼쪽에 있는 별실로 성큼성큼 걸어 들어갔다.

주렴이 걷히자 비단옷을 입고 옥대를 한 수려한 외모의 사내가 자리에 앉은 경쇄쇄 앞에 얼른 서는 것이 보였다.

"아녕阿寧이 괜히 이런 곳에 와서 누이를 화나게 한 것 같습니다. 앞으로는……."

경쇄쇄는 별 관심 없다는 듯 그의 말을 끊으며 턱을 괴고 아래층 단상에 서 있는 기녀들을 내려다봤다.

"어느 여자가 마음에 드니?"

사내는 놀란 눈으로 고개를 들었다.

"네?"

맞은편에서 줄곧 잠자코 있던 공의비가 재미있다는 양 웃으며 술잔을 들었다.

"방금 제가 이미 금화 삼천 다섯 냥을 불렀습니다. 그런데 보아하니 지금 그쪽 분께서는……."

그는 말을 하다 말고 미소를 지으며 주렴 옆에 있을 경쇄쇄를 뚫어져라 쳐다봤다.

"저한테 좋은 일을 해주기 위해 오신 분 같습니다. 아닌가요?"

사내는 고개를 푹 숙인 채 말없이 있었다. 경쇄쇄의 시선은 여전히 아래층 단상에 고정되어 있었고, 손가락으로 박달나무 책상 위를 톡톡 쳤다.

"금화 이만 냥. 저기 있는 여자 셋을 전부 내가 사지."

기루의 위아래층을 가득 채운 사람들이 어리둥절한 표정을 지었다. 나 역시 예외가 아니었다. 사방을 둘러보니 공의비만 혼자 조용히 술잔을 기울였고, 입가에는 여전히 옅은 미소가 걸려 있었다.

기생어미는 입만 벙긋거리며 아무 말 하지 못했다. 울어야 할지 웃어야 할지 모를 상황이지만 금화 이만 냥으로 기녀 셋을 사다니, 조나라에서 패가망신한 사람도 이 정도까지는 아니었다.

아녕은 얼굴빛이 하얗게 질려 거의 제정신이 아니었다.

"누님, 저를 잡아 집으로 데려가려고 여기 오신 거 아닙니까?

이건……."

경쇄쇄는 그를 위아래로 쭉 훑어본 후 김이 모락모락 피어오르는 자기 찻잔을 집어 들었다.

"이왕 여기서 돈 주고 여자를 사기로 했으면 이겨서 **빼앗아야**겠지. 내가 평소에……."

안개에 가려진 듯 속을 알 수 없던 그녀의 눈빛이 순간 매섭게 변해 그를 노려봤다.

"널 그렇게 가르쳤느냐?"

사내는 그 말에 더 주눅이 들어 차마 고개조차 들지 못했다. 그녀는 차를 한 모금 입에 댄 후 자리에서 일어나 아래층을 한 번 쓱 훑어보았다.

"셋 다 그럭저럭 봐줄 만하구나. 오늘 밤에는 집에 올 필요 없으니 가장 마음에 드는 아이 하나를 골라 보거라."

이곳에서는 누구도 나를 볼 수 없다. 그 덕에 다양한 각도에서 그녀의 얼굴에 담긴 모든 표정을 맘대로 볼 수 있었다. 가까이서 보니 그녀는 그야말로 절세미인이었다. 다만 얼음조각처럼 차가운 표정에는 웃음기가 전혀 없고, 흡사 이 세상에 아무런 흥미도 없는 사람처럼 보였다.

이 기억 속에서 그녀의 동생은 경녕卿寧이라 불리는 사내였다. 그리고 공의비와의 두 번째 만남이 이루어진 기루에서 두 사람은 기녀를 돈으로 사기 위해 신경전을 벌이고 있었다. 비술에 걸린 그녀의 눈동자를 통해 볼 수 있는 것은 봉인된 기억뿐이었다. 그녀의 생각을 읽을 수 없으니 모든 상황이 점점 미궁 속으로 빠져들었다.

나는 경쇄쇄를 따라 기루를 빠져나오고 나서야 이곳이 호숫가에 있다는 사실을 알게 되었다. 호수 기슭에는 버드나무 가지가 늘어져 운치를 더했고, 물 위로 달그림자가 어슴푸레 드리워져 있었다. 검은 옷차림의 시종은 어둠과 하나가 되어 그녀의 뒤를 따랐다. 그러나 얼마쯤 가고 나자 그녀는 시종을 남겨둔 채 홀로 풍등을 들고 호숫가를 따라 산책했다.

나는 그녀를 바싹 뒤따르며 거의 호수를 한 바퀴 정도 돌았다. 호숫가의 낮은 둔덕을 지났을 때쯤 기슭에 정박해 있는 지붕 없는 나무배가 눈에 들어왔다. 그런데 뱃머리에 서 있는 사람은 놀랍게도 방금 전 기루에서 술을 마시던 공의비였다.

풍류를 즐기는 호방한 기질의 공의비는 손에 쥔 술잔을 기울이며 호수에 제를 올리고 있었다. 그는 인기척이 들리자 눈을 살짝 들어 시선을 돌렸고, 그곳에 서 있는 경쇄쇄를 보자마자 약간 놀란 기색을 드러냈다. 하지만 그의 입가에는 어느새 미소가 번졌다.

"경 낭자."

경쇄쇄는 배 앞으로 다가가 그를 내려다봤다.

"밝은 달빛과 호수를 벗 삼아 함께 술잔을 기울이다니 참으로 풍류를 즐기시는 분 같습니다."

그가 웃음기 가득한 눈빛으로 억울하다는 듯 항변을 했다.

"마음에 들었던 기녀들을 낭자가 전부 빼앗아가지 않았습니까? 같이 술을 마시며 시를 읊어줄 여인이 없으니 홀로 나와 이런 즐거움이라도 찾은 것이지요."

그가 잠시 말을 멈추고 한숨을 내쉬었다.

"그런데 배를 다루는 솜씨가 형편없다 보니 용왕에게 좀 잘 봐 달라고 뇌물이라도 쓸 겸 술을 올리고 있던 중이었습니다."

그는 살짝 고개를 들어 그녀에게 손을 내밀었다.

"그래도 낭자와 이렇게 우연히 만나게 된 걸 보니 하늘이 이 공의비를 불쌍히 여기긴 했나 봅니다. 낭자와 함께 호수를 둘러볼 영광을 제게 주시겠습니까?"

말은 처량하기 그지없었지만 얼굴에 드러난 표정에는 어린아이처럼 좋아 어쩔 줄 모르는 설렘이 가득했다. 이런 부자연스러운 그의 연기를 보며 나는 속으로 혀를 끌끌 찼다. 경쇄쇄의 성격으로 보건대 약을 먹지 않고서야 그의 제안을 받아들일 리 없었다.

그런데 경쇄쇄의 반응은 나의 예상을 뒤집었다.

호숫가에 바람이 불어 버드나무 가지가 살랑살랑 흔들렸다. 경쇄쇄는 검은 옥팔찌를 찬 백옥같이 하얀 손을 공의비의 팔 위에 얹고 그에게 의지해 배에 올라탔다.

나무배가 흔들리면서 두 사람의 몸이 밀착되었다. 그녀는 얼른 몸을 떼며 손에 든 풍등을 그에게 건넸다.

"그럼 공의 공자께서 직접 모는 배를 타는 영광을 한번 누려볼까요?"

나는 그 틈을 타서 배에 올라탄 후 구석으로 이동했다. 내 존재는 의식에 불과하기 때문에 배에 타 어디에 앉는다 해도 전혀 하중이 가해지지 않았다.

공의비의 눈동자에 희미한 빛이 번쩍 지나갔지만 찰나에 불과했다. 그는 배가 호숫가에서 멀어지고 나자 나지막하게 웃으며 말했다.

"낭자가 정말 배에 탈 줄은 생각지도 못했군요. 이 공의비가 행여 딴마음을 품고 낭자에게 무례를 범할지도 모르는데 두렵지 않습니까?"

배 안에 놓인 작은 탁자 위에 영롱한 빛을 띠는 수정 베개가 놓여 있었다. 경쇄쇄는 그 베개를 신기한 듯 바라보며 그의 말에 전혀 개의치 않았다.

"그거야 공의 공자께서 이 경쇄쇄와 싸워 이길 수 있을 때 가능한 이야기겠죠."

배가 호수의 한가운데쯤 왔을 때 공의비가 턱을 받치고 서서 속상한 척 투덜거렸다.

"이리될 줄 알았다면 용왕님께 뇌물을 바치지 말 걸 그랬나 봅니다. 차라리 용왕이 심술을 부려 배가 흔들리고 뒤집히는 편이 나을 뻔했군."

그녀가 턱을 괴고 그의 얼굴을 바라봤다.

"왜죠?"

노를 내려놓은 그가 그녀의 맞은편에 앉았다. 그는 작은 탁자를 사이에 두고 술잔을 가득 채우며 물었다.

"정말 알고 싶어요?"

그녀는 정말 궁금한 듯 그를 빤히 쳐다보며 다시 물었다.

"왜죠?"

그의 시선이 손에 든 담청색 자기 잔을 넘어 눈처럼 새하얀 그녀의 얼굴로 향했다. 그는 입가에 번진 미소를 거두고 진지한 눈빛으로 그녀를 바라봤다.

"낭자는 무공이 뛰어나니 가까이 다가가려면 그 방법밖에 없지 않습니까? 고죽산에서 헤어진 후 낭자 곁에 좀 더 가까이 다가가고 싶다는 마음이 줄곧 나를 괴롭혔지요."

갑작스럽지만 차지도 모자라지도 않을 만큼 딱 적당한 고백이었다. 이 상황에서 자칫 잘못하면 희롱처럼 들리기 십상이고, 너무 말을 아끼면 상대가 무슨 말을 하는지 알아듣지 못하는 불상사가 생기게 된다. 나는 여자의 환심을 사는 데 일가견이 있는 공의비의 천부적 능력에 내심 감탄사를 연발했다.

내가 아는 경쇄쇄라면 평소처럼 서늘한 표정으로 그의 말을 못 들은 척 무시할 테고, 그러면 공의비의 고백은 물거품이 되고 말 것이다. 하지만 다행히도 연애소설의 규칙에 위배되는 그런 일은 일어나지 않았다.

줄곧 턱을 괸 채 수정 베개를 만지작거리던 경쇄쇄는 손놀림을 멈추고 등을 곧추세웠다. 그녀는 놀란 눈빛으로 공의비를 바라봤다. 저 멀리서 퉁소 소리가 희미하게 들려왔다. 그녀는 탁자에 팔을 얹고 그를 향해 몸을 기울였다. 서로의 숨소리가 들리고 숨결이 느껴질 만큼 민망한 분위기였지만 목소리는 얼음장처럼 차가웠다.

"나를 구하고 싶나요? 그게 당신의 소원인가요?"

가을 호수처럼 맑은 그의 눈빛에 잔잔한 파문이 일어났다.

그녀는 그의 귓가에 입술이 닿을 정도로 더 가까이 다가갔다.

"내가 여기서 뛰어내리면 정말 날 구해줄 수 있나요?"

그녀가 고개를 기울여 그에게서 살짝 떨어졌다. 아무런 감정도 느껴지지 않는 목소리는 지극히 덤덤하고 차분했다.

"나는 수영을 못해요. 당신이 날 구해주지 않으면 죽고 말 거예요."

공의비는 탁자 위로 미끄러지듯 흘러내린 그녀의 머리카락을 손으로 잡았다. 그가 시선을 내리깔고 있는 탓에 표정을 제대로 볼 수 없었지만 목소리는 무척 부드러웠다.

"그리 말장난하는 걸 보니 아무래도 이 공의비의 마음이 제대로 전해지지 못한 모양이군요. 아니면 내가 너무 주제를 모르고……."

말이 끝나기도 전에 머리카락이 그의 손에서 휙 빠져나가더니 풍덩 소리와 함께 사방으로 물이 튀어 올랐다. 눈을 돌리자 마치 연꽃처럼 깊은 호수 속으로 가라앉는 하얀색 형체가 보였다. 첨벙, 또다시 호수 위로 물보라가 일어났다. 물을 잔뜩 먹고 연신 기침을 해대는 경쇄쇄를 배 위로 끌어올린 공의비는 하얗게 질린 채 기가 막혀 말을 잇지 못했다.

"지금 이게……."

공의비가 그녀의 등을 연신 두드리고 쓸어내린 덕에 기침은 점점 잦아들었다. 그녀는 숨을 몰아쉬며 손을 뻗어 공의비의 옷깃을 붙잡았다. 얼음장처럼 차가운 그녀의 눈동자에 달이 들어차 있었다.

"당신을 놀리려고 한 말이 아니었어요."

그녀가 또 기침을 했다.

"당신도 나를 속인 적이 없잖아요."

그녀가 얼굴을 더 가까이 기대자 그 숨결이 고스란히 그의 얼굴에 닿았다.

"이왕 이렇게 된 거 열흘 후에 경씨 가문으로 혼담을 넣으러 오세요."

정말이지 놀라운 속도로 일이 진행되고 있었다. 공의비의 표정을 자세히 들여다보니 그 눈빛 속에 혼자 좋아한 것이 아니라는 사실에 안도하는 기색이 역력했다. 하지만 경쇄쇄는 달빛 아래서 온통 물에 젖은 채 그의 대답만 기다릴 뿐이었다.

"그렇게 할 건가요?"

그의 새까만 눈동자에 기쁨의 물결이 소용돌이쳤지만 그녀가 원하는 대답은 아직 나오지 않고 있었다. 그녀의 안색이 굳으며 그를 밀쳐냈다. 그 목소리는 뼛속까지 한기가 느껴질 만큼 차가웠다.

"싫다는 건가요? 그럼 지금까지 한 고백들은 전부 말장난에 불과한 거였군요. 영안 경쇄쇄는 당신이 그렇게 함부로 대할 여인이 아니에요, 공의 공자!"

그는 너무 놀라 한동안 말을 잃고 있다가 그제야 정신이 번쩍 들었다. 푸른 호수와 차가운 달빛 아래서 그의 눈가에 환한 미소가 번졌다.

"그럴 리가! 열흘 후에 혼담을 넣으러 가죠."

그가 입꼬리를 올리며 그녀의 손을 덥석 잡았다.

"지금까지 누구도 좋아해 본 적이 없었지요. 그런 내가 당신을 보자마자 운명의 여인이라고 직감했습니다."

그녀는 고개를 돌려 멀지 않은 곳에 떠 있는 작은 섬을 보았다.

"기루의 여자들을 봤을 때도 당신의 운명이라고 생각한 건 아니고요?"

그가 참지 못하고 웃음을 터뜨렸다.

"말도 안 돼요. 운명이라고 생각했다면 당신에게 절대 뺏기지 않았을 겁니다."

그녀는 고개를 돌린 채 한참을 고심하다 손에 끼고 있던 검은색 옥팔찌를 빼냈다.

"나중에 사윗감을 뽑을 때가 되면 아버지가 제게 춤을 추게 하실 거예요. 그럼 당신은 그 춤에 어울리는 가장 멋진 곡을 써서 아버지의 마음을 사세요. 예전에 아버지가 당신의 문재를 칭찬한 적이 있지만 안타깝게도 이번 혼담은 시문을 보시지 않을 거예요. 악곡의 원리나 이치 쪽으로 아버지의 인정을 받았던 사람은 이 세상에서 진 세자 소예뿐이었죠."

그가 미소를 지으며 다시 그녀의 손을 잡았다.

"그렇다면 내 사촌동생한테 가서 도움이라도 청해야 하는 겁니까?"

그는 짐짓 한숨을 내쉬었다.

"살면서 내가 가장 싫어하는 게 그놈과 함께 있는 것인데. 만에 하나 아버님이 아우를 더 마음에 들어 하면 큰일 아닙니까? 그놈과 얼굴을 붉히며 싸우고 싶지는 않거든요."

그녀가 옥팔찌를 그의 손에 쥐어주었다.

"당신이 한 말을 잊지 마요. 내가 당신의 운명이라고 했죠? 그럼 무슨 일이 있어도 손에 넣어야죠. 날 실망시키지 마세요."

바람이 불어와 작은 배가 흔들리며 기우뚱하자 그는 그녀를 끌어안았다.

"춤을 출 때 너무 얇은 옷은 입지 말아요. 내 여자가 다른 사내들의 눈요깃거리가 되는 건 싫으니까."

그녀는 늘어뜨리고 있던 두 팔을 가만히 들어 올려 그의 넓은 등을 감싸 안았다. 그 순간 놀란 듯 그의 몸이 움찔하며 그녀를 더 꽉 끌어안았다. 그녀는 그의 어깨 위에 턱을 고이고, 놀란 눈을 동그랗게 뜨며 저 멀리 하늘 위에 걸린 달을 바라봤다.

이들은 내가 지금까지 본 사람들 중에 처음 만남부터 시작해서 급물살을 타며 서로의 마음을 확인한 유일무이한 남녀였다. 솔직히 첫눈에 반한다는 것처럼 이해가 안 되는 일도 없다. 당신이 원하는 사람이 저 사람도 아니고 딱 이 사람이라는 걸 과연 어떻게 알 수 있을까? 또 다른 사람이 생기면 지금의 약속은 전부 잊히지 않을까? 이런 생각을 하게 된 데는 다 그럴 만한 이유가 있다. 나는 8년 후 공의비의 옆에 있을 부인이 경쇄쇄가 아니라는 사실을 이미 알고 있었다. 그의 부인은 바로 둘째 숙부의 딸 공의산公儀珊이었다. 그렇다면 두 사람의 혼담이 순조롭게 진행되지 못했으리란 것은 나름 짐작이 되었다.

어찌 됐든 열흘은 금세 지나갔다.

그날 이른 아침부터 제신을 모시기 위해 세운 영안 경씨 집안의 조양대朝陽臺로 세도가의 자제들이 모여들었다. 경쇄쇄는 격식을 차린 하얀 옷을 입고 원래 정鼎이 놓여 있던 높은 제단 위에 무표정하게 서 있었다.

제단 아래 모인 사람들은 대부분 경씨 집안의 돈 아니면 그녀의 아름다운 외모를 보고 혼담을 넣기 위해 찾아온 자들이었다. 아무런 사심 없이 오로지 그녀 하나만 보고 온 사람은 공의비 단 한 명뿐이었다. 그러나 그녀는 수많은 사람들 틈에서 그를 찾아 냈을 때도 전혀 표정의 변화가 없었다. 도리어 손으로 이마를 짚 으며 붉은 입술을 보일 듯 말 듯 달싹이는가 싶더니 이내 힘없 이 두 눈을 감아버렸다. 옆에 있던 악사가 거문고를 연주하기 시 작했다. 나는 그녀가 입술을 달싹이며 무슨 말을 했는지 두 귀로 똑똑히 들을 수 있었다.

"역시나 왔군."

이때 나는 몇 년 전에 들었던 소문이 하나 떠올랐다. 다들 진 나라의 경씨 성을 가진 여인의 춤 솜씨가 천하를 들썩이게 할 정 도라고 했는데, 지금 생각해 보니 그 여인이 바로 경쇄쇄였다. 그 후 그녀에 관한 소문은 더 이상 들을 수 없었고, 다만 그녀의 춤을 받쳐주던 〈청화현상靑花懸想〉이라는 곡조만이 한때 온 나라 를 들썩이게 만들었다. 심지어 안회산처럼 외진 산촌에서조차 그 곡조를 흥얼거리는 소리를 들을 수 있었으니 얼마나 유행했 는지 가히 짐작할 만했다.

내 예상과 달리 세상을 들썩이게 했다던 춤은 그다지 내 마음 을 움직이지 못했다. 단지 조나라 최고의 무희들보다 좀 더 기교 면에서 뛰어날 뿐이었다. 게다가 소문처럼 천하를 들썩이게 만 들 만큼 파급력도 없어 보였다.

또 하나, 내 예상을 뒤엎고 두 사람의 혼사에 장애가 될 만한 일은 전혀 일어나지 않았다. 심지어 납채納采, 납길納吉, 문명問名, 납징納徵 등 자질구레한 절차를 모두 생략하고, 그 자리에서 신랑

측에게 직접 날을 받아 혼례 날짜를 정했다. 모든 일이 너무나 일사천리로 진행되어 두 사람의 혼사에는 그야말로 문제가 하나도 없었다. 하지만 나는 이 일의 끝을 알고 있었다. 그것은 바로 경쇄쇄의 죽음이었다.

지난 시간을 돌이켜보니 뭔가 음모의 냄새가 나기도 했지만 나의 타고난 천성이 그런 의심을 깊이 할 만큼 집요하거나 예리하지 못했다. 결국 한참을 고민하다 스스로 말도 안 되는 생각이라고 치부하며 그런 가능성을 머릿속에서 떨쳐냈다.

혼례날이 한 달 후로 잡혔는데도 그날 밤 공의비는 혼례 준비를 위해 곧장 배중으로 돌아가지 않았다. 군위의 소설을 보면 잘생기고 멋진 남자 주인공이 깊은 밤에 담장을 넘어 연모하는 이의 후원으로 숨어드는 까닭은 하얀 매화를 꺾어 그녀의 창문 앞에 놓아주기 위해서였다. 몰래 꺾은 하얀 매화의 향과 함께 그녀가 깊은 잠에 들 수 있도록 말이다.

그날 밤 나는 하얀 옷차림의 공의비가 경씨 저택의 후원으로 통하는 높은 담 위에 앉아, 손을 뻗어 담장 위에 핀 자색의 초롱꽃을 꺾는 모습을 보았다. 그 모습은 흡사 군위의 소설 속에 등장하는 남자 주인공이 현실로 걸어 나온 듯한 착각을 불러일으켰다.

다만 안타깝게도 공의 공자가 마음에 둔 여인은 소설 속에 등장하는 여인들처럼 그렇게 병약하지 않았고, 일찍 잠자리에 드는 습관도 없었다. 그 시간까지도 후원의 우뚝 솟아 있는 오동나무 아래서 경씨 집안의 장녀는 홀로 춤동작을 연습하고 있었다.

그녀가 흥얼거리고 있는 곡조는 분명 〈청화현상〉이었지만 내가 알고 있는 것과 어딘지 모르게 달랐다.

그녀는 담장 위에서 훔쳐보고 있는 누군가를 눈치채고 돌아서는 동시에 목표물을 향해 단도를 날렸다. 그녀가 공의비를 발견했을 때 단도는 이미 아슬아슬하게 그의 머리카락을 비껴 날아간 뒤였다. 순간 그녀는 창백해진 얼굴로 그를 올려다보았다.

"여기서 뭐 하는 거죠?"

그는 방금 꺾은 초롱꽃을 들고 담장 위에서 위풍당당하게 서 있었다. 다행히도 몸에 난 상처는 고작 머리카락 몇 가닥에 불과했다.

"내가 묻고 싶은 말이지 싶은데? 그건 그렇고 방금 당신이 흥얼거리던 곡은 오늘 내가 아버님께 올린 곡 같더군요."

그가 다시 한마디를 보탰다.

"아니, 못 들은 걸로 해요. 지금 당신은 그 곡을 누가 만들었는지 모르는 겁니다."

그사이 그는 담장에서 훌쩍 뛰어내려 손에 든 초롱꽃을 조심스레 그녀의 머리카락 사이에 끼워주었다. 꽃이 그녀의 길고 까만 머리를 더욱 돋보이게 했다. 고개를 들어 그를 보는 그녀의 눈동자에 은은한 달빛이 담겼다. 그런데 그녀는 꽃을 꽂아주던 그의 손이 어깨 위로 내려앉는 순간 고개를 살짝 틀어 정원의 꽃과 나무 쪽을 향해 시선을 돌렸다.

"설사 당신이 만든 곡이라 해도 뭐가 달라지겠어요? 그 많은 곡 중에서 굳이 이 곡을 마음에 들어 하시다니, 아버지께서 곡을 보는 눈이 많이 낮아지신 것 같네요."

그의 입가에 미소가 번졌다. 그는 몸을 숙여 그녀의 귓가에 입을 가까이 대고 속삭였다.

"그런데 왜 이 야심한 밤에 내가 만든 형편없는 곡에 맞춰 춤동작을 연습하는지? 혹시 누굴 기다리고 있던 겁니까?"

그녀가 눈썹을 살짝 찡그렸다.

"기다린 적 없어요."

그가 혼잣말처럼 중얼거렸다.

"내 곡에 맞춰 춤동작을 짠 게 맞았군……."

그녀는 살짝 당황해 뒤돌아 걸어가려 했지만 그녀를 끌어당기는 손 때문에 한 발자국도 옮길 수 없었다.

"당신의 춤을 보고 싶군요, 쇄쇄. 오늘 아침이 되면 모든 사람이 보게 될 춤이지만, 오늘 밤만은 오로지 나만을 위해 추는 춤을 보고 싶어요."

이런 직접적인 고백을 들으면 어느 여자라도 부끄러워 볼이 발그레해지겠지만 경쇄쇄는 절대 평범한 여자가 아니었다. 그녀는 부끄러워하기는커녕 목소리와 눈빛에 전혀 흔들림이 없었다.

"그래요, 당신 말이 맞아요. 당신에게 보여주고 싶어서 오랫동안 연습했고, 당신이 오기만을 기다렸어요."

어쩌면 공의비가 경쇄쇄를 자꾸 놀리는 것도 이렇게 정색하며 말하는 그녀의 모습을 보고 싶어서가 아니었을까? 그녀는 기싸움에서 지는 것을 누구보다 싫어했고, 상대방에게 장난을 칠 때도 마찬가지였다.

그런데 얼음장처럼 차가운 목소리로 솔직하게 속내를 털어놓는 그녀를 보고 있노라면 봄을 맞아 꽁꽁 얼어 있던 얼음이 녹아 계곡을 타고 흐르는 것처럼 기분이 상쾌해지고 후련한 느낌마저 들었다.

공의비의 눈빛이 점점 뜨거워졌지만 그녀는 전혀 눈치채지 못한 듯 그를 바라봤다.

"오늘 밤이 지나면 다시는 이 춤을 추지 못할 거예요."

그는 그녀의 눈빛에 빨려 들어갈 것만 같았다.

"사실 난 춤추는 걸 전혀 좋아하지 않거든요. 이제 이 춤은 당신의 기억 속에만 존재할 테죠."

곧이어 귀에 익숙한 곡조가 들려왔다. 기조는 〈청화현상〉과 같지만 많은 부분이 달랐고, 전체적으로 봤을 때 훨씬 짜임새가 있고 풍성하게 느껴졌다. 그런데 지금 보는 춤은 낮에 봤던 춤과도 완전히 다른 춤이었다.

부드러우면서도 아름다운 춤사위가 경쇄쇄의 가녀린 몸을 통해 꽃처럼 활짝 피어났다. 삼천 개에 달하는 번뇌의 끈이 발목을 휘감고 번잡한 속세에 갇혀버린 것 같지만, 손가락 사이에서 고귀하고 단아한 푸른 꽃이 피어나는 듯했다. 그야말로 세상에 둘도 없는 천하제일의 춤이었다. 거문고를 연주하는 공의비의 손끝은 한순간도 멈추지 않았다. 하지만 그는 마음 한구석에서부터 차오르는 왠지 모를 두려움을 느끼고 있었다. 마지막 음이 거문고 현 위에서 멈추었을 때 그녀의 춤사위 역시 그의 앞에서 끝이 났다. 그녀의 이마에 땀이 배어 나오고, 새하얀 얼굴에 홍조가 희미하게 떠올랐다. 그녀는 살포시 고개 숙여 그를 바라봤다.

"내 인생에서 가장 행복했던 밤이었어요. 나중에 이 순간을 떠올리는 것만으로도 기분이 좋아질 만큼요."

그가 웃으며 자리에서 일어나 그녀의 머리카락을 쓸어내렸다. 코끝에 그녀의 머리에 꽂힌 초롱꽃의 향이 전해졌다.

"가장 행복한 밤은 당신이 내게 시집오는 그날이 될 겁니다."

나는 그 〈청화현상〉에 빠져 한동안 헤어날 수 없었다. 그것은 내가 봤던 춤들 중 혼을 담아낸 유일한 춤이었다. 어릴 때 사부님께선 모든 예술에는 혼이 담겨 있지만 예藝에는 혼이 담겨 있지 않다고 가르쳐주셨다.

사부님은 이 말을 듣고 난 후 어떤 깨달음을 얻었는지 나에게 물어보셨다. 나는 한참을 고심하다 하나를 배우면 열을 알 듯 그림 역시 이와 다르지 않다는 것을 알게 되었다고 말했다. 그러니까 미美에는 혼이 없지만, 미술美術은 혼을 담고 있었다. 그래서 나는 장차 미술을 가르치는 사람이 되어 그쪽 분야에서 무슨 일이 있어도 성공하겠다고 결심했다. 그때 사부님께서는 배움의 바다는 끝이 없으니 깨달음이 바로 극락이라고 말씀하셨다.

혼례까지 남은 한 달 동안 공의비는 수시로 그녀를 찾아와 함께 시간을 보냈다. 이 당시 백성들 사이에서 '처마 위 달檐上月'이 입에서 입으로 전해지며 한창 유행했다. 공의비가 취중에 가사를 지어 장차 아내가 될 여인에게 바쳤다고 전해지는 노래였다.

달이 처마 위를 비추고, 나는 처마 위에 앉아 어두운 밤하늘을 바라보네. 불어오는 차가운 바람이 비를 흩뿌리고, 실에 구슬을 꿴 듯 주렁주렁 매달린 계수나무 잎이 작은 정원을 가득 채우네. 술 한 잔을 기울이노니 다리 밑으로 흐르는 물에 세월의 흔적이 묻어나는 담장이 그림처럼 떠 있네. 앞뜰에서 홀로 춤추는 꽃은 스스로 향기를 내니, 그 향이 그림자를 따라 달을 향해 노래하는 구나.

이 노래 가사는 젊은 남녀들 사이에서 모르는 이가 없을 정도였다.

이 내용만 보면 두 사람의 만남은 대부분 후원에서 이루어졌고, 실제로도 마찬가지였다. 물론 처마 위에서 별을 본 건 아니었지만 담장 위에서 본 것은 확실했다.

사실 기방을 즐겨 찾을 만큼 풍류를 즐기는 사내라서 더 낭만적인 장소를 찾아다니며 연애를 할 줄 알았다. 그런데 곰곰이 생각해 보니 누군가를 정말 좋아하면 이곳이든 저곳이든 장소나 시간은 중요하지 않았다. 그 사람이 어디에 있든 함께하는 것만으로도 충분히 행복하니 별을 보든, 어둠 속에서 서로의 어깨를 기대고 있든 그런 것은 중요하지 않았다. 그래도 이왕 함께 있는 거라면 별만 보는 남자보다 어둠 속에서 서로의 온기를 느낄 수 있는 그런 사람이면 더 좋을 듯싶다.

사실 나는 마차가 갑자기 속도와 방향을 제어하지 못한 채 곧장 낭떠러지로 돌진하듯 이 일도 얼른 그런 순간이 오기를 기다리고 있는 중이었다. 이미 이 이야기의 끝이 파국이라는 것을 아는 마당에 모든 일이 순조롭게 진행될수록 불안감만 점점 증폭되었다.

다행히 한 달은 짧다면 짧고, 길다고 하면 긴 그런 시간이었다. 나는 이 기억들을 지켜보면서 유수같이 빨리 지나가는 세월의 흐름을 실감했다.

제어력을 잃은 마차는 결국 혼례식 당일이 되어서야 멈췄고, 피할 수 없는 운명의 그림자가 그들을 덮치기 시작했다.

붉은색 혼례복을 입은 공의비는 환한 미소를 지으며 신부의 머리에 씌운 붉은 천을 걷어 올렸다. 바로 그 순간 연신 꾸벅꾸벅 졸고 있던 운명이 드디어 잠에서 깨어나 눈을 번쩍 떴다.

금빛으로 번쩍이는 봉관鳳冠 아래로 경쇄쇄의 창백한 얼굴이 드러났다. 그녀는 머리를 틀어 올리기는커녕 신부 화장조차 하지 않은 채 알 수 없는 표정으로 앉아 있었다. 갑자기 촛불이 다가오자 그녀는 손을 들어 그것을 막았다. 공의비는 참았던 웃음을 터뜨리며 합환주가 담긴 은잔을 그녀 앞에 건넸다.

"내가 비록 당신의 꾸밈없이 우아한 이런 모습에 반하긴 했지만 오늘 같은 날까지 내 취향을 고려해서 평소처럼 하고 온 겁니까?"

그녀는 눈앞의 잔을 멍하니 바라봤다. 한순간 초점 없이 흔들리던 눈빛이 무언가 결심이라도 한 듯 매섭게 빛났다. 그리고 전혀 생각지도 못한 이름이 그녀의 입에서 흘러나왔다.

"아비."

그녀가 미소를 머금은 그의 눈동자를 차갑게 올려다봤다.

"자신의 친누이와 이 합환주를 마시고 싶은 건 아니겠죠?"

때맞춰 타닥 소리를 내며 화촉에서 불꽃이 일고, 잔을 건네던 공의비의 손이 순간 허공에 멈췄다. 하늘에서 돌연 번개가 쳤다. 우르릉 쾅쾅 내리치는 천둥과 번개 소리 속에 시간이 멈춰버린 듯 화촉만이 타닥타닥 소리 내며 타들어갔다. 공의비는 손에 들고 있던 잔을 탁자 위에 내려놓은 후 하얀색 비단으로 만든 침대 휘장을 내리기 위해 손을 들었다.

그 순간 그녀의 입에서 믿고 싶지 않은 말들이 쏟아져 나오며 그의 손을 단단히 옭아맸다.

"쌍둥이 누이가 있었다고 당신 입으로 말하지 않았나요? 나한테도 단 한 번도 잊은 적이 없는 유일한 혈육이 있어요. 아비, 내가 경녕보다 당신과 더 닮은 게 이상하지 않았나요?"

그녀는 그가 자신 쪽으로 돌아서기를 기다렸다.

"내 동생은 경녕이 아니라 바로 당신이니 그럴 수밖에요. 우리는 같은 피를 나눠 가졌고, 세상에서 가장 가까운 존재예요."

타들어가는 화촉의 불빛 속에서 공의비의 안색은 점점 하얗게 질려갔지만 입가에는 여전히 부드러운 미소가 남아 있었다.

"쉐쉐, 오늘 많이 힘들었을 테지요."

그녀가 그를 뚫어져라 바라보다 피곤한 듯 눈을 감았다.

"왜 내 말을 안 믿는 거죠?"

그는 아무 말도 하지 않았다.

그녀는 자리에서 일어나 침상을 내려왔다. 붉은 실로 짠 신발이 침대 계단에 양각된 무늬를 밟았다.

"공의 가문의 주인 자리는 쌍둥이를 절대 용납하지 않아요. 그런 이유 때문에 난 18년 전에 버려졌고, 구사일생으로 살아남았죠. 나는 처음부터 내 것이어야 했던 것들을 다시 찾기 위해 오늘까지 달려왔어요. 당연히 우리의 첫 만남부터 지금까지 모두가 철저하게 계획된 거예요."

그녀는 고작 두어 걸음을 사이에 두고 그를 똑바로 쳐다보며 계속 말을 이어갔다.

"공의 가문의 권력을 상징하는 지팡이는 두 개가 하나로 맞물려 있는 모양이고, 부부가 각각 하나씩 갖게 되어 있어요. 당신과 혼인하는 것 말고 내가 당당하게 공의 가문으로 돌아와 내 몫을 찾는 방법이 또 있을까요?"

그들의 시간은 마치 날카로운 칼날에 의해 두 동강이 난 것처럼 분리되어 버렸다. 칼날에 베이기 전의 시간이 따뜻한 봄바람 속에 잔잔하게 흐르는 강과 같았다면, 칼날이 지나간 후의 시간은 걷잡을 수 없이 급속도로 얼어붙었다. 공의비의 안색은 거의 웃음기를 찾아볼 수 없을 정도로 창백하게 변해갔다.

그녀의 말은 비수처럼 날아가 연이어 목표물에 명중하며 피를 몰고 왔다. 그러나 온몸에 피가 빠져나간 듯 새파랗게 질린 그의 얼굴을 보고도 그녀의 목소리는 전혀 흔들림이 없었다.

"난 우리가 만나기 훨씬 전부터 당신을 알고 있었어요. 고죽산에서의 만남도, 팔찌를 떨어뜨린 것도 모두 우연이 아니에요. 물론 당신은 그 모든 것이 운명이라고, 하늘의 뜻이라고 생각했을 테지만요. 진짜 하늘의 뜻은 태어난 순간부터 우리에게 이런 끔찍한 운명을 짊어지도록 한 것이 전부예요."

공의비는 얼이 나간 표정으로 그녀를 바라봤다. 늘 웃음기로 가득했던 두 눈동자에선 더 이상 생기를 찾아볼 수 없었다. 무거운 침묵이 흐른 후 그의 창백한 얼굴에 얼핏 미소가 떠오르고, 좀 전까지 그녀를 바라보던 두 눈동자는 허공에 초점 없이 머물렀다.

"기억나는군. 그때 당신은 수영을 할 줄 모르니 내가 구해주지 않으면 죽을 거라고 했지요."

그녀의 표정은 여전히 무심했다.

"당신이 속은 거예요."

잠시 침묵이 흐르고 그가 다시 말을 이어갔다.

"그날 밤 당신은 내가 쓴 곡에 맞춰 춤을 연습했고, 그 춤을 나에게 보여주고 싶어 내가 오기만을 기다렸다고 했지."

그녀의 목소리는 여전히 담담했다.

"그것 역시 거짓말이었어요."

그는 아무 말도 들리지 않는 듯 말을 이었다.

"그날이 당신에게 가장 행복했던 밤이었고, 나중에 그날을 떠올리면……."

그녀가 그의 말을 끊었다.

"모두 거짓말이었어요."

그녀는 무언가 생각에 잠긴 표정으로 그를 바라보았다.

"그래서 그동안 나한테 속은 게 화가 나나요? 하지만 난 당신에게 기회를 줬어요. 그 기회를 무시하고 도망치지 않은 건 당신 잘못이죠."

이렇게 서로 마주한 채 서 있으니 그의 키가 그녀보다 머리 하나는 더 컸고, 두 남녀의 모습이 그림처럼 아름다워 보였다. 그는 눈을 살짝 내리깔고 미간을 희미하게 찌푸린 채 말이 없었다. 그녀는 정색하며 그의 표정을 살피다 돌연 미간을 찌푸렸다.

"설마 정말 나를 좋아하기라도 했던 건 아니겠죠?"

그 순간 그의 눈이 치켜 올라갔다.

그녀의 시선이 그를 향했다.

"내 말이 맞나요?"

그의 입술 끝이 올라갔다.

"그럴지도."

그녀가 그를 차갑게 노려봤다.

"역겨워요."

이 말은 공의비에게 큰 상처를 안기기에 충분했다. 은은한 불빛 아래서 그의 눈빛이 짙어지고, 입술은 파리하게 변해갔다. 한참이 지난 후 그의 웃음소리가 들리는가 싶더니 어느새 그녀의 손을 잡아끌며 붉은색 이불 위로 그녀를 쓰러뜨렸다.

또 한 차례 천둥 번개가 내리치며 침대 앞 주렴이 희미하게 흔들렸다. 그것은 고죽산 산문 앞에 걸려 있던 주렴처럼 투명하고 영롱한 빛을 냈다. 그는 그녀의 흐트러진 머리카락 옆으로 두 손을 짚고 몸을 지탱하며 그녀를 내려다봤다. 핏기 없는 입술의 꼬리가 활처럼 휘며 그녀의 입술 위로 내려앉았다.

"봄밤의 일각은 천금과도 같다고 했지요. 예전에는 이 말이 무척 저속하다고 생각했는데 막상 첫날밤이 오니 이보다 더 좋은 말이 생각나지 않는군요. 쉐쉐, 지금 당신이 한 말을 내가 믿을 거라고 생각합니까?"

나는 갑작스러운 상황에 그녀가 너무 놀라 반응조차 못하는 거라고 생각했다. 그녀처럼 무공이 뛰어난 여인이라면 자신을 침대 위로 밀어 쓰러뜨린 공의비를 단 한 방에 물리치고도 남았다. 지금 이 고요가 마치 폭풍전야처럼 느껴졌다.

그런데 한참이 지나도록 그녀는 아무런 반응이 없었다. 그저 머리 위로 보이는 휘장만 조용히 쳐다볼 뿐이었다. 그의 입술이 그녀의 뺨에 닿았을 때도 미동조차 하지 않았다. 정말 그는 그녀의 말을 믿지 않는 것처럼 행동했다. 아니, 정확하게 말해 그는 그녀의 말을 마음속에서 떨쳐내지 못하고 있었다. 그렇지 않다면 이렇게까지 상처 받은 짐승처럼 행동할 리 없었다. 지금 그는 그녀에게 입맞춤을 하며 정해진 순서처럼 그녀와의 첫날밤을 보내려 하고 있었다. 하지만 두 사람이 친남매라는 사실은 이 모든 것을 가로막는 거대한 장벽이 되어 버렸고, 이것은 피할 수 없는 운명이었다.

주렴의 그림자가 희미하게 흔들렸다. 드디어 그녀가 무거운 침묵을 깨고 입을 열었다. 그녀의 모습은 방금 전까지 그의 품에 안겨 있던 여자라고 믿기 힘들 만큼 너무나 침착하고 냉정해 보였다.

"나는 사리분별을 할 때쯤부터 기루에서 자랐고, 두 살 때부턴 춤을 배웠죠. 기루에서는 춤을 잘 추면 밥을 주지만, 춤을 못 추면 굶으며 배고픔을 견뎌야 해요. 두세 살 때는 그럭저럭 견딜 만 했어요. 춤을 배우는 것 말고 다른 건 안 해도 됐으니까. 그런데 네다섯 살이 되면서 하인들을 도와 자질구레한 일을 해야 했어요. 춤을 잘 못 추면 굶으면서 평소보다 더 많이 일했죠. 그때는 늘 굶주린 채로 자질구레한 일을 하고 청소와 설거지를 도맡아 했던 것 같아요. 나는 춤이라면 진저리가 났죠. 하지만 춤을 더 잘 추는 것 말고 달리 살길이 보이지 않았어요. 여섯 살이 되었을 때 내 머릿속은 온통 어떻게 하면 예기藝妓가 되어 그런 생활에서 벗어날 수 있을지로 가득 차 있었어요. 당신은 여섯 살 때 무슨 생각을 하며 살았나요? 아비?"

그녀의 목소리는 초지일관 감정의 동요가 없었다. 그리고 그녀는 내가 봐왔던 그 어느 때보다 가장 많은 말을 하고 있었다.

공의비는 아무 대답이 없었다. 그녀 역시 그의 침묵에 그다지 개의하지 않는 듯했다.

"여덟 살 때 양부가 돈을 주고 나를 사갔고, 그제야 나의 친부가 아직 살아 있다는 걸 알게 되었죠. 그는 날 키울 능력이 충분했는데도 내가 감당할 수 없는 죄목으로 나를 포기했어요. 양부는 내가 공의 가문의 큰딸로 태어났고, 문중의 어른들이 날 태호강에 던지기로 결정했다 했어요. 그때 어머니는 그 결정에 반대하며 나를 구하려고 하시다가, 그런 이유로 아버지에게 외면 받아 화병을 얻어 돌아가셨죠. 그녀는 나를 가장 안전하다고 생각되는 곳에 맡겼지만 기루로 들어가게 될 줄은 꿈에도 생각하지 못했을 거예요. 내가 이 세상에 살아 있기를 바랐던 유일한 분을 이제는 볼 수가 없네요."

잠시 무거운 침묵의 시간이 흐르고 그녀가 다시 입을 열었다.

"어쨌든 옹근雍瑾 공주의 딸이 예기가 되는 그런 기막힌 일이 벌어질 뻔했죠. 만약 양부가 간발의 차로 나를 찾아내지 못했다면 결국 그런 일이 일어났을 거예요. 어쩌면 당신도 어느 기루에서 나를 만났을지 모르고, 지난번 기루에서처럼 돈을 주고 나와의 첫날밤을 사거나, 당신을 즐겁게 해주기 위해서……."

"그만."

공의비가 그녀의 어깨에 묻고 있던 고개를 들고 이마를 짚으며 눈을 감았다. 잠시 후 그의 입에서 허탈한 웃음소리가 새어 나왔다.

"정말 듣고 있기 힘들군. 쐐쐐, 내가 당신을 그냥 사랑하게 두든지, 미워하게 만들든지 둘 중 하나만 해요."

그녀는 옷깃이 느슨하게 풀어 헤쳐진 모습으로 너무나 담담하게 그를 쳐다봤다. 그녀가 이렇게까지 하는 이유가 과연 다른 계산이 있어서인지, 아니면 이번이 마지막이라 생각해 죽기를 각오하는 것인지 감이 잘 잡히지 않았다. 그녀는 감정을 잘 드러내지 않는 여인이라기보다 차라리 감정이 아예 없다고 말하는 편이 어울렸다. 한참 후 그녀가 나지막한 목소리로 말했다.

"당신은 여전히 내가 누이라는 사실을 인정하지 않는군요. 내가 어떻게 해야 믿을 거죠?"

그녀가 갑자기 머리에서 비녀를 뽑아 들었다. 당황한 그가 손을 뻗어 막았고, 날카로운 비녀 끝이 그의 손에 아주 희미한 상처를 길게 남겼다. 그는 그녀의 손을 이불 위로 내리 눌렀다.

"피라도 뽑아 증명해 보이겠다는 겁니까? 괜찮은 생각일 수도 있겠군. 피는 거짓말을 하지 않을 테니."

그의 입술이 그녀의 귓가에 거의 닿을 듯 다가갔다.

"그런데 만에 하나 진짜라면 어쩌지? 쐐쐐, 나는 당신이 내 누이라는 말을 믿지 못하겠어요. 오늘은 피곤할 테니 그만 푹 자도록 해요."

촛불이 비추는 벽 위로 떠나가는 그의 그림자가 길게 드리워졌다. 그녀가 덮고 있는 붉은 이불과 손에 쥔 금빛 비녀가 신방의 분위기와 묘하게 어우러졌다. 하지만 행복한 웃음소리로 가득 차야 할 신방은 이미 쥐 죽은 듯 고요했다. 그녀는 피의 흔적이 희미하게 묻어 있는 비녀를 들어 올리며 꽉 움켜쥐었다.

경쇄쇄가 권력을 되찾기 위해 왔다지만 그 말은 거짓말일 확률이 컸다. 단지 권력만 생각했다면 다른 방법도 얼마든지 있었다. 굳이 자신의 행복을 저당잡히면서까지 불행을 자초할 일이 아니었다. 그럼에도 그녀는 공의가로 시집가는 미친 짓을 선택했다. 이 정도로 사람을 미치게 만들 수 있는 감정은 파멸과 원한뿐이었다. 미움과 사랑은 한 끗 차이고, 시간이 흐를수록 그 경계가 모호해져 본래의 의미를 잃게 된다.

나는 처음으로 두 사람이 진짜 남매일지 모른다는 생각을 했다. 만약 아니라면 그녀가 이렇게까지 그를 속여 얻을 수 있는 것이 과연 무엇일까?

뒤이어 일련의 기억들이 빠르게 스쳐 지나갔다. 나는 그 속에서 공의 가문이 몰락하게 된 징후들을 포착할 수 있었다. 선대 가문의 주인이 너무 일찍 세상을 뜨면서 고작 열두 살이었던 공의비가 그 무거운 짐을 짊어지게 되었고, 숙부 두 명이 곁에서 그를 보좌했다.

숙부 두 명은 각자 막강한 세력을 형성하고 있었다. 만약 공의비가 수장의 자리를 계승하면서 수호신 천하와 혈맹을 맺고 소환할 수 있는 능력을 얻지 못했다면, 그들은 진즉에 부모를 잃고 사고무친이 된 조카를 자리에서 끌어내렸을 것이다. 다행히 당시 진왕은 자식 복이 별로 없어 아들 둘과 딸 하나를 두었고, 하나뿐인 딸마저 공의비와 나이 차가 너무 많이 났다. 이런 이유로 왕실의 공주와 혼인을 해야 했던 공의비는 혼인 상대를 자유롭게 고를 수 있게 되었다.

이제까지 공의 가문은 모든 일을 비밀리에 부쳤었다. 세상 사람들이 모두 금기시하는 동성동본끼리의 혼인도 그들에게는 흔한 일이었다. 숙부 둘은 각자 딸을 하나씩 두었고, 그 딸을 조카에게 시집보내 자신의 권력 기반을 탄탄하게 만들 속셈을 품고 있었다.

하지만 하늘의 뜻을 사람이 어찌 짐작이나 할 수 있겠는가. 하늘 아래 여자는 많고, 공의비가 꼭 둘 중의 하나를 선택해야 할 이유도 없었다. 숙부 둘이 자신들의 딸을 조카에게 시집보내기 위해 피 튀기는 싸움을 벌이는 사이에 공의비는 영안 경씨의 큰딸 경쇄쇄를 신부로 맞아 공의 가문으로 데리고 들어왔다.

이 얼음장처럼 차가운 여인은 복수를 하기 위해 찾아왔다. 공의 가문의 권력은 조상 대대로 이어져 내려오는 가업 위에 세워진 것이었다. 만약 공의 가문이 몰락하면 그 권력은 과연 어떻게 될까? 아마도 당시 권력을 다투던 두 숙부는 누구도 이 문제에 대해 깊이 생각해 본 적이 없었을 것이다.

공의비는 서재에서 첫날밤을 보낸 후 다음 날 바로 하녀에게 신방에 긴 안락의자를 하나 가져다 놓으라고 시켰다. 그리고 마치 아무 일도 없었던 것처럼 밤마다 그 의자에서 잠을 청했다.

그녀는 그를 동생으로 대했지만 그는 그녀를 단 한 번도 누나로 생각한 적이 없었다. 그는 진짜 부인처럼 귀히 여기며 그녀를 살뜰히 보살폈다.

매일 얼굴을 보는데도 시도 때도 없이 하녀를 시켜 귀한 음식을 보냈고, 사소한 것조차 놓치지 않고 마음을 썼다. 비록 그녀는 일절 반응을 보이지 않았지만 그는 지치지도 않고 선물을 보냈다. 공의 공자가 완전 딴사람이 되었다는 소문이 돌기 시작했고, 그가 더 이상 기루를 찾지 않자 기녀들의 탄식하는 소리는 커져갔다.

경쇄쇄가 미간을 찌푸리며 그를 쳐다봤다.

"그냥 예전에 살던 대로 사세요. 마음에 드는 기녀가 있으면 불러다 며칠 지내도 좋으니 그렇게 참고 지낼 필요 없어요."

그의 입가에 차가운 미소가 떠오르고 입술 사이에서 웃음소리가 새어 나왔다.

"정말 속도 좋군."

경쇄쇄가 무엇을 하려는지 대충 짐작이 갔다. 그리고 이 이야기 속에서 내가 신경 써야 할 대상은 그녀와 공의비 외에도 둘째 숙부의 딸 공의산이 포함되어 있었다. 내 뇌리에 박힌 그녀의 인상은 붉은 옷을 즐겨 입고, 얼굴이 장미꽃처럼 화려하고 아름다웠다.

원래는 그녀가 어릴 때부터 공의비를 연모해서 둘이 혼인을 했다고 생각했다. 그러나 경쇄쇄의 기억을 모두 보고 난 후에야 내 예상이 완전히 빗나갔다는 것을 알 수 있었다. 이 당시 공의산이 연모했던 사내는 셋째 숙부의 수하였던 막중幕仲이었다. 두 사람은 남몰래 사랑을 키웠고, 평생을 함께하기로 맹세하며 사랑의 도피를 계획했다. 하지만 막중은 당나라에서 임무를 수행하던 중에 셋째 숙부의 딸 공의함公儀晗 때문에 암살을 당하고 말았다. 이때 공의산은 이미 임신 두 달째였다.

두 달 후, 경씨 집안에서 데려온 하녀 화미畵未가 이 일의 전모를 경쇄쐐에게 소상히 알려주었다. 그녀는 한가로이 연못 정자에 앉아 물고기에게 먹이를 주다 살짝 고개를 들었다.

"막중과 공의산의 일을 아는 이가 입이 무겁지 않구나. 어찌 처리해야 하는지 알고 있겠지?"

화미가 입을 다부지게 다물며 고개를 끄덕였다.

"산 아씨는 충동적이고 악랄한 분이 아닙니까? 이런 일을 당했으니 함 아씨를 가만두지 않으실 겁니다. 둘째, 셋째 나리께서 아무리 오랜 세월 대립했다 해도 깊은 원한을 맺은 것도 아니고, 소소한 문제들이야 늘 따랐지만 크게 문제될 것도 없었지요. 그런데 이 문제로 인해 두 집안 사이에 돌이킬 수 없을 만큼 깊은 원한이 만들어지고 있으니 어쩌면 이것도 하늘의 뜻이 아닐까 싶습니다. 아씨께서 직접 이 바둑판의 첫 수를 두지 않아도 되니 일이 훨씬 수월해졌습니다."

화미가 걱정스러운 듯 다시 입을 열었다.

"하지만 이런 식으로 가면 아씨가 너무 큰 대가를 치르는 것이 아닙니까? 평소 속전속결로 일을 처리하던 아씨의 방식답지 않습니다."

그녀가 손을 흔들어 남은 먹이를 연못에 모두 흩뿌린 후 가늘고 긴 손가락으로 정자 기둥을 살짝 짚으며 나지막이 말했다.

"제방도 개미구멍 하나에 무너진다고 했지. 아무리 큰 건물도 개미가 기둥을 갉아먹기 시작하면 머잖아 무너져 내릴 터이니 그 운명을 누가 막을 수 있겠느냐?"

그녀는 단단한 정자의 기둥을 바라보다 정교하게 조각되어 있는 처마에서 시선을 떼지 못했다.

"그때가 되면 이렇게 툭 밀기만 해도 무너져 내리게 되겠지."

열흘 후 셋째 숙부의 딸 공의함이 말에서 떨어져 죽었다는 소식이 전해졌다.

이날 밤 공의비는 본가로 돌아오지 않았고, 장례가 치러지는 숙부의 집에도 코빼기조차 내비치지 않았다. 달빛이 차가운 밤에 경쇄쇄는 성 안에 가장 큰 기루에서 그를 찾아냈다. 문 안으로 들어서는 순간 노랫가락과 함께 풍류를 즐기려는 사람들로 가득 찬 화려한 기루의 밤이 펼쳐졌다. 후원에는 연못에 가득 핀 연꽃이 그윽한 향기를 내뿜고 있었다. 손님이 밤을 보내는 독채 앞에서 기루의 계집종이 그녀를 발견하고 길을 막아섰다.

"공의 공자께서는 저희 집 아가씨와 이미 쉬고 계십니다. 무슨 일인지 모르오나 내일 다시 오시는 편이 좋겠습니다."

이때 경쇄쇄의 뒤를 따르던 화미가 웃으며 앞으로 나섰다.

"아가씨에게 기별을 좀 넣어주겠느냐? 공의 부인께서 문밖에서 기다리고 계시니 무슨 일이 있어도 오늘 밤 뵈어야 한다고 말이다."

계집종은 그녀를 힐끗 보며 성가시다는 듯 퉁명하게 말했다.

"공의 공자께서 특별히 분부하시기를 누구도 들이지 말라 하셨습니다. 부인, 그만 돌아가주십시오."

화미는 아이 같은 얼굴로 웃고 있었지만 손에 들고 있던 암기가 어느새 계집종의 목을 겨누고 있었다. 어린 계집종은 너무 놀라 순간 비명을 질렀고, 그 소리와 함께 그녀의 등 뒤에서 가로막혀 있던 나무문이 열렸다.

흰옷 차림만큼 백옥처럼 희고 고결한 느낌을 주는 아름다운 여인이 반쯤 열린 문 뒤에 서 있었다. 그녀는 취기가 살짝 올라 발그레해진 얼굴로 경쇄쇄를 쳐다보았다.

"공의 공자께서 이제 막 잠이 드셨습니다. 어찌 이리 깊은 밤에 찾아와 공자의 단잠을 깨우려 하시는지요?"

경쇄쇄는 그녀에게 눈길 한번 주지 않고 문 안으로 발길을 성큼 옮겼다. 흰옷의 여인은 순간 당황한 눈빛으로 막아서려 했지만 옆에 있던 화미에게 가로막히고 말았다. 뜰 안에서 웃음소리가 들려오고, 아치형으로 단청을 한 문 앞에 이미 잠이 들었던 공의비가 오동나무 아래 서 있었다. 오동나무 그늘에 반쯤 가려져 있던 그가 걸어 나오며 의아한 표정으로 물었다.

"무슨 일로 날 찾아온 겁니까?"

그녀가 걸음을 멈추고 그를 위아래로 훑어보았다.

"공의함의 장례가 치러지고 있어요. 빈소에 가서 마지막 인사를 해야 할 사람이 여기서 풍류나 즐기고 있어서야 되겠습니까? 체통을 지키세요. 셋째 숙부께서 이 사실을 알면 어떡하려고 그러세요?"

그는 여전히 웃고 있었다.

"여기까지 직접 왕림한 이유가 고작 그 때문인가요?"

그녀의 대답을 듣기도 전에 그는 이미 등을 돌려 아치문으로 걸음을 옮기며 분부를 내렸다.

"생생笙笙, 손님을 배웅하거라."

생생이라 불린 흰옷의 여인이 눈가에 차가운 미소를 머금고 다가오려 하자 화미가 나서서 다시 막아섰다.

그녀는 고개를 돌려 생생을 힐끗 봤다. 그녀의 시선이 생생의 흰옷과 바닥에 닿을 만큼 길고 검은 머리카락을 훑고 지나갔다.

"이 여인의 차림새와 외모가 나와 참으로 비슷하다는 생각이 드는군요. 아비, 나를 이 정도까지 좋아한 것입니까?"

생생의 얼굴에서 순간 핏기가 싹 가셨다.

공의비가 아치문 안쪽에서 다시 걸어 나와 차가운 눈빛으로 그녀를 바라봤다. 나뭇가지 사이로 달빛이 흔들리는 가운데 그녀가 한 걸음씩 그에게 다가왔다. 그녀는 그와 세 발자국 사이를 두고 서서 희미하게 미간을 찌푸렸다.

"도대체 술을 얼마나 마신 거예요? 평소에 이렇게 분별없이 행동하는 사람이 아니잖아요. 오늘따라 왜 이렇게 제멋대로 행동하는 거죠?"

그는 그녀의 손을 잡아 자기 쪽으로 끌어당겼다. 눈가에 또 여심을 설레게 하는 미소가 떠올랐다.

"내가 이러기를 바라고 있었던 거 아닙니까?"

그녀가 살짝 눈을 치켜 올리며 말없이 그를 쳐다봤다.

그는 오른손을 들어 그녀의 허리를 안았다. 그렇게 한참을 있다가 결국 참지 못하고 꽉 끌어안아 버렸다. 그는 그녀를 안으며 얼굴을 어깨에 파묻었고, 그녀는 그런 행동을 그대로 내버려두었다.

그녀의 귓가에 그의 웃음소리가 들렸지만 그 목소리는 얼음장처럼 차가웠다.

"당신이 이런 반응을 보일 때마다 당신의 목을 졸라 죽여버리고 싶다는 생각이 드는군. 당신 말이 맞아요. 난 이렇게라도 해야 할 만큼 당신을 좋아하지. 어떻습니까? 이런 내가 혐오스럽습니까? 세상에 이유 없는 애증은 없어요. 어쩌면 당신 말대로 우리는 혈연으로 연결된 사이가 맞을지도 모르고, 그건 내 힘으로 절대 벗어날 수 없는 굴레일 테지. 이제 내 꼴을 보니 아주 만족스럽겠군요?"

그의 왼손이 그녀의 다섯 손가락에 깍지를 끼고 점점 힘을 주며 조였다. 그럼에도 그녀는 아프다는 내색조차 하지 않았다. 그녀의 다른 손이 주저하듯 허공을 맴돌다 이내 다시 제자리로 돌아왔다. 어쩌면 그녀 자신도 무엇을 잡으려 했는지 몰랐을 것이다. 그녀의 입술이 달싹였지만 아무 말도 나오지 않았다.

그의 입술이 그녀의 귓가에 닿았다. 그리고 그녀의 침묵에 이미 익숙한 듯 담담하게 말했다.

"당신은 이 집안에 비바람이 그치지 않기를 더 원하겠지요. 내가 장례식에 가지 않으면 셋째 숙부께서 반감을 갖게 될 테고, 그럼 더 좋은 것 아닙니까? 그녀가 어떻게 죽었을까? 이제 또 뭘 할 생각입니까? 아니, 당신이 뭘 하든 나와는 상관없어요. 쇄쇄, 당신 때문에 내 기분이 더러워져도 당신이 하고 싶은 일이라면 내 얼마든지 장단을 맞춰줄 생각입니다. 당신은 복수를 위해 여기에 왔고, 그게 사실이라면 난 당신에게 그렇게 많은 빚을 진 셈이니까요."

그의 말은 마치 연인에게 속삭이는 밀어처럼 들렸다.

그녀의 몸이 일순간 바싹 긴장하는 듯했지만 이내 눈을 내리깐 채 그의 입술이 그녀의 귓바퀴에 입맞춤을 하도록 내버려 두었다.

"취한 것 같군요, 아비."

그가 그녀를 천천히 풀어주었다. 칠흑같이 검은 하늘에 휘영청 밝은 달이 쓸쓸하게 걸려 있었다. 그는 고개를 끄덕이며 웃어 보였다.

"당신이 취했다고 하면 취한 것이겠지요."

사흘 후 공의함은 땅에 묻혔다. 그녀는 고작 열일곱의 나이에 원치 않는 죽음을 맞아 짧은 생을 마감했다. 그녀를 죽음으로 몰아넣은 사람은 바로 공의산이었다. 사랑이 무엇이길래 사람을 죽이기까지 하는지 정말이지 세상에 물어보고 싶어졌다.

보름 후 배중은 8월로 접어들며 한여름 찜통더위가 시작되었다. 공의비는 풍류와 정취를 즐기는 인물답게 화원에 특별히 더 공을 들였다. 그중 자랑할 만한 것이 있다면 바로 화원 동쪽에 있는 자우정自雨亭이었다. 이곳에는 연못의 물을 끌어당겨 처마 꼭대기에서 물이 흘러내리며 사방 모서리를 따라 시원하게 물줄기가 떨어지게 만드는 물레방아가 있었다. 이 기구 덕에 정자 안은 한여름에도 가을처럼 선선했다.

예전에 군위는 소설가의 입장에서 나한테 진지하게 이런 말을 해준 적이 있었다. 그는 운치와 풍류가 넘치는 곳에 가면 반드시 그 분위기에 어울리는 일이 일어나게 되어 있고, 만약 그런 일이 안 생기면 그곳을 만든 사람에게 죄를 짓는 격이라고 했다. 그런데 당시 한 귀로 듣고 흘려버렸던 말이 씨가 되어 진짜 그런 일이 벌어지고 있었다. 단지 평범한 일상의 행복처럼 보였지만 꿈을 꾸는 듯 귀중한 순간이었다.

경쇄쇄는 더위를 유독 많이 탔다. 아무래도 어린 시절을 기루에서 자라 심리적으로 영향을 받은 탓인지 그녀는 여름이 와도 얇은 옷을 즐겨 입지 않았다. 그래서 날씨가 참을 수 없을 정도로 더워지면 바둑판을 들고 화미와 함께 자우정을 찾았다. 그때마다 그녀는 등나무 침대를 옮겨와 그곳에 누워 책을 읽고 있는 공의비와 마주쳤다.

처음이야 우연으로 치부할 수 있지만 그곳에 갈 때마다 공의비가 있었다면 그가 그녀를 기다렸다고 볼 수밖에 없었다.

이곳에 머물 때면 두 사람은 조금은 평범한 부부처럼 보였다. 그들은 그 어느 때보다 마음 편하게 이야기를 나눴고, 가끔은 어린 시절에 겪은 재미난 일들이나 바둑 기보에 대한 대화가 오갈 때도 있었다. 그녀는 늘 차갑고 무표정했지만 그는 전혀 개의치 않았다. 얼마 전 그녀를 목 졸라 죽이고 싶다던 그런 독한 말들은 단지 취중농담에 불과했던 양 느껴질 정도였다.

물을 끌어 올리는 물레방아가 삐걱삐걱 소리를 내며 돌아가는 가운데 처마 끝으로 물줄기가 시원하게 떨어지며 마치 수정 주렴을 드리운 듯 정자 안을 가려주었다. 그곳은 세상의 모든 시름을 잊게 만들 만큼 전혀 다른 세상처럼 보였다. 그녀는 이따금씩 그에게서 시선을 떼지 못했고, 그가 책에서 눈을 뗄 때면 저 멀리 높은 담장에 드리운 나무 그늘로 얼른 시선을 돌렸다.

그러나 공의비는 결국 그녀의 마음을 움직이지 못했다. 지금까지 나는 앵가야말로 세상에서 가장 냉정한 여인이라고 생각했다. 그런데 경쇄쇄를 알고 난 후부터 그녀는 냉정한 축에 끼지도 않는다는 생각이 들 정도였다.

이 고집스러운 여인은 어떤 일을 한번 결심하면 누구의 말도 듣지 않았다. 전에도 말했듯이 애증이 신앙으로 굳어지면 본연의 의미를 잃게 된다. 주화입마에 들듯 마음속에 검은 꽃이 피어나 얽히고설키며 모든 빛을 가리게 되는 순간, 자신의 모든 것이 망가지고 만다.

화미가 경쇄쇄의 지시에 따라 암암리에 준비한 수면제를 발견한 순간 나는 이 상황을 참고 계속 볼 마음이 내키지 않았지만, 한참을 고심하다 마음을 다잡았다.

좀 전까지도 공의비는 그녀를 향해 부드러운 미소를 보여주었다. 그런데 지금 그녀는 수면제를 술잔에 몰래 타 그에게 건네며 계속 술을 마시도록 분위기를 맞춰주고 있었다. 그의 진심 어린 부드러운 미소조차도 그녀에게는 의미가 없는 듯했다. 그녀에게 그는 복수를 위한 수단에 불과해 보였다. 그러나 나는 그녀가 앞으로 무엇을 잃게 될지 알고 있었다.

하늘은 점점 석양으로 물들어가고, 사방에서 물안개가 피어올랐다. 공의비는 이미 등나무 침대에 누워 깊은 잠에 빠졌고, 얼굴 옆에 손으로 베껴 쓴 『운주팔기云州八記』가 펼쳐져 있었다. 정자 밖에서 물레방아는 계속 돌아갔다. 한참 동안 모습이 보이지 않던 화미가 가산假山을 돌아 잰걸음으로 다가왔다. 그녀는 잠이 든 공의비를 힐끗 본 후 몸을 낮춰 경쇄쇄에게 귓속말을 했다.

"막중의 필체를 그대로 본떠서 산 아씨의 서재에 서신을 남겨두었으니 차가 우러나 향이 퍼질 정도의 시간이 지나면 이곳으로 올 것입니다."

그녀는 고개를 끄덕이며 『운주팔기』를 집어 들려다 무심코 손가락이 그의 입술에 닿은 순간, 움찔하며 책을 바닥에 떨어뜨리고 말았다.

화미가 나지막한 목소리로 그녀를 불렀다.

"아씨."

그녀는 자신의 손을 멍하니 바라보다 말없이 일어나 정자에서 걸어 나갔다.

"둘째와 셋째 숙모께 몇 시에 이곳으로 와 차를 마시며 달구경을 하자고 청했느냐?"

화미가 입술을 오므리고 웃으며 말했다.

"아씨의 뜻대로 전달했습니다. 두 부인 모두 초대장을 받았고, 아씨는 술시戌時가 좀 지난 후 수월문垂月門으로 가셔서 두 분을 기다리시면 되옵니다."

처마 위에서 떨어지는 물방울이 튀면서 그녀의 소매를 적셨다. 그녀는 휘장 뒤로 등나무 침대에 누워 있는 흰옷 차림의 공의비를 바라보았다. 그녀는 한참을 그 자리에 서 있다가 단 한마디를 남기고 등을 돌려 걸어갔다.

"이 일은 한 치의 실수도 있어서는 안 된다."

화미는 그녀의 기대를 저버리지 않았고, 이번 일을 더할 나위 없이 완벽하게 처리했다.

경쇄쇄가 차를 마시며 달을 감상하자는 핑계로 두 숙모를 데리고 자우정으로 들어섰을 때, 사방으로 늘어뜨린 휘장 안에 서로 껴안은 채 누워 있는 남녀의 모습이 어렴풋이 보였다.

화미는 마치 모언에게 연기지도라도 받은 듯 의심스러운 눈빛과 놀라운 기색을 적절히 섞은 표정으로 휘장을 걷어 올리더니,

기겁하듯 뒤로 물러서며 비명을 질렀다. 경쇄쇄는 꼼짝도 하지 않았고, 숙모 두 명은 이미 흥분을 감추지 못하고 앞으로 달려나가 안의 상황을 직접 눈으로 확인했다.

비단 휘장을 걷어 올린 후 눈에 들어온 침대 위의 광경은 차마 눈 뜨고 볼 수 없을 정도로 낯 뜨거웠다. 얇은 이불 아래로 공의산은 머리카락이 흐트러진 채 거의 반라의 몸으로 공의비의 가슴에 안겨 있었다. 방금 전까지 운우지정을 나눴다고 착각을 불러일으키는 애매한 자세인 데다, 두 사람 모두 눈을 감은 모습으로 보아 깊이 잠든 듯했다.

나는 이 장면이 조작됐다고 확신했다. 누가 봐도 진짜처럼 보이는 장면을 위해 화미는 꽤나 많은 것을 준비하고 공부했을 터였다. 그렇지 않다면 아직 시집도 안 간 처녀가 운우지정을 나누는 남녀가 어떤 모습인지 이렇게 그럴싸하게 꾸며낼 수는 없다. 나 또한 죽기 전에 그런 것에 대해 전혀 몰랐던 걸 생각해 보면 화미가 정말 철저하게 이 일을 준비했다고 미루어 짐작할 수 있었다.

노부인 두 명은 이 모습에 충격을 받은 듯 서 있기조차 힘들어 보였다. 그중 당장이라도 기절할 듯 보이는 사람은 공의산의 어머니가 분명했다. 아마 장소가 협소하고 자신을 부축해줄 계집종이 없다는 것을 알기에 억지로 버티고 있는지도 모르겠다.

이런 심각한 분위기 속에서 공의산은 서서히 의식이 돌아왔고, 내가 귀를 막기도 전에 날카로운 비명을 지르며 얇은 이불을 끌어당겨 몸을 가렸다. 침대 구석에서 몸을 웅크리고 있는 그녀의 눈빛은 이 상황에 충격을 받아 심하게 흔들렸다.

공의비는 날카로운 비명 소리에 잠이 깬 듯 미간을 살짝 찌푸리며 서서히 눈을 떴다. 그는 손으로 이마를 짚으며 자리에서 일어나 앉았다. 하늘을 물들이던 석양빛도 어느새 모두 어둠 속에 잠겨 있었다. 그의 시선이 침대 구석에서 이불로 몸을 감싼 채 벌벌 떨고 있는 공의산을 지나, 침대 앞에 하얗게 질린 얼굴로 서 있는 숙모 두 명을 거쳐, 자신을 내려다보고 있는 경쇄쇄에게 가서 머물렀다. 그는 침대 머리에 등을 받쳐 한쪽 무릎을 세우고 앉아 생각에 잠겼고, 그제야 상황을 대충 짐작한 듯 허탈한 웃음을 터뜨렸다.

"숙모님들은 이 아이를 데리고 먼저 가 계십시오. 오늘 일은 제가 조만간 설명을 드리지요."

그의 입가에 차가운 미소가 떠올랐다. 까만 눈동자는 말없이 자신을 내려다보는 부인을 향해 있었다.

"저는 쇄쇄와 따로 할 말이 있습니다."

화미가 돌 탁자 위에 놓인 촛불을 밝혔다. 공의산은 허둥지둥 옷매무새를 추스른 후 흐느껴 울며 모친의 손에 이끌려 자우정을 떠나갔다. 그녀의 모친은 이곳에 온 후부터 내내 표정이 잔뜩 굳어 있었다. 사실 그들은 딸이 공의비의 침대로 기어들어 가서라도 그의 부인이 되기를 간절히 꿈꿨고, 그런 수단을 써볼 생각도 없진 않았다. 지금 그 바람이 현실이 되었으니 그녀 입장에서는 솔직히 덩실덩실 춤이라도 출 판이었다. 하지만 이렇게 많은 사람들이 민망한 상황을 목격한 탓에, 얼굴에 철판을 깔지 않고서야 집안에 망신살이 뻗친 이 상황에 초연할 수 없었을 것이다.

촛불이 정자 안을 황금빛으로 감싸 안았다. 여전히 공의비는 한쪽 무릎을 세우고 등을 침대 머리에 기댄 채 여유롭게 앉아 있었다. 모든 사람을 돌려보내고 두 사람만 남았지만 그는 할 말이 없는 듯 그저 흔들리는 촛불만 바라보았다.

정자 밖으로 물레방아 돌아가는 소리가 잦아들고, 처마 꼭대기에서 흘러내리는 물줄기도 가늘어졌다. 밤바람이 불어와 옅은 물안개를 사방으로 흩뿌렸다. 경쇄쇄는 축축한 밤공기가 감도는 정자에 앉아 자신의 찻잔에 시원한 차를 따랐다.

침묵을 지키던 공의비가 돌연 입을 열었다. 하지만 그는 그녀를 쳐다볼 마음이 내키지 않는 양 시선조차 주지 않았다.

"일이 이 지경이 될 때까지 나에게만은 칼을 겨누지 않을 거라고 생각했습니다. 그동안 당신에게 어떻게 대해 왔는지 당신이 모를 리 없겠지요."

그는 어떤 생각이 떠오른 듯 피식 웃었지만 그녀를 바라보는 눈빛은 그 어느 때보다 차가웠다.

"하기야 그런 마음을 받을 준비가 되어 있지 않은 사람에게 아무리 잘해주고 걱정을 해준다 한들 무슨 소용이 있는지. 당신은 내가 받을 상처 따위는 안중에도 없는 사람이었어. 안 그런가요, 쇄쇄?"

물레방아에서 나는 끼익거리는 소리와 함께 찻잔을 잡던 그녀의 손도 움직임을 멈췄다. 한참 후 그녀는 등나무 침대 앞으로 걸음을 옮겼고, 허리를 살짝 굽혀 그와 눈을 마주쳤다. 그녀의 목소리는 얼음처럼 차가웠다.

"내가 당신의 마음을 다치게 해서 화가 난 건가요?"

오른쪽 소맷자락 밖으로 드러난 도자기처럼 희고 고운 손이 그의 벌어진 옷깃을 쓰다듬다 제멋대로 맨가슴에 가서 닿았다.

"아무도 알려주지 않던가요, 아비? 마음이라는 건 스스로 지켜야지 누가 지켜주는 게 아니에요."

두 사람은 말없이 서로의 눈을 바라봤다. 상대의 숨소리까지 들릴 만큼 가까웠지만 누구도 먼저 시선을 피하지 않았다. 그의 입가에 자조적인 미소가 떠올랐다.

"당신 말이 맞아요, 쇄쇄."

그의 시선이 그녀의 두 눈에서 자신의 가슴에 닿아 있는 손으로 옮겨갔다.

"그렇다면 이번 일을 두고 내가 어떻게 해주길 원합니까?"

그녀가 그제야 손을 떼며 시선을 돌렸다.

"우리는 자식을 가질 수 없어요. 그러니 조만간 문중의 어른들이 나서서 대를 이으려면 첩을 들여야 한다고 당신을 몰아세울 거예요."

그 역시 부정하지 않았다.

"내 부인은 당신 하나뿐인데 일 년이 지나도록 후사가 없다면 문중에서 당신을 내치라고 나를 몰아세우겠지요. 공의 가문이 아들을 귀히 여기는 것이야 세상 사람들도 다 아는 마당에 당신이 대를 잇지 못해 소박을 맞는다면 누구도 손가락질하진 못할 테고. 당신이 원하는 게 이런 것입니까?"

기가 막힌 듯 그가 한숨을 내쉬었다.

"도대체 누가 아이를 원하는 거지? 나요? 아니면 당신?"

그녀는 정자 밖으로 시선을 돌렸다. 그 모습이 마치 호수 둔덕을 응시하고 있는 조각상처럼 보였다.

"누가 원하든 달라지는 게 있나요? 처음부터 나를 막든지, 아니면 나를 멀리하든지 했었어야죠. 이제 모든 게 너무 늦어버렸어요. 공의산을 집으로 들일 준비를 하세요. 설사 첫아이가 당신의 핏줄이 아니라 해도 당신이 원하기만 하면 언젠가 진짜 핏줄도 얻게 될 거예요."

그는 비웃듯 입가에 머물러 있던 미소를 거두고 무서우리만치 굳은 표정으로 한참 동안 그녀를 뚫어지게 노려봤다.

"당신은 지금까지 한 번도 이 사실에 대해 생각해 본 적이 없는 모양이군요. 당신이 무엇을 원하든 나는 늘 그 일을 하도록 도와줬지. 당신이 부탁해서가 아니라 그저 내가 당신이 원하는 걸 해주고 싶어서."

그는 고개를 숙여 의관을 정리하고 바닥에 떨어져 있던 『운주팔기』를 집어 들었다.

"당신의 마음이 돌덩이처럼 딱딱하게 굳어 있는 이상, 내가 무엇을 하든 당신의 결정을 바꿀 수야 없겠지요. 사랑이라는 감정의 시작과 끝이 말 한마디로 쉽게 정리되는 것은 아니니 당신이 원하는 대로 하십시오. 허나 지금 이 순간부터 다시는 내 앞에 나타나지 마시오, 쇄쇄."

한쪽에 흐트러짐 없이 앉아 있던 경쇄쇄는 손에 쥔 잔을 내려다보고 있었다. 그러나 찻잔이 입술에 닿는 순간 잔이 희미하게 흔들렸고, 튕겨 오른 찻물 두 방울이 마치 눈물처럼 떨어져 옷깃을 적셨다. 결국 두 사람 사이도 이렇게 끝나고 말았다.

첩을 들이는 것은 남자들의 영원한 숙제다. 군위는 후세에 첩을 두는 제도를 없앤다면 어떤 일이 벌어질지 상상조차 되지 않는다고 말한 적이 있다. 내가 보기엔 다들 시간이 날 때마다 기루로 몰려가지 않을까 싶다. 어쩌면 그게 더 좋은 일일지도 모른다. 첩실과 정실 사이의 갈등 때문에 문제가 생기지 않으니 사회적으로 물의를 빚을 일도 없을 것이다. 적어도 정실과 첩실이 재산 다툼을 벌이거나, 정실이 첩실의 아들을 독살해 죽이거나, 첩실이 정실을 몰아내는 그런 일이 훨씬 줄어들 테니 말이다. 그러나 공의비는 자신의 의지와 상관없이 첩실을 들이게 되었으니 억울한 면이 없지 않았다. 어쩌면 그는 조나라에서 정실의 등쌀에 떠밀려 첩실을 두는 유일한 남자일지 모른다. 동정해야 마땅한데 한편으로는 어찌 된 영문인지 조금 부럽기도 했다.

비록 공의산이 공의 가문 안에서 첩실로 시집을 가는 것이라 해도 혼례는 격식을 차려 치러졌다. 새로 시집온 첩실은 규율에 따라 정실부인에게 차를 올려야 했다. 붉은 혼례복 차림의 공의산은 장미꽃처럼 화사하고 아름다운 얼굴로 입꼬리를 살짝 올리며 모과나무 의자에 앉아 있는 경쇄쇄를 올려다봤다.

"형님, 제 차를 받으세요."

공의산이 찻잔을 건넬 때 어찌 된 영문인지 잔이 엎어지며 쨍그랑 소리와 함께 바닥에서 산산조각이 났다. 그 순간 찻잔을 받아들기 위해 내민 경쇄쇄의 손이 허공에 멈췄다. 그녀는 이제까지 다른 사람 앞에서 실례되는 행동을 단 한 번도 한 적이 없었다. 그런 그녀였기에 이런 어이없는 상황에 당황해, 그저 자신의 손가락만 바라보며 아무런 생각도 하지 못했다. 옆에 있던 공의비가 차가운 눈빛으로 깨진 찻잔을 내려다본 후 손을 내밀어 놀란 공의산을 부축해 일으켜 세웠다.

나는 경쇄쇄가 이제 와서 후회하는 게 아닐까 싶었지만 증명할 방도가 없었다. 내 의식은 그녀의 봉인된 기억을 따라 걸어가기 시작했고, 저 멀리 공의비 인생의 두 번째 신방이 보였다. 그런데 이때 안뜰에서 갑자기 웃음소리가 크게 들려왔다.

주술에 걸린 도깨비의 눈을 통해 기억을 훔쳐보려면 두 사람 모두 가장 평온한 마음 상태를 유지해야 하고, 절대 외부의 간섭을 받아서는 안 된다. 이 시끄러운 웃음소리 때문에 정적이 깨져 버렸고, 신방을 밝히던 화촉도 순식간에 꺼졌다. 방금 전까지 눈앞에 보이던 장면이 마치 호수에 빠진 돌멩이처럼 잔잔한 파문만 남긴 채 완전히 사라져 버렸다. 어둠 속에 빛만 점점이 남아 있는 광경을 보니 공의훈이 곧 잠에서 깨어날 터였다. 그렇게 되면 그녀의 봉인된 기억을 더 이상 훔쳐볼 수 없다.

나는 눈을 뜨고 아직 깨어나지 못한 채 누워 있는 흰옷의 여인을 살핀 후 푸른 비단으로 만든 휘장을 거칠게 걷어 올렸다. 멀지 않은 곳에서 시끄럽게 웃으며 앞서 달려오던 사내가 걸음을 멈추었고, 그 뒤를 따르던 사내 또한 멈춰 서서 정원 문 안으로 시선을 돌렸다. 나는 문 앞에 서 있는 키 큰 사내의 모습을 보는 순간 목구멍까지 치고 올라온 욕을 꿀꺽 삼켜버렸다.

어슴푸레한 달빛을 받으며 문 앞 배롱나무 아래 서 있는 흰칠한 사내의 놀란 표정이 눈에 들어왔다. 사내는 머리 위로 용트림을 하듯 뻗어 올라간 나뭇가지 위에 활짝 핀 꽃만큼이나 화사한 미소를 지으며 두 팔을 활짝 펼쳤다.

"아불."

오랫동안 보지 못한 만큼 나도 모르게 감정이 격해져 두 팔을 벌리며 앞으로 달려 나갔다. 돌길을 따라 뛰어가는 길은 헤어져 지낸 지난 시간만큼이나 길게 느껴졌다. 그 길 끝에서 나는 눈물을 글썽이며 그의 옆에 있는 호랑이를 부둥켜안았다. 소황도 기분이 좋은지 내 어깨에 얼굴을 파묻으며 비벼댔고, 그 바람에 목을 길게 빼다 보니 복잡한 표정으로 서 있는 군위가 얼핏 눈에 들어왔다. 나는 무슨 일이라도 있나 싶어 그에게 물었다.

"팔을 활짝 펼치고 뭐 하는 거야?"

그의 입가가 실룩거렸다.

"신경 꺼. 술자리가 너무 답답해서 대자연을 한번 품어보려고 온 거니까."

나는 고개를 끄덕이며 녹색 식물이 잔뜩 자라 있는 곳을 가리켰다.

"그럼 저쪽에 가는 게 더 나을걸? 여기보다는 저쪽 공기가 더 좋아."

군위는 무심하게 나를 한번 쳐다본 후 한 손을 가슴에 얹고 아무 말 없이 뒤돌아서서 문으로 향했다.

4장

지금까지 군위는 이렇게까지 무심하게 군 적이 없었다. 보통 그는 내가 동쪽으로 가자고 하면 묵묵히 따라주는 그런 성격이었다. 그런 그가 두 달여 만의 재회에서 계속 뭔가 불만이 있는 사람처럼 굴고 있었다. 안 본 사이에 무슨 충격이라도 받은 건지 나를 보고도 반가워하기는커녕 데면데면하기까지 했다.

정말이지 알다가도 모를 일이었다. 어쨌든 그는 문밖으로 몇 발자국 나서기도 전에 하얀 옷을 입은 사내에게 다시 끌려들어 왔다. 그는 좀 전에 문밖에서 웃음소리를 내며 군위보다 앞서 뛰어가던 사내였다. 보아하니 군위의 한쪽 옷깃이 벌어져 흘러내리기 일보직전이었다. 나는 더 흉한 꼴을 보기 전에 얼른 앞으로 걸어 나가 그들을 막아섰다. 그제야 흰옷 차림의 사내가 바로 백리진이라는 사실을 알아챌 수 있었다.

지금 내 머릿속을 가득 채운 궁금증은 두 사람이 지금 이 시각에 왜 여기 있는지가 아니었다. 나는 크게 심호흡을 하며…… 그런데 절반쯤 숨을 들이키는 순간 이것이 나에게 너무 고난이도의 동작이라는 것을 문득 깨달았다. 나는 코를 문지르며 난감한 표정으로 두 사람을 떠봤다.

"좀 전에 보니까 둘이서 서로 잡기 놀이라도 하는 것처럼 뛰어가던데 뭐 하고 있었던 거야?"

군위가 나를 힐끗 쳐다보더니 상대하고 싶지 않다는 듯 이내 고개를 돌려버렸다. 그러자 백리진이 나무 비녀를 꺼내 들며 난처한 표정을 지었다.

"위위瑋瑋가 나한테 준 비녀를 오늘 연회에서 만난 가희에게 선물로 주려고 했더니 저리 화를 내며 그 비녀를 돌려 달라고 계속 쫓아다니지 뭡니까."

그는 뒤로 한 발자국 물러서며 얼른 군위의 눈치를 살폈다.

그 순간 내 머릿속에서 '위위'라는 친근한 호칭이 떠나지 않고 계속 맴돌았다. 정신을 차리고 나자 군위가 잔뜩 굳은 얼굴로 불같이 화를 내며 백리진의 멱살을 잡았다.

"내가 준 나무 비녀를 주려던 게 아니잖아! 내 청옥 비녀를 주려고 했던 걸 내가 모를 줄 알아? 어디다 숨겼어? 어서 내놔!"

나는 너무 놀란 나머지 사레가 들려 연신 켁켁거리다가 간신히 진정시키고 군위의 팔을 붙잡았다.

"네…… 네가…… 백리 소제한테 비녀를 줬다고?"

백리진이 머뭇머뭇하며 고개를 끄덕였고, 군위는 그 모습을 보지 못한 채 이를 갈며 말했다.

"하나 주기는 했지만……."

나는 이마를 짚으며 그에게 물었다.

"그 비녀를 다른 여자한테 줬다고 화가 난 거였어?"

백리진이 계속 머뭇머뭇거리며 고개를 끄덕였다. 군위는 이번에도 그를 보지 못하고 이를 악물고 말했다.

"화가 나기는 했지만……."

나는 떨리는 손으로 그의 옷소매를 부여잡았다. 마치 쇠망치로 뒤통수를 연이어 얻어맞은 듯 정신을 차릴 수가 없었다.

"정, 정말 잘랐어?"*

군위는 대답하지 않고 고개를 들어 무슨 소리냐는 듯 나를 쳐다보았다. 백리진이 어리둥절한 표정으로 나를 바라보다 옷자락을 잡아 비틀며 얼굴까지 빨개져서 말했다.

"응, 잘렸소."

눈앞에 이미 군위가 군사부에게 맞아 죽는 장면이 떠오르는 것 같았다. 나는 비틀거리며 뒤로 한 발자국 물러나 나무를 짚고 간신히 버티고 서 있었다. 그렇게 한참 동안 마음을 추스르고 나서야 간신히 정신을 차리고 군위의 어깨를 치며 위로를 했다.

"그래, 소설을 쓰는 사내들 중 십중팔구가 그 길을 걷게 된다잖아. 이건 네 탓이 아니라 그냥 직업병이야. 걱정할 거 없어. 나중에 군사부한테 맞아 죽을 일이 생기면 내가 이 교주를 반으로 뚝 잘라서……."

군위가 이를 갈며 내 말을 잘랐다.

"대체 무슨 생각을 하는 거야?"

나는 의아한 표정으로 물었다.

"소매를 잘랐다고 하지 않았어?"

백리진이 다가왔다.

"소매를 잘라?"

그는 오른손에 들고 있던, 두 동강이로 잘린 청옥 비녀를 군위

---

* '소매를 자른다'는 뜻의 단수(斷袖)는 한(漢)나라의 애제(哀帝)가 신하이자 동성애 관계였던 동현(董賢)이 그의 옷자락을 베고 잠들어 있자, 그의 수면을 방해하지 않도록 제 옷소매를 자르고 일어났다는 고사에서 연유한 말.

에게 보여주었다.

"이 비녀도 잘리고, 형님의 소매도 잘린 것입니까? 정말 길조입니다. 길조! 기묘한 이야깃거리가 있어야 책이 만들어지고, 이렇게 자르지 않으면 두 개로 나뉠 수 없는 것이지요, 하하하하."

그런데 백리진이 들고 있는 비녀가 유난히 눈에 익었다. 자세히 들여다보니 아니나 다를까 어릴 때 내가 군위에게 선물한 것이었다. 백리진은 여전히 한쪽에서 어색하게 웃고 있었다.

"여기 이렇게 비녀가 있으니 그 가희한테 안 줬다는 내 말을 믿겠소? 어쨌든 두 동강이 난 걸 붙여준다고 했으니 내 아주 감쪽같이 붙여주리다. 사람을 그리 못 믿어서야 원. 아까 내가 가희에게 선물한 건 형님이 저잣거리에서 친척들에게 선물한다고 열두 개를 사서 나한테 하나 줬던 그 나무 비녀란 말이오."

나는 그제야 모든 것이 오해에서 비롯되었다는 사실을 알아챘다. 굳어 있던 군위의 얼굴이 점점 붉게 물들어 갔다. 그가 무심하게 나를 힐끔 보더니 이내 다른 곳으로 시선을 돌려버렸다. 나는 백리진에게 다가가 청옥 비녀를 자세히 살펴본 후 회심의 미소를 지었다.

"붙일 필요 없어요. 이건 돌로 만든 가짜 청옥이거든요. 어릴 때 잔뜩 사서 아는 사람들한테 선물로 줬던 거예요. 청언종에 있는 사람들은 다들 하나씩 가지고 있을걸요? 엽전 한 닢이면 다섯 개는 살 수 있어요."

나는 돌아서서 군위에게 말했다.

"이게 그렇게 맘에 들면 돌아가서 다시 하나 사줄게."

말을 하고 나니 한 가지가 마음에 걸렸다.

"근데 지금쯤 값이 올랐을지도 모르겠네……."

군위가 휘청거리며 백리진의 어깨를 붙잡았다.

"나를 좀 부축해주게……."

나는 얼른 그에게 다가가 팔을 내 몸에 두르고 기대도록 했다. 군위의 몸이 언제 이렇게 허약해진 건지 걱정이 되었다.

"혹시 신허腎虛* 증상이 이런 거 아닐까요?"

백리진이 머리를 긁적이며 고심했다.

"글쎄요. 그 방면으로 아직 아는 게 별로 없어서……."

군위는 한 손으로 가슴을 부여잡고, 다른 한 손으로는 나무를 짚은 채 간신히 몸을 지탱하고 서 있었다. 그는 돌아서기도 힘든 듯 입만 실룩거리며 마지막 남은 인내심을 쥐어짜냈다.

"나는 먼저 갈 테니 둘이 천천히 이야기 나눠."

군위가 보낸 서신에는 두 사람이 배중에 있다는 사실만 언급되어 있었다. 내가 아는 군위라면 자신이 구체적인 장소에 대해 말하지 않은 것조차 모른 채 무작정 나를 기다리고 있었을 터였다. 그런데 이토록 넓은 배중 땅에서 이렇게 만난다는 것은 정말 불가능에 가까운 일이었다.

백리진과 이야기를 나누면서 두 사람이 이곳까지 오게 된 사정을 소상히 알게 되었다. 백리진은 진나라와 강나라의 접경 지역에서 군위와 우연히 만났다. 그는 공의비의 초청을 받아 단약丹藥을 만들러 왔고, 군위도 때마침 진나라로 돌아가는 길이라 자

---

* 신장(腎臟)의 정기(精氣)가 부족해진 병증

연스럽게 동행하게 되었다. 어제 저녁까지도 그들은 산 아래 있는 공의 가문의 본가에서 나를 기다렸다. 그리고 오늘 달맞이 연회에 참석하기 위해 산에 올랐다가 이렇게 나를 만나게 됐으니 그야말로 운명이라고밖에 설명할 길이 없었다. 어쨌든 이 운명 덕에 더 이상 그들을 찾기 위해 서신을 써가며 애를 쓸 필요가 없어졌다.

한창 이야기를 나누는데 소황이 자꾸 나의 소맷자락을 물고 당기며 관심을 끌려 했다. 소황은 우리가 말을 멈추고 자신을 바라봐주자 곧장 다리를 옆으로 뻗으며 바닥에 눕더니, 배가 좀 더 드러나게 왼쪽 다리를 있는 힘껏 들어 올렸다.

백리진이 호기심 가득한 눈빛으로 손을 뻗어봤지만 소황은 눈을 부릅뜨고 으르렁거리며 그의 손길을 거부했다. 소황은 바닥에 누운 채 나를 향해 만져달라고 발버둥을 쳤다.

"살이 올랐네? 아빠가 아주 잘해준 게로구나."

소황은 믿을 수 없다는 표정으로 고개를 숙여 자신의 배를 슬쩍 내려다보았다. 그러다 안 되겠다 싶었는지 아예 하늘을 보고 대자로 누워 다시 만져보라고 시위를 했다. 백리진은 그 모습에 기가 차서 혀를 내둘렀다.

"네놈이 배가 꺼져 보이게 하려고 별짓을 다하는구나."

소황은 그 말에 상처라도 받은 듯 금세 울 것 같은 표정으로 날 바라봤다. 나는 다시 배를 만져주며 잔뜩 걱정하는 척했다.

"어머, 왜 이리 말랐어? 돌아가면 우리 아가한테 닭고기 좀 실컷 사먹여야겠는데? 네 아빠는 대체 널 제대로 돌보긴 한 거니? 정말이지 제대로 하는 게 없구나. 내일 같이 가서 혼내주자."

소황은 만족스러운 듯 몸을 굴려 일어난 후 좋아서 폴짝폴짝 뛰며 내 다리에 얼굴을 비벼댔다. 그러다 문득 오랫동안 굶주렸다고 하기에는 너무 기운이 넘친다고 생각했는지 다시 내 발 아래 엎드려 굶주림에 지쳐 잠든 척을 했다.

나는 이런 소황을 어떻게 데리고 돌아갈지 걱정이 앞섰다. 고개를 드니 계란 하나는 들어갈 만큼 입을 쩍 벌리고 서 있는 백리진이 눈에 들어왔다. 그의 시선을 따라가 보니 내 등 뒤로 하얀 옷을 나부끼며 서 있는 공의훈이 보였다. 그녀가 깨어났다.

백리진은 그녀에게서 한동안 눈을 떼지 못했다. 생각해 보니 약성의 후손이라면 사람이 아닌 도깨비의 존재 정도야 알아채고도 남을 것 같았다. 내가 설명을 하기도 전에 그는 이미 빨갛게 상기된 얼굴로 쭈뼛쭈뼛하며 입을 열었다.

"거기 계신 아리따운 아가씨는 존함이 어찌 되시는지요?"

"……."

어찌 됐든 백리진은 소황을 데리고 잠을 자러 갔고, 달빛 아래로 쭉 펼쳐진 자미화 꽃밭 속에 우리 두 사람만이 남게 되었다. 공의훈은 옷자락을 걷어 올리며 돌의자에 살포시 앉아 슬픔도 기쁨도 담겨 있지 않은 눈빛으로 찬찬히 나를 올려다보았다.

"그 기억들 속에서 무엇을 보았나요?"

그녀는 기억들 중 좋았던 일들만 알고 싶어 했다. 나는 어디서부터 말해야 할지 몰라 한참을 고심했다. 막상 그 기억을 들려주려니 모든 것이 좋았던 것 같기도 하고, 또 아닌 것 같기도 했다. 사람들은 왜 지나간 기억에 집착하는 걸까? 모든 사람은 현재를 살고 있고, 살아야 하니 지나치게 과거와 미래에 연연하다 보면 불필요한 고통과 번뇌만 커질 뿐이다.

나는 공의훈의 맞은편에 앉아 고개를 숙인 채 한참 생각하다 입술을 축이며 운을 뗐다.

"그는 당신을 좋아했어요. 당신을 즐겁게 해주기 위해 뭐든 다 했고, 당신을 위해 〈청화현상〉이라는 곡을 쓰기도 했죠. 당신도 그 곡에 맞춰 춤을 만들었고, 오로지 한 사람만을 위해 그 춤을 췄어요. 정말이지 사이가 아주 좋아 보였어요."

그날 밤 그녀는 그에게 지금까지 살아오면서 가장 기쁜 밤이었고, 나중에 이 시간을 떠올리기만 해도 행복할 거라고 고백했다. 그런데 지금 그녀는 그와의 모든 기억을 잊어버리고 말았다. 그것은 마치 정원에 가득 피어 있던 봄풀을 모두 태워버린 통에 그 뿌리가 여전히 땅에 남아 있어도 올봄에는 아름다운 꽃을 피울 수 없는 것과 비슷했다. 어쨌든 나는 그녀에게 가장 좋았던 기억이라고 확신하며 이 이야기를 들려주었다.

공의훈은 지난 일을 떠올리려 애쓰는 듯 보였지만 결국 아무 것도 떠올리지 못한 채 미간을 찌푸렸다.

"〈청화현상〉이라고 했나요? 기억이 나지 않네요. 내가 춤을 출 줄도 알았나요?"

그녀의 푸른빛이 살짝 도는 눈동자는 잔잔한 호수처럼 고요했다. 나는 가만히 고개를 끄덕였다.

"아주 잘 췄어요. 그 춤을 당신이 직접 만들었는데 기억이 나질 않는다니 안타까워요. 다시 배워보고 싶은 마음이 있나요?"

나는 그녀의 손을 잡았다.

"배우고 싶다면 내가 가르쳐줄 수 있어요."

나는 그날 밤의 춤동작을 모두 기억하고 있었고, 그 춤은 과연 천하제일이라 할 만했다. 나는 공의훈이 공의비의 앞에서 그 춤을 다시 추는 상상을 해 보았다.

　그 후 두 사람 사이에 무슨 일이 일어났는지 나도 알 수 없다. 하지만 〈청화현상〉이 다시 세상의 빛을 보며 공의비 앞에서 재현된다면, 그는 과연 어떤 반응을 보일까? 아마 두 가지 가능성이 있지 않을까 싶다. 하나는 공의비가 옛정을 떠올리며 공의훈에게 잘해주거나, 아니면 아무런 감정의 동요도 보이지 않는 것이다.

　이튿날 아침 일찍 공의훈의 거처로 가서 그녀에게 춤을 가르쳐주었다. 사실 나는 사부에게 춤을 배워본 적이 없는 터라 춤 실력이 그다지 좋지 않았다. 나를 거둬주셨을 때 사부님의 나이는 벌써 65세였다. 일흔에 가까운 노인이 노래와 춤을 가르치는 것 자체가 신체적으로도 무리였다. 내가 거문고, 바둑, 서화 등은 좀 할 줄 알아도 유독 춤이나 노래와 거리가 멀었던 이유가 바로 여기에 있었다.

　날씨는 맑고 화창했지만 아직 이른 아침이라 산 공기가 쌀쌀했다. 솔솔 불어오는 시원한 바람을 맞으며 걸어가다 보니 작은 정자가 나왔고, 그곳에 군위가 앉아 있었다. 그는 어젯밤에 아무 일도 없었던 것처럼 나를 향해 손을 흔들었다. 소황이 그의 발밑에 엎드려 졸고 있었다. 주위를 살펴봤지만 어찌 된 일인지 백리진이 보이지 않았다. 아무래도 시간이 너무 이른 탓에 혼자 나온 듯했다. 나는 내키지 않는 발걸음으로 그를 향해 걸어갔다.

탁자 위에 검푸른 빛깔의 끈으로 묶은 불상화 한 다발이 놓여 있었다. 군위는 입을 가리고 흠흠 헛기침을 했다.

"이른 아침에 할 일도 없고 해서 꺾어봤어. 마음에 들면 너한 테 줄게."

나는 조마조마한 마음으로 그 꽃을 받아들었다. 그가 갑자기 이렇게 잘해주는 걸 보니 이곳에 오기 전에 무슨 사고를 쳤거나, 아니면 머잖아 나한테 미안한 일을 벌일 것 같아 마음이 영 불편 했다.

둘 사이에 잠깐 침묵이 흐르고 난 후 그가 또 붉은 사과를 하 나 꺼내 나에게 건넸다. 나는 너무 놀라 입이 떡 벌어졌다. 도대 체 얼마나 엄청난 말을 하려고 이러는지 겁부터 덜컥 났다. 그러 면서도 무의식적으로 사과를 한 입 베어 먹으며 귀를 쫑긋 세워 그의 말을 들을 준비를 했다.

그러자 그가 나보다 더 의아한 눈빛으로 우두커니 서서 나를 바라보다 입을 열었다.

"다른 건 됐고 일단 본론부터 이야기할게. 요즘 들어 진나라와 조나라의 움직임이 심상치가 않아. 알고 있었어?"

나는 사과를 다시 한 입 베어 물며 고개를 가로저었다. 그는 한 손으로 돌 탁자 가장자리를 톡톡 치며 나지막이 말했다.

"약 3개월 전쯤에 진 세자 소예가 총애하던 악사에게 암살당 할 뻔한 사건이 있었어. 너도 대충 들어 알고 있지? 근데 이 악 사의 정체가 심상치 않아. 조趙 태후는 소예의 생모와 한배에서 태어난 자매니까 소예의 이모가 되기도 하지. 올 2월에 조 태후 의 마흔 번째 생일을 맞아 소예가 축하를 하기 위해 조나라에 갔는데 그곳 궁 안에서 그 여자를 보고 한눈에 반한 거야. 그래서 그녀를 데리고 진나라로 돌아가 끔찍이 아끼며 살았지. 그때까지만 해도 두 달 후에 그녀한테 칼을 맞을 줄 누가 알았겠어. 그후 소예는 사랑의 상처로 세상을 떠돌며 지냈고, 진나라와 제후국들 사이에 이상한 소문이 돌기 시작했지. 그 악사가 조나라에서 키운 첩자고, 입궁하기 전부터 조왕이 특별히 훈련을 시켜서……."

나는 손을 들어 그의 말을 끊었다.

"특별 훈련? 예악과 관련된 것들을 가르쳤다는 거야? 그런 다음에 궁중 악사의 신분으로 둔갑시키고 소예의 마음을 홀렸다는 거지?"

소예가 예악을 좋아한다는 것은 온 천하가 다 아는 사실이었다. 그는 악리樂理에 조예가 깊었고, 어린 시절에 쓴 거문고 악보가 민간에 떠돌 정도였다. 그런데 그 악보가 어찌 된 일인지 상하 두 권으로 나뉘어 당나라와 누나라의 두 공주 손에 들어갔고, 그들은 이 악보를 온전히 한 권으로 소장하고 싶어 서로 고가에 사들이려고 경쟁을 벌였다. 내가 위나라 공주로 있을 때 그 값은 이미 성지를 하나 사고도 남을 정도로 치솟아 있었다.

그런데 나는 이 두 공주가 도대체 무슨 생각을 하며 사는지 도무지 이해가 가지 않았다. 그 정도로 비싼 돈을 주고 책을 살 능력이 되면 차라리 소 세자를 찾아내 다시 한 권 써달라고 부탁하는 편이 더 나았다. 내가 감히 장담하건대 그는 자신의 어질고 덕스러운 이미지를 널리 알리기 위해서라도 성지는커녕 그 성의 돌멩이 하나조차 원하지 않을 사람이었다.

군위는 고개를 끄덕이며 내 말에 동의했다.

"모든 게 소문일 뿐이야. 하지만 소예가 어떤 사람을 좋아하는지 그의 사촌아우 조왕이라면 누구보다 잘 알고 있을걸? 그러니 이 소문도 아예 근거가 없다고 할 수 없어. 소문이 퍼져 나간 후 제후국들 간에 또 다른 소문이 꼬리에 꼬리를 물며 이어졌지. 조왕이 자객을 보내 그들의 세자를 암살하려 했다는 소식을 듣자 진나라는 한바탕 충격에 휩싸였고, 이미 조나라와의 전쟁을 준비하기 시작했다는 설이 유력해. 조왕이 젊은 데다 조정의 신하들도 다들 패기가 넘치다 보니 전쟁을 너무 쉽게 생각하는 경향이 있고, 또 이 기회를 빌려 공을 세우려는 자들까지 합세해 전쟁에 무게가 실리고 있어. 4월부터 조, 진 두 나라의 관계가 일촉즉발 상태인데, 특히 6월 들어 진나라 둘째 공자 소사가 모반을 일으키다 주살됐잖아. 그래서 소예가 대권을 잡게 됐고. 제후국들 사이에선 내부적으로 안정이 되면 암살을 명분으로 조나라를 칠 거라는 의견이 지배적이야. 진나라는 이미 제후국 사이에서 패권을 쥔 채 군림하기 시작했고, 적잖은 제후국이 암암리에 연맹을 맺기 위해 움직이고 있어. 만약 진나라가 무슨 낌새라도 보인다면 그들은 당장 진나라에 반기를 들고 일어날 거야."

사과를 거의 다 먹고 심지만 남았을 때쯤 소황이 잠에서 깨어나 눈을 깜빡이며 손에 있는 사과에서 눈을 떼지 못했다. 나는 군위를 툭툭 치며 말했다.

"또 없어? 얼른 소황에게 하나만 줘봐."

군위가 미간을 찌푸렸다.

"없어. 소황에게 주려던 사과를 방금 네가 다 먹어 치웠잖아."

그는 고개를 들어 나를 보며 다시 물었다.

"어떻게 생각해?"

나는 사과 심지와 내 치맛자락을 잡아당기고 있는 소황을 번갈아 보며 울상을 지었다.

"뭘 어떻게 봐? 얼른 소황에게 사과나 하나 사줘."

군위의 입가가 실룩거렸다.

"진과 조나라의 일을 어떻게 보느냐고 묻는 거잖아?"

내가 죽기 전이라면 모를까 지금에 와서 나랏일은 나에게 관심 밖의 일이었다. 엽진은 이미 죽었고, 나는 더 이상 위나라 공주가 아니니 정치에 관심을 둘 일도 그리 많지 않았다. 다행히 공주로 지내던 시절에 한동안 정치에 지대한 관심을 쏟았던 터라 판세를 읽는 능력은 여전히 그럭저럭 쓸 만했다. 군위의 말을 듣고 나니 현재 상황이 그야말로 뒤죽박죽이었다.

나는 곰곰이 생각하다가 군위가 준 꽃다발에서 꽃 한 가지를 뽑아 꽃송이를 떼어 버리고, 나머지 줄기로 바닥에 한참 동안 그림을 그렸다. 그 그림은 설명에 참고할 조나라와 진나라의 관계도와 주변 지도였다.

군위는 내가 꽃송이를 뽑아버릴 때 무슨 말을 하려다 꾹 참았다. 한참 동안 바닥에 무언가를 긁적이고 나서야 나는 결론부터 말했다.

"조나라는 누군가에게 모함을 당하고 있는 거야. 국력으로 볼 때 먼저 나서서 진나라를 도발할 이유가 없어. 하물며 두 나라 사이는 인척관계로 얽혀 있잖아. 소황이 아무리 배가 고파도 너랑 나를 먹어 치울 수 없는 것처럼 저들도 그렇지 않겠어? 먹어 치우면 당장이야 배가 부르겠지만 그다음에 또 배가 고프면 누가 그들에게 고기를 사주겠어?"

생각해 보니 군위는 소황을 위해 돈을 벌어 고기를 사준 적이 한 번도 없었던 듯싶었다. 나는 얼른 말을 바꿨다.

"아니, 너는 먹어 치웠을 수 있겠다."

군위가 나를 무섭게 노려봤다.

나는 바닥에 쭈그리고 앉아 눈앞의 관계도를 계속 연구했다. 군위도 바싹 다가와 관심을 보였고, 나는 불상화 줄기로 그림을 가리키며 설명을 했다.

"이건 조, 진 말고 또 다른 나라의 음모가 분명해. 자객을 조나라 궁에 심어두고 배후에서 조종을 하는 거지. 만약 소예를 죽였다면 좋아서 덩실덩실 춤을 췄을걸. 적어도 수십 년 동안 소예만큼 능력 있는 후계자가 진나라에 나타날 리 없으니 그들이 더 이상 진나라를 두려워할 필요도 없지 않겠어? 만약 소예가 구사일생으로 살아 있다면 그의 성격으로 미루어 짐작해보건대 설사 이 일이 조나라의 소행이 아니더라도 이걸 빌미로 조나라를 집어삼킬 거야. 이런 판을 짠 사람은 이 두 가지를 충분히 고려했어. 4월부터 각 나라에 조, 진 두 나라에 관한 소문이 돌고 있었다고 했지? 내가 보기에 이 판을 짠 사람이 일부러 퍼뜨린 것이 확실해. 모든 것이 그의 생각대로 진행 중이고, 그자는 조, 진의 전쟁을 기다리고 있어. 그때 제후국들이 연맹을 맺고 진나라에 대항하면 그자는 그 틈을 타 큰 이익을 챙기겠지. 설령 소예가 이 계책을 간파해 출병을 거부한다 해도 상황은 달라지지 않아. 지금은 진나라가 출병을 하느냐 마느냐의 문제가 아니야. 네 말대로 조나라 사람들이 소문을 믿고 있다면 누가 나서서 선동질만 해도 금세 우르르 몰려와 출병을 하겠다고 나서겠지. 앞으로도 위험천만한 상황이 끊이지 않고 일어날 판이 짜여진 거지. 누가 먼저 출병을 하든 진, 조 두 나라가 전쟁의 서막을 올리는 순간 소예는 이미 반은 지고 들어가는 셈이야. 정말이지 손해가 이만저만이 아니지."

군위가 손가락으로 땅 위에 표시된 진나라의 도읍 호성을 가리키며 물었다.

"너는 이런 판을 짠 게 어느 나라라고 생각해?"

나는 계속 관계도를 가리키며 설명을 해나갔다.

"진나라와 인접한 나라는 위衛, 강姜, 정鄭, 조趙 네 나라뿐이야. 나라를 다스릴 때 원교근공遠交近攻*의 계책을 따라야 한다고 했어. 지금 진나라가 강성해지는 걸 가장 두려워하는 자가 누구라고 생각해? 바로 인접한 이 네 나라야. 그런데 위나라는 이미 망했고, 조나라는 진나라와 인척관계로 묶여 있는 데다 지금까지 줄곧 진나라의 뜻을 따라왔고 국력도 약해. 그렇다면 범인은 눈을 감고도 맞출 수 있지 않겠어? 바로 정나라 아니면 강나라야."

나는 고심을 좀 하다 손에 든 가지를 호성으로 표시된 작은 점 위에 꽂았다.

"근데 시작하자마자 소예가 이 계책을 간파하고 상대의 계략을 역이용해 그 악사를 데리고 귀국한 거야. 정나라든 강나라든 저들이 아무리 치밀한 판을 짰다 해도 결국 소예의 손바닥 안일

---

* 먼 나라와 친교를 맺고 가까운 나라를 공격하는 것

뿐이지. 소예는 그들이 짠 판을 빌려 힘 안 들이고 자신의 아우를 제거했어. 네가 소예라면 사방이 가시밭길인 이 판에서 어떻게 했을 것 같아?"

둘 사이에 긴 침묵이 이어졌다. 나는 그제야 맞은편에 앉아 있는 군위가 연애소설 전문가라는 사실을 떠올렸다. 비록 질문은 군위에게 했지만 사실 나도 내가 소예라면 어떻게 했을지 무척이나 궁금했다. 지금이야말로 앞에 늑대가 있고 뒤에선 호랑이가 버티고 있는 형국이었다. 사방에서 제후들이 호시탐탐 기회를 엿보고, 조나라의 무모한 신진 세력들이 공을 세우기 위해 잔뜩 벼르고 있는 상황이라면 나는 어떻게 했을까?

작은 정자 밖에 핀 불상화가 바람을 따라 황금빛 파도처럼 넘실거렸다. 군위가 자리에서 일어나 돌 의자에 앉으며 말했다.

"너의 추측이 다 맞아. 너랑 헤어진 후 나도 아버지와 이 일에 대해 줄곧 조사를 해왔어. 이 판의 배후에 강나라가 있고, 주모자는 강나라의 승상 배의裴螘였어. 이 정도로 악랄하고 치밀한 판을 짠 자가 누구인지 소예가 모를 리 없지. 그런데도 그는 계속 침묵을 지키고 있어. 이번에도 모든 사람이 소 세자가 벼랑 끝에 몰렸다고 여겼지만 웬걸."

그가 고개를 돌려 날 쳐다봤다.

"두 나라 안팎에서 진나라가 조나라를 쳐야 한다는 목소리가 전에 없이 커졌지. 그런데 소예는 바로 그런 시기에 공물을 잔뜩 싣고 태연자약하게 조晁나라로 가서 오랫동안 정사를 돌보지 않던 천자에게 상소문을 올렸어. 그 문서는 붉은 나무 상자에 봉인되어 있었는데 내가 또 누구냐? 당연히 몰래 훔쳐봤지. 내용을 보니, 자신은 조왕을 친형제처럼 생각하며 지냈지만 늘 눈엣가시처럼 자신을 대하며 몇 차례 위해를 가했다고 했어. 한 달 전 당한 자객의 습격도 물증만 없을 뿐 조왕의 사주를 받은 것이 확실하다고 했지. 다만 그의 이모인 조 태후의 나이가 많고, 두 나라가 오랜 세월 우호적인 관계를 유지해온 데다 모두 천자의 신하라는 점을 고려해 전쟁은 최선의 선택이 아니라고 썼더군. 도에 어긋나지만 않는다면 말이야. 이번 일을 이대로 무마시키려면 그를 죽이려던 여자 자객을 사사로이 복수를 하러 온 죄인의 딸로 보느냐에 달렸는데, 이 또한 천자에게 문제를 확대시키지 말아달라는 뜻을 전달했어."

나는 진심으로 감탄했다.

"바둑으로 치면 이번 수는 정말 절묘한데? 왕실의 세력이 약해진 지 오래된 터라 천자도 더 이상 존경의 대상이 되지 못하고 있잖아. 이런 큰일을 들고 찾아와 천자의 의견을 구한 것만으로도 감동 아니겠어? 천자는 당연히 소예의 말대로 해줬을 거고, 기회를 기다렸다 잇속을 차리려던 제후들은 모두 눈이 휘둥그레졌을 테지. 조왕이야 머리가 좀 있다면 당연히 그가 깔아준 계단을 따라 기어 내려가야 하는 거고. 이제까지 먼저 전쟁을 일으키고 싶어 안달이었는데, 앞으로는 진나라가 자기를 언제 공격할지 몰라 매일 안절부절못하며 살게 됐네."

군위가 고개를 끄덕였다.

"그뿐만이 아니야. 천자가 덕을 행할 줄 아는 소예의 인품에 탄복하며 후한 상까지 내렸잖아. 자신을 죽일 뻔했던 자객에게 마저 은덕을 베풀고, 왕실의 위엄을 드높여줬으니 공작公爵보다 지위가 훨씬 높은 현경顯卿의 이름을 특별히 하사했어. 그가 즉위한 후에는 그 지위가 천하 제후보다 높아졌지. 강나라의 승상은 화병이 생겼을 테지만 따지고 보면 그도 잃을 건 없어."

나는 자리에서 일어나 손에 들고 있던 꽃가지를 던져버리고 잠시 생각을 해 봤다.

"만약 위나라가 그때 망하지 않고 잘 버티고 있었더라도, 언젠간 진나라의 눈 밖에 나 결국 망하게 될 운명을 피할 수는 없었겠지."

군위가 나지막이 말했다.

"진나라에 소예가 있듯이 위나라에는 엽진이 있잖아."

그에게 이런 칭찬을 듣는 것은 처음이었다. 나는 깜짝 놀라면서도 그 말이 괜히 쑥스러웠다.

"말도 안 돼. 난 그의 상대가 아냐. 부왕께서 나에게 조정에 간여하도록 허락하셨지만 그래 봤자 탁상공론에 불과했는걸."

군위가 나를 유심히 보다 고개를 한쪽으로 기울였다.

"그가 널 보면 분명 좋아하게 될걸?"

"뭐?"

그가 계속 말을 이어갔다.

"분명 너를 진나라 궁에 가두고, 꽃이 피고 지는 세월 속에서 서로를 애증하며 괴롭히겠지. 넌 분명 비참해질 거야."

"뭐?"

그가 나를 힐끗 봤다.

"말도 안 되는 이야기라고 생각해? 자고로 이런 부류의 이야기는 대부분 그런 식으로 흘러갔거든. 결국에는 네가 그를 피 말려 죽게 하거나, 아니면 그가 너를 그렇게 만들겠지. 그리고 죽고 나서야 서로의 소중함을 알게 되는 거야. 어쨌든 결말이 좋을 리 없어."

그가 한숨 쉬며 고개를 돌려 나를 진지하게 쳐다봤다.

"네가 소예를 찾아 복수를 하려고 할 때부터 늘 걱정이었어. 그가 위나라를 파멸시켰다는 이유로 너는 그를 증오하고 있지. 하지만 아진, 솔직히 넌 소예를 마음에 두고 있어. 안 그래?"

나는 오늘 군위가 무슨 말을 하려는 것인지 도무지 이해가 가지 않았지만 일단 뒤로 한 걸음 물러나 진지하게 대답했다.

"함부로 말하지 마. 나한테는 모언뿐이니까."

그의 안색이 어두워졌다.

"어차피 마지막에 가서는 네가 진왕을 죽여야 하니까 내가 한 가지 사실을 알려줄게⋯⋯. 그러니까 모언이⋯⋯."

나는 긴장해서 물었다.

"모언이 왜?"

그가 나를 뚫어지게 바라봤다. 내 기억 속에서 군위는 이렇게까지 진지한 표정을 지은 적이 거의 없었다. 그가 뭔가 말할 듯 말 듯 고심하다 이내 고개를 가로저었다.

"아니다. 모언이야 더할 나위 없이 좋은 사람이지. 네가 어릴 때부터 좋아했고, 죽을 때까지 좋아할 사내지."

돌 탁자를 사이에 두고 내 맞은편에 앉아 있던 군위는 아예 몸을 돌려 나와 등을 지고 앉았다. 그리고 잠시 후 들릴락 말락 나지막한 목소리가 들려왔다.

"언젠가 네가 그 사람이랑 함께할 수 없다는 걸 알게 돼도 너

무 슬퍼하지는 마. 아진, 내, 내가 늘 네 뒤에 있다는 것도 잊지
말고."

나는 황당한 눈빛으로 그를 쳐다봤다.

"지금 무슨 소리 하는 거야?"

군위의 어깨가 희미하게 흔들렸다. 졸음이 쏟아질 만큼 지루
한 시간이 흐르도록 그는 더 이상 아무 말도 하지 않았다. 발치
에 있던 소황은 아까부터 계속 내 치맛자락을 잡아당기고 있었
다. 주위에 지천으로 핀 불상화 꽃밭에 날아들어 춤을 추는 호랑
나비를 보고 당장이라도 가서 잡고 싶어 안달이 난 듯했다.

생각해 보니 군위는 갑자기 영감이 떠오르면 조용한 곳을 찾
아가 글쓰기에 몰두하고는 했다. 나는 그를 방해하면 안 되겠다
싶어 얼른 소황을 데리고 살금살금 걸어 정자를 빠져나왔다.

모언은 산 위의 불상화가 시들 때쯤 나를 데리러 오겠다고 약
속했다. 하지만 나는 길가에 활짝 핀 불상화를 바라보다 절망에
휩싸여 길 위에 털썩 주저앉고 말았다. 이 꽃들은 이미 스무 날
이 넘게 아름다운 자태를 뽐내고 있었다. 꽃 피는 시기가 이렇게
나 길고 생명력이 질긴데 과연 시들기는 할지 의심마저 들었다.

소황은 내 주위로 빙빙 돌며 나비를 쫓았다. 연속으로 몇백 바
퀴를 돌다 결국 어지러운 듯 제풀에 지쳐 쓰러지더니 한참이 지
나서야 비틀비틀 자리에서 일어섰다. 그제야 오늘 공의훈에게
춤을 가르쳐줘야 한다는 사실이 퍼뜩 떠올랐다. 나는 실컷 놀다
지친 소황을 끌고 다시 정자로 군위를 찾으러 갔다.

정자에서 십여 걸음 떨어진 곳에 도착하자 아까와 똑같은 자

세로 앉아 있는 군위의 모습이 눈에 들어왔다. 그리고 좀 전까지 내가 있던 자리에 흰옷을 입은 백리진이 앉아 있었다. 얼른 다가가 인사를 하려는 순간 백리진의 안색이 심상치가 않아 보였다. 그는 난처한 표정을 감추지 못했고, 군위의 목소리는 뭔가 감정을 억누르는 듯 무겁게 가라앉아 있었다.

"그럼 내가 그냥 해 본 소리라고 여긴 거야? 난 진심이었고, 오랫동안 널 좋아했어. 내 마음을 정말 몰랐던 거야, 아니면 모르는 척하는 거야?"

백리진은 그 자리에 앉아 어찌할 바를 몰라 하며 대답했다.

"정말 몰랐습니다."

군위가 그 말에 고개를 홱 돌리다가, 그 와중에 실수로 팔꿈치를 탁자 모서리에 부딪혀 고통 때문에 말을 잇지 못했다. 백리진이 얼른 앞으로 다가갔다.

"괜찮으십니까? 흥분을 가라앉히시고 제 말 좀 들어보세요. 제, 제가 일단 돌아가서 생각을 깊이 해보겠습니다. 그럼 되겠습니까?"

군위가 고통을 참느라 대답하지 못했다.

"……."

백리진은 원망스러운 눈빛으로 그를 바라봤다.

"이렇게 예쁘게 생긴 사람이 어떻게 여자가 아니라는 건지 정말 원망스럽습니다!"

그는 그 말을 남긴 채 등을 돌려 쏜살같이 달려갔고, 군위는 멀어지는 그를 향해 손을 뻗으며 절절한 눈빛을 보냈다.

나는 꽃밭에 납작 엎드려 소황의 머리를 토닥토닥 쓰다듬어

주었다.

"네 아빠가 이 엄마한테 그렇게 숨기려 했던 진실이 드디어 밝혀지는구나. 하지만 남들이 다들 손가락질해도 우리만은 늘 네 아빠 편이어야 해. 어쨌든 네 아빠가 남자를 좋아하는 걸 알았으니 아빠 노릇하기도 쉽지는 않을 거야. 그래도 걱정할 거 없어. 엄마가 널 위해 이미 새아빠를 구해놨거든. 새아빠는 아주 잘생겼고, 우리를 먹여 살릴 수 있을 만큼 검술 실력도 좋단다. 어때? 좋아?"

소황은 상심한 듯 고개를 내 품에 묻었다.

"돈을 벌면 너한테 닭고기도 아주아주 많이 사줄 수 있어."

소황은 다시 기분이 좋아져 재롱을 부리며 나비를 쫓으러 달려갔다.

나는 춤동작을 모두 공의훈에게 가르쳐주었다. 의식은 정말이지 신비로운 영역이 아닐 수 없다. 육체는 다시 태어났고, 전생의 기억은 모두 지워졌다. 게다가 나의 춤 실력은 다과상을 차려 온 하인조차 혀를 내두를 만큼 도저히 눈 뜨고 볼 수 없을 정도였다. 그럼에도 공의훈은 침착하게 나의 어설픈 동작을 하나하나 자신의 것으로 완성시켜 나갔다. 그녀의 춤사위는 마치 진흙 속에 심은 묘목이 점점 자라나 나뭇가지가 하늘로 뻗어나가고, 비할 데 없이 아름다운 꽃을 피어내는 것 같았다.

그야말로 절로 탄성이 터져 나왔다.

"당신은 구절편도 잘 다루고, 춤도 이렇게 정말 잘 추다니 진짜 대단해요. 비록 과거의 기억은 없지만 당신은 그때나 지금이

나 똑같은 거 아닐까요? 사람은 기억 때문에 존재하는 건 아니니까요."

그녀가 춤사위를 멈췄다. 그녀는 오른손을 뻗어 한 송이 꽃봉오리를 표현했고, 시선이 그 손끝을 향해 있었다.

"자각도 그런 말을 했었죠. 사람은 기억 때문이 아니라 타인의 필요에 의해 존재한다고요."

그녀는 그 말을 한 후 마치 무언가를 잡기라도 하는 것처럼 손끝을 오므렸다.

"나는 누가 나를 원하는지 모르겠어요. 이 세상에 나를 필요로 하는 사람이 아무도 없는 것 같아요."

나는 거문고 거치대에 몸을 기댔다.

"공의비가 당신을 원해요. 당신은 그의 누이잖아요."

그녀의 눈빛이 어두워지더니 목소리가 전에 없이 차분했다.

"그는 날 원하지 않아요. 다들 내가 모르는 줄 알지만 아비와 그의 아내가 날 얼마나 싫어하는지 내가 어떻게 모르겠어요. 아비에게 난 그야말로 성가신 존재죠. 이젠 무슨 일이 일어나도 내게 따져 묻지도 않아요. 내 머리에 문제가 있다고 생각하니까."

그녀는 잠시 숨을 고르고 계속 말을 이어갔다.

"그래서 난 생전의 기억 속에서 나를 원하는 사람이 진짜 있었다면 그것만으로도 좋을 거라고 생각했어요."

그녀는 듣기만 해도 가슴이 찢어질 것 같은 이런 말을 너무나 담담하게 하고 있었다.

이레가 지나고 공의 가문의 본격적인 여름 사냥철이 시작되었다. 이 풍속은 공의 가문을 세웠을 때부터 이어져 내려왔다. 공의 가문의 선조들은 힘겹게 가문을 일으켜 세웠고, 그들의 자손이 환락가나 드나들며 패가망신을 시킬까 봐 걱정이 앞섰을 것이다. 그래서 그들은 자신들이 말을 타고 세상을 누비며 세운 공훈을 잊지 않도록 해마다 사냥대회를 열었다.

그런데 그들의 논리는 일리가 없어 보였다. 가문을 일으켜 세운 조상들의 은덕을 잊지 않도록 후손들에게 교훈을 주는 것도 좋지만 대신 무고한 짐승을 희생양으로 삼는 셈이었다.

공의비는 제멋대로인 성격이 몸에 밴 인물답게 공의 가문의 전통 중 불필요한 것들을 모두 폐기했고, 그중 유일하게 남은 것이 바로 이 사냥대회였다. 물론 지금의 사냥대회는 예전처럼 격식을 차려 성대하게 치러지기보다 술과 고기를 즐기며 새로 익힌 재능과 기예를 함께 감상하는 식이었다. 그런데 이런 모임이 도리어 사람들의 관심을 끌었고, 특히 남자 문객門客들 앞에서 자신의 재주를 뽐내고 싶어 하는 여자들에게 인기가 높았다.

아무래도 사랑은 인류의 영원한 주제이며, 신붓감의 선을 보는 것 또한 그 주제에 따라붙을 수밖에 없는 부제였다.

생각해 보니 이날이야말로 하늘이 내린 기회였다. 8년 전 경쇄쇄는 경씨 가문의 조양대 위에서 춤으로 천하를 뒤흔들었고, 바로 오늘 그날이 재현될 것이다. 그리고 지난 시절 흰옷을 입고 춤을 추던 그녀의 아름다운 모습을 단 한 사람만은 꼭 기억해내길 간절히 바랄 뿐이었다.

세상 밖은 무더위가 한창이지만 산속의 아침은 마치 가을처럼 선선했다. 연회가 치러질 뒷산의 작은 호수 옆으로 긴 탁자와 의자를 배치했고, 그 주위에 대나무 숲이 병풍처럼 쳐져 있었다.

나는 군위와 이미 모든 상황에 맞춰 대사까지 다 짜두었다. 어찌 됐든 공의훈이 춤을 추게 하려면 무슨 계기나 명분이 필요했다. 연회가 한창일 때 불쑥 일어나 뜬금없이 춤을 추게 할 수는 없었다. 무슨 수를 써서라도 연회의 흥을 돋우기 위해 춤을 추는 것으로 보여야 했다. 술에 취해 정신병이 다시 도진 듯 보여서는 절대 안 됐다.

우리가 설정한 상황은 분위기가 무르익고 다들 술이 얼큰하게 취했을 때쯤 사람 좋아 보이는 군위가 술기운을 빌려 대담하게 공의비에게 청을 하는 것이었다.

"공의 가문의 큰따님께서 춤 솜씨가 가히 천하제일이라 들었습니다. 소생이 오랫동안 한 번 뵙고 싶었던 공의 낭자를 오늘에야 보게 되었으니 오늘 한 곡 바치고자 하옵니다. 공의 낭자의 춤을 한 번이라도 볼 수 있다면 이 또한 가문의 영광이니 소생은 눈물이 앞을 가릴 것 같습니다."

자신을 한껏 낮추며 그녀의 춤을 치켜세우니 공의비도 그의 체면을 생각해 딱 잘라 거절할 수 없었다. 결국 그는 내키지 않는 마음을 애써 숨기며 고개를 끄덕였다.

"군 공자가 그렇게까지 말씀하시니 훈 누님은 어서 가서 준비를 하도록 하세요."

당연히 우리는 당장이라도 무대에 올라갈 수 있을 만큼 만반의 준비를 마친 상태였다. 그러나 좀 더 신중을 기하기 위해 최대한 자제하며 일단 준비하기 위해 자리를 떴다.

상황극을 짜며 대사 연습을 할 때 군위는 마음에 안 드는 듯 투덜거렸다.

"이렇게까지 거창하고 비굴하게 말해야 해?"

나는 인내심을 가지고 그를 가르쳐야 했다.

"가끔은 이렇게 격식을 차린 말로 우리의 음흉한 속내를 감출
줄도 알아야 얻고 싶은 바를 얻지. 상대방이 거절할 수 없게 만
들려면 어쩔 수 없어."

군위가 눈을 동그랗게 뜨고 되물었다.

"내가 무슨 음흉한 속내를 품었다는 거야?"

그 순간 인내심의 한계가 오고 말았다.

"네가 무슨 음흉한 생각을 하는지 내가 알 게 뭐야!"

모든 것이 우리의 계획대로 진행되었다. 다만 곡을 연주하는
사람이 막판에 내가 아닌 공의비로 바뀌어버렸다. 거문고의 음
을 맞추고 있을 때 그가 지나가는 말처럼 무심하게 물었다.

"무슨 곡입니까?"

나는 고개를 들어 〈청화현상〉이라고 대답했다. 그의 눈빛이
순간 흔들리나 싶더니 언제 그랬냐는 듯 미소를 지었다.

"그 곡이라면 나도 잘 아니 내가 연주하지요."

그의 미소는 부드러웠지만 눈빛은 차갑기 그지없었다.

거문고 연주 소리가 청량한 아침바람을 타고 흐르는 물처럼
숲 속을 감돌았다. 검푸른색으로 칠한 공의훈의 손톱이 옅은 색
의 수수水袖* 위로 드러나고, 하얀 실로 짠 신발이 거문고 음을 따
라 움직였다. 그 모습은 마치 세상에 하나뿐인 꽃이 몸에 기대

---

* 무용수가 입는 옷의 소매 끝에 붙어 있는 흰 명주로 만든 긴 덧소매

피어나려는 순간, 높이 들어 올린 비단옷에 가려지는 것처럼 보였다. 그 동작들 하나하나가 의미를 담고 있으니 그날 밤 공의비만을 위해 추었던 춤보다 더욱 탄성을 자아냈다.

빛 때문이었을까? 높은 곳에 앉아 거문고를 연주하는 공의비의 표정이 빛에 반사되어 제대로 보이지 않았다. 게다가 그는 이 상황에서도 음 하나 틀리지 않았다. 자리에 앉아 감상하던 문객들은 숨을 죽인 채 춤에 빠져들었고, 가끔 짧은 탄성이 터져 나오기도 했지만 거문고 소리에 금세 묻혀버렸다. 보아하니 그들은 과연 배운 사람들답게 기예를 감상하는 모습이 가히 수준급이었다. 이런 상황에서 잠을 자고 있는 생명체는 오직 소황뿐이었다.

춤이 끝나자 사방에 정적이 흘렀다. 공의훈의 얼음처럼 차갑고 하얀 얼굴이 홍조로 물들고, 시선은 공의비에게 향해 있었다. 그 시선은 무심한 듯 보였지만 뒤로 옷자락을 움켜쥔 손에 긴장감이 고스란히 숨겨져 있었다. 그녀는 그의 칭찬을 기다리고 있었고, 그 마음이 나에게도 절절하게 전해졌다.

시녀가 공의비 앞에 놓인 거문고를 거두어갔다. 공의비는 그제야 고개 들어 그녀와 시선을 마주치며 담담한 미소를 보였다.

"특별한 춤이로군요. 이제까지 누이가 이런 춤을 출 줄 아는지 처음 알았습니다."

내가 무언가 이상하다고 생각한 순간 줄곧 말이 없던 공의훈의 서늘한 목소리가 들려왔다.

"모른다고요? 예전에 아우가 나를 위해 쓴 곡이고, 내가 아우를 위해 이 춤을 만들었다고 저들에게 똑똑히 들었어요."

쥐 죽은 듯 조용했던 연회장의 분위기는 찬물을 끼얹은 듯 순식간에 싸늘해졌다. 남매 사이에 오갈 대화 내용이라고 보기에는 어딘가 부자연스러웠다. 공의비의 얼굴이 굳으며 웃음기가 사라졌다. 이때 옆에 있던 공의산이 벌떡 일어났다.

"어디서 그런……."

공의훈이 고개를 옆으로 살짝 기울이며 차분하게 물었다.

"설마 아니라는 건가요?"

두 여인 사이에 또 싸움이 벌어질 것 같은 살벌한 분위기 속에서 어린아이의 목소리가 돌연 끼어들었다.

"고모가 만든 춤이 아니에요. 우리 엄마가 아빠에게 가르쳐준 곡이고, 엄마가 아빠를 위해 이 춤을 췄는걸요. 어제도 엄마가 우리한테 이 춤을 춰줬어요. 고모 말은 거짓말이에요."

이 꼬마는 공의산의 아들이었다. 과거의 일을 고작 절반 정도만 알다 보니 공의산에게 아들이 있다는 사실을 모르고 있었다.

공의훈은 자리에 얼어붙은 듯 멍하니 서 있었고, 나 역시 다르지 않았다. 분명 우리 두 사람만 알고 있던 춤을 어떻게 공의산도 출 수 있다는 것인지 도무지 이해할 수 없었다.

황당한 상황에 잠시 얼이 나간 사이에 거문고를 들고 나에게 다가오는 공의비가 보였다. 아마도 내가 가져온 거문고를 돌려주려는 것 같았다.

다시 정신을 차린 공의훈이 미간을 찌푸리며 반박했다.

"거짓말이라니? 이 춤은 내가……."

공의비가 나지막하면서도 위협적인 목소리로 그녀의 말을 잘랐다.

"그만하십시오. 당신은 내 누이고, 공의산은 내 부인이자 당신의 올케 되는 사람입니다. 싸워서 서로에게 득이 될 것이 무엇이 있다고 이리도 사사건건 못 잡아먹어 안달이십니까? 어른이면 어른답게 행동하세요. 하루가 멀다 하고 자기 아우와 올케를 상대로 문제를 일으키는 것도 이제 지겹습니다."

좀 전까지 공의훈의 얼굴을 살짝 물들이던 홍조가 순식간에 사라지고 어느새 차가운 표정으로 돌아와 있었다. 하지만 소맷자락을 잡은 그녀의 손만큼은 감정을 숨기지 못한 채 점점 힘이 들어갔다. 그녀는 자신의 어깨를 스쳐 지나가는 그의 손을 붙잡았지만 그는 발걸음을 멈추지 않았고, 새하얀 비단 자락이 그녀의 손에서 스르륵 흘러내렸다.

술잔과 접시가 어지럽게 흩어져 있는 탁자를 사이에 두고 경멸에 찬 웃음소리가 울려 퍼졌다. 공의산은 비단옷을 입은 아이를 끌어안으며 공의비의 옷자락을 잡고 있던 공의훈의 손을 차갑게 노려봤다. 공의비는 나에게 아무런 추궁도 하지 않은 채 웃으며 거문고를 건네주었다.

"참으로 좋은 거문고더군요."

일이 이 지경이 될 줄은 정말 꿈에도 상상하지 못했다. 공의훈은 그 어느 때보다 멋진 춤을 추었지만 공의비의 반응은 너무도 차가웠다.

그는 그녀가 이 춤을 어떻게 연습했는지 알 리 없었다. 도깨비의 정신은 육체보다 먼저 만들어진 탓에 서로 완벽하게 맞물려 있지 않다 보니, 정신이 육체를 정확하게 제어할 수 없다. 이런 상태에서 정신이 기억하지 못하는 춤을 육체를 통해 완벽히 재현하기 위해 그녀는 똑같은 동작을 수없이 반복하며 연습해야 했다.

세상 사람들은 과거에 집착하며 살지만 그런 과거조차 없는 도깨비가 왜 과거에 집착하려 드는 것일까? 공의비를 향한 그녀의 감정이 남매의 정인지 아니면 다른 무엇인지 나는 짐작조차 할 수 없었다. 그녀는 그에게 가장 좋은 것만 주고 싶어 했다. 가령 그녀가 할 수 있는 것이라면 그를 위해 무엇이든 했다. 그러나 그는 그것을 단지 그녀의 지기 싫어하는 독한 성격 때문이라 치부해버렸다. 아무래도 우리는 처음부터 잘못 생각했는지도 모르겠다.

연회장에 다시 흥겨운 연주 소리가 울려 퍼지고 있었지만 공의훈은 마치 망부석이라도 된 듯 그 자리에서 꼼짝도 하지 않고 서 있었다. 산 그림자가 호수에 비치고, 작은 물고기가 호수에서 뛰어 올라왔다가 첨벙 소리를 내며 다시 물속으로 들어갔다. 공의비는 전혀 아랑곳하지 않은 채 술잔을 들고 호수를 바라보고 있었다. 공의훈이 나에게 다가와 거문고를 건네받았다.

"돌아가야겠어요. 갑자기 몸이 좀 피곤하네요."

어젯밤 보지 못했던 기억은 공의비가 첩을 들이던 그날 밤에 멈춰 있었다. 세상사에 원인 없는 결과가 없듯이 오늘 공의비가 그녀에게 이 정도로 냉담하게 구는 것 역시 분명 이유가 있을 터였다. 비록 나와는 전혀 상관없는 일이지만 자꾸 마음에 걸려서 영 개운치가 않았다. 결국 나는 두 사람이 어떻게 끝이 난 건지 그 사연이 알고 싶어졌다.

꼬박 사흘 동안 공의훈은 거처에서 한 발자국도 나오지 않았다.

나흘째 되는 날 이른 아침에 군위는 내가 무료해하자 함께 나가서 축국蹴鞠을 한판 하자고 제안했다. 사실 나는 축국에 일가견이 있었다. 어린 시절에 군위와 함께 설거지가 하기 싫어 늘 축국으로 내기를 하고는 했다.

대부분 그가 설거지 당번이 되었고, 내가 지더라도 사부에게 달려가 한바탕 울며 떼를 쓰면 결국 그에게 설거지 당번이 돌아갔다. 생각만 해도 마음이 따뜻해지는 어린 시절을 떠올리며 나는 기분 좋게 문으로 향했다. 하지만 문을 나서려는 순간 모언이 떠나기 전에 항상 몸조심하라고 신신당부했던 말이 불현듯 떠올랐다. 이렇게 몸싸움이 치열한 운동을 했다가 행여 다치기라도 하면 모언에게 뭐라고 핑계를 대야 할지 걱정부터 앞섰다. 나는 머리를 쥐어짜며 한참을 고민하다 좋은 핑계 하나가 번뜩 떠올랐다. 꿈속으로 들어갔을 때 실수로 넘어져 생겼다고 하면 그도 뭐라고 하지 못할 것 같았다. 나는 다시 발걸음도 가볍게 길을 나서며 군위에게 손을 흔들었다.

"가자, 축국장으로."

공의 가문의 별장은 규모가 어마어마해 한참을 돌고 돌아서야 간신히 목적지에 도착할 수 있었다. 축국장은 낮은 담장 대신 바닥에 선을 그어 구분을 지었고, 두 그루의 대나무를 기둥 삼아 그물망을 묶어 그 안에 공을 차 넣을 수 있게 했다. 그물망 안에 공을 차 넣으면 점수가 나고, 이 점수로 승부를 결정하게 된다.

축국장에 나온 사람들은 모두 공의 가문을 찾아온 문객으로, 사냥이 끝난 후에도 산을 내려가지 않은 듯했다.

막 시작했을 때만 해도 상대방은 나를 다치게 할까 봐 걱정했고, 내가 그물망 근처에 서 있기만 하면 행여 공이 빗나가 치기라도 할까 함부로 공을 세게 차지도 못했다. 그때부터 나는 상대가 공을 차 점수를 내려고 할 때마다 알아서 그물망 아래로 달려갔고, 연이어 수비에 성공하며 우리 진영의 승리를 위해 지대한 공을 세우기 시작했다. 어릴 때 설거지를 피하기 위해 연마한 솜씨가 군위의 도움을 받아 제대로 실력 발휘를 했고, 상대 진영이 방심한 틈을 이용해 세 점이나 냈다.

전반전이 끝난 후 다들 삼삼오오 모여 휴식을 취했다. 군위는 나를 데리고 커다란 나무 아래로 가서 쉬게 했고, 옆에서 시중을 드는 하인이 얼른 시원한 차와 수건을 건넸다. 상대 진영에 속해 있던 백리진이 싱글벙글 웃으며 달려와 우리와 함께 앉으려 했다. 그러자 군위가 발끝으로 나무 그늘이 진 경계선에 선을 그으며 그를 향해 입을 삐쭉 내밀어 신호를 보냈다.

"거기 서서 이 안으로 한 발자국도 들이지 말게."

백리진은 소매를 들어 올려 내리쬐는 햇빛을 가리고 억울한 듯 투덜거렸다.

"왜요?"

군위가 눈을 치켜떴다.

"몰라서 묻나?"

백리진은 진지하게 고민하는 듯싶더니 얼굴이 점점 빨개졌다.

"아까 어떤 놈이 실수로 내 다리를 좀 더듬었다고 그러는 겁니까? 그거야 축국을 하다 보면······."

나는 차를 마시다 그대로 내뿜고 말았다. 군위가 이를 악다물고 그를 노려보며 말했다.

"누가 네놈의 다리를 만지든 말든 내 알 바 아니다. 내가 알고 싶은 건 네놈이 왜 아불을 향해 공을 찼냐는 거지. 그것도 두 번씩이나!"

백리진이 할 말을 잃은 듯 군위를 쳐다보다 고개를 숙이며 입을 삐쭉거렸다.

"운이 나빴을 뿐입니다."

군위가 그의 이마에 꿀밤을 때리며 기가 막힌 듯 물었다.

"사람을 치고도 남 탓을 하는 것인가?!"

백리진이 억울한 표정으로 이마를 문질렀다.

"내 말은 내가 운이 나빴다는 겁니다. 공을 차긴 찼는데 그게 군 낭자한테 정확히 날아갈지 누가 알았겠습니까? 나도 정말 억울······."

군위가 눈을 치켜뜨며 그의 말을 잘랐다.

"그거 말고 달리 할 말이 있을 텐데?"

백리진이 군위의 눈치를 살피다 나를 한번 힐끗 쳐다봤다.

"그러니까 쉬는 시간을 틈타 이렇게 와서 사과하려고······."

군위가 가타부타 말이 없이 콧방귀를 끼었다. 나는 백리진을 나무 그늘 아래로 잡아끌었다.

"자, 어서 말해봐요."

백리진은 얼굴이 빨개져서 머리를 긁적였다.

"그러니까, 그게······."

나는 얼른 그를 재촉했다.

"에이, 사과고 뭐고 됐으니 먼저 그것부터 말해봐요. 그자가 다리를 어떻게 만졌는데요?"

"⋯⋯."

"⋯⋯."

시합이 다 끝나기도 전에 서로 다른 진영에 속해 있던 선수 세 명이 찰싹 붙어 화기애애하게 웃고 떠드는 모습이 모두의 눈에 띄지 않을 리 없었다. 결국 우리는 후반전에 나가지도 못한 채 구경꾼 신세가 되어버렸다.

다행히 전반전에서 이미 너무 신나게 논 덕에 며칠 동안 답답했던 마음이 뻥 뚫리는 듯 시원해지는 기분이 들었다. 고개를 들어 하늘을 보니 구름 한 점 없이 푸르며 화창했고, 산들바람이 시원하게 불어왔다. 나는 냉차를 연거푸 마시며 어린 시절을 떠올렸다. 그때 나와 군위는 물주전자를 들고 청언종 밖에 있는 정자로 더위를 피해 자주 바람을 쐬러갔다. 그때의 나는 철없이 천진난만했고, 군위 역시 마찬가지였다. 사실 나는 군위가 재주 있는 사내로 장성할 거라 생각했지만 결국 내 기대를 저버리고 방탕한 사내가 되어버렸다.

축국을 하느라 몸이 기진맥진해지고 졸음이 몰려왔다. 백리진은 옆에서 계속 군위를 상대로 전반전의 공수문제에 대해 열변을 토하고 있었다. 그러던 그의 눈이 갑자기 휘둥그레졌다.

"아? 저길 봐요. 저기 노란 옷을 입은 저 낭자, 정말 귀여워!"

그의 흥분한 목소리에 깜짝 놀라 손에 들고 있던 찻잔이 기우뚱하면서 차가 반쯤 쏟아지고 말았다. 나는 귀엽게 생긴 낭자가 대체 어디 있다는 건지 의아해하며 그의 이글거리는 시선을 따라가 보았다. 그리고 다음 순간 내 머릿속은 모든 작동을 멈추어 버렸다. 저 멀리 내 시선의 끝자락에 펼쳐진 그림처럼 푸른 하늘 아래로 황금빛 불상화의 바다 속에 서 있는 한 사람. 나는 한눈에 그를 알아보았다.

모언. 이별할 때 그는 산에 핀 불상화가 시들 때쯤 나를 데리러 오겠다고 약속했다. 그날 이후 나는 밤마다 그 말을 되뇌며 가슴에 깊이 새겼다. 그리고 그 꽃이 다음 날 일어나면 단 한 송이라도 시들어 있기를 간절히 기도했다. 그렇게라도 해야 그를 하루라도 빨리 만날 수 있을 것만 같았다.

나는 눈을 비비고 또 비벼가며 내 눈을 의심했다. 하지만 분명 환상이 아니었다. 그가 꽃을 가르며 점점 내게 다가오고 있었다.

당장이라도 그의 품으로 달려가 안기고 싶었지만 한 발 떼려는 순간 불현듯 떠오른 그의 한마디가 내 발목을 잡아버렸다. 그렇게 다치지 않게 조심하라고 신신당부를 했는데, 그걸 어기고 축국을 한 것을 알면 화를 낼 게 분명했다. 아무리 생각해도 시기가 좋지 않았다. 게다가 흙먼지를 뒤집어쓴 얼굴을 절대 그에게 보여주고 싶지 않았다. 나는 얼른 군위의 뒤로 몸을 숨기고 그를 방패막이로 삼았다.

그의 발걸음이 언제 그렇게 빨라졌는지는 모르겠지만 군위의 등 뒤로 막 숨었을 때 이미 아주 가까이에서 발소리가 들려왔다. 사실 그의 얼굴을 가까이 보고 싶은 마음이 간절했으나, 한편으로는 그가 내 모습을 보는 것이 두려웠다. 생각해 보니 매번 다시 만날 때마다 그에게 흉한 몰골만 보여준 것 같아 이번만큼은 기필코 좋은 모습으로 그의 기억에 남고 싶었다. 그러려면 일단 돌아가서 가장 예쁜 옷으로 갈아입고, 아름답게 치장한 후 정자에 앉아 우아하게 물고기 먹이를 주며 거문고도 켜서 그를 깜짝 놀라게 만들어야 했다.

발소리가 멈추지 않고 앞쪽으로 지나가는 소리가 들렸다. 나는 그제야 안도의 한숨을 내쉬었다. 하지만 마음 한구석에서 밀려오는 알 수 없는 실망감도 부인할 수 없었다. 나는 고개를 빼고 군위의 등 뒤에서 걸어 나왔고, 백리진은 여전히 작은 소리로 감탄사를 쏟아냈다.

"와우, 정말 기가 막히게 아름답군요. 사실 노란 옷이 아무나 어울리는 게 아니거든요. 노란색 옷을 입고도 저리 예뻐 보일 수 있다는 건 정말이지 절세미인이 아니면 불가능한데……."

군위가 매섭게 노려보자 백리진은 당장 말을 바꿨다.

"아무리 절세미인이라고 해도 나야 전혀 관심 없지만 말입니다."

그가 코를 비비며 한마디를 더 보탰다.

"딱 봐도 저 여인 곁에 있는 푸른 옷의 공자가 정인으로 보이는데 내가 관심이 있다한들 아무 소용도 없을 거고……."

푸른 옷의 공자라는 말을 듣고 나서야 방금 모언의 곁에 노란 옷을 입은 여인이 있었다는 사실이 번뜩 떠올랐다. 나는 눈을 부릅뜨고 백리진을 째려보며 화를 냈다.

"눈이 삐었어요?"

그가 갑작스러운 나의 반응에 놀라 되물었다.

"네?"

나는 아무리 참으려 해도 화가 가라앉지 않았다.

"저 두 사람이 어디가 어울린다고 그래요? 전혀 어울리지 않아요!"

백리진의 표정이 갑자기 무슨 소리냐고 묻고 있는 듯했다.

움켜쥔 주먹이 그에게 날아가기 일보 직전이었다.

"당장 하나도 안 어울린다고 말해요! 내 앞에서 모언과 다른 여자가 어울린다는 말을 한 번만 더 했다가는 이 주먹이 가만있지 않을 거예요!"

백리진이 황당한 표정으로 물었다.

"모언? 그가 누군데요?"

나는 그를 노려보며 대답했다.

"방금 말한 푸른 옷의 공자요. 그 사람은……."

막상 말하려니 쑥스럽기는 했지만 모언의 청혼을 이미 받아들인 마당에 용기백배해 그를 노려보며 당당하게 밝혔다.

"장차 내 낭군이 될 사람이에요."

탁 소리와 함께 군위가 들고 있던 물주전자가 땅에 떨어지며 물이 사방으로 튀었다. 내가 젖은 옷을 털어 내는 사이에도 군위는 주전자를 들고 있던 동작 그대로 멈춰 있었고, 놀란 표정으로 무슨 말을 하려는 듯 입이 떡 벌어져 있었다. 정적을 먼저 깬 것은 백리진이었다.

"낭군이 될 사람? 그럼 왜 아는 체를 안 한 거요?"

나는 신발 끝만 바라보며 잔뜩 풀이 죽어버렸다.

"……혼날까 봐요."

백리진은 이 믿을 수 없는 말에 순간 말문이 막힌 듯 아무 말도 하지 못했다. 나는 얼른 그에게 해명을 했다.

"내가 약속을 어기고 축국을 하다 엎어지고, 부딪히고, 심지어 공에 맞은 걸 알게 되면 가만두지 않을 거라고……."

등 뒤에서 느긋한 목소리가 들려왔다.

"아? 그게 사실이라면 당연히 혼나야겠지."

나는 못 들은 척 그 소리를 무시하며 계속 백리진에게 말했다.

"어? 이상하네? 햇볕이 뜨거워서 그런가? 갑자기 머리가 어지러운 게, 아……."

자연스럽게 쓰러지려는 찰나 두 손이 등을 받치는가 싶더니 이내 귓가에 익숙한 웃음소리가 들려왔다.

"계속해보시오."

나는 한쪽 눈을 살짝 뜨고 몰래 그의 표정을 살피다 웃음을 머금은 눈빛과 정면으로 마주치는 순간, 무심코 조건반사적으로 따라 웃고 말았다. 그러다 그의 입가에 어린 웃음기가 좀 더 짙어지는 것을 알아채고 지금이 웃을 때가 아니라는 생각이 번뜩 들었다. 나는 얼른 정색을 하고 그의 품에서 벗어나 일어서며 고개를 축 늘어뜨렸다.

"내가 잘못했어요."

모언이 가늘고 긴 손가락으로 느긋이 부채를 부치며 물었다.

"오? 이렇게나 빨리 잘못을 인정하는 건가? 그럼 뭘 잘못했는지 말해보겠소?"

나는 고개를 더 조아렸다.

"당신보다 연기력이 떨어져서……."

모언은 한참 만에야 입을 열었다.

"……아주 잘 알고 있군."

나는 억지웃음을 지으며 은근슬쩍 그의 소매를 잡았다.

"좀 전에는 그냥 한 말이니 너무 화내지 말아요. 내가 축국을 하러 가지 말았어야 했어요. 근데 그게 다 군위 때문이라구요. 사실 거처에 머물며 물고기 밥을 주고 거문고를 탈 생각이었는데 군위가 기어코 날 끌고 갔어요."

협박하듯 군위에게 눈짓을 보내자, 그는 이해했다는 양 웃으며 고개를 끄덕였다.

"맞소. 내가 아불을 억지로 데려간 것이오."

나는 고개를 옆으로 살짝 기울여보았지만 군위의 안색이 빛과 상관없이 여전히 창백했다. 이상하다는 생각이 들어 그에게 물었다.

"안색이 왜 그렇게 창백해?"

나는 더 가까이 가서 자세히 살펴보려 했지만 이내 모언에게 손이 잡히고 말았다.

군위가 대답하기도 전에 백리진이 절세미인이라 칭찬을 아끼지 않았던 노란 옷의 여인이 천진난만한 목소리로 끼어들었다.

"어쨌든 여자가 어떻게 남자랑 같이 축국을 할 수 있죠? 우리나라에서는 상상도 할 수 없는 일이에요. 그랬다가는 시집도 못 갈걸요?"

그녀는 말을 하고 보니 아차 싶었던지 혀를 쏙 내밀었다가 또 정색하고 한마디를 더 보탰다.

"그러니까 여자가 남자랑 너무 편하게 지내도 안 좋아요. 내가 아무리 어릴 때부터 시전에서 자라기는 했어도 지금까지 남자랑 섞여 논 적은 없다구요."

나는 그녀를 경계하며 물었다.

"당신도 모언과 같은 나라 사람인가요?"

노란 옷의 여인이 어리둥절한 표정을 짓다 이내 고개를 가로 저었다.

"아뇨, 난 당唐나라 사람이에요."

나는 안심하며 한 손으로 가슴을 쓸어내리다 확실히 짚고 넘어가야 한다는 생각에 고개를 들어 모언에게 물었다.

"당신 나라에도 저런 풍속이 있진 않겠죠? 그럼 나랑 군위가 함께 붙어 다니는 것도 안 되나요? 하지만 군위는 나의 오라버니이자 벗인데……."

모언이 웃으며 말을 끊었다.

"모의도 축국을 좋아한다오. 다른 여자들처럼 노는 걸 싫어해서 늘 내 호위무사들을 데리고 축국을 하고는 했소. 우리 진나라에는 당나라 같은 그런 풍속은 없으니 염려 마오."

나는 안도의 한숨을 내쉬며 얼른 전후 상황 파악을 했다.

"그렇다면 내 잘못도 아닌데 왜 잘못을 인정해야 하죠?"

모언이 느긋하게 부채를 부치며 흐뭇이 나를 바라봤다.

"더 욕심을 부려도 좋소."

말하는 사이에 축국의 후반전이 이미 시작되었다. 모두의 시선이 축국에 집중된 틈을 타 나는 웃음을 참으며 모언에게 가까이 다가갔다.

"욕심을 부리라는 말에 이것도 포함되나요?"

그가 잠시 얼이 나간 듯하더니 이내 흐뭇한 미소를 지으며 나를 더 바짝 끌어당겼다.

"맞소, 바로 이런 의미였소."

노란 옷의 낭자가 때마침 고개를 돌리더니 즐거운 기색이 역력한 표정으로 모언을 불렀다.

"모 오라버니."

그러나 우리를 보더니 뒷말을 잇지 못한 채 놀라 벌어진 입을 다물지 못했다. 아무래도 그녀가 사는 당나라의 풍속이 너무나도 보수적인 탓이 아닐까 싶었다. 내가 그녀에게 코를 찡긋하며 미소 짓자, 그녀는 입술을 깨물며 콧방귀를 끼고 고개를 돌려버렸다.

딱 봐도 모언에게 축국에 관해 물으려 한 모양이었다. 백리진이 그녀와 모언이 잘 어울린다고 한 순간부터 그녀는 나한테 비호감으로 인상이 굳어버렸다. 나는 모언의 손을 잡으며 조심스럽게 물었다.

"아무리 여자라도 축국조차 모르다니 너무 무식하지 않나요?"

모언이 내 머리를 쓰다듬으며 웃었다.

"당신이 그렇다면 그런 거겠지."

모언과 함께 온 낭자의 이름은 윤당尹棠으로, 모씨 가문과 대를 이어 교분을 쌓아온 친한 벗의 여식이라고 했다. 모언은 고죽산 아래에서 그녀와 우연히 만났고, 그녀가 불상화를 보고 싶다고 해서 함께 산으로 올라왔다.

원래 불상화가 시들어야 만날 수 있다고 여겼던 모언은 예상보다 앞당겨 나를 찾아와 주었다. 하지만 그가 온 목적은 나를 만나기 위해서가 아니라 조나라로 가던 중에 며칠 체류하는 것에 불과했다. 나는 실망감을 감추지 못했지만 이렇게라도 볼 수 있는 게 행운 같았다.

그는 서둘러 조나라에 가야 했기에 사실 도중에 길을 돌아가며 배중을 들릴 필요가 없었다. 설사 공의비를 찾아가 상의할 긴요한 일이 있다 치더라도 그런 것쯤은 비둘기를 통해 충분히 서신으로 교환할 수 있는 문제였다. 이런 생각이 들자 마음이 충만해지고 달달해졌다.

확실히 모언은 예전보다 훨씬 바빴다. 아침에는 나와 함께 축국을 봤고, 점심식사를 한 후에는 공의비를 만나 밀담을 나누느라 저녁식사 시간까지 코빼기조차 볼 수 없었다. 나는 잠들기 전에 대충 시간을 짐작해 그를 보러 나섰다. 그런데 문을 나서려는 순간 한 가지 중요한 문제가 떠올랐다. 생각해 보니 그가 어디에 머무는지조차 모르고 있었다. 이런 늦은 시간에 하녀를 깨워 물을 수도 없는 노릇이었다. 나는 한참을 고심하다 결국 울적한 마음을 뒤로한 채 창문을 닫고 잘 준비를 했다.

탁, 탁, 탁. 등불을 끄려는 찰나 창문을 가볍게 두드리는 소리에 가슴 속에 있는 교주가 하마터면 목구멍 밖으로 튀어나올 뻔했다. 나는 얼른 창문을 열러 걸어갔고, 아직 걸쇠를 잠그지 않은 창문이 끼익 소리를 내며 열렸다. 잠시 후 모언이 두루마리 서신을 한 아름 안고 창문을 넘어 들어왔다. 그는 서신을 탁자 위에 아무렇게나 내려놓은 후 모과나무로 만든 의자에 앉아 나를 향해 손짓했다.

"이리 와요."

나는 어안이 벙벙한 표정으로 그의 맞은편에 가 앉으며 창문과 그를 번갈아 보았다.

"근데 왜 멀쩡한 문을 놔두고 창문으로 들어왔어요?"

그가 가늘고 긴 은침을 들고 등의 심지를 돋운 후 불빛 아래서 웃는 듯 아닌 듯 애매한 표정으로 나를 힐끗 쳐다보았다.

"밀회를 즐기는 남녀라면 남들 눈을 피해 들어오는 것이 기본 아니겠소?"

나는 말을 더듬으며 되물었다.

"나, 나랑 밀회를 즐기러 왔다고요? 하, 하지만 난 밀회가 뭔지도 모르는걸요? 엄마한테 배워본 적도 없다구요."

들썩거리는 그의 어깨를 보며 나는 안달이 나서 물었다.

"지금 내가 촌스럽다고 비웃는 거예요? 이럴 줄 알았으면 진 즉에 군위한테 물어봤죠. 좋아하는 사람이랑 밀회를 즐기는 게 뭔지는 모르지만 나, 나도 배우면 잘할 수 있다구요."

촛불이 좀 더 밝게 타오르자 그는 은침을 내려놓았다. 그제야 모언이 웃고 있다는 사실을 알아챈 나는 왠지 민망하고 당혹스러워 손발을 어디에 두어야 할지 모를 만큼 허둥거렸다. 그는 여전히 웃고 있었고, 그 모습을 보고 있자니 화가 치밀어 올라 눈이 저절로 치켜떠졌다. 하지만 그는 내가 연모하는 사내였으며, 웃는 모습조차 너무 보기 좋았다. 그는 실컷 웃고 난 후 내 미간을 어루만지며 아무 일도 없었던 것처럼 물었다.

"미간을 찡그리지 말고. 내가 와서 기쁘지 않소?"

나는 머리를 한쪽으로 돌리며 대답했다.

"당신이 자꾸 나를 놀리니까 그렇죠."

그가 재미있다는 듯 웃더니 자리로 돌아가 앉으며 손으로 턱을 받쳤다.

"당신을 놀리다니 그건 오해요. 남녀 간의 이런 일을 당신이 너무 잘 알고 있어도 화가 났을 거요."

나는 완전히 의심을 풀지 못했다.

"정말요? 그럼 오늘 나한테 그걸 가르쳐주러 온 건가요?"

그가 고개를 가로저으며 웃었다.

"이 나이 먹도록, 그것도 여자한테 밀회가 무엇인지 가르쳐 달라는 말은 또 처음 듣소."

나는 의자에서 일어나 자리를 옮기려 했다.

"나는 좀 씻고 자야……."

하지만 이내 그에게 손이 잡히고 말았다.

"아직 들을 말이 남은 거 같은데?"

사실 나는 축국이 막 끝났을 때쯤에서야 상황 파악이 되었다. 그때 내가 군위의 등 뒤로 숨자마자 바로 앞으로 걸어 지나간 사람은 확실히 모언이 아니었다. 그가 그렇게까지 단숨에 걸어와 그 앞을 지나갈 리 없었다. 게다가 그는 윤당과 함께였으니 두 사람의 발걸음 소리가 들렸어야 마땅했다. 만약 그렇다면 그는 내가 자기를 보자마자 숨는 것을 두 눈으로 똑똑히 봤을 테고, 그 일로 아직까지 화가 나 있는 것이 분명했다. 그렇다면 어떻게 해명을 해야 할까? 말로 하기에는 차마 쑥스러워 입이 떨어지지 않았다.

과연 내 예상이 적중했다.

"나를 보고 왜 숨으려 했소?"

당황해 고개를 숙이는 순간 나를 올려다보고 있는 그의 까만 눈동자와 정면으로 마주치고 말았다. 나는 어떻게든 이 상황을 모면하기 위해 안간힘을 썼다.

"그게 아니라……."

그가 왼손으로 의자 팔걸이를 톡톡 치며 미소를 머금었다.

"그럼 내가 한번 맞춰 보리다."

그는 생각에 잠긴 눈으로 나를 똑바로 바라봤다.

"나를 다시 만나게 됐는데 좋은 장신구도, 가장 예쁜 옷도 차려입지 못해 그랬던 것 아니오?"

나는 깜짝 놀라 눈이 휘둥그레졌다.

"어떻게……."

하지만 말을 하다 보니 이렇게 인정하는 꼴이 영 창피하게 느껴져 얼른 말을 바꿨다.

"그런 거 아니거든요!"

그의 눈동자 속으로 수천수만 개의 별빛이 쏟아져 내리는가 싶더니 한참 후 그가 나를 품 안에 끌어안았다.

"아름답게 꾸미지 않아도 상관없소. 그런 모습은 앞으로 천천히 보여주면 되니까."

나는 그의 어깨에 기대어 코를 훌쩍이며 고개를 흔들었다.

"당신은 내가 가장 예뻤을 때의 모습을 보지 못했잖아요. 열일곱 살 때는 얼굴에 이런 흉터도 없었고, 아버지도 딸 중에서 내가 가장 예쁘다고 칭찬해주셨는걸요. 그때 나를 만났다면……."

하지만 과거는 과거일 뿐 다시 그때의 모습으로 돌아갈 수 없었다.

이런 생각을 떠올리자니 마음은 더 심란해졌다. 나는 눈가를 닦으며 그의 목을 꽉 끌어안고 그를 만나면 꼭 해주고 싶었던 말을 들려주었다.

"아주 많이 보고 싶었어요."

그는 말없이 나를 더 꼭 안아주었다. 그의 숨결이 귓가에 고스란히 느껴졌다. 얼마나 오랫동안 이 순간을 바라왔던가. 눈을 들자 어슴푸레한 불빛이 보였고, 그것은 마치 한없이 외로운 밤에 흔들리며 빛나는 유일한 한 점의 희망 같았다. 벽 위에 하나로 포개진 두 개의 그림자가 드리워졌다. 지금 이 순간 모든 시간이 멈춘 듯 느껴졌으며, 이제 더 이상 이별이나 슬픔이 없을 것처럼 나의 마음 또한 위안을 얻었다.

산중에 밤새 큰 비가 내려, 아침에 일어나니 공기가 유난히 청량했다. 모언은 나와 함께 식사하기 위해 일찍 거처로 와주었다. 또한 그 김에 소황에게 먹일 닭고기까지 준비해왔다. 소황은 연신 꼬리를 흔들고 좋아하면서 새아빠를 향해 넘치는 애정을 드러냈다. 보아하니 당분간 친자 문제로 갈등이 생길 일은 없을 듯했다.

대충 정리를 마치고 함께 거처를 나설 때쯤 노란 옷차림의 윤당이 바람을 일으키며 달려왔다. 그녀는 우리 앞으로 헐레벌떡 뛰어와 두 손으로 허리를 짚으며 가쁜 숨을 몰아쉰 후 천진난만한 눈빛으로 모언을 쳐다봤다.

"모 오라버니, 오늘 저랑 꽃구경 가주실 거죠? 고죽산은 산길이 험해서 저 혼자 갔다가 길이라도 잃으면 큰일이 아닙니까?"

나는 의아한 표정으로 반박했다.

"돌아오는 길을 어떻게 잃어버려요? 불상화를 감상하기 위해서 공의비가 특별히 돌을 깔고 길을 닦아놨는걸요? 그 길만 따라 끝까지 간 후 되돌아오면 길을 잃어버릴 리 없을 텐데요?"

윤당이 무슨 말을 하려다 말고 입술을 깨물며 입을 다물었다.

나는 모언을 밀치며 얼른 가서 일을 보라고 무언의 압력을 가한 후 친절하게 그녀를 돕겠다고 자진해 나섰다.

"모 오라버니는 아침에 중요한 일이 있답니다. 대신 내가 시간이 비니 윤 낭자만 괜찮다면 이 군 언니가 같이 꽃구경을 가주죠, 뭐!"

모언이 고개를 끄덕이며 자리를 뜨려 하자 윤당이 안달이 나서 나를 힐긋 쳐다봤다.

"내가 싫다면요? 내가 그 길로 가고 싶지 않다면요?"

그사이 나는 모언의 등을 떠밀어 저 멀리 보내버렸다. 그는 발길이 차마 떨어지지 않는 듯했지만 내 눈치를 살핀 후 말없이 웃으며 갈 길을 갔다. 나는 뒤돌아서서 진지하게 윤당을 보며 고개를 끄덕였다.

"그럼요. 어차피 나도 그냥 해 본 말이었어요."

그 말을 남기고 상황을 모면하기 위해 나도 얼른 자리를 떴다.

윤당이 잠시 주저하다 분한 듯 발을 동동대며 소리를 질렀다.

"이봐요, 돌아와요!"

나는 발걸음을 멈추지 않고 그녀를 향해 손만 흔들었다.

"따라오든가!"

나는 분명 산책만 할 생각이었다. 나 역시 이 윤당이라는 여자가 정말 마음에 들지 않았다. 그녀는 하루 종일 모언을 묘한 눈빛으로 바라봤다. 정말이지 따끔하게 혼내주고 싶은 마음이 굴뚝같았다. 하지만 손봐준다고 해서 내가 이길 거란 확신은 없으니 무작정 때릴 수도 없는 노릇이었다. 그런데 지금 절호의 기회가 찾아왔다. 나는 배운 사람답게 꽃을 감상하며 그녀에게 도리를 가르칠 결심을 했다.

오솔길을 따라 걸어가는 길 양편으로 고목이 울창하게 우거지고 꽃들이 만발했다. 특히 어젯밤 비까지 내려서인지 꽃과 나무는 물기를 머금고 한층 선명한 색을 띠었다. 아침 안개 속에서 마치 신선이 사는 세계에 온 듯 몽롱하면서도 아름다운 풍경이 눈앞에 펼쳐졌다. 내가 어떻게 말을 시작해야 할지 고심하는 사이에 뒤따르던 윤당이 먼저 입을 열었다. 그녀는 노란 소맷자락에 가려져 있던 손을 뻗어 방금 가지에서 떨어진 불상화를 집어 들었다.

"불상화의 전설에 대해 알아요?"

나는 고개를 들어 그녀를 쳐다봤다.

"뭐죠?"

그녀는 눈을 살포시 내리깔며 손가락 사이에 낀 꽃을 보았다.

"세도가의 도령과 옆에서 먹을 갈며 시중을 들던 하녀가 사랑에 빠졌어요. 그러던 어느 날 그의 아버지가 그 사실을 알아버렸고, 도령에게 일을 맡겨 집을 비우게 한 후 그날 밤 하녀를 후원에 있는 우물에 빠뜨려 죽여버렸어요. 그리고 그녀가 병에 걸려 죽었다고 거짓말을 했죠. 불과 몇 년 만에 그 도령은 양갓집 규수와 사랑에 빠져 혼인을 했어요. 그런데 첫날밤에 원래 우물이 있었던 후원 우물터에 커다란 꽃나무가 자라나더니 눈부시게 아름다운 꽃이 피어났죠. 그 꽃이 바로 불상화예요. 불상화가 바람에 흔들릴 때 나는 소리를 들어본 적이 있나요? 마치 여자가 우는 소리처럼 들린답니다."

나는 걸음을 우뚝 멈췄다.

"무슨 말이 하고 싶은 거죠?"

그녀가 나를 힐끔 보더니 시선을 피해 고개를 돌렸다. 그녀의 목소리는 전에 없이 차분했지만 타고난 천진난만한 느낌을 완전히 숨길 수 없었다.

"나는 그쪽을 싫어하고, 당신도 그걸 잘 알고 있어요. 하지만 당신이 나를 좋아하든 말든 이 말만은 꼭 해야겠어요. 이 불상화의 전설처럼 서로 조건이나 수준이 맞지 않는 사랑은 세상의 인정을 받지 못해요. 결국 비극으로 끝이 나게 되어 있다구요."

그녀가 입술을 삐죽 오므리며 눈을 들어 나를 쳐다봤다.

"당신과 모 오라버니도 예외가 아니죠. 당신은 모 오라버니와 어울리지 않아요."

돌길 옆으로 시냇물이 졸졸 흐르고, 아침 햇살이 나무를 타고 감겨 올라가며 사방으로 뻗친 나뭇가지들 사이사이로 흩뿌리듯 쏟아져 내렸다. 사실 나 역시 내가 모언이랑 어울리지 않는다는 것을 알고 있었다. 신분이 아닌 생사의 차이 때문이었다. 결국 나는 교주에 의지해 살아가는 죽은 몸이자 자연의 법칙에 위배되는 존재였다. 반면에 모언은 살아 있는 생명체였다.

하지만 내 마음이 아무리 이 사실을 알고 있다 해도 남의 입을 통해 다시 한번 사실을 확인하는 것만큼 힘든 일도 없었다. 그럼에도 절대 감정을 밖으로 드러내지 말아야 했다. 나는 담담하게 그녀를 보며 말했다.

"그는 날 좋아한다 했고, 그가 좋아한다면 그걸로 충분해요."

윤당이 더 흥분해 반박을 했다.

"그야 당신이 모 오라버니가 얼마나 대단한 사람인지 몰라서 그래요."

그녀의 얼굴이 발갛게 달아올랐다.

"그렇게 대단한 사내라면 당연히 여자도 공주 정도는 돼야 어울리죠. 그런 공주는 세상에서 단 하나뿐인 내 언니 경화瓊嬅 공주밖에 없어요."

나는 놀란 눈으로 그녀를 바라봤다.

"당신 언니가… 당나라 경화 공주라고요? 그럼 당신은……."

그녀도 놀라기는 마찬가지였다. 자기도 모르게 흥분해 신분을 노출한 순간 아차 싶어 입술을 깨물었다. 하지만 이미 엎질러진 물이었다.

"그래요! 그쪽이 생각한 대로 난 당나라의 막내공주 육당毓棠이 맞아요."

그녀가 잠시 흥분을 가라앉히고 다시 말을 이어갔다.

"어쨌든 이게 중요한 건 아니죠. 나는 신분으로 당신을 협박할 생각은 전혀 없어요. 언니는 어릴 때부터 모 오라버니를 좋아했어요. 나는 민가에서 자란 공주라 모 오라버니가 어떤 사람인지 전혀 몰랐죠. 그래서 별 신경을 안 썼고, 언니가 누군가를 좋아하는 게 그냥 웃겼어요. 그런데 한 달 전 당나라에 어려움이 있었을 때 모 오라버니가……."

그녀는 여기까지 말하다 말고 돌연 얼굴이 빨개져 화가 난 표정으로 나를 노려봤다.

"내가 왜 이런 말을 당신한테 하고 있죠? 어쨌든 모 오라버니가 잘되기를 바란다면 그가 누구와 혼인을 해야 하는지만 알아둬요. 당신은 우리와 달라요. 당신이 어느 가문 출신인지 모르지만 혼인은 집안 간의 거래이기도 해요. 당신이 그를 위해 아무것도 해줄 수 없다면 모 오라버니의 집안에서도 당신을 절대 허락할 리 없어요. 당신 같은 여자는 세상에 넘쳐나겠지만 당나라의 경화 공주는 하늘 아래 단 한 명뿐이죠. 어찌 됐든 결국 헤어질 운명이라면 그 관계를 계속 이어가는 게 무슨 의미죠? 당신도 불상화의 전설처럼 그 길을 걷고 싶은 건가요?"

이 말을 듣고 보니 상당히 일리가 있었다. 내 계획대로라면 새들이 지저귀고 꽃향기가 그윽한 오솔길을 걸으며 기분 좋게 그녀를 설득할 생각이었다. 그런데 뜻밖에도 내가 그녀의 설득에 넘어갈 판이었다.

군불로 오래 살다 보니 왕실의 비뚤어진 혼인관을 거의 잊고 지내고 있었다. 생각해 보니 그들은 혼인을 통해 서로 얻을 것이 없다면 그 혼인 자체를 가치 없다고 치부해버렸다.

예전에 심안과 송응이 그랬던 것처럼 나 또한 나라의 이익을 위해 치러지는 왕실의 혼인에 크게 반대하지 않는다. 다만 책임감 있는 군주라면 화친처럼 타인의 희생을 전제로 나라의 이익을 구하는 저급한 정치수단을 쓰지 않을 거라 생각할 뿐이었다.

공주와 왕자들의 가치가 고작 이런 용도밖에 없단 말인가? 나라는 그들에게 그 이상의 것을 기대하고 그 가치를 귀하게 여겨야 하며, 그들 역시 좀 더 발전적인 방향으로 스스로를 발전시키기 위해 노력해야 한다.

그러나 이런 말을 한다 해도 눈앞에 이 육당 공주를 설득할 방도가 없었다. 사실 그녀는 나와 무슨 대단한 도리에 대해 이야기를 나눌 성격이 아니었다. 그녀는 단지 모언을 좋아할 뿐이고, 그것을 자기 입으로 말하기 쑥스러워 조건이 어떻고 언니가 어떻고 핑계를 댄 것에 불과했다.

그녀가 나를 노려봤다.

"왜 대답이 없죠? 무슨 생각을 하는 거예요?"

나는 웃으며 그녀를 바라보았다.

"나 같은 여자는 세상에 넘쳐날 만큼 많아 특별할 것이 없지만, 당나라 경화 공주는 세상에 딱 한 명뿐이라던 그 말을 곱씹고 있었죠. 하지만 동쪽 대륙에 공주가 한 명만 있는 건 아니랍니다."

이 말이 그녀의 화를 또 자극할 거라고 짐작은 했다. 아니나 다를까 그녀는 불같이 화내며 이를 악물고 치를 떨었다.

"지난해 순국한 문창 공주 엽진이라면 모를까, 아무리 많은 공주가 있다 해도 우리 언니의 지모를 따라갈 자가 누가 있다고 그런 망언을 하는 거죠? 경화 공주의 명성을 들어본 적은 있나요? 당나라 사람들은 모두 경화 공주를 나라의 보배라고 생각해요. 만약 당신이 경화 공주를 모욕한다면 그건 당나라를 모욕하는 것과 같으니 절대 가만두지 않을 거예요. 그리되면 당나라와 진나라의 관계가 악화될 거고 결국 전쟁이 터지고 말걸요? 당신은 모 오라버니를 도울 수 없을 뿐 아니라 도리어 그를 이런 위험에 빠뜨린 데 양심의 가책을 느끼며 살아가게 될 거예요."

나는 그녀의 말이 참 불가사의하게 느껴졌다. 그녀는 누가 봐도 절세의 미녀였고, 화를 내도 천진난만한 느낌이 목소리에 그대로 묻어났다. 그런데 그녀가 하는 말들은 일국의 공주가 할 수 있는 말이 아니었다.

나는 뒤돌아서서 그녀를 뚫어져라 쳐다봤다.

"당신의 언니가 공주라 했나요? 근데 공주가 어떤 존재인지 알고 있나요? 공주를 낳은 사람은 부모님이지만 그녀를 키우는 사람은 천하 만민이죠. 천하 만민의 생명을 걸어야 할 전쟁이 그렇게 말 한마디로 쉽게 치러질 수 있다고 보나요? 백성들이 자신의 목숨을 바쳐가면서까지 지키려는 것은 그들이 밟고 서 있는 땅이지, 우매한 공주의 사랑이 아니에요. 나는 지금까지 이렇게 유치한 전쟁도, 나라를 수치스럽게 만드는 공주도 본 적이 없습니다."

그녀가 멍한 표정으로 나를 바라보다 울먹이며 화를 냈다.

"당신이 무슨 자격으로 그런 말을 하는 거죠? 당장 모 오라버니를 찾아가서 당신 때문에 우리 당나라와 등을 돌리길 원하는지 물어보겠어요. 솔직히 오라버니가 당신을 좋아할 리 없어요. 자신의 진짜 신분도 밝히지 못하잖아요. 내가 모를 줄 알아요?"

갑자기 목구멍에서 울컥 올라오는 뭔가가 느껴지더니, 닥치라는 말을 하려는 찰나 그것이 입 밖으로 뿜어져 나왔다. 땅에 떨어진 핏자국을 보자 덜컥 겁이 났지만 목구멍 안에서 일어나는 심상치 않은 기운은 멈출 기미를 보이지 않았다. 그것은 점점 더 격렬하게 요동쳤고 결국 입을 여는 순간, 또 한 번 울컥 피가 쏟아져 나왔다. 앞에 있던 육당이 겁에 질려 휘둥그레진 눈으로 나를 바라보았다. 나는 입가에 묻은 피를 닦아내며 매섭게 쏘아붙였다.

"피 흘리는 거 처음 봐요? 모언에게는 절대 말하지 마요."

그 말을 끝으로 돌연 의식이 없어졌다.

나에게 모든 일은 눈 깜짝할 사이에 일어난 듯했다. 의식을 잃어버린 바로 그 찰나의 순간에 나는 내게 무슨 일이 일어났는지 바로 알아챘다. 산을 내려올 때 군사부가 생명을 연장시키는 교주는 열 달에 한 번씩 사흘 동안 칩복蟄伏을 한다고 알려주었다. 이 사흘 동안 모든 법력은 묶이게 되고, 그때가 되면 나는 진짜 죽은 사람이 되어버린다. 이로 인해 누군가 진짜 죽은 줄 알고 땅에 묻는 불상사가 생길 수 있었다.

계산해보니 교주가 가슴에 들어간 지 딱 열 달째였고, 나는 그 사실을 잊은 채 지내고 있었다. 의식이 돌아오는 순간 엄청난 공포가 밀려왔다. 만약 내가 진짜 땅에 묻힌 거라면 관 뚜껑에 못을 박지 않았기를 간절히 바랄 뿐이었다.

나는 최악의 경우를 생각하며 잔뜩 겁에 질린 채로 눈을 떴다. 그런데 뜻밖에도 내가 있는 곳은 모언의 품속이었다. 그의 꽉 감긴 눈과 주름진 미간, 차가운 표정의 옆얼굴, 창백한 입술을 보는 순간 나보다 더 죽은 사람 같은 그 모습에 마음이 아려왔다.

한참이 지나서야 나는 떨리는 손으로 그를 흔들며, 잔뜩 쉰 목소리를 쥐어짜 그를 불렀다.

"모언, 괜찮아요?"

말이 끝나기 무섭게 그가 내 손을 꼭 쥐었다. 고개를 들어보니 그의 눈이 게슴츠레 떠지고 있었다. 어슴푸레한 불빛 아래로 보이는 눈동자는 생기를 잃은 채 아무런 감정도 느껴지지 않았다.

"드디어 깨어난 것이오? 아니면……."

그가 잠시 멈칫했다.

"내가 또 꿈을 꾸고 있는 거요?"

나는 잠시 상황 판단이 되지 않았다. 하지만 그의 곤혹스러운 눈빛을 보는 순간 그 말이 무슨 뜻인지 이해할 수 있었다. 그를 향해 웃어주고 싶었지만 아무리 애를 써도 웃을 수조차 없었다.

사별의 고통은 온전히 산 자의 몫이거늘, 나는 이 중요한 문제를 간과한 채 그에게 미리 언질을 해주지 못했다. 결국 그는 미처 마음의 준비를 할 틈도 없이 나의 죽음을 봐야 했다.

나는 그에게서 시선을 떼지 못했고 지척에 있는 그의 얼굴이 점점 흐릿해져 갔다. 손을 뻗어 눈물을 닦으려 해봤지만 손이 닿기도 전에 눈물이 이미 그의 입가로 후두둑 떨어져 내렸다.

그의 놀란 눈빛이 점점 짙어지더니 눈물로 촉촉해진 내 눈가에 손길이 와 닿았다. 그렇게 한참이 지나서야 그의 목소리가 들려왔다.

"아불, 깨어났군요."

그의 목소리는 지금까지 들어본 적이 없을 만큼 잔뜩 가라앉고 갈라져 있었다.

나는 그의 가슴 위에 엎드린 채로 내 눈가를 어루만지던 손을 감싸 잡고 입술을 깨물며 물었다.

"내가 당신을 놀라게 했죠?"

그는 다른 손을 들어 계속해서 내 눈물을 닦아주었다. 휘장이 쳐진 침상 주위로 촛불의 희미한 빛이 새어 들어왔고, 눈가를 어루만지는 그의 손에서 하얀 매화의 청량한 향이 느껴졌다.

나의 눈가에 멈춘 손가락은 분명 희미하게 떨리고 있었지만 그의 목소리는 너무나도 침착하고 차분했다.

"당신이 깨어날 줄 알았소. 당신은 날 못 떠나거든."

말은 그렇게 했지만 내가 깨어난 것이 영 꿈결 같은 듯 조금은 얼이 나간 표정이었다. 그는 떨리는 손으로 계속해서 내 눈가를 어루만졌다.

나는 그런 말을 들은 여느 여인들이 그렇듯 뾰로통한 목소리로 반박했다.

"누가 그래요? 당신을 못 떠난다고?"

하지만 마음속으로 그의 말을 인정할 수밖에 없었다. 그의 말처럼 나는 그를 두고 절대 떠날 수 없었다. 그가 회심의 미소를 지으며 나지막한 소리로 나를 긴장시켰다.

"그래? 그럼 군위한테 들은 말은 뭐지? 당신의 소원이 뭐냐고 물었더니 어릴 때부터 나한테 시집오는 거라고 했다던데."

그 순간 내 몸이 나무토막처럼 뻣뻣하게 굳어버렸다. 긴 침묵의 시간이 흐른 후 그의 손이 내 턱을 추켜올리며 웃음기를 머금은 자신의 눈을 똑바로 쳐다보게 했다.

"언제부터 나를 좋아했소? 응?"

솔직히 말하기 민망하지만 오랫동안 혼자 죽어라 연모했던 마음이 너무 억울해 도저히 참을 수가 없었다. 그가 마침내 내 마음을 물어봐주니 그쳤던 눈물이 다시 쏟아질 것처럼 눈시울이 붉어졌다. 나는 입술을 깨물며 울먹이는 목소리로 고백했다.

"3년 전 안회산에서 뱀에 물린 소녀를 구했던 일을 기억하나요? 그때 그 아이가 나무 막대기를 붓 삼아 바닥에 그림을 그려줬죠."

나는 손가락으로 날 가리키며 말했다.

"그게 바로 나예요."

막상 고백을 하고 나자 눈시울이 뜨거워졌다. 나는 얼른 손으로 눈을 가리고 길게 심호흡을 했다. 그렇게 간신히 쏟아지려는 눈물을 막으며 다음 말을 이어갔다.

"그때부터 당신을 좋아했고, 3년 동안 계속 당신을 찾았어요. 결국 찾지 못했지만요."

손가락 틈으로 눈물이 새어 나와 흐르고, 한번 터진 눈물은 그칠 줄 몰랐다. 안회산에서 그를 처음 봤을 때부터 죽기 전 마지막 순간까지 무려 3년의 시간이었다. 물론 추억 속의 그 시간은 아름다운 기억으로 남아 있지만 보상받지 못한 시간에 대한 억울한 마음을 과연 누가 알겠는가? 나는 눈을 가리고 그의 품속으로 파고들었다.

"혼담이 들어왔을 때 아버지가 나를 시집보내려 했지만 내가 거절했어요. 당신을 찾아야 했으니까요. 그리고 사람을 시켜 당신에게 선물했던 그 그림을 동굴 안에 있는 돌 침대 위에 똑같이 새겨 넣기도 했어요. 언젠가 당신이 다시 동굴을 찾았을 때 그림을 본다면 그때 그 소녀가 당신을 기다리고 있다는 걸 알아줄까 봐서요."

손가락 틈새로 흘러나온 눈물이 그의 옷섶을 적셨다. 나는 코를 훌쩍이며 일어나 애써 감정을 추슬렀다.

"하지만 이제 괜찮아요. 이렇게 당신을 찾았잖아요."

그는 미소를 거두고 말없이 나를 응시했다. 그 눈빛에 압도되어 숨 막히는 긴장감이 몰려올 때쯤 그가 손을 뻗어 머리를 틀어 올려 묶었던 끈을 잡아 빼버렸다. 그 순간 긴 머리카락이 아래로 물결처럼 흘러내렸다. 나는 불안한 마음으로 방금 무슨 말실수를 했나 돌이켜 봤다. 그런 생각에 잠기려던 순간, 그가 나를 끌어내려 베개에 눕혔고 어느새 우리는 서로 마주 보는 자세가 되어 있었다. 등 뒤로 두꺼운 비단 이불이 깔려 있어서인지 원래 차가운 몸을 가진 나였지만 전혀 춥다고 느껴지지 않았다.

그는 왼손으로 머리를 받치고, 오른손으로 내 머리카락을 귀 뒤로 넘기며 만지작거렸다.

"당신이 말한 모든 걸 나도 기억하오. 당신을 처음 봤을 때만 해도 아직 어린 소녀라고 생각했는데 어느새 이렇게 커서 나와 혼인을 하게 될 줄 누가 알았겠소?"

나를 기억하고 있다던 말을 곱씹다 충동적으로 그의 옷섶을 꼭 쥐고 그의 턱에 입을 맞췄다. 입맞춤이 끝난 후 내가 무슨 짓을 했는지 깨달으려는 찰나, 방금 그의 말이 불현듯 머릿속에 떠올랐다. 내 귀가 잘못되지 않았다면 그는 분명 나와 혼인하게 될 줄 몰랐다고 하지 않았나?

나는 그의 말을 되새기다 벌떡 일어나 사방을 둘러봤고, 그제야 뭔가 이상하다는 것을 알아챘다. 지금 누워 있는 곳은 내 방

침대가 아니었다. 손을 뻗어 눈처럼 하얀 연꽃이 그려진 휘장을 걷어 올리자 금사남목金絲楠木*으로 만든 널찍한 발판이 눈에 들어 왔다. 발판 바깥쪽으로도 휘장이 쳐져 있었다.

휘장이 걷히자 촛불의 불빛이 좀 더 밝아졌고, 용과 봉황의 문 양이 새겨진 화촉 두 개가 눈에 들어왔다. 길게 뻗은 촛대 위에 꽂힌 화촉의 빛을 받아 침대 휘장 위로 가늘고 긴 그림자가 드리 워졌다.

힘겹게 고개를 돌리자 내 시선이 머무는 곳에 모언이 한 손으 로 머리를 받치고 누워 나를 바라보고 있었다. 그제야 그가 붉은 혼례복을 입고 있다는 사실을 깨달았다. 그의 검은 머리카락이 차가운 빛이 감도는 자기 베개瓷枕 위로 흘러내렸고, 한 쌍의 원 앙이 물 위에서 노니는 모습이 수놓인 이불이 그의 몸 아래 깔려 있었다. 내 눈물 탓인지 옷섶의 색깔이 다른 곳보다 훨씬 짙어 보였다.

연꽃무늬 휘장으로 둘러싸인 이 협소한 공간은 온통 붉은색 천지였다. 떨리는 손을 가슴에 대보자, 격렬하게 뛰는 것이 느껴 졌다. 환각이 아니라면 어떻게 이런 일이 가능할 수 있을까? 혼 란에 빠져 있는 사이, 그가 나를 가슴 쪽으로 잡아끌었다. 귓가 에 다분히 장난기 서린 그의 목소리가 들려왔다.

"부끄러워해도 이미 늦었소. 내가 이미 당신을 안고 예효충서 禮孝忠恕가 쓰인 네 개의 패방을 지나왔고, 천지신명께 절을 하며 혼례를 올렸으니. 이제 백 년 후쯤 당신도 모씨 집안의 선산에

---

* 녹나무 과에 속하는 최상급 목재

묻히게 될 것이오."

나는 여전히 눈을 감은 채 그의 가슴팍에 얼굴을 묻고 떨리는 목소리로 물었다.

"하지만…… 하지만……."

그가 되물었다.

"하지만 뭐지?"

나는 그를 껴안으며 한참을 주저하다 물었다.

"왜죠?"

잠깐 동안 침묵이 이어진 후 나지막한 목소리가 들려왔다.

"그것 말고는 달리 방법이 없었소."

나는 선뜻 이해가 가지 않아 고개를 들어 물었다.

"그게 무슨 뜻이에요?"

그가 미간을 살짝 찌푸리며 담담하게 말했다.

"아무리 무능한 사내라 해도 최소한 두 가지만큼은 자기 손으로 지켜낼 줄 알아야 하오. 자신의 땅과 품 안의 여인이지."

그가 그때의 기억을 떠올리며 힘겹게 입을 열었다.

"그때 당신은 숨조차 쉬지 않는 모습으로 내 앞에 있었지만 난 아무것도 해줄 수 없었소."

나는 그런 그의 마음을 헤아리며 몸을 살짝 일으켜 그의 눈을 응시했다.

"당신은 뭐든 다 할 수 있는 사람이에요."

그가 내 눈을 똑바로 바라보았다. 그 눈 속에 희미한 미소가 서렸다.

"오! 물론 내가 그렇기는 하지."

나는 기가 막혀 그를 힐끗 노려봤다.

"좀 겸손해봐요. 이럴 때 다른 사람들 같으면 그런 능력이 없다는 둥, 내 능력 밖의 일이 너무 많다는 둥 그런 말로 자신을 낮추고 그럼……."

그가 그 뒤의 말을 추궁했다.

"그다음은 어떻게 할 생각이었소?"

나는 화풀이하듯 그의 가슴 위로 올라갔다.

"그럼 나는 당신을 따뜻하게 위로해줬을 거고……."

그의 웃음소리가 나지막하게 울렸다.

"처음 봤을 때와 똑같아. 이렇게 컸는데도 당신은 여전히 아이 같군."

나는 뾰로통한 표정으로 따져 물었다.

"그래서 싫다는 거예요?"

그는 뻔뻔할 만큼 솔직했다.

"그래도 좋소."

나는 진지하게 경고를 했다.

"감히 날 싫어하면 나도 당신을 미워할 줄 알아요!"

그가 재미있다는 듯 물었다.

"어디 들어나 봅시다. 어떻게 나를 미워할 생각이오?"

한참을 생각했지만 그를 어떻게 미워할지 떠오르지 않았고, 노려본다 한들 전혀 위협적이지 않을 터였다. 일단 불리하면 피하는 게 상책이니 잠부터 자고 내일 다시 이야기하는 게 나을 듯했다. 그때 그의 손이 내 허리에 와 닿더니 가볍게 끌어안았다.

바람에 흔들리는 버드나무 잎처럼 낮고 부드러운 그의 목소리가 귓가에 들려왔다.

"그때 당신한테 내가 방법을 찾기 전까지 어떻게든 무조건 살아 있어야 한다고 말했지. 이 말을 아직 기억하오?"

나는 그가 왜 그런 걸 묻는지 궁금했지만 일단 그렇다고 대답을 해주었다.

"그때 당신한테 약속했잖아요."

그가 웃으며 한 손을 내 가슴에 댔다.

"이 역시 꼭 기억해야 하오. 내가 방법을 찾기 전까지 잘 살아 있어 주어야 한다고. 당신은 나의 부인이고, 그게 바로 부인의 의무이자 책임이니 절대 예전처럼 입으로만 그러겠다고 하면 안 되오."

나는 그의 가슴 위에 엎드려 힘껏 고개를 끄덕였다. 그런데 그의 말 중 하나가 계속 마음에 걸렸다. 지금까지 말을 뱉으면 반드시 행동으로 옮기며 살아왔는데, 그런 내가 언제 입으로만 약속을 했다는 거지? 그건 그렇고 그는 내가 살아 있을 수 있는 이유를 어떻게 이해하고 있을까? 그는 나에게 호흡이나 지각이 없다는 것을 알고 있었지만, 그게 단지 화서인을 연마했기 때문이라 여기고 있었다.

나는 내가 이미 죽었다는 사실을 그에게 알려줄 용기가 나지 않았다. 지금까지 그의 눈앞에서 펄펄 날며 뛰어다닐 수 있었던 것도 다 교주 덕분이었다. 때로는 나의 이런 실체를 그가 영원히 몰랐으면 좋겠다는 생각이 들기도 했다.

이렇게 누워 있자니 자꾸 잠이 쏟아졌다. 그가 이마 앞으로 흘러내린 머리카락을 귀 뒤로 넘겨주다 귓가의 살쩍을 어루만지며 나지막이 말했다.

"지금까지 당신에게 물어보지 않았던 일들이 있었지. 하지만 알고 싶지 않아서 그랬던 것은 아니었소."

이 말을 듣는 순간 잠이 싹 달아났다. 생각해 보니 그에게 참 많은 것을 감추고 있었다. 그러나 그를 속였던 일들 중 별것 아닌 양 편하게 들려줄 수 있는 일은 결단코 단 하나도 없었다. 나는 그의 귀에 대고 속삭였다.

"밤이 너무 늦었어요. 그만 잘래요……."

내가 이렇게 말하면 그는 보통 내 말을 들어주었겠지만 이번만은 어림도 없었다. 그는 도리어 나의 턱을 추켜올리며 자신을 똑바로 보게 만들었다.

"나는 진나라 사람이고 당신은 위나라 사람이오. 그리고 진나라는 위나라를 멸하게 했지. 아불, 내가 밉지 않소?"

나는 안도의 한숨을 내쉬었다. 이런 질문이라면 얼마든지 대답해줄 수 있었다.

예전에 군위도 이런 우려를 한 적이 있었지만 정말이지 기우에 지나지 않았다. 가령 내 한 몸을 던져 순국하지 않았다면 망국의 공주로서 나라를 위해 죽어간 위나라 장병들에게 절대 떳떳할 수 없었을 것이다.

위나라 공주 엽진은 이미 죽었다.

나는 성루에서 몸을 날리던 그날을 후회하지 않으며, 그것이 숭고한 죽음이라고도 여기지 않는다. 엽씨는 지난 86년 동안 위나라를 통치했고 부왕의 대에 이르러 멸망했다. 종묘사직은 이렇게 아무 일 없다는 듯 하루아침에 명을 달리했으며, 왕실이 86

년간 쌓아온 위엄도 한순간에 무너져 내렸다. 이것만 봐도 엽씨 가문의 핏줄은 세상에 얼굴을 들고 살 수 없는 존재들이었다.

그런데 왜 나만 빼고 다들 잘 살고 있는 것처럼 보이는지 이해가 가지 않았다. 나중에야 깨달은 사실이지만 내가 당연하다고 생각하는 것을 남에게 강요할 수는 없었다. 그들은 그저 자신의 원칙에 따라 이 세상을 살아갈 뿐이었다.

군사부는 나를 살린 후 군불이라는 새로운 이름을 지어주셨다. 아마도 전생의 일을 모두 잊고 살아가길 바라셨던 것 같다. 안 좋았던 일들, 더 이상 책임질 필요가 없는 일들은 당연히 잊어야 마땅했다. 그러나 그 시간 속의 아름다운 기억, 쉽게 놓을 수 없는 감정의 끈까지 굳이 잊어야 할까?

군불로 살면서 모언을 잊어야 한다는 것은 새하얀 백지처럼 사는 것과 다르지 않았다. 그것은 마치 전생을 완전히 잊은 채 육체를 통해 새로 태어난 도깨비의 삶과도 같으니 다시 살아난다 해도 아무 의미가 없었다. 여기까지 생각이 미치자 돌연 공의 훈의 마음이 조금 이해가 갔다. 그런 것만 봐도 좋은 기억은 평생 가슴속에 새겨둬야 한다.

모언은 너무나 심각한 표정으로 자신이 밉지 않겠느냐고 물었다. 나는 그가 이런 질문을 왜 이렇게까지 진지하게 하는지 의아했지만 이내 그의 품속으로 파고들며 물었다.

"진나라가 위나라를 무너뜨린 게 그렇게 마음에 걸려요?"

그는 말이 없었다.

나는 잠시 고심한 후 내 생각을 들려주었다.

"만약 위나라가 강성하고 진나라가 작고 약한 나라였다면 어떻게 됐을까요? 위나라도 분명 호시탐탐 기회를 노리며 진나라를 집어삼키려 했을 거예요. 내가 아무리 지식이 짧다 해도 나라와 나라 사이에 벌어지는 약육강식의 법칙이 세상 사람들이 생각하는 바처럼 그렇게 간단하지 않다는 것쯤은 잘 알아요. 그 일이 아니더라도 위나라는 오래갈 수 없었어요. 하늘이 위나라를 져버려서가 아니라 위 왕실은 곪을 대로 곪아 있었으니까. 그러니 진나라가 아니더라도 결국 누군가 위나라를 먹어 치웠을 거예요. 모든 파멸은 내부적인 문제 때문에 일어나죠. 외부적 요인은 극한 상황으로 몰아가는 데 힘을 보태줄 뿐이에요. 그러니 비록 나라를 잃었다 한들 그 죄를 진나라에게 물을 수는 없다는 거죠. 위나라의 멸망은 정해진 운명이지 누구의 탓도 아니에요. 누구나 자신이 맡은 자리에서 그 책임을 다해야 하는 것처럼 당신도 진나라의 장군으로서 가문과 나라를 위해 싸웠을 뿐이에요. 위나라의 사내들도 똑같은 마음으로 전쟁에서 목숨 걸고 싸운 거 아니겠어요? 다들 자기 자리에서 책임을 다한 것이니 이 문제를 두고 누가 옳고, 누가 그르다고 말할 수 없는 거죠.”

말을 하고 나니 누워 있기에 자세가 영 불편하게 느껴졌다. 나는 얼른 그를 껴안고 좀 더 위로 기어 올라갔다. 고개를 드는 순간 날 바라보고 있는 눈빛과 딱 마주쳤다.

“방금 내가 누구라고 말했소?”

나는 계속 위로 몸을 조금씩 옮기며 그의 안색을 슬쩍 살폈다.

“진자연이 그러는데 당신이 적을 물리치고 성을 함락한 용맹한 장군이라고 했어요. 예전에 진나라에 백성들의 추대를 받는 명장이 한 명 있다고 들었죠. 그의 성이 모 씨고 이름은 수풍綏風

이라고 기억하는데, 그 사람이 당신 아닌가요?”

나는 대담하게 그의 목을 끌어안았다.

“하지만 난 모언이라고 부르는 게 더 좋아요. 당신이 나한테 가르쳐준 이름이니까요.”

그의 손가락이 내 어깨 위로 흘러내린 머리카락을 스쳐 지나갔다.

“그럼 진나라 세자 소예는 어떻소? 당신이 그의 수하에 있던 장병들을 미워하지 않는다 해도 전쟁을 일으킨 그조차 용서할 수 있을까?”

나는 선뜻 대답을 하지 못했다.

“위나라 백성들은 오랜 가뭄과 가난에 시달렸지만 자신들이 방패막이가 되어서라도 진나라의 침략을 막고 싶어 했어요. 왜인 줄 알아요? 망국의 노예로 사는 것처럼 비참한 일은 없기 때문이죠. 결국 소예는 승리를 거뒀고, 그가 위나라를 어떻게 다스리든 그건 그의 자유겠죠. 하지만 난 위나라 백성이 그의 통치를 받으며 예전보다 더 나은 삶을 살기를 바랐어요. 물론 말도 안 되는 망상인 건 알아요. 역사적으로 봐도 그런 선례가 없고, 망국의 백성들은 늘 억압과 치욕을 견뎌내야 했으니까요.”

말을 하고 보니 마음이 답답해졌다.

“근데 신혼 첫날밤에 우리가 왜 이런 얘기를 나누고 있는 걸까요? 내가 아무리 처음 혼인을 했다 해도 화촉을 밝히는 첫날밤에 이런 얘기가 오간다는 말은 들어본 적이 없거든요? 내가 아무것도 모른다고 대충대충 넘어갈 생각은 하지 말아요!”

문득 어렵사리 혼례를 치르고도 그 기억이 하나도 없다는 사실에 화가 나서 얼굴이 뾰로통해졌다.

"성대했던 혼례식을 못 본 것도 억울한데 눈을 뜨니 침대 위가 뭐예요. 혼례식에서 신부가 누릴 수 있는 특권을 하나도 못 누렸잖아요."

그가 평소와 달리 반박하지 않은 채 나의 이마에 입을 맞췄다.

"언제 날 잡아서 한꺼번에 다 보상해주겠소."

나는 그를 껴안으며 고개를 끄덕였다.

"음, 그럼 이번 일은 당신이 나한테 빚진 거예요."

화촉의 불빛이 점점 어두워지며 곧 꺼질 조짐을 보였다. 어슴푸레한 불빛 속에서 그의 나지막한 목소리가 들려왔다.

"첫날밤에 화촉이 끝까지 다 타들어가면 부부가 오래도록 해로하며 잘 산다고 하더군."

나는 그를 빤히 쳐다보다 벌떡 몸을 일으키려 했다.

그가 얼른 나를 붙잡으며 물었다.

"얌전히 잘 있나 싶더니 또 왜 그러오?"

나는 버둥거리며 일어나 침대의 휘장을 걷어 올렸고, 마음이 급해져 고개를 휙 돌리며 그를 노려봤다.

"가서 화촉을 지켜야겠어요. 왜 그런 얘기를 이제야 해요? 만에 하나 촛불이 꺼지기라도 하면 어쩌려구요? 나 좀 놔줘요."

하지만 그는 나를 꼭 잡고 놔주지를 않았다.

"이제 곧 꺼질 거요. 아마 열을 세기도 전에 꺼져 버릴걸? 못 믿겠으면 한번 세어보든지."

과연 열을 세기도 전에 방 안은 칠흑처럼 어두워졌다. 나는 모언이 말한 미신 따위를 전혀 믿지 않지만 그래도 안심이 되기는 했다. 화촉이 끝까지 다 탄 후 꺼졌으니 앞으로 어떤 고난이 닥쳐도 잘 이겨낼 수 있다는 좋은 징조 같아 괜히 위안이 되고 용기가 생겼다.

나는 모언의 목을 끌어안았고, 갑자기 기분이 좋아져 그에게 물었다.

"솔직히 말해봐요. 언제부터 날 좋아하기 시작했어요?"

그는 선뜻 대답을 하지 못하고 잠시 주저했다.

"솔직히 말해서 말하고 싶지 않소."

나는 몸을 일으켜 침대를 내려가려 했다.

"서로에게 솔직할 수 없다면 이 혼인은 무효예요."

그는 다급하게 붙잡긴커녕 매우 능글맞게 내 속을 뒤집었다.

"혼례는 이미 끝났고, 여기는 화촉을 밝힌 신방이지. 당신이 방으로 돌아가서 자고 싶다면 그리해도 좋소. 그 덕에 오늘 밤 나도 발 뻗고 편히 잘 테니."

나는 그의 위로 덮치듯 쓰러져 몸 이곳저곳을 괴롭히며 파고들었다.

이상하게도 그는 아무 반응이 없었다. 나는 오기가 발동해 움직임을 멈추지 않았다. 그러자 그의 억눌린 듯한 목소리가 머리 위에서 들려왔다.

"그만."

나는 멍하니 바라보다 불현듯 떠오르는 생각에 얼굴이 화끈거려 허둥지둥 그의 몸에서 내려왔다. 하지만 그것도 잠시, 다시 그에게 바싹 다가가 눈에 입맞춤을 하며 아쉬움을 달래주었다.

원래는 입맞춤을 한 후 벽 쪽에 붙어 잠을 청할 생각이었지만 이내 그에게 붙잡혀 옴짝달싹도 할 수 없었다. 서로 한바탕 엎치락뒤치락하는 사이, 그의 굳게 다문 입술 끝이 살짝 말려 올라가며 아주 서서히 다가왔다.

"오늘은 여기까지."

그제야 아직 몸이 회복되지 않은 나를 상대로 그가 무슨 짓을 할 리 없다는 것을 깨달았다. 그 순간 돌연 진한 아쉬움이 밀려왔다. 하지만 나와는 달리 너무나 단호한 그의 눈빛을 본 순간, 억울하고 창피한 생각이 들어 얼른 입을 가리고 몸을 굴려 벽 쪽으로 붙었다.

5장

　내가 다시 깨어난 사건은 일대 파장을 불러일으켰다. 그러나 다들 죽은 줄 알았던 시체가 갑자기 벌떡 일어난 것쯤으로 치부했고, 아주 불가능한 일도 아니었기에 이틀도 되지 않아 소란은 금세 사그라졌다. 그 뒤로는 다들 온갖 명목을 다 갖다 붙이며 축하 선물을 보내기 시작했다.

　백리진이 달려와 나를 이리저리 살피며 뜬구름 잡는 이야기를 한 보따리 풀어 놓더니 무슨 생각이 번뜩 떠오른 듯 머리를 긁적였다.

　"원래 주방에서 조문객들을 접대할 음식을 준비했고, 심지어 그쪽 방면으로 음식 솜씨가 가장 좋다는 사람까지 데려왔었지요. 그런데 군 낭자가 깨어나는 바람에 다시 고향으로 돌려보냈답니다."

　아쉬움이 잔뜩 배어 있는 말투를 보니 당장이라도 다시 한 번 죽어줘야 할 것 같은 미안한 마음이 들었다. 그의 탄식을 들으며 나는 뒤돌아 차를 따라 상냥하게 그에게 건넸다. 그런데 기분 좋게 찻잔을 건네받던 그의 손이 허공에서 돌연 멈칫했다. 그는 손까지 덜덜 떨며 찻잔을 탁자 가장자리에 간신히 내려놓더니, 애써 웃는 표정으로 눈치를 살피면서 자꾸 뒷걸음질을 쳤다. 그러다 등이 문에 닿는 순간 눈 깜짝할 사이에 문을 빠져나가 줄행랑을 쳤다.

옆에서 서책을 보던 모언이 담담하게 잔을 힐끗 봤다.

"잔에 든 독의 양이 좀 많았나 보오."

나는 아직 본래의 색을 유지하고 있는 차를 유심히 쳐다보다 놀라서 물었다.

"군위가 분명 무색무취라고 말했는데? 게다가 내가 한 포를 다 넣을 걸 어떻게 알았어요?"

그가 잠시 뜸을 들였다.

"……찻물이 채워진 후 찻잔에 결정체가 생긴 게 보이오."

나는 손으로 턱을 받치고 시무룩하게 앉아 있었다.

내가 잔뜩 풀이 죽어 있자 그는 서책을 내려놓고 관심을 보이며 물었다.

"대체 무슨 독이오?"

나는 금세 기분이 좋아져 그에게 설명을 했다.

"설사약이요."

"……."

방에서 사흘 동안 휴식을 취하고 나자 몸도 마음도 눈에 띄게 회복되었다. 모언은 그런 내 모습을 보고 흡족한 듯 고개를 끄덕이며 침대에서 내려오는 것을 허락해 주었다. 때때로 소황이 놀아달라고 곁으로 찾아왔지만 그럴 때마다 그에게 쫓겨나기 일쑤였다. 그러다 보니 모언은 소황에게 점점 인심을 잃어갔고, 그가 닭고기를 줄 때 말고는 마주쳐도 시선을 피했다.

닭고기를 먹을 때를 빼면 소황은 늘 혼자 시간을 보내야 했다.

예전에는 내가 없어도 군위가 옆에서 같이 놀아줬지만 지금은 늘 시간이 남아도는 군위조차 잠을 자느라 소황에게 신경 쓸 틈이 없었다.

군위가 왜 지금 이 시점에 잠을 자고 있는지 설명하자면 꽤 길다. 교주는 일정 기간 침복을 하며 공력을 회복해야 했는데, 이 비밀을 그에게 알려주지 않은 것이 화근이 되었다.

백리진을 통해 듣기로는 내가 혼수상태에 빠진 사흘 동안 군위가 엄청난 충격과 상심에 휩싸여 매일 밤 꼬박 앉아서 밤을 샜고, 내가 깨어났다는 소식을 듣자마자 그대로 쓰러져 깨어나질 못했다고 했다. 그때 백리진은 나에게 이런 이야기를 들으면서도 뭔가 느껴지는 바가 없냐고 물었다. 내가 무엇을 느껴야 하는지 모르겠지만 어쨌든 군위가 보여준 의리에 마음 한구석이 따뜻해졌다.

의리의 사나이 군위는 내리 사흘 동안 잠을 잤고, 나흘째 되는 날 이른 아침이 되어서야 우리 거처에 나타났다. 그의 모습은 모든 기가 다 빠져나간 사람처럼 지치고 힘들어 보였다. 얼굴은 창백했고, 입술은 파리했으며, 눈동자는 생기를 잃었다.

나는 놀란 눈으로 그를 한동안 바라보며 말을 잇지 못했다.

"대체 이게……."

그가 한참 동안 나를 이리저리 살핀 후 물었다.

"아불, 저자에게 시집가서 행복하니?"

그의 목소리가 아슬아슬하게 떨렸다.

나는 그가 몽유병에 걸린 것은 아닌지 의심이 들기 시작했고, 문득 몽유병과 관련된 무서운 전설들이 떠올라 몸서리를 치며 그저 고개만 끄덕였다.

그가 말없이 나를 한참 바라보다 손을 들어 이마를 짚었다.

"축하해."

나는 여전히 아무 말도 하지 못했다.

심지어 그의 손이 내 머리카락에 닿으려는 순간, 불에 덴 듯 나도 모르게 몸을 움찔하며 뒤로 뺐다. 다시 고개를 들었을 때 그는 이미 비틀거리는 발걸음으로 저 멀리 걸어가고 있었다. 아무래도 군위는 아직 잠에서 덜 깬 것이 분명했다.

군위가 가고 난 지 얼마 안 돼서 육당 공주가 찾아왔다.

그녀가 날 찾아왔다면 모언과 관련해 할 말이 있어서일 테니 한숨부터 먼저 터져 나왔다. 그런데 그녀가 작별인사를 하러 왔다는 말을 꺼낸 순간 나는 날아갈 듯 기분이 좋아졌다. 그녀를 싫어하기는 했지만 사실 사람 자체가 싫은 건 아니었다. 물론 그녀가 나를 화나게 한 적도 몇 번 있었지만 이미 다 잊었고, 하물며 이제 이곳을 떠나겠다고 하니 나쁜 감정이 눈 녹듯 싹 사라져 버렸다.

우리는 말없이 서로를 멀뚱멀뚱 한참 쳐다보았다. 먼저 어색한 분위기를 깬 사람은 나였다. 나는 헛기침을 하며 목소리를 가다듬고 조심스럽게 입을 열었다. 사실 너무 좋아 속으로 웃고 있었지만 겉으로 탄식을 내뱉으며 가증스럽게 아쉬운 척하는 것도 잊지 않았다.

"고죽산은 피서지로 유명한 곳인데 이렇게 일찍 떠나다니 너무 아쉽네요."

그녀도 인정하며 고개를 끄덕였다.

"나도 그렇게 생각해요……."

이 순간 그녀가 말을 바꿀까 봐 가슴이 덜컥 내려앉았다.

"하지만 모든 일을 제쳐놓고 이런 사소한 즐거움에만 빠져 지낼 수도 없는 노릇이겠죠. 이리 좋은 곳에 오래 머무르지 못하고 가야 하다니 그 마음이 어떻겠어요. 하지만 뭔가 중요한 일이 생긴 모양이니 차마 만류하진 못하겠네요. 부디 조심히 돌아가요."

그녀는 기가 막힌 표정으로 눈을 치켜뜨며 나를 봤다.

"나한테 무슨 중대사가 있겠어요. 난 단지."

그녀가 입술을 깨물었다.

"포기한 것뿐이에요."

나는 찻잔을 들고 아무 말도 하지 못했다.

그녀의 눈가가 새빨개졌다.

"내가 아는 모 오라버니는 웬만한 일에 쉽게 흔들리거나 놀라는 사람이 아니에요. 한 달 전에 진나라가 당나라를 도와 진晉에 대항했고, 그 전쟁에서 당진 연합군은 고작 십만의 병력으로 삼십만 명을 무찔렀죠. 병사가 승전보를 들고 호성에 당도했을 때 정원에서 차를 달이던 모 오라버니는 그저 담담하게 웃으며 찻잎이 놀라 깨어날 수 있으니 목소리를 낮추라는 말만 했을 정도였어요."

그녀가 매서운 눈초리로 나를 쳐다봤다.

"그런데 이번만큼은 달랐어요. 의성의 후손이라 불리는 백리진조차 살릴 수 없다고 분명 말했는데 기어코 당신을 데리고 천지신명께 절을 올렸고, 당신을 안고 네 개의 패방을 지나갔다고요. 그거 알아요? 진나라에서는 중매인을 통해 정식으로 혼담을 넣어 맞아들인 신부만이 신랑의 품에 안겨 그 패방을 지나갈 수 있어요."

그녀의 충혈된 눈에서 눈물이 하염없이 쏟아지며 뺨을 타고 흘렀다.

"사실 난 불상화 따위를 보려고 고죽산에 온 게 아니에요. 우연이지만 어렵사리 그를 만났고, 어떻게든 그의 곁에 좀 더 오래 머무르고 싶었어요. 그런데 그가 죽은 당신을 안고 패방을 지나가는 순간 모든 기대가 무너져 내렸어요."

그녀는 잠시 숨을 고르며 소맷자락으로 대충 눈물을 닦아냈다.

"모 오라버니가 무슨 생각으로 그랬는지 정말 이해가 안 돼요. 오라버니 정도면 얼마든지 더 좋은 배필을 만날 수 있다고요."

그녀의 눈에서 눈물이 뚝뚝 떨어져 내렸다.

"하지만 내가 포기해야 한다는 건 잘 알아요. 단지 그가 선택한 여자가 당신이라는 사실을 받아들이고 싶지 않을 뿐이죠. 정말 오라버니를 좋아하기는 하나요? 그의 앞날을 생각한다면 당신은 절대 그의 곁에 머물면 안 돼요."

나는 말없이 아직 어린 그녀를 물끄러미 바라보았다. 그녀는 세상을 다 잃은 것처럼 눈물을 흘렸고, 눈물은 햇빛 아래서 유리처럼 투명하게 반짝였다. 그 모습을 보니 지금까지 무수히 많은 밤을 보내며 모언을 찾지 못해 창가에서 홀로 눈물을 흘렸던 나를 보는 듯했다.

방 안을 가득 채운 육당의 흐느끼는 울음소리를 들으며 나는 손에 든 찻잔을 조용히 응시했다.

"공주가 불상화의 전설을 내게 들려준 보답으로 나도 이야기 하나를 들려줄게요."

그녀는 가타부타 말이 없었다.

잠시 마음을 가다듬고 담담한 목소리로 이야기를 시작했다.

"예전에 공주 한 명이 살고 있었어요. 그녀는 연모하는 사내와 헤어진 후 아주 오랫동안 그를 찾아 헤맸죠. 하지만 하늘도 그녀의 편이 아니었는지 죽기 전까지도 그를 찾을 수 없었어요. 그녀가 죽던 날 하늘에서 폭우가 쏟아져 내렸고, 그녀는 화살처럼 쏟아져 내리는 빗물을 고스란히 온몸으로 받으며 고통스러워했죠. 하지만 그런 고통 속에서도 그녀는 눈을 감기 전에 그의 얼굴을 한 번이라도 볼 수 있으면 얼마나 좋을까 생각했어요. 설사 멀리서 얼굴 한 번 보는 거라 해도 상관없었어요. 하지만 공주는 그런 작은 바람조차 이루지 못한 채 쓸쓸히 죽어가야 했죠."

육당이 눈물을 그치고 놀란 눈으로 날 바라봤다.

나는 계속 말을 이어갔다.

"지금까지 그 사람의 앞날을 위해 그를 놔줘야 한다는 말을 수도 없이 들었어요. 다들 그렇게 하지 않으면 그를 진짜 좋아하는 게 아니라고 하더군요. 하지만 좋아하는 감정은 혼자만의 일이 아니에요. 왜 두 사람 다가 아니라 꼭 한 사람만 잘되기를 바라는 거죠?"

나는 고개를 들어 그녀를 쳐다봤다.

"당신은 죽을 때까지도 마음속에서 지우지 못한 그런 일이 없나요? 상상 속의 죽음이 아니라 진짜 죽음이 닥쳤을 때 당신의 머릿속에 계속 맴돌고, 포기할 수도 잊을 수도 없었던 그런 일 말이에요."

그녀는 말이 없었다.

그녀에게 그런 경험이 있을 리 없다는 것을 알기에 나는 옅은 미소를 지으며 말을 이어갔다.

"만약 그런 일이 있다면 어떤 대가를 치르더라도 꼭 이뤄야 한다는 걸 반드시 명심해요."

죽음을 앞두고도 머릿속에서 떠나지 않고 맴도는 장면은 그 일에 대한 강한 집착과 집념이 만들어낸 환각이기도 하다. 푸른 옷차림의 사내가 64개의 대나무 살로 만든 유지 우산을 들고 서서히 다가왔고, 피로 물든 나의 시야 안에 들어온 언덕 위로 시들지 않는 하얀 매화가 활짝 피었다.

나는 가슴 위에 손을 얹고 어루만졌다.

"난 그를 아주 많이 좋아해요. 그래서 이젠 그와 함께 있을 수밖에 없어요."

탁.

그녀의 손이 탁자 위로 힘없이 떨어지면서 찻잔이 기울어 차가 쏟아졌다. 그녀는 당황한 듯 허둥지둥 치우려 했지만 손이 잔에 닿는 순간 뻣뻣하게 굳어 제대로 집어들 수조차 없었다. 그녀는 소매 끝을 움켜쥐고 시선을 아래로 내린 채 아무런 반응이 없었다. 깊은 생각에 잠긴 그녀의 얼굴에선 더 이상 천진난만했던 표정을 찾을 수 없었다.

내가 아는 그녀라면 당장이라도 반박을 해야 마땅했고, 이렇게 쉽게 내 말을 수긍할 인물이 아니었다. 그런데 그녀는 나의 예상을 완전히 깬 채 그냥 그렇게 앉아 있다가 말없이 가버렸다. 물론 가기 전에 나를 뚫어지게 한번 쳐다보기는 했지만 무슨 생각을 하는지 전혀 감이 잡히지 않았다.

육당 공주가 떠난 후 나는 찻잔 두 개를 치우고 탁자 위를 정리했다. 혼자 멍하니 앉아 있다 보니 모언이 공의비를 만나러 가서 금세 못 돌아온다는 사실이 문득 떠올랐다. 나는 생각할 것도 없이 얼른 신발을 꺼내 신고 도둑고양이처럼 살금살금 문을 열고 나가 뜨거운 태양 아래서 몇 걸음을 걸어보았다. 걱정과 달리 아무도 나를 막지 않았다. 보아하니 모언의 호위병들이 몰래 감시하는 것 같진 않아 순간 안심이 되었다. 땅 위로 드리워지는 긴 그림자를 보고 있자니 어린 시절 군위와 그림자밟기 놀이를 하던 일이 떠올라 발을 들어 요리조리 움직이며 혼자 그림자놀이를 해 보았다.

그때 정원 입구에서 귀에 익은 목소리가 들려왔다.

"뭐 하는 거요?"

나는 고개를 들며 그를 향해 반갑게 소리쳤다.

"모 오라버니!"

그를 향해 팔을 활짝 펼치고 와락 달려들어 안겼다. 다행히 그가 너무 놀라 중심을 잃고 넘어지는 불상사는 일어나지 않았다. 나를 데리고 안으로 들어가며 그가 물었다.

"그렇게 부르라고 누가 가르쳐준 거요?"

나는 코를 비비며 말했다.

"육당 공주도 이렇게 부르지 않나요?"

나는 고개를 기울여 그를 보며 한마디를 더 보탰다.

"그것도 아주 친근하게요."

미소 띤 그의 얼굴에 장난기가 어렸다.

"군아."

순간 심장이 쿵하고 내려앉았다.

"아, 아불이 좋겠어요……."

공의훈에 대한 걱정만 아니라면 모든 것이 편하고 좋은 날들이었다. 손가락을 꼽아보니 이미 보름 동안 그녀의 얼굴을 보지 못했다. 내가 깨어난 후에도 하인을 시켜 산삼 두 뿌리를 보내왔을 뿐, 모습을 보이지 않았다.

나는 하인에게 그녀의 근황을 들을 수 있었지만 예전과 별반 다르지 않고, 문밖으로 나오지만 않을 뿐이었다.

나중에 든 생각이지만 얼음장처럼 차갑고 감정을 드러내지 않는 그녀를 얼굴 표정만 보고 그 감정을 가늠한다는 자체가 말이 안 되는 일이었다. 하지만 거처 밖으로 한 발자국도 나오지 않는 것만 봐도 이미 그녀의 감정 상태가 정상은 아니라고 미루어 짐작할 수 있었다. 그럼에도 이는 내가 먼저 나설 일이 아니었다.

나는 그녀가 먼저 나를 찾아올 날을 기다렸다. 만약 보름이 지나도록 오지 않는다면 올 가능성이 아예 없다고 미리 못을 박아 두었다. 결국 호기심 앞에 장사 없다는 말처럼 나 역시 호기심의 노예가 되어가고 있었다.

나는 그녀가 찾아오지 않자, 그녀가 이미 모든 것을 내려놓고 더 이상 지난 일에 집착하지 않는다고 생각했다. 그녀가 체념한 일에 내가 연연하는 것도 우스웠다. 그런데 이런 생각을 하던 밤에 세상사에 통달하고 모든 것을 체념했다고 생각했던 여인이 놀랍게도 나를 찾아왔다. 그리고 지난 보름 동안 수도 없이 고민했을 말을 어렵게 꺼내 놓았다. 보름 전만 해도 그녀는 안 좋은 기억들을 알고 싶지 않다고 했다. 그런데 보름이 지난 후 그녀는 달빛 아래서 나를 물끄러미 바라보며 자신의 결심을 밝혔다.

"내가 도대체 어떻게 해서 죽게 됐는지 알고 싶어요."

이 일을 모언 모르게 진행하기란 불가능에 가까웠다. 하지만 솔직히 털어놓으면 하지 못하게 막을 게 뻔했다. 사실 나는 이미 펄쩍펄쩍 뛰어다닐 정도로 기력을 회복했지만 그는 이래서 안 되고, 저래서 안 된다며 여전히 환자 취급했다. 이런 상황에서 화서인을 이용해 누군가를 돕고 싶다고 한다면 불같이 화를 내며 날 가만두지 않을 것이다. 나는 한참을 고민하다 군위를 찾아가 때가 되면 모언을 불러내 나와 공의훈을 위해 시간을 벌어달라고 부탁했다.

공의훈은 자신이 어떻게 죽게 되었는지 알고 싶어 했고, 나 역시 아직 풀리지 않은 절반의 비밀이 무척 궁금했다.

그 비밀을 알게 될 시기는 매우 빨리 다가왔다. 다음 날 저녁 무렵 조나라에서 사신이 찾아왔고, 모언은 그를 만나 공무를 논의해야 했다. 그가 나가고 난 후 나는 곧바로 행동을 개시했다. 일단 시중을 들기 위해 들어온 시녀를 기절시킨 후 옷을 바꿔 입고 곧바로 고개를 숙인 채 몰래 문을 빠져나갔다.

공의훈은 이미 거처에서 모든 준비를 마치고 나를 기다리고 있었다. 한시도 지체할 시간이 없었고, 마치 등 뒤로 굶주린 늑대 십여 마리가 쫓아오기라도 하는 것처럼 마음이 조급했다. 나는 이마에 배어나온 식은땀을 닦아낸 후 서둘러 교주의 힘을 끌어내 이미 깊이 잠든 그녀의 의식 속으로 들어갔다.

의식 속에 들어서는 찰나 누군가 손을 잡아당기는 느낌이 들었다. 나는 얼어붙은 듯 꼼짝하지 못한 채 고개만 돌리며 어색한 웃음소리를 냈다.

"하하…… 모언, 당신도 여기로 산책 오다니 어떻게 이런 우연이……."

이 말을 하고 나서야 눈앞에서 이미 공의훈의 봉인된 기억 속 장면이 펼쳐지고 있다는 것을 알아챘다. 그가 어떻게 이런 곳까지 산책을 올 수 있다는 건지…… 내가 말하고도 너무 한심해서 내 입을 꿰매고 싶을 정도였다.

모언의 눈빛뿐 아니라 목소리조차 몸서리 쳐질 정도로 냉기가 흘렀다.

"어떻게 나가면 되지?"

아무리 생각해봐도 교주의 능력을 끌어낼 때 그가 내 손을 잡은 탓이 가장 컸다. 그렇지 않다면 여긴 절대 따라 들어올 수 없는 곳이었다. 나는 약속을 지키지 못한 군위를 속으로 원망하며 기어들어가는 목소리로 말했다.

"공의훈이 깨어나야 나갈 수 있어요."

그가 손을 들어 이마를 문지르며 한숨을 내쉬었다.

"당신은 정말이지 한시도 안심할 수가 없군."

나는 그를 슬쩍 보며 눈치를 살폈고, 크게 화가 나 보이진 않자 우물쭈물 그에게로 다가갔다.

"신경이 전혀 안 쓰이게 하는 것이 딱히 좋은 건 아니에요."

그가 별소리 다 들어보겠다는 듯 나를 쳐다봤다.

"그건 또 무슨 궤변이오?"

나는 머리를 긁적이며 말했다.

"궤변이라뇨? 우리 엄마만 해도 너무 걱정을 안 끼치고 사는 바람에 아버지가 들인 첩이 몇 명인 줄 알아요? 어쨌든 난 한시도 안심할 수 없는 인물이니 앞으로 미인들을 첩으로 들일 생각이라면 내가 매일 귓가에 대고 머릿속에 불빛이 번쩍할 정도로 떠들어 댈 걸 각오해요."

그의 얼굴에 황당하다는 표정이 떠올랐다.

"어떻게 나를 시끄럽게 괴롭힐 작정이오?"

나는 한참을 생각하다 시무룩해진 표정으로 고개를 돌렸다.

"그래요. 진짜 그런 날이 온다 해도 내가 당신과 말싸움을 벌일 일은 없을 거예요."

나는 고개를 돌렸다.

"정말 그런 날이 온다면 난 당신을 떠날 거예요."

그의 얼굴에서 웃음기가 싹 사라지고, 눈썹이 약간 치켜 올라갔다.

"대체 누가 당신한테 그런 말을 가르친 거요?"

나는 그에게 눈길을 한번 준 후 코를 문질렀다.

"아무도 가르쳐주지 않았어요. 하지만 오늘 벌인 일 덕분에 나는 한시도 안심할 수 없는 사람이 되었고, 당신이 나를 미워하기 시작했잖아요."

그렇게 말하며 고개를 한쪽으로 틀었지만 그의 접힌 우산에 가로막혀 이 또한 쉽지 않았다. 게다가 턱마저 그의 부채 손잡이에 떠받쳐져 위로 치켜 올라갔다. 그는 아주 흥미로운 표정으로 나를 위아래로 한 번 훑어보았다.

한참 후 그는 턱에 받친 부채를 거두고 고개를 절레절레 흔들며 웃었다.

"입이 나온 걸 보니 또 어린아이처럼 투정을 부리고 있군. 내가 언제 당신을 미워했다고 그러오?"

나는 입을 삐쭉 내밀었다.

"그럼 오늘 이 일을 하러 온 게 잘한 거라고 말해줘요."

그가 대답을 하기 전에 얼른 한마디를 보탰다.

"안 해주면 날 미워하는 게 맞는 거예요."

그가 내 얼굴을 빤히 바라보다 담담하게 말했다.

"나를 어떻게 상대해야 하는지 잘 알고 있군. 딱 이번 한 번뿐이오. 다음은 없다는 걸 명심하고."

나는 고개를 숙여 신발 끝만 바라봤다.

"거짓말, 잘했다고 칭찬은 하지 않았잖아요. 화난 거죠?"

그가 정색을 했다.

"당신 생각은?"

나는 코를 훌쩍이며 손을 올려 눈물을 닦으려 했다. 손이 눈가에 닿으려는 찰나 그가 그 손을 잡으며 말했다.

"됐소, 화나지 않았으니."

나는 몰래 그를 훔쳐 보다 그의 시선이 아래로 향하려는 순간 얼른 고개를 숙였다.

"그럼…… '아가야'라고 날 불러봐요."

다음 순간 내 턱이 무언가의 힘을 받아 또 들어 올려졌다. 아까와 달리 이번에는 부채 손잡이가 아닌 그의 손이었다. 그의 눈빛이 묘하게 흔들렸다.

"지금 날 놀린 것이오?"

"……이런, 들켜버렸네요."

이번 일을 두고 모언과 티격태격하며 거래를 하느라 눈앞의 광경에 온전히 신경을 쓸 여력이 없었다. 모든 상황이 해결되고 나서야 공의훈의 기억 속 시간이 공의비와 공의산이 혼례를 치르고 나서 반년이 흐른 뒤라는 사실을 알 수 있었다. 지난번 공의훈의 의식 속에서 보았던 마지막 장면은 그 두 사람이 부부의 연을 맺는 모습이었다.

나는 예상치 못한 시간의 흐름에 잠시 당황했고, 모언은 그런 내 모습을 살피며 상황을 설명해주었다.

"아무 일도 일어나지 않았소. 단지 공의비가 첩을 들인 후 부인의 방에서 나와 거처를 옮겼지. 그 후 두 사람은 한 번도 만난 적이 없고, 공의산이 아들을 하나 낳았을 뿐이오."

나는 그가 일의 전모를 아직 모르고 있다는 생각이 들어 잠시 주저하다 결국 공의훈과 경쇄쇄의 관계를 솔직히 알려주었다.

그는 애써 감정을 삭이며 이런 놀라운 이야기를 듣고도 좀체 놀란 기색을 드러내지 않았다.

"두 사람이 친남매라면 가능한 한 빨리 발을 빼는 게 좋겠군."

나는 그 의견에 동의하지 않았다.

"어쩌면 진짜 남매가 아닐지도 몰라요. 이 일은 미심쩍은 부분이 너무 많거든요."

잠시 머뭇거리다 그에게 물었다.

"저기 있는 갈대로 만든 메뚜기랑 금박 종이로 만든 제비들이 보이죠?"

나는 두 손으로 그 장난감의 크기를 대충 가늠해 보여주었다.

"예전에 공의비가 경쇄쇄에게 선물로 준 거예요."

그의 시선이 앞쪽으로 향했다.

"저기 저걸 말하는 거요?"

그의 시선을 따라가니 모든 것이 옅은 안개 속에 휩싸여 있었다. 그리고 뒤이어 경쇄쇄가 산후조리 중인 공의산을 찾아가는 장면이 펼쳐졌다. 내가 모언에게 보이냐고 물었던 메뚜기와 제비도 공의산의 침대 옆 작은 탁자 위에 놓여 있었다.

공의비는 그녀의 옆에 여유롭게 앉아 차 뚜껑을 이용해 찻잎을 걸러내며 찻물을 따라내고 있었다. 화미가 정교하게 갈고 다듬은 옥 자물쇠를 손으로 받쳤고, 경쇄쇄는 깊이 잠든 아이를 들여다보았다. 그녀는 화미의 손에 있던 옥 자물쇠를 건네받아 잠든 갓난아기의 옆에 놔주었다.

"별거 아니지만 공자의 평안을 기원하며 준비해 봤네. 공의 가문의 핏줄을 잘 키워주시게."

그녀는 탁자 위에 놓여 있던 한 무더기의 장난감을 잠시 쳐다보다 이내 담담하게 말했다.

"얼마 전 화미가 방을 정리하다 모아둔 장난감들이 있어 아이에게 줄 겸 가지고 와봤네. 하인을 시켜 잘 정리해두라 이르게."

공의산의 눈에 두려운 빛이 어려 있었다. 그녀는 경쇄쇄가 무언가를 알고 있는 건지 아닌지, 도무지 확신이 서지 않았다.

그녀의 말이 끝날 무렵 차를 따르던 공의비의 손이 허공에서 멈추고 방 안에 적막이 흘렀다. 긴 적막을 깬 것은 바로 공의비의 낮은 웃음소리였다.

"큰마님이 이렇게 말씀하시는데 다들 무엇하고 있는 것이냐? 어서 작은마님을 대신해 이 물건들을 잘 정리해 놓거라."

소위 처첩은 그 지위에 따라 발첩發妾, 평첩平妾, 편첩偏妾으로 나뉘고, 공의산은 편첩의 신분으로 들어왔기 때문에 마님이라는 호칭을 들을 자격이 없었다. 그럼에도 지금 공의비는 그녀를 작은마님이라 불렀다. 방 안의 공기가 점점 무거워지기 시작했다. 하지만 정작 문제를 일으킨 당사자는 아무렇지 않은 척 여유롭게 차를 마실 뿐이었다. 경쇄쇄의 안색이 하얗게 질렸지만 이 또한 확신할 수 없었다. 그녀가 워낙 하얀 피부를 타고나기도 했고, 그녀와 거리가 꽤 떨어져 있기 때문이었다.

이어지는 반년의 기억은 마치 비가 내리기 전 하늘을 가로질러 날아가는 새들처럼 아주 빠르게 지나갔다. 그러나 공의 가문이 한 발 한 발 걸어온 길은 모두 경쇄쇄의 계획에 따라 움직이는 듯했다. 나는 경쇄쇄를 너무 쉽게 봤다. 그녀는 이제까지 자신이 무엇을 해야 하는지 한시도 잊은 적이 없었다.

9월로 접어들면서 선선한 가을이 시작되었고, 경쇄쇄가 공의 가문으로 시집온 지도 이제 일 년이 넘어가고 있었다. 의심의 여지없이 이 집안에는 아이가 더 이상 태어나지 않았다. 공의산은 아들을 등에 업고 기세등등해졌고, 마치 물 만난 고기처럼 안주인 행세를 하며 살았다. 당사자들이 아이의 출생의 비밀을 알고 있는데도 거리낌이 없었다.

그사이 소문이 점점 돌기 시작했다. 공의산의 부친이 암암리에 문중 어른들과 결탁해 공의비에게 발첩을 내쫓으라고 압력을 가한다는 소문이었다. 집안 권세의 절반을 아들도 낳지 못하는 여자의 손에 넘길 수 없다는 이유에서였다. 순식간에 사람들은 모두 경쇄쇄를 불쌍한 시선으로 바라보기 시작했다. 하지만 소문의 진원지가 바로 그녀란 사실을 아는 사람은 아무도 없었다.

공의 가문의 둘째 숙부마저 경쇄쇄를 눈엣가시처럼 여기고 있으니 더욱 의심을 피해갈 수 있었다. 게다가 그는 경쇄쇄를 내쫓고 자기 딸을 정실부인으로 만들고 싶어 안달 난 인물이었다. 그렇다 해도 그가 소문 때문에 무고한 누명을 쓴 것은 사실이었다.

세 사람만 우겨대면 호랑이도 만들어낸다는 말처럼 사람들은 어느새 소문을 진실처럼 받아들이기 시작했다. 그렇다면 가만히 앉아서 몰매를 맞기보다 차라리 먼저 나서서 정면 돌파를 하는 편이 살길이었다. 결국 상황을 주시하던 둘째 숙부는 원래 계획했던 일을 미리 앞당겨 추진할 수밖에 없었다. 공의 가문에는 폭풍전야와도 같은 긴장감이 감돌았다. 9월 말의 어느 날 저녁, 하얀색 망토를 걸친 경쇄쇄가 아직까지 초상집처럼 '효孝'자를 걸어 놓은 셋째 숙부의 대문을 들어섰다.

이 비밀 모의는 지극히 짧은 시간 안에 이루어졌다.

나는 그제야 그녀가 하려던 일과 지금까지 한 모든 일의 전후 상황을 알아챘다. 이전에도 어느 정도 짐작은 하고 있었지만 지금에서야 그녀가 공의 가문을 무너뜨리기 위해 왔다는 확신이 들었다. 공의함이 죽고 난 후 숙부 두 명이 철천지원수가 되고, 공의산이 공의비의 첩으로 들어가 지금의 지위까지 올라간 모든 과정이 모두 그녀의 철저한 계획 아래 진행되었다.

사람들은 경쇄쇄가 아이를 낳을 수 없고, 공의비가 공의산을 총애한다는 사실을 모두 알고 있었다. 하지만 그의 마음에 들어갔다 나온 것이 아닌 이상 그 마음이 진심인지 누구도 알 수 없었다. 그저 다들 공의비의 대를 이어 가문의 수장이 될 인물이 공의산의 아들이라고 생각할 뿐이었다.

예전에 숙부 두 명이 암암리에 세력다툼을 벌이면서도 큰 싸움으로 번지지 않은 것은 행여 제삼자가 이익을 얻을까 두려워 자제한 덕이 컸다. 그러나 지금의 상황은 경쇄쇄의 치밀한 계획에 따라 두 집안의 대립으로 치닫고 있었고, 둘 다 이미 진흙탕 싸움에서 발을 뺄 수 없는 상황으로 내몰렸다. 한쪽이 권세를 업고 득의양양하니, 또 다른 한쪽은 살아남기 위해 뒷배가 되어줄 누군가를 찾아야 했다.

셋째 숙부는 그 누군가로 경쇄쇄를 선택했다. 세상만물은 모두 흥망성쇠의 길을 가게 되어 있고, 둘째 숙부 또한 언젠가 그 힘을 잃고 쇠락의 길을 가게 될 것이다. 하물며 그와 둘째 숙부 사이에는 죽은 딸에 대한 원한이 남아 있었다.

그러나 내가 생각하기에 그들은 모두 경쇄쇄에게 이용을 당하고 있었다. 그들은 상대방을 제거하면 자신이 주도권을 잡을 거라 생각하겠지만 결국 눈앞의 이욕에 눈이 멀어 곧 다가올 위험을 돌아보지 못하는 우를 범하는 꼴이었다.

만약 내가 경쇄쇄라면 이렇게 엄청난 복수심을 품고 여기까지 온 목적이 무엇일지 생각해봤다. 그것은 단 하나, 공씨 가문의 파멸뿐이었다. 7년 전 공의 가문을 몰락시킨 대형 화재를 떠올리자 가슴이 덜컥 내려앉았다. 그녀가 공씨 가문의 수호신 천하를 불러내기라도 한다면……

나도 모르게 몸이 경직되자 옆에 있던 모언이 걱정스러운 듯 내 손을 잡아주었다.

"이미 일어난 일을 두고 걱정해봤자 무슨 소용이 있겠소. 그냥 지켜보는 수밖에."

나는 그에게 기대섰다.

"공의비도 분명 알고 있어요. 그녀가 자신의 가문을 몰락시키려 한다는 걸 말이죠. 근데 왜 알면서도 막지 않는 걸까요?"

그는 가타부타 말이 없이 그저 웃기만 했다.

"모조리 태우지 않으면 그 땅 위에 새로운 싹이 움트지 않는 법이지."

낙엽이 이리저리 날리며 흩어지는 가운데 날씨는 점점 한겨울로 접어들고 있었다. 시간은 시위를 떠난 화살처럼 가속도를 내며 빠르게 흘러갔고, 눈 깜짝할 사이에 공의 가문의 가제家祭가 치러지는 달이자 경쇄쇄가 일을 벌인 음력 섣달이 되었다.

겨울달이 휘영청 밝게 떠오른 초사흘 밤에, 첩을 들인 후 한 번도 발걸음을 하지 않았던 공의비가 달빛을 밟으며 쓸쓸하고 적막한 본채의 뜰에 들어섰다. 안채의 문이 차가운 바람에 밀려 열리자 겹겹이 쳐진 비단 휘장이 바람을 타고 춤추듯 나부꼈다. 휘장 뒤로 거울 앞에 앉아 치장을 하는 아름다운 여인의 모습이 어렴풋이 보였다. 그곳은 마치 희뿌연 안개에 휩싸인 것처럼 음습했고, 조금은 괴이한 분위기를 자아냈다. 창문에 비친 꽃 그림자는 신년이면 벽에 붙이는 새로운 문양의 전지剪紙*처럼 보였다.

휘장이 바람에 날리자 붉은 옷차림을 한 경쇄쇄의 모습이 드러났다. 석대石黛**로 그린 길고 가는 눈썹, 붉은 연지를 바른 입술, 자금화 꽃잎이 그려진 미간 장식…… 신혼 첫날밤에도 그녀는 이렇게까지 아름답게 자신을 치장하지 않았다.

주렴 뒤에 쳐진 오색찬란한 구슬발이 저녁바람을 타고 부딪히며 영롱한 소리를 냈고, 흔들리는 불빛 속에서 그녀는 입구에 무표정하게 서 있는 공의비를 향해 손을 뻗었다. 그를 바라보는 맑은 눈동자의 눈빛은 전에 없이 부드럽고 따스했다.

공의비는 선뜻 그 손을 잡지 못한 채 그녀의 부드러운 눈빛에서 시선을 떼지 못했다.

"부인, 벌써 이경二更인데 어찌 잠자리에 들지 않고 화미를 시켜 나를 급히 찾은 겁니까? 무슨 일이라도 생긴 건지?"

그녀는 그가 서 있는 쪽으로 몇 발자국을 옮겼고, 걸을 때마다 긴 치맛자락이 사락사락 소리를 내며 바닥에 스치는 소리가 났다. 그녀가 고개를 살짝 옆으로 기울이며 그를 바라봤다.

"당신이 진짜 올 줄은 몰랐어요. 이왕 이렇게 왔는데 제 손조차 잡아 줄 수 없나요?"

그녀가 그의 오른손을 잡아 자신의 가슴 앞으로 끌어당긴 후

---

* 종이를 오려 여러 가지 형상이나 모양을 만드는 종이 공예
** 눈썹 그리는 데 쓰는 검은색 광물

조금씩 위로 가져갔다. 마치 그의 손을 볼에 가져다 대려는 듯 보였지만 귓가 근처에서 더 이상 움직이지 못한 채 멈춰버렸다. 그녀의 시선이 그의 눈에 머물렀다.

"떨고 있군요."

그녀의 눈동자가 순간 흔들렸다.

"내가 그렇게 두려운가요?"

그는 그녀의 손가락을 하나하나 펼치며 무표정하게 자신의 손을 빼냈다.

"많이 취한 것 같습니다."

그녀는 한참 동안 그의 눈을 들여다보다 이해할 수 없다는 듯 손을 들어 이마를 문질렀다.

"좀 취하면 안 되나요? 어릴 때 기루에서 지내면서 돈을 주고 여자를 사는 사내들을 수도 없이 봤어요. 그들은 기생들이 술에 잔뜩 취할수록 더 좋아하더군요."

그녀가 손동작을 멈추고 눈을 들어 그를 바라보았다.

"아비, 당신은 어때요? 당신도 내가 취해서 좋은가요?"

그 순간 방 안에 무거운 침묵이 흘렀다. 그는 한숨 섞인 짧은 웃음소리를 터뜨렸다.

"지금 이렇게라도 해서 내 생각을 되돌리고 싶은 겁니까?"

그녀의 붉은 입술이 살짝 굳게 다물어졌다.

"내가 틀렸나요?"

그가 웃으며 고개를 끄덕였다.

"그렇지, 당신이 그런 생각을 할 리가 없겠지. 예전에 내가 당신을 좋아하는 것조차 소름끼치게 싫어했던 당신이었다는 걸 잠시 잊었군요. 그렇다면 오늘 이렇게까지 하는 걸 보니 당신이 하고자 하는 일에 내가 또 무슨 걸림돌이라도 된 것입니까?"

그는 주렴 뒤에 있는 화장대 앞으로 천천히 걸음을 옮긴 후 그 위에 놓인 옥으로 만든 술 주전자를 집어 들었다.

"이번에 준비한 술은 어떤 효과가 있는 겁니까? 저번처럼 잠이 들어 못 깨어나게 합니까? 아니면 꼼짝도 할 수 없게 만드는 것인가요?"

술 주전자를 이리저리 살펴보던 그는 묘한 웃음을 지으며 고개 돌려 그녀를 쳐다보았다.

"나를 죽이려는 것은 아니겠지."

그녀의 얼굴에서 핏기가 사라지고 오로지 붉은 입술만이 하얀 얼굴과 대비되어 더욱 농염해 보였다. 하지만 얼음과 눈으로 뒤덮인 곳에 피어난 한 송이 붉은 매화를 보는 것처럼 너무나 아름다운 반면에 시릴 정도로 차가웠다.

"당신은 날 그렇게밖에 보고 있지 않았군요."

그의 눈썹이 치켜 올라가고 입가에 부드러운 미소가 떠올랐다. 하지만 내뱉는 말은 그녀에게 비수처럼 꽂힐 만큼 날카로웠다.

"지난 반년 동안 당신의 어디가 좋았는지 생각해 봤지요."

그가 그녀의 턱을 들어 올려 보석 가게에서 물건을 감정하듯 찬찬히 살폈다.

"그때 내가 왜 당신을 좋아하게 됐을까?"

그는 그녀에게 더 가까이 다가갔다.

"전에 말했지만 당신이 하려는 어떤 것도 막지 않을 겁니다."

눈동자 저 깊은 곳에서 노기가 배어나오는 듯했다. 하지만 그

것도 찰나일 뿐 금세 그 어떤 것도 마음에 두지 않는 듯한 목소
리로 물었다.

"그런데 당신은 어째서 늘 나를 모해할 생각만 하는 겁니까?"

그녀는 쉽게 반박하지 못했다.

"이번에는 아니라고 하면 믿어줄 건가요?"

그는 그녀를 놓아준 후 고개를 가로저으며 웃었다.

"당신은 내가 무척 잘 속는다고 늘 생각했겠지. 당신이 무슨
말을 하든 믿어주었으니. 하지만 지금은 일 년 전과 상황이 달라
졌지요."

그는 아무런 미련도 남기지 않은 채 안채를 걸어 나갔다. 달이
밝게 떠오른 밤에 물푸레나무 꽃이 떨어져 흩날리는 듯 하늘에
서 눈이 내렸다. 거센 바람이 불어와 등잔불이 꺼지자 약간의 불
씨만이 남아 어둠 속에서 붉은빛을 냈다. 그녀는 화장대 위에 놓
인 옥주전자의 주둥이에 입을 대고 안에 담긴 술을 벌컥벌컥 마
셔버렸다.

이것이 두 사람이 단둘이 만난 마지막 날이었다.

음력 섣달 초나흘에 하늘에서 큰 눈이 내렸다. 마른 나뭇가지
에 쌓인 눈은 무게를 견디지 못한 채 아래로 휘어졌고, 가끔 사
르륵사르륵 소리를 내며 바닥으로 떨어져 내렸다.

공의가의 종사宗祠* 안팎으로 하인들이 분주히 움직이며 제단
위에 정한수와 향초 등을 정갈하게 올려놓았다. 구리 테 소고小鼓

---

* 일족의 조상을 함께 모시는 사당

가 세 번 울리며 문중 제례의 시작을 알렸다.

공의가는 대대로 음력 섣달 초사흘에 제례를 지냈다. 이날은 바로 7백 년 전에 어느 술사가 알려준 기일이었다. 어두컴컴한 하늘과 종사 앞에 서식하는 까마귀에 이르기까지 모든 것이 상서롭지 않았다.

길시吉時가 되었지만 일 년에 한 번뿐인 제례에 나타나야 할 숙부 두 명이 아직 보이지 않았다. 공의산은 분명 뭔가를 알고 있는 듯 잔뜩 긴장한 표정으로 품 안의 아들을 꼭 껴안고 있었다.

제사장이 촛불을 밝히고 향을 태우자 강보에 싸여 있던 어린 공자가 돌연 울음을 터뜨렸고, 제사를 주관하는 장로들이 그 소리에 눈살을 찌푸렸다. 그들이 한마디하려는 찰나 공의비가 먼저 손을 내밀어 공의산의 품에서 아들을 받아 안았다. 경쇄쇄는 고개를 살짝 들어 그 모습을 힐끗 쳐다본 후 앞에 놓인 물그릇에 손을 담가 씻었다. 그리고 아무 일 없다는 듯 향을 세 개 뽑아 들어 불을 붙였다. 비록 제단 앞에 향로가 설치되어 있었지만 그녀는 향을 웅근 공주의 영전 앞에 정갈하게 꽂았다.

향이 타들어가면서 재가 손가락 위로 떨어졌고, 불에 데는 순간적인 고통 탓에 그녀의 몸이 살짝 긴장하는 것이 보였다. 공의비는 차가운 눈빛으로 그녀의 일거수일투족을 주시했지만, 그녀와 시선이 부딪히자 언제 그랬냐는 듯 이내 고개를 옆으로 기울이며 시선을 돌렸다.

제사장의 엄숙하고 경건한 노랫소리가 들려왔다. 7백 년 전부터 불려왔던 장중한 송가에는 선조의 공덕을 기리는 마음이 담겨 있었다. 그런데 이 평화롭고 차분한 분위기를 깨고 문이 벌컥 열리는 소리가 들리더니, 회색 옷차림의 사내가 비틀거리며 뛰어 들어와 사색이 된 채 공의비를 향해 외쳤다.

"큰일 났습니다! 두 분 숙부 어르신들 사이에 싸움이 벌어졌는데 이번엔 상황이 심상치가 않습니다. 나리, 이 일을 어찌……."

그의 말이 끝나기도 전에 공의산이 치맛자락을 부여잡고 문쪽으로 달려 나가려 했고, 공의비가 얼른 그녀의 손을 붙잡았다.

"어디를 가려는 거요?"

공의산은 빨갛게 충혈된 눈으로 터져 나오려는 울음을 손으로 막으며 그의 손에서 벗어나려 발버둥을 쳤다.

"막지 마세요. 아버지를 찾으러 가야 해요!"

그는 가라앉은 목소리로 그녀를 진정시켰다.

"나와 함께 갑시다!"

공의비는 아들을 문중 어른에게 맡긴 후 경쇄쇄의 곁을 지나 얼른 공의산의 손을 잡고 문을 빠져나갔다.

잠시 후 경쇄쇄도 정신없는 틈을 타 그곳을 빠져나왔다. 문 앞에 있던 까마귀가 어느새 흔적도 없이 사라진 뒤였다. 썩은 시체를 먹고 사는 이 불길한 새는 분명 어디선가 풍겨오는 피비린내를 맡고 날아간 것이 분명했다.

공의 가문에 있는 부운정浮雲亭은 무려 3천 개의 계단 위에 지은 백옥 누각으로, 그곳에 서면 십리 밖의 경치가 한눈에 내려다보였다.

사방이 쥐 죽은 듯 고요한 가운데 함박눈이 쏟아져 내렸고, 경쇄쇄가 부운정에 서서 사방을 내려다보고 있었다. 주변이 온통 하얀 눈으로 뒤덮인 그곳에서 그녀의 검은 머리카락은 마치 화선지 위에 검은 먹물을 찍은 듯 시적 정취를 불어넣었다.

이렇게 높은 곳인데도 저 멀리서 서로 싸우고 죽이는 소리가 들려왔다. 그녀는 아무 감정도 담겨 있지 않은 눈빛으로 자신이 짠 판을 내려다볼 뿐이었다. 옆에 있던 화미가 조용히 물었다.

"공의 가문이 이 지경까지 된 걸 보니 이제 운이 다한 것으로 보이네요. 굳이 흉수 천하까지 불러내 나리와 척을 지실 필요가 있을까요?"

그녀가 손을 내밀자 내리는 눈이 손가락 사이로 빠져나갔다.

"지네는 몸의 일부가 잘려 나가도 여전히 살아서 꿈틀거리지. 공의 가문도 마찬가지다. 철저히 무너뜨려 다시는 일어나지 못하게 해야겠지."

나는 이렇게 말하는 그녀의 마음을 충분히 헤아릴 수 있었다. 공의 가문의 주인은 평생 단 한 번만 천하를 불러낼 수 있고, 설사 성공한다 해도 머물 수 있는 시간은 고작 반 시진에 불과했다. 만약 공의 가문의 운이 아직 다하지 않았다면 천하를 불러내도 짧은 시간 안에 치명타를 입히기 쉽지 않다.

화미가 걱정스러운 듯 물었다.

"하지만 일이 이 지경까지 된 이상, 나리께서 아씨를 절대 용서하지 않으실 겁니다."

그녀는 말을 뱉고 나서야 자신의 실언을 깨달았지만 한번 시작한 말을 멈추지 않았다.

"예전에는 복수 외에 다른 것은 전혀 안중에 두지 않으셨지만 지금은 아씨께서도 나리를…… 중요하게 생각하고 계시지 않으신가요?"

경쇄쇄는 그 말에 순간 멈칫하는가 싶더니 이내 뻗었던 손을 천천히 거둬들였다.

"나의 아우가 아무짝에도 쓸모가 없다고 여기느냐?"

아래로 늘어뜨린 소맷자락이 바람에 흔들리는 모습이 마치 나비의 날갯짓처럼 보였다.

"이 덧없는 인간 세상에서 사람들은 누구나 헛된 명성과 이익을 위해 싸우며 살지만 그걸 차지하는 사람은 많지 않아. 왜인지 아느냐?"

그녀가 소매를 차분히 정리하며 침착하게 말했다.

"대다수 사람이 적을 너무 가볍게 보는 습관을 가졌기 때문이란다."

한참 후 그녀가 고개를 들어 눈꽃으로 하얗게 수놓인 하늘을 응시했다.

"그가 그동안 가만히 있었던 것은 나를 막을 능력이 없어서가 아니었다. 내가 하려는 일이 바로 그가 하려던 일이었기 때문이었지. 나는 복수를 위해 공의 가문을 무너뜨리기를 원했고, 그는 매미가 허물을 벗듯 진왕의 통제에서 벗어나 새로 태어날 기회를 노렸거든. 지난 몇 년 동안 그는 옮길 수 있는 모든 재산을 비밀리에 다른 곳으로 옮겨 놓았고, 그에게 꼭 필요한 인사들도 하나둘씩 다른 곳에 숨겨두었지. 지금의 공의 가문은 빈껍데기에 불과해. 내가 그걸 몰랐을 거라고 생각하느냐? 나는 단지……모른 척하고 있었을 뿐이었다."

화미는 놀란 눈을 휘둥그레 뜬 채 옷자락을 움켜쥐었다.

경쇄쇄는 여전히 그녀를 등지고 서서 백옥 난간을 손가락으로 톡톡 치며 담담하게 말했다.

"혈연 간의 배신이라면 용서할 수 없겠지만 연모하던 남녀 간의 배신이라면 누구의 잘잘못을 따져봤자 아무 의미가 없겠지. 너는 아비가 어느 쪽에 해당된다고 생각하느냐?"

화미가 조심스럽게 대답했다.

"그동안 나리께서 아씨께 참 잘해주셨고, 그 마음이 거짓으로 보이지 않았습니다."

한참의 침묵이 이어진 후 말문을 연 경쇄쇄의 목소리는 담담했다.

"우리가 가장 가까웠던 때는 어머니의 뱃속에서였다. 나는 내가 누구인지 모르고, 그 역시 그랬던 그 시절에는 서로를 의지하며 지냈겠지. 다른 이들은 서로 함께할 운명으로 태어나지만, 우리는 태어나는 순간부터 헤어질 운명을 타고났단다."

부운정 아래에서 벌어지는 치열한 싸움 소리를 들으며 그녀는 고개를 들어 정자 밖에 휘몰아치는 눈발을 바라보았다.

"이 모든 것이 오래전부터 이미 정해진 운명이었다."

세상이 눈 속에 파묻힌 가운데 태호강은 마치 거대한 흰 뱀처럼 휘몰아치는 눈발 속에서 배중을 가로지르고 있었다.

최후의 순간이 마침내 다가왔다.

그제야 내 눈에 비친 경쇄쇄의 흰옷이 오늘따라 유난히 장중해 보였다. 바람이 머리 꼭대기에서 회오리치며 야수처럼 포효했다. 그녀는 두 눈을 감고 두 손을 가슴 앞에 얹으며 복잡한 손

모양을 만들었다. 달싹이는 그녀의 입술 사이로 알아들을 수 없는 주술이 쏟아져 나오더니 허공으로 서서히 흩어졌다.

나는 간간이 울리는 종소리를 들으며 모언의 손을 꼭 잡았다. 그리고 오랜 세월 잠자고 있던 천하가 깨어나면 태호강에 어떤 기이한 광경이 펼쳐질지 상상해 보았다.

그런데 놀랍게도 주문이 다 끝나가도록 전설 속의 수호신 천하는 태호강을 뚫고 솟아오르지 않았다. 경쇄쇄의 마지막 주문이 바람을 타고 사라져도 천하는 모습을 보이지 않았고, 입술을 굳게 다문 그녀의 눈빛이 흔들렸다.

나 역시 머릿속이 텅 빈 듯 이 상황이 쉽게 이해가 되지 않았다. 그녀는 공의비와 쌍둥이고, 이치대로라면 천하가 그녀의 부름에 응해야 마땅했다. 그런데 전혀 예상치도 못한 일이 벌어진 것이다. 설마 쌍둥이 혈통조차 구분하지 못한다던 그 멍청한 흉수가 요 몇 년 사이에 갑자기 머리가 좋아지기라도 한 걸까?

내가 이런 생각을 들려주자 모언의 표정이 어두워지며 깊은 생각에 잠겼다.

"어쩌면 경쇄쇄가 공의비의 누이가 아닐 수도 있겠군."

나는 기가 막혀 콧방귀를 끼며 고개를 돌려버렸다. 하지만 그 순간 그거야말로 가장 가능한 답일지도 모른다는 생각이 머릿속을 스치고 지나갔다.

나는 그런 생각은 한 번도 해 본 적 없었다. 지금까지 그녀는 줄곧 확신에 차 있었고, 하물며 모든 일을 매우 극단적으로 처리해왔다. 그런데도 공의비가 그녀의 친동생이 아니라는 말인가?

눈발은 쉬 그칠 생각이 없는지 부운대 위로 눈이 두텁게 쌓여

갔다. 경쇄쇄의 얼굴은 눈처럼 창백해졌고, 무의식중에 발걸음을 옮기다 스스로 지탱하지 못해 몸이 휘청거렸다. 화미가 황급히 그녀를 부축하며 떨리는 목소리로 재촉했다.

"아씨, 다시 한 번만 더 해 보세요. 주문이 너무 길다 보니 혹시 중간에 틀릴 수도……"

그녀는 얼음장처럼 차가운 목소리로 말을 잘랐다.

"말도 안 되는 소리! 단 한 자도 틀리지 않았다."

그녀는 제대로 서 있기도 힘든 상황에서 화미의 부축을 뿌리쳤고 시선이 부운대의 끝에 닿은 순간 모든 동작이 멈춰 버렸다. 그녀의 시선이 닿는 곳을 따라가 보니 바로 그곳에 바람을 맞으며 서 있는 공의비가 보였다. 그가 언제부터 그곳에 서 있었는지 모르겠지만 검은 머리카락과 흰옷이 거세게 몰아치는 바람을 타고 휘날렸다.

두 사람은 높은 누대의 양 끝자락에 서서 서로를 바라보았고, 그들 사이로 거센 눈발이 흩날렸다. 한참 후 공의비가 먼저 한 발짝씩 다가와 그녀와 한두 걸음 떨어진 곳에서 멈춰 섰다. 그의 손가락이 그녀의 뺨을 어루만지다 추위에 파랗게 질린 입술을 스쳐 지나가더니 입가에 조소를 띠며 차갑게 물었다.

"당신은 자신이 내 누이라고 생각하며 살았겠지요. 당신 아버지가 그렇게 말했고, 나와 생김새마저 아주 비슷했으니까. 하지만 세상에 비슷하게 생긴 사람은 아주 많다는 걸 알았어야지. 쇄쇄, 지금도 자신이 내 누이라고 우길 수 있습니까?"

그녀는 그의 손길을 피해 한 걸음 뒤로 물러섰고, 방금 전까지 당혹스러워하던 모습은 온데간데없었다. 과연 평소의 그녀답게 자신의 감정을 숨기는 데 일가견이 있었다. 다시 고개를 들었을 때 보인 새까만 눈동자는 얼음장처럼 차가웠다. 마치 공의 가문에 시집왔을 때 그와 스치고 지나가도 눈길조차 주지 않았던 경씨 집안의 장녀를 다시 보는 듯했다.

그녀는 그를 냉담하게 쳐다보며 말했다.

"내가 당신의 누이가 아니라는데, 당연히 기뻐해야 하는 거 아닌가요? 한 사람을 향한 마음은 그 마음을 접는다고 해서 사라지는 게 아니라고 당신이 말하지 않았나요?"

그가 화가 잔뜩 난 눈빛으로 그녀를 잡아당겼다.

"이 상황에서도 당신은 고작 그런 말밖에 할 말이 없는 겁니까? 당신은 조금도 상관이 없다고?"

그녀는 그가 옷자락을 잡도록 그냥 내버려 두었다.

"왜 이렇게 화를 내는 거죠?"

그녀는 그의 두 손을 가슴 위에 가져다 대며 그를 똑바로 쳐다보았다.

"내가 당신의 누이가 아니라서 천하를 불러낼 수 없기 때문인가요? 당신 역시 이 집안을 무너트리고 싶었지만 차마 자기 손으로 할 수 없었을 테니……."

이 말은 그의 자존심을 건드리기에 충분했고, 자칫 잘못하면 공의비의 손이 그녀에게 날아갈지도 모를 상황이었다. 하지만 결과는 전혀 예상 밖이었다. 노기충천해 있던 공의비의 눈빛이 어느 순간부터 초점을 잃더니 그의 두 손마저 경쇄쇄의 움직임에 맞춰 이리저리 동작을 그려나가고 있었다.

그 순간 심장이 쿵 내려앉는 기분이었다. 나의 추측이 틀리지 않다면 공의비의 이런 반응은 아마도 혼이 빠져나가는 비술에 걸린 것이 확실했다. 이런 비술을 쓰려면 굉장한 공력을 사용해야 하지만 일단 성공하면 타인의 행동은 물론 정신까지 마음대로 조종할 수 있다.

경쇄쇄가 이런 비술을 썼다면 분명 공의비가 직접 천하를 소환하도록 조종하기 위해서가 아닐까? 나의 생각이 정리되기도 전에 천하를 소환하는 주문이 다시 시작되고 있었다. 마치 아주 오랜 세월 동안 봉인되었던 황량한 대지가 갑자기 열리고, 태곳적으로 돌아간 것처럼 하늘 끝에서 구름이 소용돌이치며 사방으로 퍼져 나가더니 천지가 요동을 쳤다. 하늘의 법칙 따위는 온데간데없이 배중 전체가 온통 짙은 어둠 속에 덮여 버렸다.

세 개의 별이 어두운 구름층을 뚫고 모습을 드러냈다. 분명 이른 아침인데 하늘에는 별빛만 보일 뿐이었다. 멀리서 들리던 포효가 어느새 가까이에서 들려왔고, 대지가 한 차례 진동하는가 싶더니 돌연 긴 포효가 태호강 방향에서 하늘을 가르며 천지를 뒤흔들었다. 다음 순간 작열하는 하얀 빛이 하늘의 반쪽을 밝게 물들였다. 나는 눈을 크게 뜨고 빛 속에서 솟구쳐 날아오르는 물체에서 한시도 눈을 떼지 못했다. 황금색 껍질, 은색 비늘, 말 같다고 하기에는 커다란 비늘이 있고, 용 같다고 하기에는 발이 네 개였다. 이것이 바로…… 신수 천하였다.

천지가 너무 격렬하게 요동치다 보니 공의비가 무슨 명을 내렸는지 잘 들리지조차 않았다. 오로지 천하가 네 발을 들어 올리자마자 허공에 엄청난 기와 바람이 휘몰아치고, 고온 건조한 열풍이 눈꽃을 녹이면서 순식간에 막대한 비가 쏟아져 내렸다.

지금 천하를 불러낸 것은 바로 경쇄쇄였다. 공의비의 혼은 그녀의 통제를 받고 있기 때문에 스스로 아무것도 할 수 없는 상태가 되어버렸다. 그렇다면 그녀는 무엇 때문에 이런 일을 벌인 것일까? 이제 그녀는 옹근 공주의 딸도 아니고, 복수도 의미가 없어졌다. 공의 가문은 그녀에게 아무런 빚도 지지 않았고, 그녀역시 이 사실을 모르지 않았다. 그런데도 공의 가문을 한사코 무너뜨리려 하는 저의가 도대체 무엇일까?

거대한 불덩이가 천하의 입에서 분출되어 그대로 사람의 몸에 가서 꽂혔다. 그것은 마치 진짜 화살처럼 사람들의 몸에 움푹 파인 자국을 만들어냈다. 지옥불에 빠진 듯 처절한 비명이 천지를 뒤덮었다. 그토록 잔인한 살육의 현장은 그간 봐왔던 그 어떤 것보다 끔찍했고, 나도 모르게 몸서리가 쳐졌다.

모언이 나를 품속에 꼭 껴안아주었지만 나는 여전히 그 모든 상황에서 눈을 떼지 못했다. 부운대 아래 세상은 지옥과 다름없었으나 부운대 위로는 변함없이 새하얀 눈이 흩날리며 온통 하얀 세상으로 뒤덮여 있었다.

마침내 비술에서 벗어난 공의비가 경쇄쇄를 밀쳐내며 사방에 시체가 널린 부운대 아래로 향해 있던 시선을 거둬들였다.

"당신이 천하를 소환하지 못해서 내가 화가 났다고? 내가 가문을 무너뜨리고 싶어 하지만 차마 내 손으로 그 일을 못한다고? 그래서 그 핑계로 일을 이 지경으로 만든 거군?"

그가 자리에서 일어나 그녀를 내려다보았다.

"당신이 저들을 죽이지 않아도 저들은 오늘 죽음을 면하기 어려웠을 겁니다. 한데 당신은 이 집안 사람도 아니면서 무슨 자격으로 공의 가문의 사람들을 죽인단 말입니까? 하기야 당신은 타고나기를 피도 눈물도 없는 사람이었지. 내가 그걸 잊고 당신을 너무 과소평가했고. 복수를 떠나서 당신이라는 사람은 천성이 악랄하고 살육을 일삼는 살인마에 불과했던 게지."

화미가 눈물을 머금고 바닥에 쓰러진 경쇄쇄를 부축해 일으켰다. 하지만 그녀의 성격을 잘 알기에 일으켜 세운 후 바로 물러서려 했지만 어찌 된 일인지 그녀가 화미를 저지했다. 혼을 조종하는 비술은 한번 공력을 쓰게 되면 8할의 기가 빠져나가게 된다. 보아하니 그녀는 서 있을 힘조차 없어 보였다.

그녀는 화미의 팔에 기대 몇 차례 기침을 심하게 한 후 입을 가렸던 소맷자락을 얼른 몸 뒤로 거둬들였다.

"당신한테는 미안하게 됐어요. 이번 일이 마무리되면 나를 이 집에서 내쫓도록 하세요."

그가 그녀를 비틀어 죽일 듯한 표정으로 냉소를 터뜨렸다.

"그걸로 내 화가 풀릴 거라 생각합니까? 고작 생각한다는 게 도망치는 것뿐이라고?"

그녀는 아무 대답도 하지 않았다. 아마 대답하고 싶지 않아서가 아니라 대답할 기력조차 없는 듯 보였다. 멀지 않은 곳에서 돌연 하늘을 가르는 굉음이 들려오고, 천하가 내뿜은 불덩이가 무슨 영문인지 부운대로 향하고 있었다.

재빨리 상황을 파악해 본 결과 불덩이의 방향이 약간 치우쳐져 있어 두 사람에게 피해가 가지는 않을 듯했다. 하지만 안도의 한숨을 내쉬려는 찰나 생각지도 못한 변수가 발생하며 심장이 덜컥 내려앉았다. 모든 것이 순식간에 벌어졌다. 아이를 안고 계단을 오르고 있는 공의산의 모습이 보이고, 천하의 불덩이가 정확히 그녀를 향해 날아가고 있었다.

그 급박한 상황에서 공의비가 먼저 앞으로 달려 나가 공의산의 앞을 가로막았다. 그러나 한 차례 하얀빛의 섬광이 지나간 후 그 불화살이 가슴을 관통한 사람은 다름 아닌 경쇄쇄였다.

알고 보니 공의비가 몸을 모로 세워 공의산을 구하려던 순간 경쇄쇄가 앞을 가로막으며 그를 보호했다. 공의산이 비명을 지르며 혼절했고, 품속의 아이는 어찌 된 일인지 울지조차 않았다. 공의비는 거의 무의식적으로 경쇄쇄를 안았고, 천하가 내뿜은 불덩이가 연이어 빠른 속도로 날아왔다. 이 흉기는 성대한 불꽃처럼 아름다웠지만 그에게 닿는 순간 점점이 빛 알갱이로 변해 흩어졌다. 그는 그녀의 손을 꼭 잡은 채 아무 말도 하지 못했다. 방금 전까지 죽일 듯이 독한 말들을 쏟아붓던 그의 입술은 이 순간 부들부들 떨리고 있었다.

화미 역시 부상을 당한 상태였지만 불덩이가 날아오는 위험천만한 상황을 뚫고 경쇄쇄를 향해 기어갔다. 하지만 마음만 앞설 뿐 경쇄쇄의 옷자락조차 잡을 수 없었다.

그는 그녀를 품에 꼭 껴안았다. 그녀의 하얀 옷이 붉게 물들어 흰색을 더욱 돋보이게 만들었다. 그것은 마치 붉은 땅 위에 여기저기 피어난 하얀 매화처럼 극치의 아름다움과 서늘함을 보여주는 듯했다.

그녀는 그의 품에 안겨 길게 숨을 몰아쉬다 격렬하게 기침을 쿨럭쿨럭 토해냈고, 그와 동시에 새빨간 피가 입으로 뿜어져 나왔다. 하지만 그녀는 고집스럽게 그에게 말을 하려 했다.

"목숨까지 걸고 그녀를 구하려는 걸 보니 정말 많이 좋아하나 보네요."

그는 연신 소맷자락으로 그녀의 입술가에 흘러내린 핏자국을 닦아주며 잔뜩 잠긴 목소리로 힘겹게 그녀를 안심시켰다.

"아무 말도 하지 마요. 내가 의원에게 데려다 줄 테니."

하지만 흘러내리는 피는 멈추지 않고 그녀의 옷섶과 그의 옷소매를 적셨다. 그녀는 그렇게 심한 부상을 당했다고 믿기 어려울 만큼 계속해서 그에게 말을 하려 애를 썼다.

어쩌면 지금 그녀는 살아오면서 처음으로 가장 약한 모습을 그에게 보여주고 있는지도 모르겠다. 만약 온전한 정신이었다면 그에게 이런 말을 절대 묻지 않았을 것이다.

"왜 나를 미워한 거죠? 당신의 그 모진 말들이 나에게 얼마나 큰 상처였는지 알고 있나요?"

얼굴에는 슬픈 표정이 전혀 드러나지 않았지만 눈동자는 이미 풀어져 빛을 잃었고 하늘에서 내리는 눈도, 그의 창백한 얼굴과 고통에 가득 찬 눈빛도 그 안에 담아내지 못했다. 그럼에도 그녀는 남은 힘을 모두 끌어모아 입을 열었다.

"당신은 나에게 천성이 악랄하고 살육을 일삼는 살인마의 피를 타고났다고 말했죠. 하지만 내 손에 피를 묻히는 쪽이 더 나은 거 아닌가요? 악인은 한 사람이면 충분하니까요."

눈물 한 방울이 그녀의 눈가를 타고 흘러내렸다.

"내가 원래 이렇게 악한 사람인지 나 역시 잘 모르겠네요. 하지만 이제 상관없어요. 난 지금까지 오늘이 지난 후에도 살아 있을 거라고 생각해 본 적이 없어요."

그녀의 목소리는 너무나 부드럽고 평온했지만 그 한마디 한마디가 사람의 마음을 날카로운 칼끝으로 도려내는 것 같았다.

그의 손이 그녀의 뺨을 쓰다듬었다. 원래도 떨리던 손은 그녀의 촉촉한 눈가에 닿는 순간 마치 불에 덴 듯 더 격렬하게 떨리고 있었다. 아마 진짜 불에 데었다 해도 그는 그 손을 절대 떼지 않았을 것이다.

그는 그녀를 안은 채 흐르는 피조차 아랑곳하지 않고 얼굴을 그녀의 이마에 가져다 댔다.

"당신은 잘못이 없어요. 내가 당신에게 했던 모진 말들은 그저 너무 화가 나서 나오는 대로 내뱉은 것뿐이니. 당신이 공의 가문으로 시집오고 난 후 난 모든 것이 좋았지. 딱 하나 안 좋았다면 당신이 우리의 아이를 낳고 싶어 하지 않은 것뿐."

그는 그녀의 손을 꽉 쥐었다.

"하지만 그 또한 아무렴 어떻습니까? 나는 다 상관없었으니."

그녀는 그에게 기대 한참 동안 기침을 한 후 돌연 허탈한 웃음을 터뜨렸다.

"내가 살아온 인생이 정말 기구하네요. 부모에게 버림받고, 양아버지에게 속고, 또 다른 사람을 속이고, 나 자신조차도…… 지금 내리는 이 눈에게 감사해야겠어요. 모든 더러운 것들을 깨끗이 덮어 버리고 이렇게 끝낼 수 있으니 말이에요……."

그를 바라보는 그녀의 눈빛이 한순간 반짝였지만 목소리는 거의 들리지 않을 정도로 가늘고 힘이 없었다.

"이런 상황이 되었는데도 나를 위로해줘서 너무 기뻐요."

그녀는 그의 미간에 진 주름을 펴주려 손을 뻗어 봤지만 이내 힘에 부쳐 그대로 바닥에 손을 늘어뜨렸다. 그리고 그녀의 마지막 한마디가 눈보라에 실려 허공으로 흩어졌다.

"아비, 잘 살아줘요."

함박눈이 사락사락 소리를 내며 쏟아져 내렸지만 부운대에 쌓인 눈은 날아온 불덩이에 녹아내렸고, 옥석이 깔린 바닥을 적신 핏물 위로 생기 잃은 두 개의 그림자만이 비칠 뿐이었다.

그는 그녀를 안은 채 일어서려 했지만 다리에 힘이 풀린 탓에 연이어 바닥에 풀썩 주저앉았다. 흐르는 눈물이 그녀의 얼굴 위로 떨어졌으나 그녀는 이미 아무것도 느낄 수 없었다. 그는 그녀가 잘 들을 수 있도록 최대한 차분한 목소리를 내기 위해 안간힘을 썼다.

"난 당신을 속인 적이 없어요. 내가 좋아했던 사람은 늘 당신 하나뿐이었으니까. 내가 공의산을 구하려 했던 건 천하의 불덩이가 자신을 불러낸 주인을 해치지 않으리라는 걸 알고 있기 때문이었지. 당신이 나의 누이가 아니라서 얼마나 기쁜 줄 모른다오. 당신을 슬프게 했던 그 모든 말들은 나의 진심이 아니었다는 걸 알아줘요."

그러나 그녀는 이미 대답을 할 수 없었다. 그는 그녀의 귓가에 입술을 대고 마치 그녀가 아직 살아 있는 것처럼 조심스럽게 속삭이다 이내 억울한 마음을 털어놓았다.

"당신은 도대체 날 어떻게 생각한 겁니까? 당신의 아우? 아니면 사내로?"

그녀는 말이 없었다.

짙은 구름이 점점 흩어져 사라지고, 천하는 다시 깊은 잠에 빠져들었다.

경쇄쇄는 이렇게 죽음을 맞았고, 이것이 바로 공의훈의 눈에 봉인된 마지막 기억이었다. 다시 어둠 속에 빠졌을 때 우리가 본 마지막 장면은 배중에 끊임없이 쏟아지던 거센 눈발과 흰옷 차림의 공의비가 끝없이 펼쳐진 눈밭 위에서 경쇄쇄를 끌어안고 있던 모습이었다. 그들은 마치 세상천지에 단 두 사람만 존재하는 듯 그렇게 그곳에 남아 있었다.

6장

　우리가 공의훈의 의식에서 빠져나온 후에도 그녀는 여전히 깊은 잠에서 깨어나지 못했다. 등나무 침대 옆에 피워놓았던 훈향薰香이 절반 정도 타들어가 있었다. 비록 냄새는 맡을 수 없지만 공의훈의 상태로 보아 향의 품질이 꽤나 상등임을 알 수 있었다.

　나는 이 이야기의 끝을 그녀에게 어떻게 말해줘야 할지 난감해졌다. 사실 처음에 그녀가 봉인된 기억을 들여다보고 싶었던 가장 큰 목적은 자신이 어떻게 죽었는지 알고 싶어서였다. 그러나 너무 많은 일을 겪다 보니 자신의 존재 이유까지 알고 싶어졌을 뿐이었다.

　그녀는 자신이 빚을 갚기 위해 도깨비로 환생했다고 믿으며 살아왔고, 자신의 기억을 들여다보려던 것도 이 부분을 확인하고 싶어서였다. 만약 전생에 모든 은원을 다 풀어냈다면 현생에서 그녀의 존재는 아무 의미가 없어진다. 그러므로 그녀는 무슨 일이 있어도 공의비에게 갚아야 할 빚이 있어야 하고, 또 그런 말을 나의 입을 통해 확인받고 싶어 했다.

　이것이 그녀의 기억 속에 들어갔을 때 어느 순간 그녀의 정신과 교류하면서 읽게 된 진짜 속내였다.

　하지만 사실은 전혀 그렇지 않았다. 경쇄쇄는 공의비에게 진 마음의 빚을 자신이 죽음으로써 모두 갚고 끝을 냈다. 그녀가 죽은 후 이 세상에 남은 집념 역시 그에 대해 남아 있는 마음의 빚 때문이 아니었다.

다행히 5년이 지난 후 그녀는 다시 살아 돌아왔다. 그런데 그녀가 돌아온 후에 공의비가 왜 그런 태도를 보였는지 도저히 이해가 되지 않았다. 그는 그녀가 죽고 나서도 잊지 못할 만큼 그녀를 사랑하고 있지 않았던가? 설마 아무리 깊고 절절하던 사랑도 시간의 벽 앞에서 결국 힘없이 무너지고 마는 것일까?

나는 한참을 고민하다 방으로 달려가 공의훈에게 글을 남겼다. 그리고 그녀의 기억 속에서 7년 전 공의 가문을 그녀의 손으로 무너뜨렸고, 그녀 역시 바로 그날 빗나간 화살에 맞아 명을 달리했다고 알려주었다.

아직 일의 전모를 알지 못하는 상황에서 단편적인 부분만 함부로 말했다간 자칫 그녀의 자멸을 부추길 위험이 있었다. 그녀는 빚을 갚기 위해 다시 환생한 도깨비고, 전생의 일을 너무 자세히 알 필요는 없지만 그렇다고 너무 무지해서도 안 되는 존재였다. 일단 그녀가 살아야 할 명분을 준다면 적어도 이 일에 대해 좀 더 자세히 알아볼 시간을 벌 수 있을 것이다.

나는 이 심각한 문제를 고민하며 그녀의 처소 밖으로 걸어 나갔다. 머릿속에는 온통 얼른 돌아가 그림을 그려가며 이 일을 체계적으로 분석해야겠다는 생각으로 가득 차 곁에 모언이 따라오고 있다는 것조차 완전히 잊어버렸다. 그러다 잠깐 부주의한 틈에 그의 몸에 부딪혔고, 이마를 문지르며 올려다본 순간 나를 내려다보는 차가운 눈과 딱 마주치고 말았다.

"공의훈이 깨어나야 이곳을 떠날 수 있다고 하지 않았소?"

나는 잠시 얼이 빠져 있다가 불현듯 반 시진 전에 그를 속이기 위해 내뱉었던 말이 떠올랐다. 빼도 박도 못하는 상황이 닥쳤으니 어떤 변명도 통할 리 없었다. 이럴 때는 무조건 상대의 잘못으로 밀고 나가는 수밖에 달리 방도가 없었다.

　나는 침착하게 대답했다.

　"당신이 잘못 들은 거예요."

　그가 눈을 치켜떴다.

　"뭐요?"

　나는 고개를 끄덕였다.

　"그래요, 당신이 확실히 잘못 들었어요."

　그가 싱긋 웃으며 나를 쳐다봤다.

　"생떼를 쓰는 것까지 완벽하게 배웠군. 훌륭하오."

　나는 가슴을 쭉 내밀며 보란 듯이 당당하게 말했다.

　"생떼를 쓰다니요. 증거 있으면 어디 대보시든지."

　그가 소맷자락에서 예쁜 옥 조각 인형을 꺼내 들었다. 얼핏 봐도 나를 닮은 인형이었다.

　"어제 좋은 옥이 있기에 당신에게 주려고 조각을 좀 해봤소."

　나는 얼른 쭉 내밀었던 가슴을 다시 집어넣고 그의 팔을 껴안았다.

　"다시는 생떼 쓰지 않을게요. 전부 내 잘못이에요. 다 내가 나빴어요."

　나는 번갯불에 콩 구워먹듯 재빨리 잘못을 완벽하게 인정한 후 옥 조각을 빼앗아 손에 넣으려 했다.

　그러자 그가 손을 올리며 장난스럽게 약을 올렸다.

"더 간절하게!"

나는 얼른 간절한 눈빛을 담아 눈을 깜빡이며 애원했다.

"제발요!"

그는 한참 동안 그 모습을 바라보다 발끝으로 서서 그의 소매에 매달려 있는 내가 넘어지지 않게 잘 받쳐주며 손바닥에 옥 조각을 쥐어 주었다.

"……이렇게 물욕에 약하고 자존심이 없어서야 쓰겠소?"

나는 세상 진지한 표정으로 손바닥에 놓인 조각을 들여다보았다. 날 닮은 조각을 보자 날아갈 듯 기분이 좋아졌다.

"그럼 이제부터라도 자존심 좀 살리며 살아볼게요. 오늘 밤에는 침대에서 자지 말고 바닥에서 자도록 해요."

"……"

나는 본질적으로 꿈을 파는 사람이고, 이는 남들이 보기에 신비로우면서도 아주 그럴싸해 보이는 직업이라 할 만했다. 그러나 최근 내가 처리한 일은 꿈을 파는 일과 아무 상관이 없고, 어찌 보면 검시관이나 염탐꾼에 더 가까웠다.

며칠 전에 우연히 만난 군위는 이런 식으로 간다면 언젠가 내가 점포를 열어 탐정이 되고도 남겠다고 했다. 심지어 문학가답게 '호르메스 탐정소'라는 거창한 이름도 하나 지어주었다. 이런 이름이야말로 서역의 멋진 분위기가 나면서도 시대에 앞서가는 느낌을 주었다. 그래서 그는 구주 전체를 통틀어 한번 들으면 절대 잊을 수 없고, 누구나 한 번쯤 찾게 되는 그런 명소가 될 거라고 장담했다.

어찌 됐든 미래는 어떻게 될지 누구도 장담할 수 없고, 중요한 것은 현재였다. 지금 나는 어떻게 해야 공의비의 생각을 알 수 있을지가 가장 고민이었다. 군위를 시켜 그를 유혹하게 만들려 해도 공의비가 그쪽 방면으로 전혀 흥미가 없어 보이고…… 아니지, 유혹해야 할 대상이 꼭 그여야 하는 건 아니잖아? 공의비의 부인을 유혹해 보라고 하면 어떨까?

나는 침대에 누워 엎치락뒤치락하며 군위를 어떻게 설득해야 할지 고민했고, 불현듯 그가 빼도 박도 못하고 그 일을 할 수밖에 없을 말이 떠올랐다. 나는 얼른 침대를 내려가 그 말을 기록해두려 했다.

모언은 머리를 편하게 풀고 비단으로 만든 얇은 홑바지만 입은 채 침대 머리에 반쯤 기대 앉아 서책을 보다가, 한쪽 다리를 살짝 들어 나를 막았다. 나는 당황하면서도 어떻게든 그의 다리를 빠져나가려 했지만 결국 다시 원위치가 되고 말았다. 그가 서책을 보던 시선을 들어 올렸다.

"이리 안절부절못하는 걸 보니 몸이 다 나았나 보오?"

순간 얼굴이 빨개졌지만 이내 정신을 차려 고통스러운 듯 기침을 두어 번 하고 심히 아픈 척을 했다.

"아니에요. 아직……."

그러면서도 침대 아래로 내려가려는 시도를 멈추지 않았다. 사실 나는 기억력이 그리 좋지 않아 지금 당장 기록해두지 않으면 내일 아침에 일어났을 때 십중팔구 잊어버릴 것이 뻔했다. 나는 그가 신경 안 쓰는 틈을 타 살금살금 침대 끝으로 이동했다.

그는 나의 작은 움직임 따위에 신경조차 쓰지 않은 채 책장을 넘기며 돌연 물었다.

"무슨 일이 있어도 공의훈의 일에 간여할 생각이오?"

나는 놀란 눈으로 그를 쳐다봤다.

"그걸 어떻게 알았어요?"

그가 기가 막힌다는 표정으로 나를 힐끗 쳐다보았다.

"당신에 관한 일 중 내가 모르는 것이 있었소?"

나는 입을 삐죽거렸다.

"내 어릴 적 일에 대해서는 아무것도 모르잖아요."

그가 책을 덮고 무릎을 구부리며 턱을 괴었다.

"그럼 지금 들려주겠소?"

다른 때 같으면 날아갈 듯 기분이 좋아져 그 이야기를 조잘조잘 그에게 들려주었겠지만 지금은 상황이 달랐다.

공의훈을 보면 날 보는 것 같고, 가슴 안에 교주가 없는 나를 상상조차 하고 싶지 않았다. 내가 전생의 기억을 모두 지운 도깨비로 다시 환생해 모언을 더 이상 기억해내지 못한다면…….

나는 모언의 무릎에 얼굴을 기대고 조곤조곤 내 생각을 들려주었다.

"공의훈을 돕고 싶어요. 어쩌면 내가 이 세상에서 그녀를 도울 수 있는 유일한 사람일지 모르잖아요. 만약에 어느 날 내가 누군가의 도움을 절실히 원하고, 오로지 그 사람만이 나를 도와줄 수 있는 상황이라고 생각해봐요. 그 절실한 상황에서 그 사람이 도움을 거절한다면 어떻겠어요?"

등불이 살짝 출렁이자 병풍에 비친 촛불의 그림자도 따라서 흔들렸다. 한참의 침묵이 흘렀지만 모언은 아무런 대답이 없었다. 나는 그의 마음을 돌릴 수 없을까 봐 덜컥 겁이 났지만 이내 나지막한 목소리가 머리 위에서 들려왔다.

"정 그렇다면 당신이 좌충우돌하며 고생하지 않게 내가 먼저 알려줄 수밖에 없겠군."

나는 놀라 고개를 들었고, 그가 몸을 앞으로 내밀어 침대 머리에 있는 죽등을 끄는 것이 보였다. 어둠 속에서 침대 위로 달빛이 내려앉았다. 그는 몸을 돌려 얇은 이불을 제치고 나를 끌어당겨 이불을 덮어 주었다. 잠자리에 들 준비가 거의 되자 그가 그제야 말을 꺼냈다.

"공의훈은 2년 전에 도깨비로 환생했고, 그렇게 되기까지 진 세자 소예의 도움이 있었소. 당신도 대충은 알고 있을 거라 생각하오."

나는 그의 팔을 베고 누워 고개를 살짝 끄덕였다.

그가 물었다.

"소예가 왜 그녀를 도왔다고 생각하오?"

나는 잠시 고민을 해 보았다.

"공의비의 모친인 옹근 공주가 진왕의 동생이니 공의비 부부는 소예의 사촌형이자 형수가 되는 거잖아요."

그리고 또 그들의 관계를 따져보았다.

"그렇다 해도 말이 안 돼요. 제왕가의 사람들이 평범한 사람들도 아닌데 단지 친척이라고 해서 그런 일을 도와줄 리 없어요."

그 역시 고개를 끄덕였다.

"맞는 말이오. 소예가 공의훈을 기꺼이 도운 건 그녀가 보낸 서신 때문이었소. 그는 공의 가문이 몰락하기 며칠 전에 그녀의 서신을 받았고, 그 안에 공의 가문에 대대손손 이어져 내려오는 검의 제조법이 들어 있었소. 그녀는 그것을 대가로 지불하고 자신의 환생을 도울 방법을 강구해 달라고 했지. 그래야 내세에 공의비에게 진 빚을 갚을 수 있다고 말이오. 공의 가문의 검 제조법이 그려진 그림은 그 가치가 상당하니 소예가 거절할 리 없었겠지. 어쨌든 거래는 성립되어 성을 하나 사고도 남을 돈을 주고 비술사를 구해 무려 5년 동안 그녀의 정신을 하나로 응축시키는 일에 몰두했고, 그렇게 해서 그녀를 공의비의 곁으로 돌려보낼 수 있었소."

줄곧 눈앞을 가리고 있던 뿌연 안개가 조금은 걷힌 듯했다. 하지만 다시 생각해 보니 무언가 찜찜한 구석이 남아 있었다. 나는 의심스러운 눈초리로 모언을 쳐다보았다.

"이치대로라면 이건 전부 절대 누설하면 안 되는 일급비밀에 해당되는 거 아닌가요? 그런데 어떻게 이 일을 그렇게 소상히 알고 있죠?"

그가 잠시 멈칫했다.

"그때 이 일을 처리한 사람이 나였거든."

내가 더는 아무 말도 하지 않자 그가 느긋하게 다음 말을 이어 갔다.

"도깨비로 환생시키기 위해 한 사람의 정신을 하나로 응축한다는 것이 결코 쉬운 일은 아니었소. 비술사조차 성공을 보장하지 못했으니까. 그래서 공의비에게도 비밀로 한 거요. 원래는 그가 다시 그녀를 만나게 되면 얼마나 기뻐할지 우리도 내심 기대에 차 있었지. 그런데 5년이 지난 후 두 사람이 다시 만났을 때 그가 그녀를 알아보지 못했다오."

그야말로 귀가 번쩍 뜨일 이야기였다.

"그럴 리가요? 고작 5년밖에 지나지 않았잖아요. 그녀의 모습이 변한 것도 아니고요."

그는 골똘히 생각에 잠겨 있다 한참 후에야 입을 열었다.

"그가 망각제를 마셔버렸소."

내 귀를 의심하며 다시 물었다.

"뭘 마셔요?"

그는 그 약에 대해 차분히 설명해 주었다.

"비술사가 만든 신비의 약인데 마시는 순간 많은 일을 잊게 만들어주지. 공의비는 그 망각제를 마셨고, 경쇄쇄를 잊어버렸소."

내가 얼떨떨해져 있는 사이 모언이 몸을 옆으로 돌려 누웠다. 나는 여전히 그의 팔을 베고 있었는데 그가 몸을 돌리면서 품 안으로 쏙 들어가 눕는 자세가 되어 버렸다. 심장이 그의 가슴에 밀착되고, 뺨도 그의 어깨에 폭 파묻혔다. 나는 뒤로 몸을 빼려 뒤척였지만 이내 그의 품 안으로 다시 끌려 들어갔다. 그의 말투가 장난스럽게 변했다.

"뭘 자꾸 몸을 빼고 그러오?"

평상시라면 그렇게 계속 장난을 치며 농을 던졌겠지만 그는 이내 자세를 고쳐 잡고 다음 말을 꺼냈다.

"사실 그것도 소문일 뿐이오. 내가 알기로는 2백 년 전에 소씨 가문이 공의 가문에 큰 은혜를 베풀었고, 그 보답을 하기 위해 공의 가문이 소씨 가문에 대대로 충성을 맹세했다 들었소. 훗날 천하를 분봉할 때 소씨 가문은 진나라의 왕으로 봉해졌고, 진왕은 문무 대신들을 대거 등용해 왕실 안에 자신만의 공고한 판을 짜는 한편 왕실 밖에도 자신의 세력을 심어두려 했지. 공의 가문이 바로 그 임무를 맡게 되었소."

그는 잠시 멈추었다 다시 말을 이어갔다.

"배중의 공의 가문은 진왕이 극비리에 키운 군대였고, 가장 까다롭고 쉽게 무너뜨리기 힘든 곳을 함락할 때 이들의 힘을 이용해왔소. 이 가문의 사람들은 소리 없이 사람을 죽이고, 죽어갔지. 지금까지 가문의 수장이 된 사람 중 마흔 살을 넘긴 사람이 단 한 명도 없었소. 그러다 공의비가 가문을 이끌게 되면서 이 숙명에서 하루 빨리 벗어나려 애를 썼고, 당신이 공의훈의 기억 속에서 본 일들이 일어나게 된 것이오."

나는 언뜻 이해가 가지 않았다.

"하지만 그 대가가 너무 큰 걸요."

그가 고개를 약간 숙이자 내쉬는 숨결이 나의 귓가에 고스란히 와 닿았다. 나는 손발을 어디다 두어야 할지 모를 만큼 당혹스러웠지만 그의 목소리는 흔들림이 없었다.

"사실 공의 가문이 치른 대가는 그리 크지 않았소. 진짜 큰 대가를 치른 대상은 따로 있었지. 공의비는 경쇄쇄가 죽을 거라고 생각지 못했을 테고, 이 모든 게 두 사람이 서로에 대해 너무 몰랐던 탓이겠지. 공의 가문에서 이전시킨 가업들은 공의비가 나서지 않으면 유지되기 힘들었지만 경쇄쇄의 죽음이 그를 철저히 무너뜨리고 말았소. 그날 이후 그는 문을 걸어 잠그고 아무도 만나지 않으며, 종일 술에 취한 채 가업에 손조차 대지 않았지. 결국 보다 못한 공의산이 약성 백리월을 찾아가 망각제를 지어달라고 했고, 그걸 먹여 강제로 경쇄쇄를 잊게 만들었소."

나는 그의 말을 듣다 불현듯 이해가 안 가는 대목이 떠올랐고, 아예 이불에서 기어 나와 그를 내려다보며 죄상을 들춰냈다.

"경쇄쇄의 기억을 모은 것까지는 알겠는데 왜 그걸 봉인해둔 거죠? 나중에 그녀가 공의비의 곁으로 돌아갔는데도 그가 그 일을 떠올리도록 도와주지 않았어요! 왜죠?"

그가 손을 들어 나를 끌어 내리며 오른손으로 허리를 감아 안았다.

"또 함부로 움직이면 바로 일어나 삼자경三字經*이라도 베껴 쓰게 해야겠군."

나는 그 말에 놀라 꼼짝도 하지 못했고, 그는 그제야 나지막하게 내 질문에 대한 대답을 해주었다.

"경쇄쇄를 도와 기억들을 끌어모았던 건 소예가 둘의 진짜 관계를 몰랐기 때문이었소. 나중에 두 사람이 쌍둥이라는 사실을 알았지만 그 기억을 다시 꺼내 두 사람을 고통스럽게 만들 수 없었지. 그래서 어쩔 수 없이 그걸 구슬에 봉인해 공의훈의 눈에 넣어둔 것이오. 공의비는 망각제를 마신 탓에 아무것도 기억하지 못했고, 공의훈을 잃어버렸던 자신의 혈육이라고 굳게 믿었소. 서로를 누이와 아우로만 생각했으니 이런 단순한 남매관계도 나쁠 것 없다고 생각했겠지."

내가 대답할 새도 없이 그는 얕은 한숨을 내쉬었다.

"적어도 그때까지는 아무 문제가 없어 보였소. 그런데 두 사람

* 세 글자씩 한 구절로 구성되어 있는 경전

이 사실은 남매가 아니라고 누가 감히 상상이나 했겠소?"

나는 한참을 고심했지만 그의 말도 일리가 있다는 생각이 들어 순간 말문이 막혀 버렸다.

은은한 달빛이 휘장 안으로 스며들어 연꽃 뿌리색의 비단 이불 위를 부드럽게 감쌌다. 모언이 나를 내려다보며 말했다.

"공의비의 일은 그렇다 치고 당신은 왜 자꾸 고개를 옆으로 돌리는 것이오? 마치 내 얼굴을 안 보고 싶은 것처럼…… 왜 그러는 거요?"

나는 고개를 살짝 돌린 채 주저주저하며 말을 꺼냈다.

"내 귓가에 대고 말 좀 하지 말아요. 그러면 내가…… 너무 떨린단 말이에요."

그러고는 조심스럽게 눈을 살포시 뜨며 그의 눈치를 살폈다.

그는 잠시 멍한 표정으로 날 바라보다 미소를 지으며 손가락으로 이마에 내려온 나의 머리카락을 쓸어 올렸다. 나는 너무 긴장해 숨이 막혀버릴 것만 같았다.

뒤로 몸을 빼내려 했지만 그의 팔에 갇혀 꼼짝도 할 수 없었다. 마음속으로 오늘이 바로 진정으로 한 몸이 되는 날이라고 생각하는데 그의 웃음기 가득한 목소리가 들려왔다.

"긴장한 게 확실하군."

나는 화가 머리끝까지 치밀어 올랐다. 나를 놀리고 있다는 것을 알아채고 밀쳐내려는 순간 그가 이마의 깊은 상처 위를 쓰다듬으며 부드러운 목소리로 말했다.

"나는 내일 조나라로 떠나야 하오. 하지만 당신을 데려갈 수는 없소."

나는 그의 손을 꼭 잡고 끌어 내리며 그의 눈을 바라보았다. 그윽한 달빛만으로도 눈동자에 담긴 내 모습까지 또렷이 볼 수 있었다. 또다시 이별이 찾아왔다. 물론 짧은 이별이 부부 사이의 정을 더 애틋하게 만든다고 하지만 신혼을 즐기는 부부에게 이런 이별은 너무 가혹했다.

비단 휘장에 둘러싸인 네모난 세상 속은 매우 아름다웠다. 천장에는 큼직큼직한 설부용이 활짝 피어 있고, 내 눈앞에 있는 이사람은 너무나 아름다운 얼굴에 미소를 가득 머금고 있었다. 지금 이 순간은 내가 세상을 떠난다 해도 절대 잊고 싶지 않은 그런 기억의 파편이 될 것이다.

나는 아쉽고 속상한 마음을 담담하게 드러냈다.

"앞으로 우리 신방에는 아주 큰 침대를 들여놔요. 그리고 휘장도 아주 많이, 두껍게 칠래요. 마치 아무도 못 찾는 곳에 우리 둘만 있는 것처럼요."

"응."

그의 입술이 내 입가에 와 닿았고, 나는 눈을 감으며 그의 목을 꼭 끌어안았다.

이별을 앞두고 모언은 어제 막 고죽산에 도착한 집숙을 내 곁에 붙여 주었다. 그녀 말고도 무공실력이 고강한 호위무사들도 여러 명 남겨두었다. 그런데 그가 내 곁에 사람을 많이 남겨두려 할수록 이상하게 골치가 점점 아파왔다. 공의 가문에 있을 때는 그럭저럭 살 만했지만 일단 그 집을 나오면 이 많은 식구들의 하루 세끼를 누가 책임진단 말인가?

나는 한참을 고심하다 다들 알아서 살게 내버려두기로 결정했
다. 그러면 내 뒤에서 그림자처럼 따르는 호위무사들을 모른 체
살 수 있을 것 같았다.

　모언은 내게 더 이상 공의비의 일에 간여하지 않았으면 좋겠
다고 신신당부를 했다. 그러면서도 이렇게 많은 호위무사를 남
겨두는 걸 보면 내가 고죽산에서 그가 오기만을 기다릴 거라고
애당초 믿지 않는 것이 분명했다.

　그러고 보면 모언은 나를 너무 잘 알았다. 그는 공의비의 일이
일단락 지어졌다고 말했지만 나는 끝이라고 생각하지 않았다.
어젯밤 잠들기 전에 이미 작전까지 짜두었다. 일단 모언이 떠나
고 나면 바로 백리진을 협박해 공의 가문을 빠져나간 후 그의 숙
부 백리월을 찾아가 망각제의 해독약을 구할 생각이다.

　사실 내가 쓸데없이 남의 일에 참견하는 것이 맞다. 이는 사부
가 가르쳐주신 처세술을 위배하는 행동이기도 했다. 하지만 내
가 마음씨가 착해서 이런 수고를 마다하지 않는 것은 아니다. 이
런 결정을 내리기까지 공의훈의 말이 떠올랐고, 나를 보는 듯한
그녀의 마음을 쉽게 저버릴 수 없었다.

　"사람은 기억 때문에 존재하는 게 아니라 다른 사람이 나를 필
요로 하면 그 힘으로 살아가는 것 같아요……. 만약 생전의 기억
속에 누군가 나를 진심으로 필요로 했다면 그것만으로도 난 충
분해요."

　예전에 경쇄쇄가 과연 어떤 마음으로 그런 편지를 써서 자신
을 도깨비로 환생시켜 달라고 부탁했는지 나는 알 수 없다. 그리
고 7년의 세월 동안 그녀는 아주 힘들게 공의훈으로 다시 태어났

고, 자신이 이 세상에 살아남아야 할 이유를 찾고자 애를 썼다. 만약 아무도 그녀를 필요로 하지 않는다면 아무 미련 없이 스스로 목숨을 끊을지도 모른다.

이것은 정말이지 이해타산이 전혀 맞지 않는 거래였다. 따지고 보면 나는 쉽지 않은 길을 가야 하고, 그렇다고 해서 나에게 득이 될 일도 하나 없었다. 그저 이렇게라도 공의훈을 도울 수 있다면 그걸로 족했다. 나도 가끔은 이런 좋은 일을 한 번쯤은 대가 없이 하고 싶기도 했다.

모언이 떠난 이튿날, 나는 행장을 꾸려 공의비에게 작별을 고했다. 그리고 그 김에 군위와 소황, 백리진을 데리고 나왔다.

공의비는 우리를 그다지 만류하지 않았다. 그의 얼굴을 보자하고 싶은 말이 목구멍까지 차올랐지만 끝내 입 밖으로 내지 못했다. 사실 모든 사실을 지금 그에게 말해준다 해도 믿지 않을 것이 뻔했다. 그렇다면 공의훈에게도 알릴 필요가 없었다. 일단 망각제의 해독약만 구하면 모든 것이 해결될 터였다. 그때까지만 해도 나는 이런 생각을 하며 이 일을 낙관했다.

가는 내내 달리는 말에 채찍을 가하며 더 속력을 냈고, 이레 만에 수원성隋遠城에 도착할 수 있었다. 우리는 그곳에 들어서자마자 바로 백리월이 은거하고 있다는 산골짜기로 향했다. 듣자하니 고수들의 본거지는 늘 곳곳이 함정이고 위험이 도사리고 있어 두 발로 걸어 들어갔다 누워서 나온다고 했다. 그렇다면 소황처럼 네 발로 걸어 들어가는 동물은 두 발로 서서 나오는 것이 아닐까? 나는 이런 생각을 하며 잔뜩 긴장한 채 산길을 걸어 들어갔지만 어떤 난관도 우리를 가로막지 않았다. 길은 시원하게 뚫려 있었고, 별 탈 없이 백리월의 거처까지 걸어 들어갔다.

해독약을 구하는 과정도 생각처럼 어렵지 않았다. 그리고 걱정했던 바처럼 내가 한 사람을 구했으니 한 사람을 죽여달라는 둥, 해독약을 줄 테니 한 사람만 남아서 16년 동안 시중을 들라는 둥의 말도 안 되는 요구조건도 내걸지 않았다.

보아하니 이 세상은 아직 그렇게까지 절망적이지 않은 모양이었다. 나중에 군위의 말을 듣고서야 이 또한 나의 착각임을 깨달았다. 알고 보니 그게 다 백리진을 대동하고 간 나의 선견지명 덕이었다. 과연 그런 것만 봐도 세상은 역시 살 만했다.

해독약을 구한 후 우리는 거의 잠도 자지 않고 말을 달려 배중으로 돌아왔고, 머리를 빗고 세수를 할 틈도 없이 바로 공의비를 만나러 갔다.

하인은 나를 정자로 데리고 갔다. 강렬하게 내리쬐는 태양 아래로 물안개가 정자 처마를 타고 서서히 아래로 내려앉았다. 원래 이곳에도 자우정自雨亭이 있다는 것을 오늘에야 처음 알았다. 물안개가 흩어지는 가운데 공의비는 홀로 정자에 앉아 술을 마시며 그림을 그리고 있었다. 그는 고개를 들어 나를 힐끗 보고도 인사조차 하지 않았다.

나는 어렴풋하게 무언가 심상치 않은 기류를 느꼈다. 하지만 곧 좋은 일이 있을 거라는 기대에 벅차올라 일단 약이 담긴 작은 병을 돌 탁자 위에 얼른 올려놓았다.

"제가 아주 좋은 선물을 들고 왔어요."

그는 여전히 아랑곳하지 않고 그림을 그렸다. 나는 약병을 그의 앞으로 밀어 넣었다.

"공의훈이 당신을 어떻게 보는지 알고 싶다고 하지 않았나요? 이 약을 마시고 직접 가서 물어보세요."

한참 후 그가 고개를 들었다.

"훈 누님을 찾아 오셨습니까?"

늘 웃고 있던 그의 표정은 차갑게 굳어 있었다.

"그녀는 더 이상 이 세상 사람이 아닙니다."

나는 입을 다물지 못한 채 마치 꿈을 꾸는 것만 같았다.

"뭐라고요?"

그는 붓질을 멈추었지만 나를 쳐다보지 않았다.

"누이는 아흐레 전에 죽었습니다."

나는 입술을 깨물었다.

"그럴 리가요?"

그가 가라앉은 목소리로 되물었다.

"그럴 리가?"

그의 입에서 허망한 웃음소리가 터져 나왔다.

"공의 가문이 이익을 쫓기 위해 강나라 승상 배의를 죽여야 했지요. 일격에 해치우지 않으면 우리가 위험해지는 막중한 임무였고, 공의 가문에서 나 말고 그런 일을 해낼 자가 없었습니다. 그런데 누이가 나를 대신해 그 일에 나섰고, 결국 이런 사달이 나고 만 겁니다."

그는 시선을 내려 그림을 보았다.

"누이는 아주 멋지게 그 일을 해냈습니다. 죽기를 각오하고 배의를 찔러 죽였고 조금의 단서도 남기지 않았지요. 그들은 누이의 시신을 성문 위에 걸었고, 사흘 후 살을 태우고 뼈를 갈아 배의의 무덤 앞에 뿌렸더군요. 그런데도 나는 아무것도 할 수 없었습니다. 진나라를 위해, 심지어 그녀의 시신조차 온전히 지켜내기는커녕 장례조차 치러주지 못했으니."

나는 다리에 힘이 풀려 탁자를 짚으며 간신히 몸을 가눴다. 그렇게 한참이 지나서야 겨우 입을 열 수 있었다.

"당신은 지금…… 양심의 가책을 느끼는 건가요? 그녀가 그렇게 비참하게 죽었는데도 당신은 고작 양심의 가책밖에 느끼지 못하는 거예요?"

그의 표정이 차갑게 굳었다.

"누이가 강나라에 가려고 한다는 걸 미리 알았다면 절대 보내지 않았을 겁니다."

나는 고개를 가로저었다.

"당신은 그 사실을 절대 알 리 없었겠죠. 너무나 오랫동안 그녀에게 무관심했으니까요."

원래 이 말은 그의 분노를 자극하기에 충분했지만 어찌 된 일인지 그는 아무 말도 듣지 못한 것처럼 별다른 반응이 없었다. 햇빛이 물안개 속으로 새어 들어와 그의 창백해진 얼굴을 비추었다. 한참 후 그의 담담한 목소리가 들려왔다.

"당신의 말이 맞습니다. 나는 오랫동안 누이를 외면하며 지냈으니. 마지막으로 얼굴을 봤던 그날 누이가 나를 찾아와 예전에 자신을 대신해 춤을 하나 기억해 달라고 했는데 그걸 잊었냐고 묻더군요. 그녀가 때때로 제멋대로 행동하기는 했어도 그날처럼 막무가내로 굴었던 적은 없었습니다. 나는 그런 그녀를 질책했고, 아마 그녀도 상심이 컸을 테지요. 그녀가 무슨 말을 하는지 도통 알 수가 없더군요. 사냥이 있던 날 그녀가 춘 그 춤이라면 내가 어떻게 잊겠습니까? 그녀의 표정 하나, 동작 하나까지 모두 기억하고 있는데. 그녀를 처음 보았을 때 참으로 눈이 부실 만큼 아름다웠습니다."

허공을 향한 그의 눈빛은 텅 비어 있었다.

"가끔 그녀가 나의 누이라는 것이 원망스러웠습니다."

나는 조금 당혹스러웠다. 공의훈이 그런 말을 했다면 분명 지난 일이 떠올랐다는 의미이기도 했다. 그렇다면 마지막으로 그녀의 봉인된 기억을 들여다볼 때 실수로 봉인이 풀렸을 가능성을 배제하기 힘들었다. 하지만 그녀는 이미 죽고 없었다.

나는 그를 바라보았다.

"당신이 그녀를 좀 더 따뜻하게 대했다고 해도 그녀가 무슨 생각을 하는지 알 수 없었을 거예요. 그녀는 당신이 자신을 싫어하고, 성가시게 여긴다고 했어요. 그래서 무슨 일이 생겨도 그녀의 머리가 이상해서 그런 거라며 그 이유를 묻거나 따지지 않는다고 했죠. 당신이 그렇게 말하니까 그녀도 자신의 머리가 정말 정상이 아니라고 생각하기 시작했어요. 그녀는 자신이 살 이유를 찾지 못했고, 점점 지쳐갔어요."

그의 얼굴에서 핏기가 서서히 사라지고 있었다.

"그녀가 그렇게 말했습니까?"

나는 약병을 그에게로 더 가까이 밀어 넣으며 담담히 말했다.

"예전에 알던 한 여인이 있었는데 그녀의 남편이 그녀의 마음을 져버렸죠. 난 그녀가 너무 불쌍해서 화가 나 그녀의 남편을 미워했어요."

이 모든 것을 떠올리자니 돌연 운명이 너무 무섭다는 생각이 번뜩 들었다. 아무리 노력을 해도 그 굴레를 벗어날 수 없으니 말이다. 나는 자리에서 일어나 그를 잠깐 내려다보았다.

"하지만 난 당신이 밉지 않아요. 결국 모두가 운명의 장난에 걸려든 것뿐이니 당신과 경쇄쇄 둘 다 가련할 뿐이에요."

공의 가문에서 사흘을 더 머무는 사이 군위는 군사부가 보낸 비둘기 서신을 들고 와 진나라 왕실에 새로운 움직임이 생겼다고 전해주었다. 이제 떠날 때가 된 듯했다.

나는 모언이 데리러 올 때까지 기다리겠다고 약속했지만 군사부와의 약속도 어길 수 없었다. 한참을 고민하다 모언에게 보낼 서신을 한 통 써서 공의비에게 전해달라고 부탁할 참이었다. 하지만 그가 어디 있는지 아는 사람이 하나도 없었다. 그러다 뜻밖에 공의산이 나를 찾아와 직접 그에게 데려다 주겠다고 나섰다.

그녀를 따라가는 길은 걸어갈수록 왠지 익숙한 느낌이 들었다. 돌이 깔린 길의 양옆으로 불상화가 아직 시들지 않은 채 피어 있었고, 꽃길이 끝나갈 무렵 파란색 건물이 눈에 들어왔다. 바로 공의훈의 거처였다.

나는 그곳에 가득 심어져 있던 자미화가 밤하늘 아래서 마치 보라색 물결처럼 일렁이던 모습을 떠올렸다. 대문을 열자 과연 정원 가득 심은 자미화가 바람을 타고 흔들리는 모습이 눈에 들어왔다. 얼마 전에 이 꽃나무 아래서 잠들었던 공의훈의 모습이 눈에 선했다. 모든 것이 그대로인 이곳에 딱 한 사람만이 보이지를 않았다.

꽃나무를 헤치고 걸어가 다다른 본채는 문과 창이 단단히 잠겨 있었다. 공의산이 턱짓을 하는 것을 보며 나는 의심스러운 눈빛으로 문을 열었다. 끼익 소리와 함께 빛이 어둠 속으로 쏟아져 들어갔고, 그제야 집 안 사방이 검은색 천으로 덮여 있는 것이 보였다. 그리고 그 끝에 기름등 하나가 불을 밝히고 있었다.

나는 입구에 서서 등 옆에 있는 하얀 옷차림의 공의비를 어리둥절한 표정으로 바라보았다. 그의 손에는 조각칼이 들려 있고, 칼자루를 타고 핏방울이 뚝뚝 떨어지고 있었다. 그의 앞에 서 있는 것은…… 나는 비명이 새어 나오려는 입을 얼른 막았다. 마음을 진정시키고 나서야 그것이 경쇄쇄를 조각한 나무인형임을 알 수 있었다. 마치 살아 있는 듯한 나무 인형은 머리카락이 발끝에 닿을 만큼 길었고, 옷소매 사이로 살짝 드러난 손에는 유지 우산이 들려 있었다.

한참이 지난 후 공의비는 무슨 생각이 떠오른 듯 소맷자락에서 검은 옥팔찌를 꺼내 나무 인형 앞에 내려놓았다.

"이 팔찌가 낭자의 것입니까?"

그의 목소리가 어두침침한 밀실 안에서 공허하게 울려 퍼졌지만 누구도 그의 물음에 대답을 하지 않았다. 하지만 그는 전혀 개의치 않으며 눈가에 미소를 머금고 그녀에게 또 말을 걸었다.

"그런데 우리가 어디에서 본 적이 있지 않던가요?"

이 순간 나는 그의 다음 말이 무엇인지 이미 알고 있었다.

지금 내 눈앞에서 그들이 처음 만났던 장면이 재현되고 있었다. 보아하니 그는 망각제의 해독제를 먹은 것이 분명했다. 과연 그는 그녀의 손을 잡았고, 그의 나지막한 목소리가 들려왔다.

"저는 배중에 사는 공의비라고 합니다. 낭자의 이름을 감히 물어도 되겠는지요?"

귓가에 그녀의 청아한 목소리가 들리는 듯했다.

"소녀는 영안 경쇄쇄라고 합니다."

하지만 이 모든 것을 다시는 되돌릴 수 없다는 사실을 모두가 알고 있었다.

공의비의 눈에서 흐르는 눈물이 보이자 공의산은 차마 더는 보고 있을 수 없는 듯 입을 틀어막은 채 치맛자락을 들고 뛰쳐나갔다. 나는 천천히 그 문을 닫았다.

거센 바람이 한 차례 불자 자미화가 바람을 타고 출렁였다. 그 모습이 마치 하늘에서 내리는 함박눈처럼 보였다.

9월의 배중 땅에 보라색 눈이 내리고 있었다. 고개를 들어 파란 하늘을 올려다보니 하얀 구름 사이로 걸어가는 그녀의 차가운 뒷모습이 보이는 듯했다. 나는 잠시 생각에 잠겨 그 모습을 바라보다 하늘을 향해 나지막이 속삭였다.

"당신은 도대체 어떤 사랑을 한 건가요, 쇄쇄?"

나도 모르게 눈에서 눈물이 흘러내렸다. 그 순간 나는 이것이 내가 고객을 위해 흘리는 유일한 눈물일 거라고 생각했다.

제4부

일세안

一世安

1장

　우리는 이튿날 배중을 떠났다. 그런데 집숙이 가는 내내 내 뒤를 따르는 것까지는 그렇다 쳐도 백리진까지 한사코 같이 가겠다고 따라붙으니 영 꺼림칙했다.

　나와 군위는 가는 도중에 집숙과 호위무사들을 따돌리기로 하고 온갖 방법을 강구했다. 그러다 마지막으로 생각해낸 방법이 바로 백리진에게 인피 가면을 씌워 나처럼 보이게 만드는 것이었다. 그리고 나는 그의 모습으로 변장을 한 후, 배중에서 나와 각자의 길을 떠나면 된다. 그는 집숙과 소황 그리고 한 무리의 호위무사를 데리고 온갖 핑계를 대가며 계속 북쪽으로 이동하고, 그사이 나와 군위는 진나라 도읍 호성을 향해 전속력으로 달려 그곳에서 군사부와 회합할 것이다.

　물론 백리진이 처음부터 흔쾌히 그러겠다고 동의한 것은 아니었다. 그러나 그 말고는 그런 일을 할 사람이 우리 중에 아무도 없었다. 소황을 내 대역으로 쓰려 해도 변장의 난이도가 너무 높았다.

　진나라 궁에서 암살 사건이 일어난 후 나는 꽤 오랫동안 고민했다. 사람 노릇을 제대로 하려면 자신이 한 말에 책임을 지고 신뢰를 잃지 말아야 한다. 나는 군사부 덕분에 다시 목숨을 얻어 이 세상에서 살아갈 수 있게 되었고, 죽은 후에도 생전에 바라마지 않던 일을 이루게 되었으니 더 이상 아무것도 바랄 것이 없었다. 그렇다면 더더욱 식언을 해서는 안 되고, 진왕을 기필코 내 손으로 죽여야 한다.

하지만 진나라의 장군인 모언이 자꾸 마음에 걸렸다. 예로부터 훌륭한 장수와 충신들은 종묘사직과 군왕에게 충성을 바쳐왔다. 그렇다면 모언은 어디에 더 충정을 바쳤을까? 지금의 나로서는 감히 단언할 수 없고, 내가 그의 군왕을 죽이려 한다는 사실을 알았을 때 과연 어떤 반응을 보일지 상상조차 되지 않았다.

하늘 아래서 벌어지는 모든 일은 단순할수록 더 복잡해지는 법이다. 아무리 고민을 해봐도 한 가지 확실한 것은 솔직하다고 전부 좋은 것은 아니라는 사실이다. 결국 우리 모두를 살리는 최선의 방법은 이 일을 모언에게 숨기는 것뿐이었다. 이 마지막 임무를 완성해야 이 세상에 진 빚이 모두 사라지게 될 테고, 그때부터 나는 이 세상 끝까지 그와 함께 갈 수 있다.

가는 길에 강나라 승상 배의가 살해당했다는 소식을 또 듣게 되었다. 소문이 퍼져 나가자 거의 모든 사람이 하나같이 조나라의 소행이라고 입을 모았다. 다들 잔학무도한 조왕이 먼저 소예를 찌른 다음에 배의를 죽게 만들었고, 천하를 삼키고 싶어 안달이 난 짐승처럼 잔인하고 포악하게 굴고 있다고 입을 모았다.

이런 소문들이 어디에서 시작되었는지 꼬리에 꼬리를 물고 생각해 보니 대충 짚이는 곳이 있었다. 공의비의 말로는 배의를 죽이는 일이 자신의 거래라고 했다. 그렇다면 실제 그를 죽인 사람이 공의훈이라 해도 모든 것은 진나라를 위해 벌어진 일이 분명했고, 그 출발점에 소예의 복수가 자리 잡고 있었다.

앞서 강나라는 소예의 암살 배후로 조나라를 지목하며 화를 전가시켰다. 그런데 지금 진나라가 강나라의 승상을 죽이고 이런 소문을 퍼뜨렸으니, 강나라는 분명 도둑이 제 발 저린 심정이 되어 이 일이 조나라의 보복이라 단정한 게 아닌가 싶다. 그 배후에 진나라가 있다고는 감히 상상조차 하지 못할 것이다.

그리고 지금 모언이 조나라에 간 것도 소예의 명을 받들어 비밀리에 조왕과 회맹을 추진하기 위해서일 가능성이 컸다. 그의 입을 통해 강나라가 조나라에 화를 전가시킨 일이 흘러 들어간다면 조나라는 전쟁도 불사할 만큼 격분할 테고…… 아마 오래지 않아 조나라와 강나라 사이에 전쟁이 시작될지도 모르겠다.

두 나라를 향해 이미 밑밥은 던져놓고, 그것을 물게 할 결정적인 사건이 필요했다. 과연 소예는 배의를 죽임으로써 두 나라의 갈등에 기름을 부어버렸다.

진 세자 소예는 천하를 두루 살피고 어질고 너그러우며 현명하고 덕을 갖춘 인물로 세상의 민심을 얻었지만 그 이면에 자신에게 유리하게 판을 짜는 놀라운 전략가의 면모를 숨기고 있었다. 그는 위로는 천자, 아래로는 백성들의 마음을 사며 청렴하고 정직할 뿐 아니라 신의를 중히 여기는 사람으로 세상에 이름을 알렸다. 그야말로 왕의 자질을 타고난 자였다. 위나라가 그의 손에 망하기는 했지만 능력만은 높이 살 수밖에 없는 그런 자였다.

하지만 따지고 보면 그 당시 위나라는 더 이상 구제할 방도가 없을 만큼 부패했고, 위나라를 망하게 한 자가 누구든 아마 그 능력에 탄복하고 실력을 인정했을 것이다.

이틀 내내 길을 가는 동안 길가에 수많은 풍경이 스쳐 지나갔다. 우리는 마침내 호성에 도착할 수 있었다. 성을 에두르며 흐르는 강은 폭이 십여 장 정도 되었다. 양쪽 기슭에 버드나무가 쭉 심어져 있었다. 작열하는 태양 아래서 울창하게 자란 버드나무가 강에 그림자를 드리웠고, 매미 울음소리가 간혹 들려왔다. 이 성의 풍경은 운치가 넘쳤고 한가로운 분위기가 느껴졌다. 갑자기 어딘가에서 튀어나온 귀공자가 손에 새장을 들고 두세 명의 부랑배를 데리고 다니며 대로변에서 양갓집 여인들을 희롱하고 다녔다.

군위는 보고 있기 힘든 듯 혀를 끌끌 찼다. 그는 어느 왕성에서 저런 방종한 자들이 맘껏 거리를 활보할 수 있냐며 우리가 길을 잘못 들어선 거 아니냐고 투덜댔다. 사실 군위가 너무 보고 들은 게 없어 더 그렇게 생각할 수도 있다. 호성은 동쪽 땅에서 가장 풍요로운 왕도 중 하나다. 솔직히 말해서 자신의 능력을 감추고 보여주지 않는 사람일수록 실속 없고 화려한 것을 전면에 내세우며 자신의 힘을 그 뒤에 숨겨 놓는다. 그러니 풍류가 넘쳐나고 자유분방해 보이는 사람일수록 뼛속 깊이 견고해 쉽게 무너뜨릴 수 없는 경우가 생긴다.

군위는 내 말을 농담처럼 받아들이며 콧방귀를 꼈다.

"네 말대로라면 중원에서 절대 무너뜨릴 수 없는 최강의 장소는 기루겠네?"

나는 그럴 수도 있다는 것을 얘기했을 뿐인데 군위는 왜 항상 생각이 다른 쪽으로 튀는 걸까?

군사부는 호성 안에 가장 큰 객잔으로 불리는 사해루四海樓에서 우리를 기다리고 계셨다. 세상 온갖 종류의 사람들이 모두 모인

시끌벅적한 곳이야말로 세상 이목을 가리기에 적격이었다.

우리가 알게 된 진 왕실의 새로운 동향은 바로 진왕의 생일을 맞아 성대하게 열리는 진연이었다. 그때가 되면 백관들이 입궁해 왕에게 하례를 하기 때문에 비교적 쉽게 그들 틈에 껴서 왕궁에 들어갈 수 있게 된다. 그러나 군사부가 어떤 계획을 가지고 있는지 나와 군위는 도통 감을 잡지 못하고 있었다. 아마도 이런 이유 때문에 군사부는 천 리 길을 마다하지 않고 이곳까지 온 듯했다.

그날 밤 군사부는 나와 군위를 방으로 불러들였다. 우리는 구체적인 계획을 알려주기 위해 부른 거라고 생각했다. 하지만 우리의 예상은 완전히 빗나갔고, 군사부는 다짜고짜 칼로 나의 손가락을 벤 후 내 피를 탄 냉차를 단숨에 마셔버렸다.

나와 군위는 영문도 모른 채 얼이 나간 표정으로 서로를 쳐다봤다. 그제야 군사부가 긴 침묵을 깨고 우리에게 질문을 던졌다.

"화서인의 내력에 대해 들어본 적이 있느냐?"

우리는 고개를 절레절레 흔들었다. 군사부는 찻잔을 내려놓으며 나에게 차근차근 설명을 해주었다.

"화서인이 봉인된 교주는 이 세상에 단 하나뿐이란다. 그건 군우산의 성스러운 영물이 아니라 내 사부께서 마지막으로 남겨주신 유품이지. 내 사부님에 대해서는 너희도 들어본 적이 있을 거다. 성은 모용慕容이고 이름은 안安 자를 쓰셨지."

나는 그 이름을 듣는 순간 얼이 빠져버렸다. 훌륭한 스승 밑에 뛰어난 제자가 있다는 말처럼 군사부에게도 그런 스승이 분명 있을 거라고 짐작은 했었다. 당연히 그분 또한 최고의 고수이리라 생각은 해 봤지만 설마 모용안일 거라고는 단 한 번도 상상조차 한 적이 없었다.

이미 전설이 되어버린 이름이었다. 비술에 대해 조금이라도 아는 사람이라면 그 이름을 모를 리 없었다. 그녀는 동쪽 땅에서 가장 강한 비술사 중의 한 명이고, 세상 누구보다도 아름다운 자태를 지녔다. 나의 사부이신 혜일 선생님도 운 좋게 그녀를 한 번 만난 적 있는데 세상에 그렇게 아름다운 여인을 본 적이 없다고 칭찬하셨다.

나는 한참이 지난 후에야 정신을 차리고 군사부에게 물었다.

"모용안은 20년 전에 진, 강 양국의 역구瀝丘전투에서 죽었다고 들었어요. 설마 그때 모용안이 진후의 손에 죽은 건가요?"

군사부는 두 눈을 감고 선뜻 그 답을 들려주지 못하셨다.

"진후 소형蘇珩은 나의 사제였다."

그야말로 연이은 충격에 정신이 다 혼미해질 지경이었다.

달빛이 교교한 이 가을밤에 군사부가 내게 보여주려는 화서조는 지난 20년간 묻어두었던 옛일에서 시작되었고, 그것은 그가 나를 통해 진후를 죽이려는 이유이기도 했다.

감정의 기복이 없는 목소리가 희미한 촛불이 비치는 방 안을 더 쓸쓸하게 만들었다.

"그때의 일에 대해 사부는 나에게 어떤 말도 하신 적이 없다. 이 일에 대해 아는 사람은 소형의 나이가 어리니 모든 잘못이 사부에게 있다고 여겼지. 하지만 그들은 한 가지 사실을 잊고 있었다. 사부는 도깨비였고, 인간 세상의 도덕과 인륜에 대해 아는 바가 없었어. 그리고 소형은 돌아가는 모든 상황을 모를 만큼 어린 나이가 아니었다. 나는 운명을 믿지 않는다. 하지만 긴 세월 지난 후에 돌이켜 생각해 보니 소형을 만난 것도 어쩌면 사부의 운명이었을지 모른다는 생각이 들더구나……."

화서조로 만들어진 음표를 통해 군사부의 입에서 나온 이야기들이 하나하나의 장면이 되어 눈앞에 펼쳐졌다. 이 이야기는 25년 전 음력 5월의 어느 날 밤으로 거슬러 올라갔다.

내 눈앞에 펼쳐진 곳은 생명의 기운을 하나도 느낄 수 없어 괴기스러운 느낌마저 드는 단풍나무 숲이었다. 하늘가에 밝은 달이 떠있고, 그 주위로 형형색색의 빛이 춤을 추듯 아름다운 빛의 향연을 펼쳤다. 그에 반해 달빛 아래 단풍나무 숲 속은 그야말로 불가사의할 만큼 괴이했다. 6월이면 나무가 초록으로 무성해야 했으나 어쩐 일인지 이곳 나무들은 전부 말라 죽어 있었다. 갈색을 띠는 단풍나무 잎이 나뭇가지에 아슬아슬하게 매달려 있었지만 분명 바람이 불었는데도 전혀 움직임이 없었다.

숲 전체가 공포를 느낄 만큼 적막에 휩싸여 있었다. 새나 벌레 울음소리도 들리지 않고, 생명의 기운을 전혀 느낄 수 없었다.

눈앞의 이 장면이 그림인지 아닌지 의심이 들기 시작할 무렵 갑자기 말을 탄 검은 옷차림의 소년이 시야에 확 들어왔다. 검은 준마는 말라비틀어진 고목 사이를 질주하며 달려갔고, 말발굽이 지나가는 곳마다 쌓인 낙엽이 바스락 소리를 내며 가루로 변해 흩날렸다. 밤까마귀는 또 어디서 나타났는지 갑자기 푸드덕 날갯짓과 함께 애처롭게 울며 땅으로 내려왔다.

그런데 거기서 끝이 아니었다. 더 많은 말발굽 소리가 소년의 뒤에서 들려왔다. 비록 일사불란하게 움직이는 소리는 아니었지만 소년을 향해 포위망을 좁히고 있는 것만은 확실했다. 그들이 쏘아 올린 화살이 밤바람을 타고 날아와 단풍나무에 투두둑 꽂혔다. 소년이 탄 준마가 별안간 앞발을 들고 고통스럽게 울부짖는 것으로 봐서 화살을 맞은 듯했다. 그야말로 간담이 서늘해지는 장면이었고, 이제 추격을 당하고 있는 소년이 더 이상 빠져나갈 구멍이 없어 보였다. 그런데 바로 그때 어딘가에서 방울 소리가 들려오기 시작했다.

질주하던 준마, 하늘을 가르며 날아오는 화살, 규칙적으로 들리는 방울 소리…… 그 어떤 말로도 이 기이한 광경을 설명할 길이 없었다. 더 불가사의한 것은 그 방울 소리가 점점 가까워질수록 죽음의 기운으로 가득하던 숲 속이 한순간에 생기로 가득 차오르기 시작했다. 마치 수묵화처럼 가장 심하게 썩고 말라비틀어진 나무부터 서서히 물이 번지듯 색이 차오르기 시작하더니 찰나의 순간에 단풍나무 숲 전체가 생기를 되찾았다.

독을 품은 새하얀 연기가 땅에서부터 서서히 피어오르기 시작하고, 허공에서 가녀린 웃음소리가 들리더니 붉은 그림자가 연기 속으로 순식간에 지나가 버렸다. 너무 빨라 사람의 형체는 보이지 않았다. 그저 방울 소리로 그녀의 움직임을 가늠할 뿐이었다. 연기가 피어나는 끝 쪽은 이미 말과 사람의 비명으로 아비규환이었지만 금세 쥐 죽은 듯이 조용해졌다. 하얀 연기가 사방으로 흩어지고, 붉은 옷을 차려입은 여인이 검을 들고 고목의 구불구불 멋스럽게 자란 가지 위에 서 있었다. 그녀의 주위로 붉은 나비가 날아다녔다.

검은 옷의 소년은 말에 앉아 생명의 은인을 바라보았다. 새까만 눈동자 속에 둥근 달을 등지고 서 있는 붉은 옷을 입은 아름다운 여인이 담겼다. 가늘고 길게 굽이진 아름다운 눈썹, 보석처럼 반짝이는 눈, 이마에 그려진 붉은 나비 그림, 바람에 흩날리는 머리카락, 붉은 치맛자락 아래로 드러난 새하얀 발, 가느다란 발목에 묶여 있는 방울…… 모든 것이 완벽할 만큼 아름다웠다.

여인의 손에 든 검에서 여전히 피가 뚝뚝 떨어지고 있었다. 하지만 그녀는 전혀 개의치 않는 듯 고개를 숙여 나무 아래 널브러진 채 쌓여 있는 시체들을 쭉 훑어보았다. 그러다 그녀의 시선이 말없이 자신을 바라보고 있는 소년의 아름다운 눈 위에 멈췄다.

"당신은 누구인가요? 왜 여기까지 왔죠?"

눈꼬리가 살짝 올라가면서 마치 웃는 것처럼 보였지만 목소리는 얼음처럼 차갑고 냉정했다.

"방산方山의 단풍나무 숲에 함부로 들어온 사람들 중 이제껏 살아나간 자가 없다는 걸 몰랐나요?"

소년은 말을 움직여 두어 걸음 앞으로 나아갔고, 그의 시선이 그녀의 치맛자락 밑으로 살짝 드러난 맨살의 발목에 가 닿았다. 눈빛은 여전히 냉담했지만 입에서 나오는 말은 그녀에 대한 걱정으로 가득했다.

"여름밤이기는 하나 산중은 여전히 공기가 차갑습니다. 그렇게 맨발로 다니면 감기에 걸리기 쉬우니 조심하십시오."

여인의 몸 주위를 날아다니던 붉은 나비가 순식간에 사라지고, 피를 뚝뚝 떨어뜨리던 검도 어딘가로 모습을 감췄다. 방울 소리가 공중에 울려 퍼졌다. 어느새 그녀의 맨발이 말 머리 위를 밟고 있었다. 하지만 소년이 타고 있는 준마는 아무런 거부반응도 보이지 않았다.

그녀가 살짝 몸을 굽혀 오른손으로 소년의 턱을 치켜 올렸다.

"내가 하나도 무섭지 않나요?"

그가 고개를 살짝 들며 무표정하게 그녀를 바라봤다.

"내가 왜 두려워해야 하죠?"

그녀는 순간 놀란 눈으로 그를 보다 이내 살짝 미소를 지었다.

"정말 재미있는 사람이로군요. 그리 말하니 당신을 죽이고 싶은 마음이 전혀 들지 않네요."

그는 죽이지 않겠다는 말에도 그다지 기뻐하는 기색 없이 다시 그녀의 발로 시선을 돌렸다.

"신발을 안 신었군요."

그녀가 갸우뚱 고개를 기울이며 물었다.

"그럼 안 되나요?"

달빛이 소년의 차가운 얼굴 위를 비추고, 눈꽃이 바람에 날리는 것처럼 가벼우면서도 청아한 목소리가 들려왔다.

"이런 상태로 어떻게 돌아가려는 거죠?"

그녀의 대답을 듣기도 전에 그는 결심한 듯 말했다.

"제가 집까지 바래다 드리겠습니다."

소년은 여인이 가리키는 방향으로 말 머리를 돌렸다. 등 뒤로 펼쳐진 단풍나무 숲이 순식간에 깊은 적막에 잠기며 생기 없이 황폐했던 아까의 모습으로 다시 돌아갔다. 검은색 준마가 걸음을 옮기자, 푸른 옷을 입은 젊은이가 그제야 여인이 서 있던 단풍나무 뒤에서 걸어 나왔다. 그는 하얀 비단 위에 붉은 테두리가

쳐진 신을 들고 나지막이 한숨을 내쉬었다. 이목구비가 딱 20년
은 젊어 보이는 군사부였다.

비로소 머릿속에 퍼뜩 깨달음이 스쳐 지나갔다. 그 붉은 옷의
여인은 모용안이고, 검은 옷을 입은 소년이 바로 젊은 시절의 진
왕 소형이 분명했다. 따져 보니 24년 전 소형은 16살이었고, 그때
의 그는 진왕이 아니라 진나라의 공자 형이었다.

예로부터 미인은 팔자가 세다고 했다. 하지만 사서에 기록된
모용안은 그렇게 굴곡진 인생과는 거리가 멀어 보였다. 반대로
그녀를 만난 남자들의 인생이 하나같이 꼬여 평탄하지 않았다.

그중 가장 집착이 심했던 남자는 하나라의 넷째 공자 장계蔣
薊였다. 어느 야사에 기록되었는지 기억이 잘 나지 않지만, 장계
는 모용안을 아내로 맞이하고 싶었으나 뜻을 이루지 못하자 한
을 품고 죽었다. 그가 죽은 후 그의 어머니가 모용안의 머리카락
을 부장품으로 함께 묻게 해달라고 부탁했다. 하지만 그녀는 자
신 때문에 죽은 사내가 누구인지조차 몰랐다.

야사에 기록된 내용은 이것이 전부였고, 예전에는 그런 이야
기들이 다 믿을 만한 내용이 아니라고 생각했다. 그런데 지금 군
사부의 화서조를 보고 나니 모든 것이 사실이었다.

공자 계가 죽은 후 석 달쯤 되었을 무렵 모용안은 호성에서 가
장 큰 기루에 모습을 드러냈다. 그녀는 매일 그곳에 가서 손님
두 명을 불러들여 이야기를 나눴다. 그들은 위층으로 올라가 실
컷 술과 음식을 얻어먹었고, 그 대가로 그녀에게 남녀 간의 정사
情事에 관한 이야기를 들려주었다. 죽은 자의 영혼을 끌어 모아

환생한 도깨비는 태생적으로 세상물정이나 사람 간의 관계에 대해 취약할 수밖에 없었다. 아마도 그녀는 장계가 죽고 난 후 남녀 간의 사랑이 도대체 무엇인지 알고 싶어진 듯했다.

그러나 모용안과 소형은 피할 수 없는 운명이자 연분이라고밖에 달리 설명할 길이 없었다. 소형처럼 냉담한 사내가 기루에 나타날 줄 누가 상상이나 했겠는가. 심지어 그는 그 많은 기녀들 중에 모용안의 패를 선택했다. 늙은 기생어미는 그녀에 대해 몸을 팔거나 기예를 파는 기생이 아니고 그저 세상 돌아가는 것을 알아보기 위해 손님을 만날 뿐이라고 설명했지만 그의 선택은 바뀌지 않았다.

모용안은 기억력이 그리 좋지 않았다. 내가 보기에 계집종을 따라 들어온 소형은 그들이 처음 만났을 때와 별반 달라 보이지 않았다. 그때처럼 말을 타고 있지 않을 뿐 입고 있는 옷차림조차 그날 밤과 똑같았다. 그런데 그녀는 뜻밖에도 그를 알아보지 못했다. 그를 보고도 여전히 팔걸이에 기대 누울 수 있는 긴 의자에 무릎을 세우고 누운 채 전혀 아랑곳하지 않았다. 심지어 손님을 또 들이는 게 영 마음에 내키지 않는 눈치였다.

"오늘 밤 나에게 이야기를 들려주려고 왔나요? 어떤 이야기를 가지고 오셨죠?"

소형이 그녀의 맞은편에 앉았다.

"어떤 이야기를 듣고 싶으신지요?"

그녀의 시선은 여전히 다른 곳을 향해 있었다.

"내가 아는 사내가 한 여인을 너무 사랑하다 못해 상사병에 걸려 죽어버렸답니다. 이 이야기보다 더 놀랍고 기이한 이야깃거리를 가져왔나요?"

그가 손에 든 찻잔을 내려놓았다.

"그런 이야기를 기이하다고 할 수야 없지요. 그건 그저 유약한 사내의 못난 사랑이야기에 불과합니다. 자신의 탐욕을 채우지 못해 비명에 죽은 것뿐이지요."

그녀의 눈빛이 순간 반짝이며 마침내 그에게 시선을 옮겼다.

"당신은 나에게 이야기를 들려주려고 온 게 아닌 것 같군요?"

그가 창밖으로 시선을 돌리며 담담하게 대답했다.

"잘 보신 겁니다. 난 지금까지 그런 일은 해 본 적이 없으니까요. 두 달 전에 실수로 단풍나무 숲에 들어갔다가 붉은 옷을 입은 여인의 도움을 받았지요. 그날 헤어진 후 다시는 그 여인을 만날 수가 없었습니다. 내가 여기에 온 건 당신이라면 그 여인이 어디에 있는지 알려줄 수 있을 것 같아서죠."

그녀의 눈에 놀란 기색이 역력했다. 그녀는 그를 한참 동안 뚫어지게 쳐다보았고, 어느 순간 입가에 돌연 미소가 떠올랐다.

"당신이었군요."

그는 아무런 대답도 하지 않았다.

그녀는 무언가 이해가 안 가는 듯 고개를 살짝 갸우뚱했다. 그리고 미처 알아채기도 전에 이미 그들이 처음 만났을 때처럼 그의 앞에 맨발로 서 있었다. 그녀는 그를 내려다보며 뭔가 심각하게 고심하다 입을 열었다.

"나를 찾아…… 그녀를 찾아 어쩔 생각이죠?"

그는 차분한 표정으로 고개를 들어 그녀를 응시했다.

"왜 찾았을 거라 생각하나요?"

그는 정말 아무것도 모르는 양 곤혹스러워하는 그녀를 보며 그 이유를 들려주었다.

"사내가 한 여자를 사방으로 찾아 헤맸다는 건 그 여자를 얻고 싶은 마음 외에 다른 무엇이 또 있을까요?"

그녀는 깜짝 놀란 듯 보였다.

"그녀를 얻고 싶다고요? 어떻게 그녀를 얻을 생각이죠?"

흔들리는 촛불이 그의 눈 속에 온전히 담겼다.

"바로 그걸 알고자 이리 찾아온 것입니다. 내가 어찌해야 그녀의 마음을 얻을 수 있겠습니까?"

그녀는 잠시 얼이 나간 듯 아무 말도 하지 못했다. 그렇게 긴 침묵이 이어지고 나서야 그녀의 눈가에 미소가 점점 번졌다.

"정말 흥미로운 질문이군요."

등불 아래서 그녀의 미간에 그려진 붉은 나비가 유난히 요염하면서도 냉혹하게 보였다. 그녀의 시선이 그의 가늘고 긴 손가락 위에서 멈췄다.

"그녀와 싸워 이기면 자연히 얻게 될 거예요. 만약 이길 수 없다면 또 어떤 방법으로 그녀를 얻을 수 있을까요?"

이 말은 무예를 겨뤄 남편감을 고르는 것을 의미하며, 이런 방식은 남녀가 정복하고 정복되는 것에 지나지 않는다. 그렇다면 솔직히 왜 굳이 자기를 정복한 사람에게 시집을 가려고 하는 걸까? 그러느니 내가 정복한 사내에게 시집가는 쪽도 꽤 괜찮지 않을까? 그럼 적어도 가정폭력이 일어났을 때 불리해지는 일은 일어나지 않을 것이다.

하지만 모용안은 전혀 이렇게 생각하지 않는 것이 분명했다.

어쩌면 그녀는 혼인을 할 생각이 없고, 그래서 단지 이 상황을 회피하고자 내뱉은 말일지도 모른다. 그런데 한 가지 부인할 수 없는 사실은 이런 말들이 도리어 장계 같은 사내의 소유욕을 더 자극한다는 점이다.

이날 밤 소형은 별다른 말 없이 그곳을 떠났다. 그는 예의상 검을 뽑아 무예를 겨루는 흉내조차 내지 않은 채 그렇게 그곳을 나섰다. 모용안은 떠나가는 그의 뒷모습을 바라보며 손등으로 이마를 쓸어내렸고, 그녀의 입가에 의미를 알 수 없는 차가운 미소가 떠올랐다. 아마 진나라 공자 형도 이렇지 않았을까 싶다.

동쪽 땅에서 모용안이 어떤 여자인지 제대로 아는 사람은 아무도 없었다. 내가 알기로는 그저 그녀에 관한 수많은 풍문만 전해졌을 뿐이었다. 물론 고루한 유학자들은 그 소문이 행여 젊은 남녀에게 영향을 주지 않을까 전전긍긍하기도 했다.

그런데 지금 그녀의 행동을 보아하니 그들도 참 할 일 없는 이들로, 걱정도 팔자라는 생각이 들었다.

군사부는 모용안이 소형을 만난 것 자체가 그녀의 운명이자 업보라고 했다. 하지만 지금에야 드는 생각은 모든 것이 반대가 아닐까 싶다.

지난 인연 따위 훌훌 털어버리고 자유로웠던 쪽은 모용안이고, 집착에서 벗어나지 못한 쪽은 도리어 소형이었다. 처음에는 두 사람이 스승과 제자의 인연으로 만나 늘 함께 지내다 보니 가랑비에 옷이 젖듯 연모하는 정이 생겼을 거라고 생각했다. 하지만 현실은 이 모든 추측을 완전히 뒤집어 놓았다.

소형은 모용안의 제자가 되었고, 그 시기는 기루에서의 만남 이후 반년이 지나서였다. 모용안은 어떤 사람에게 마음의 빚을 졌는데, 그 사람이 소형을 방산 단풍나무 숲으로 데리고 오더니 제자로 받아들여 주길 부탁한 것이다.

나는 이 모두가 도대체 소형의 계획인지 아니면 단지 연분인 지 알 방도가 없었다. 군사부 역시 확답을 주지 못하셨다. 그러나 단풍 숲에서 다시 소형을 보았을 때 모용안은 분명 놀란 기색을 숨기지 못한 채 당황스러운 미소를 지으며 그를 맞았다.

"또 당신이군요."

그녀는 오래전 전쟁터에서 싸우던 무사의 집념이 응집되어 태어난 도깨비였고, 긴 세월 동안 덧없이 흘러가는 무상한 인간사를 겪으며 기억에 남아 있는 사람의 수는 극히 적었다. 그런 그녀가 소형을 기억해냈다. 그를 기억할 뿐 아니라 그날 밤 그녀와 나눈 말까지도 모두 기억하는 것처럼 보였다.

그녀는 달빛을 받으며 말라 죽은 단풍나무 아래 서서 무척 흥미로운 눈빛으로 갓 받아들인 자신의 제자를 바라보았다.

"쪽에서 뽑아낸 푸른 물감이 쪽보다 더 푸르다는 말이 있죠? 나를 사부로 모시기만 하면 언젠가 날 뛰어넘어 이길 수 있다고 생각하는 건 아니겠죠?"

검은 옷차림의 소년은 한 치의 망설임도 없이 그녀를 스쳐 지나가 숲 속 깊은 곳으로 걸어 들어갔다. 쏟아지는 달빛을 받아 그의 뒤로 긴 그림자가 드리워지고, 차가우면서도 무심한 목소리가 밤바람을 타고 흩어졌다.

"사부님, 지나친 걱정이십니다."

그는 이제까지 그녀를 사부로만 보아왔던 제자처럼 깍듯한 말과 행동으로 대했다. 반년 전에 그녀의 패를 선택해 어떻게 하면 그녀를 얻을 수 있는지 알려달라고 했던 소년은 더 이상 이 세상에 존재하지 않는 듯했다.

방산의 괴이한 단풍 숲을 지나면 뒤편으로 별천지가 펼쳐졌다. 안으로 깊이 들어갈수록 우거진 녹음 아래에 계곡물이 시원스레 흘렀고, 울창한 나무들 사이로 대나무로 지은 건물이 반쯤 모습을 드러냈다. 그곳이 바로 모용안의 거처였다.

모용안의 제자로 들어간 날부터 소형의 행동은 자신의 본분을 잊는 법이 없었다. 모용안에게 아침저녁으로 문안인사를 올렸고, 밥을 먹거나 자는 등의 기본적인 것 외의 모든 시간을 검을 연마하는 데 집중했다. 그는 스승의 길을 존경하여 그 검술에 심취한 제자처럼 매일 연습을 게을리 하지 않았다. 게다가 타고난 자질까지 뛰어나 배우는 속도마저 눈에 띄게 빨랐다.

내가 보기에 모용안은 소형의 일거수일투족을 예의주시했다. 어쩌면 그녀도 이 소년이 무슨 생각을 하고 있는지 궁금했거나, 혹은 한 사람의 태도가 어떻게 이렇게 극과 극으로 달라질 수 있는지 도통 이해가 가지 않았을 것이다. 예전에 군위한테 이런 이야기를 들은 적이 있었다. 모용안과 소형처럼 사부와 제자가 있었는데 어느 날 밤 두 사람이 검술을 연마한 후 지친 사부가 나무 아래서 휴식을 취했다. 그런데 곁에 있던 제자가 사부의 모습을 보며 욕정을 참지 못하면서 끝내 사달이 나고 말았다고 한다.

그런데 확실히 소형은 그 제자보다 자제력이 훨씬 강했다. 한

동안 모용안은 거의 매일 그가 검술을 연마하는 숲에서 낮잠을 즐겼고, 특히 그가 피곤에 지칠 때면 휴식을 취하기 위해 찾는 곳마다 등나무 침대를 가져다 두기까지 했다. 그럴 때마다 그는 묵묵히 다른 곳으로 자리를 옮겼고 불경스러운 행동을 단 한 번도 하지 않았다.

하지만 그가 이럴수록 모용안의 호기심은 점점 더 커져가는 듯했다. 처음 소형을 제자로 받아들였을 때만 해도 그는 그녀를 사부로 깍듯이 모셨고, 그녀 역시 가끔 그의 앞에 나타났을 뿐이었다. 그러다 소형이 혼자 해결하기 어려운 문제에 부딪히면 어디에선가 나타나 '초식이 눈보다 빠르려면 눈으로 사물을 보아서는 안 됩니다' 등의 말로 도움을 줬다. 그러나 따지고 보면 보통 사람들이 전혀 알아들을 수 없거나, 알아들어도 어떻게 해야 할지 모르는 뜬구름 잡는 말들이 대부분이었다.

시간이 흐르면서 두 사람은 거의 매일 함께 검술을 연마했다. 그녀는 검법의 문제점을 가르치거나 알려줄 때 전보다 훨씬 신경을 썼다. 가끔 기분이 좋으면 검을 들고 소형과 몇 초식을 주고받으며 문제점을 보완할 수 있도록 도움도 주었다. 하지만 이 또한 그녀의 검법을 좀 더 잘 활용할 수 있도록 유도하는 것에 불과할 뿐이며, 한 치의 양보도 없는 대련에선 단 한순간도 허점을 보이지 않았다.

그러나 그날의 대련은 평소와 왠지 달라 보였다.

11월에 들어서면서 산길이 막힐 만큼 폭설이 내렸다. 검을 연마하던 숲에도 눈이 잔뜩 쌓여 있었다. 내뱉는 숨조차 얼어버리는 혹한의 날씨가 이어지고, 얼음기둥 같은 소나무마저 절굿공이처럼 눈밭에 박혀 있었다.

머리 위에 뜬 태양은 지극히 희미하게 빛나며 온기조차 거의 느껴지지 않는 차가운 빛을 토해냈다. 두 사람의 검이 불꽃이 튈 듯 격렬하게 부딪쳤지만 예전처럼 서로 검법을 대결하며 치열하게 주고받는 긴장감이 느껴지지 않았다. 똑같은 검법으로 공격과 수비가 번갈아 오갈 뿐이고, 매 초식마다 누구의 검법이 더 빠른지에 온 신경이 집중되어 있는 것처럼 보였다. 소나무 위에서 물방울 하나가 땅에 떨어지는 사이 이미 세 번의 치열한 접전이 끝이 났다.

숲 속에 사르르 눈이 내리는 소리가 검이 부딪히는 맑고 차가운 소리와 어우러지며, 적막한 설광雪光 속에서 그윽하고 고요한 분위기를 자아냈다.

한 차례 검광이 지나간 후 모용안의 옆에 있던 얼음기둥이 돌연 무너져 내렸다. 그녀는 본능적으로 오른쪽 뒤로 몸을 피했다. 바로 그 찰나에 작고 검은 그림자가 기민하게 움직이며 틈을 파고들었다. 그가 어떤 초식을 썼는지 제대로 보지도 못한 상태에서 그녀의 검이 어느새 손에서 떨어져 나갔다. 그 순간 그의 몸에 붉은 핏자국이 그어졌다. 핏자국을 남긴 검이 허공을 반쯤 돌아 눈밭에 내리꽂혔고, 주위로 붉은 피가 배어 나왔다. 그사이 그의 검은 한 치의 흔들림도 없이 그녀의 목을 겨누고 있었다.

또다시 얼어붙은 커다란 나뭇가지가 떨어지면서 눈이 사방으로 튀는 가운데 두 사람은 얕게 숨을 몰아쉬었다. 그는 여전히 검을 겨눈 채 그녀를 뚫어져라 응시했다.

"그때 내게 했던 말을 기억하십니까, 사부님?"

그녀가 손을 들어 목을 겨누고 있는 검을 옆으로 살짝 밀친 후 고개를 살짝 기울이며 말했다.

"지금까지 검술에만 심취해 있던 그대를 보면서 정말 오랫동안 혼란스러웠답니다. 진지하게 나를 좋아한다 말하고, 나를 얻고 싶다고 했던 그때 그 사람을 혹시 다른 사람으로 착각한 줄 알았네요."

그가 검을 거두어 칼집에 넣자 오른손 손바닥을 타고 피가 떨어졌다. 하지만 그는 전혀 개의치 않는 듯했다.

"만약 비술을 사용하지 않고 검술로만 겨룬다면 사부님은 벌써 저에게 지셨을 겁니다. 달리 말하면 사부께서 비술을 쓰신다면 전 영원히 사부를 이길 수 없겠지요. 제 생각은 지금껏 한 번도 변하거나 흔들린 적이 없습니다. 모든 것은 사부의 선택에 달려 있을 뿐입니다."

그가 그녀에게 한 발 다가가 당돌하게 물었다.

"저에게 비술을 사용하실 겁니까?"

그녀는 대답하지 않은 채 고개를 끄덕이며 앞서 그가 했던 말을 인정했다.

"그대의 말이 맞아요. 언젠가 검을 쥐고도 그대에게 졌다면 그건 내가 지고 싶기 때문일 테죠."

그녀의 검은 눈동자에 어렴풋이 미소가 떠올랐다. 그녀는 한 발자국 앞으로 걸어 나가 그와의 거리를 더 좁히며 살짝 까치발을 했다. 입술이 그의 귓가에 거의 닿을 듯 다가갔다.

"이번에는 내가 졌어요."

그는 한참 동안 아무 반응이 없었다. 그녀는 이미 슬그머니 뒤로 물러나 손으로 이마를 가리며 하늘을 바라보더니 투덜대듯 의미심장한 한마디를 내뱉었다.

"밥도 안 먹고 대련을 해서 그런가? 조금 허기가 지네요."

그리고 곧바로 자신의 검을 집어 들려 했다. 하지만 몸만 돌렸을 뿐 한 발자국도 발을 떼지 못하고 그에게 오른손이 붙잡히고 말았다. 나는 훅 하고 숨을 내쉬었다. 그들이 대련을 시작한 후부터 줄곧 참았던 숨이 한꺼번에 터져 나왔다. 소형은 그제야 그녀의 말이 무슨 의미인지 알아차린 것이 분명했다. 그녀가 뒤돌아서서 싱긋 웃으며 그를 쳐다보았다.

"이런, 너무 세게 잡았어요."

하지만 그는 그녀의 손을 놓지 않은 채 오른손을 들어 올렸고, 혈흔이 묻지 않은 손가락으로 마치 귀한 보물을 다루듯 그녀의 미간에 그려진 고혹적인 붉은 나비를 어루만졌다. 그리고 고개를 숙여 활짝 펼쳐진 날개 위에 살짝 입술을 댔다.

그녀의 낮은 웃음소리가 들렸다.

"아직도 주저하는 건가요?"

그녀는 그가 반응하기도 전에 곧바로 발꿈치를 들어 목을 끌어안고 붉은 입술을 그의 입술에 포갰다. 그는 순간 얼이 나갔지만 이내 손을 뻗어 그녀의 허리를 끌어안고 등 뒤 소나무로 밀어붙였다. 그의 얼굴에는 여전히 표정이 없었으나 그녀를 바라보는 눈동자는 한없이 부드럽고 그윽했다.

"당신도 나를 좋아하고 있었던 거군요. 아닙니까?"

또 한 해가 시작되면서 사방에 봄꽃의 짙은 향이 가득해지고,

여름이 찾아오면서 초목이 초록으로 무성해져갔다. 소형이 방산으로 들어와 모용안의 제자가 된 후로 산 위의 초목은 이미 두 번이나 옷을 입었다 벗었다. 사제 간에 싹튼 이런 감정은 전통적인 유교사상의 관점에서 보면 인륜을 위배하는 엄청난 일이고, 세상에 나가는 순간 용납받기 힘든 사랑이었다.

그러나 이곳은 인간 세상과 완전히 격리된 오로지 모용안의 세상이며, 세속적인 잣대와 간섭에 휘둘리는 곳이 절대 아니었다. 그곳에서 유일하게 이 일을 탐탁지 않게 생각했던 사람은 딱 한 사람 군사부뿐이었다. 하지만 이 당시 군사부는 발언권을 행사할 만큼의 지위에 있지 않았다.

일 년여의 시간 동안 두 사람은 서로를 의지하며 세상 여느 평범한 부부처럼 살았다. 이해 섣달 그믐날 밤 모용안은 대문 위에 가로로 '일세장안—世長安'이라고 쓴 대련對聯을 써서 붙였다.

그녀는 짧은 네 글자 안에 이생에서 영원히 평안하기를 바라는 마음을 담았지만 현실은 그리 녹록치 않았다. 소형은 결코 평범하지 않은 진나라의 공자였다. 우리는 행복을 얻기 위해 너무나 많은 노력과 시간을 투자하며 길고 긴 길을 돌고 돌아가지만 그것이 무너지기까진 단 한순간이라고 했다. 누가 한 말인지 모르지만 정말 일리가 있다 못해 넘쳐났다.

진문후 23년 봄에 진나라 둘째 공자 소형의 대례가 거행되었고, 대장군 모행暴行의 여식 모지暴芷를 아내로 맞아들였다. 그리고 그날 모용안은 단풍나무 숲을 떠나 종적을 감췄다.

일을 이 지경까지 몰아간 결정적 이유는 바로 문후의 협박이었다. 소형은 모용안과 왕위 사이에서 하나를 선택해야 했고, 결국 그는 왕위를 선택했다.

9월, 진문후는 조나라 천자에게 공자 형을 세자로, 모지를 세자비로 책봉한다는 소식을 올렸다. 그날 밤 군사부는 갓 태어난 아기를 안고 소형의 서재에 나타나 모용안이 죽었다는 소식을 전했다. 그리고 두 사람 사이에 태어난 유일한 혈육을 사제의 정을 생각해 잘 키워달라고 부탁했다.

아기는 강보에 싸인 채 자지러지게 울었고, 소형은 그 아기를 안고 밤새 서재에서 한 발자국도 나가지 않았다. 그는 단풍 숲을 떠나는 날까지 모용안이 임신했다는 사실을 알지 못했다.

그런데 나는 모용안의 죽음을 믿지 않았다. 비록 도깨비의 존재가 정신력이 약해 아이를 낳고 키우는 과정에서 죽는 경우가 많다지만 누구보다 강인한 정신력을 가진 모용안이라면 예외가 가능했다. 그럼에도 난산의 과정에서 죽음을 피하지 못할 운명이라면 어쩔 수 없지만 한 가지 믿는 구석이 있었다. 바로 야사에 기록된 내용 중 모용안이 진, 강 양국 사이에서 일어난 역구 전투에서 죽었다는 것인데…….

군사부는 소형이 모용안의 업보라고 말했고, 나는 이제야 그 말이 이해가 갔다. 모용안 같은 성격은 쉽게 정을 주거나 마음이 움직이지 않지만 일단 마음을 주면 평생 변치 않는 사랑을 한다. 반면에 소형은 그 속을 짐작하기가 힘든 사람이었다. 모용안을 향한 그의 마음은 거짓이 아닌 것 같았지만 포기 또한 쉬웠다.

나는 그의 마음속에서 평생을 두고 가장 사랑했던 여인은 모용안 하나뿐이라고 믿는다. 다만 그녀가 종묘사직과 지존의 자리를 대신할 수는 없었을 뿐이다. 하지만 지존의 자리에 오르고 누리는 적막한 삶이 과연 그가 바랐던 것일까?

그런데 생각해 보니 이런 생각도 너무 순진하게 느껴졌다. 만리 강산을 다스리는 지존이라면 당연히 천하의 모든 미녀들을 끼고 살아도 되는 존재였다. 비록 가장 곁에 두고 싶었던 딱 한 여자만은 얻을 수 없겠지만 수적으로 부족함이 없을 테니 외로움을 느낄 겨를도 없을 것이다.

진, 강 두 나라의 전쟁이 벌어졌을 때 진왕 소형은 직접 출정을 했다. 사서에 따르면 진나라는 무를 숭상해 대대로 왕가의 자손들은 말을 타며 성장했다. 당연히 소형도 어릴 때부터 문후를 따라 전장을 누비며 자질을 닦아왔다. 그의 전투 방식은 때를 기다리기보다 먼저 아군에게 유리한 상황을 만드는 식이었다. 그래서 늘 선봉에 서서 소수의 정예부대를 이끌고 적진으로 깊숙이 침투하거나 정면이 아닌 측면공격으로 허를 찔러 대군이 전투에서 우위를 점하도록 도왔다.

그가 진왕이 되고 나면 몸을 사릴 거라 생각했지만 역구 전투가 벌어졌을 때 그는 전과 다름없는 모습으로 전투를 이끌었다. 전투를 앞둔 전날 밤에도 기병 스무 명을 대동하고 강나라 진영으로 돌진했고, 다시 말 머리를 돌려 빠져나왔다. 이런 식으로 그는 자신의 생명을 걸고 적의 병력을 직접 확인하고 돌아왔다.

이런 정찰 방식으로 적진의 상황을 파악하는 것은 그에게 대수로운 일이 아니었다. 어릴 때부터 늘 이렇게 해왔고, 그 과정에서 여러 차례 위험에 빠지기도 했지만 특유의 냉정함을 무기로 위기를 모면했다.

그러나 이날 밤 그는 기병 스무 명을 이끌고 적진 깊숙이 들어갔다 나오는 도중에 적군이 매복해둔 병사 수천 명의 공격을 받고 말았다. 적의 진영으로 침투해 상황을 염탐할 때 기병의 일부가 이미 부상을 당한 상태였고, 전투마조차 수십 발의 화살을 맞아 기동성을 상실해 포위를 뚫고 나갈 가능성이 희박했다.

사서를 찾아봐도 그가 공자 시절에 퇴로가 막히고, 뒤로는 적군이 추격해 오는 절체절명의 순간을 맞았다는 기록은 단 한 줄도 나와 있지 않았다.

칠흑처럼 어두운 숲 속에서 포위망은 점점 좁혀지는 가운데 돌연 횃불이 타오르고 북소리가 울려 퍼지기 시작했다. 원래 사기를 북돋우기 위해 치던 북이었지만 이번만큼은 적을 향한 희롱과 조소가 담겨 있었다.

산비탈 위를 보니 거칠게 콧김을 뿜어내는 붉은 전투마를 탄 강나라 장군이 득의양양한 표정으로 적진을 보며 웃고 있었다.

"용맹하기로 유명한 진왕이 오늘 여기서 죽게 될 줄은 몰랐군. 보아하니 세상에 용맹함으로 이름을 떨치던 저자의 명성도 허울뿐이었던 게지. 내 눈에 저자는 그저 혈기만 믿고 함부로 날뛰는 애송이에 불과하네. 안 그런가?"

그 말이 끝나기 무섭게 그의 목이 바닥으로 굴러 떨어졌다. 사방으로 튀는 핏방울과 함께 검 하나가 바위 벽 위에 내리 꽂혔고, 장군의 머리통은 흉악한 미소가 여전히 남아 있는 채로 피범벅이 되어 바닥을 뒹굴었다.

보기만 해도 간담이 서늘해지는 장면 앞에서 나도 모르게 손이 저절로 내 목에 가 닿았다. 다행히 내 머리통은 목 위에 잘 붙어 있었다.

그러나 그 검은 소형이나 그의 부하의 것이 아니었다. 그들의 무기는 각자의 손에 멀쩡하게 들려 있었다. 나는 눈을 크게 뜨고 눈앞에 펼쳐진 화서조를 들여다보며 이 일의 단서를 찾으려고 애를 썼고, 그와 동시에 강나라의 매복병들 중 소형의 추종자가 있을지 모른다는 생각이 머릿속을 퍼뜩 스치고 지나갔다. 그러다 어찌 된 일인지 생각이 다른 쪽으로 튀면서 돌연 모용안이 떠올랐다.

그리고 이 이름이 불가사의한 속도로 내 머릿속을 스칠 때 허공에서 놀랍게도 방울 소리가 들려왔다. 나는 소형의 눈이 순식간에 놀라 휘둥그레지는 것을 보았다. 좀 전까지 강나라 장군에게 치욕스러운 말을 듣고도 침묵을 지켰던 그가 한순간에 이성을 잃고 방울 소리가 나는 곳을 향해 말고삐를 당겼다.

적군도 그제야 상황파악이 된 듯 부장군이 황망히 포위공격을 명령했다. 병사들이 긴 창을 들고 거리를 좁혀갈 때 송진으로 만든 횃불의 붉은빛을 향해 어딘가에서 한 무더기의 붉은 나비가 날아들었다.

그 찰나 주위의 하늘 높이 솟아 있던 푸른 고목들이 잎 끝에서부터 시들며 말라죽기 시작하더니, 눈 깜짝할 사이에 썩은 나무처럼 말라비틀어졌다. 광풍이 불어와 산을 환하게 비추던 횃불마저 일제히 꺼졌다. 하늘에 걸린 달만이 아무 일 없다는 듯 산을 비췄다.

붉은 나비가 광풍에도 전혀 아랑곳하지 않은 채 허공을 날며 날갯짓을 하자 그 주위로 영롱한 붉은빛이 퍼져 나왔다. 방울 소리가 점점 또렷하게 들리고, 어둠 속에서 마침내 붉은색의 화려한 옷을 입은 여인의 모습이 드러났다. 검은 머리는 폭포처럼 발목까지 흘러내렸고, 미간에 그려진 붉은 나비가 정말 날개를 펼치고 날아오르려 했다. 얼음장처럼 차가워 보이는 아름다운 얼굴의 입술 끝이 보일 듯 말 듯 희미하게 치켜 올라갔다.

나는 소형이 앞뒤 상황을 가리지 않고 말을 몰아 그녀를 향해 달려갈 줄은 생각지도 못했다. 일촉즉발의 전장에서는 아주 작은 움직임조차 또 한 번의 피비린내를 불러일으키는 신호탄이 될 수 있었다. 심지어 이렇게 대놓고 움직인다면 적에게 자신을 향해 화살을 쏘라고 알려주는 것과 같았다. 하지만 그는 그녀를 잡고 싶었을 것이다. 이미 죽었다고 생각했던 그녀가 눈앞에 나타났으니 말이다.

그는 어느새 냉정함을 되찾은 차분한 눈빛으로 한순간도 그녀에게서 시선을 떼지 않았다. 적군의 화살이 밀물처럼 그를 향해 몰려왔지만 두려움조차 느끼지 못하는 듯 검을 들어 앞으로 날아오는 화살을 막아낼 뿐이었다. 그녀는 차가운 시선으로 그를 힐끗 내려다보았다. 그녀가 소맷자락을 뒤로 쳐 올리자 광풍 속에서 모든 움직임이 돌연 멈추어버렸다. 소란스럽던 강나라 대오는 물론 날아오던 화살, 말을 몰던 소형과 질주하던 그의 준마, 심지어 연기가 피어오르던 송진까지 모든 것이 멈췄다.

방울 소리가 가볍게 울리는가 싶더니 고개를 꼿꼿이 들고 멈춘 말 머리 위에 그녀가 서 있었다. 그녀는 고개를 숙여 그의 멈춰버린 눈동자 속에 고스란히 드러난 간절한 마음을 들여다보며 나지막이 웃었다.

"결국 당신도 날 사랑했으니 난 당신에게 진 게 아니라 당신의 왕좌에 진 것뿐이었네요."

쓸쓸한 목소리가 완전히 멈추어버린 공간 속에서 조용히 울려 퍼졌다. 그리고 마치 잔잔한 호수 위에 던진 돌이 일으킨 파문이 얼마 못 가 흔적도 없이 사라지는 것처럼 금세 잦아들었다.

방울 소리가 다시 울리더니 그녀는 어느새 밤바람을 타고 허공 속으로 돌아가 발아래 정지된 전장을 지극히 담담한 눈빛으로 한번 훑어본 후 천천히 오른손을 들어 올렸다. 머리카락이 광풍에 흩날리는 가운데 그녀는 가느다란 다섯 손가락으로 붉은 연꽃의 형상을 만들었다.

피 한 방울이 연꽃 속에 떨어지자 어둠 속에서 훨훨 날던 나비가 돌연 가늘고 긴 금침으로 변했다. 금침들이 어떻게 날아갔는지 알아채기도 전에 허공에서 갑자기 거대한 연기와 불길이 터져 나왔고, 희미한 붉은빛 속에 강나라의 병사들은 벌레가 먹어서 속이 텅 빈 나무 그루터기처럼 순식간에 백골로 변해버렸다.

백골 위에서 수를 헤아릴 수 없을 정도의 붉은색 어린 나비들이 새로 태어났다. 나는 고서에 기록된 말을 떠올리며 한참 동안 꼼짝도 할 수 없었다. 지금 모용안은 전설 속의 비술로 알려진 혼타魂墮를 펼쳐 보이고 있었다.

이 화려하면서도 잔혹한 비술을 쓰게 되면 결계 속에서 시간과 공간이 모두 봉인된다. 비술 속에 기생하는 붉은 나비는 금침으로 변해 살아 있는 사람의 피와 살을 흡수하고, 그 날개는 모두 새빨간 피로 더 붉게 물들게 된다. 혼타를 쓰게 되면 붉은 나비가 날아다닐수록 백골이 계속 쌓인다.

변태적인 성향을 가진 자들이 이 비술을 보게 된다면 살육의 미학을 극치로 끌어올린 예술이라며 감탄을 금치 못할 것이다. 그러나 나는 이 비술의 다른 면이 보였다. 모용안은 얼마 전 아들을 낳으면서 엄청난 정신력을 소모했을 텐데, 그런 상태에서 이렇게 큰 공간을 자신의 비술로 가득 채웠다. 그녀의 몸이 과연 견뎌낼 수 있을까?

역시나 내 걱정은 괜한 기우가 아니었다.

달이 점점 괴이한 붉은빛을 띠고 광풍에 소맷자락이 부풀어 오르더니, 두 눈을 감은 모용안의 입가에서 쉬지 않고 피가 새어 나왔다. 꽤나 고통스러운 듯 미간을 찡그리자 요사스럽고 아름다운 붉은 나비가 홀연 날개를 떨며 날아올랐고, 그녀의 입에서 선혈이 울컥 뿜어져 나왔다. 봉인된 공간이 열리는 찰나 붉은색 그림자가 뒤로 쓰러지더니 어린 나비가 날아다니는 시체들 위로 떨어지려 했다. 멀지 않은 곳에서 꼼짝하지 못하고 서 있던 전투마가 돌연 갈퀴를 잡히자 놀라 울부짖었다. 소형의 검은 그림자가 말 등을 떠나 화살처럼 앞으로 돌진했다.

그녀는 뒤로 쓰러지는 동시에 소형의 품 안으로 떨어졌다. 그는 안도의 한숨을 내쉬며 백골 더미 위에 누워 그녀를 꼭 끌어안았다. 붉은 나비가 그녀의 주위를 빙빙 돌고 있었다. 그녀의 안색은 창백했지만 입술은 여전히 붉은빛을 띠었다. 소형의 떨리는 손이 피로 물든 그녀의 입술을 어루만졌다.

"왜 날 구하러 온 겁니까? 그냥 끝까지 날 속이고 내가 모르는 곳에 가서 행복하게 살지 그랬어요."

그녀가 미간을 살짝 찡그렸다.

"당신은 내 제자잖아요. 제자가 잘못을 했으면 가르치고 정신을 차리게 만드는 것도 스승의 역할이죠. 게다가 저들이 내 손으로 키운 제자를 함부로 하게 둘 수는 없지 않겠어요?"

그녀의 팔을 안고 있던 그의 손이 순간 멈칫하더니 그녀의 허리를 잡고 더 바싹 끌어안으며 자신에게 온전히 기대게 했다. 그의 깊게 가라앉은 눈동자 속에 수많은 감정이 교차했다. 한참 후 그의 갈라진 목소리가 들렸다.

"사부, 내 곁으로 돌아오세요."

그녀는 손을 들어 올렸고, 손가락 사이로 여전히 피가 흘렀다. 나비 한 마리가 피를 쫓아 날아와 손가락 끝에 앉았다. 그녀는 그 붉은 나비를 바라보며 입가에 보일 듯 말 듯 미소를 지었다.

"돌아오라고 했나요?"

그리고 모든 것을 마음에서 내려놓은 듯 고개를 가로저었다.

"이제 그럴 수 없어요. 난 곧 죽게 될 거예요."

그의 넓은 어깨가 사시나무 떨듯 떨렸고, 충격에 휩싸인 눈으로 그녀를 바라보았다. 그의 목소리는 마지막 희망이라도 잡으려는 듯 절실했다.

"그럴 리 없습니다. 제자가 잘못을 했으면 사부가 돌아와 크게 꾸짖고 올바른 길로 이끌어 주셔야지요."

그녀는 그를 바라보며 입가에 미소를 지었다.

"당신들 진 왕실에서 나를 어떻게 말하든 나한테는 하나도 중요하지 않아요. 당신이 나를 어떻게 생각하는지, 그것만 중요해요. 난 이 세상에서 사는 게 조금은 지루하다고 느껴질 만큼 오래 살았죠. 당신을 통해 사랑이 무엇인지도 알았고, 그것이 주는 기쁨은 물론 고통까지 모두 맛보았어요. 나 같은 도깨비가 이렇게까지 완벽한 경험을 할 수 있다는 건 정말 기적 같은 일이 아닌가요? 마치 산해진미가 모두 차려져 있는 멋진 연회에서 그 음식들을 전부 맛나게 먹어 치운 것처럼요. 연회가 끝나면 모두 자리를 뜨듯 인생 역시 시작이 있으면 끝이 있는 거겠죠."

그녀는 힘겹게 말을 이어가고 있었지만 정신만은 아직 의식의 끈을 놓지 않는 중이었다. 하지만 안색은 점점 투명하게 변해갔고, 그녀의 주위로 붉은 나비들이 갈수록 많이 모여들고 있었다. 그 모습은 마치 그녀의 마지막 순간을 기다리고 있는 듯 보였다.

그가 그녀의 옷소매를 움켜쥐고 상처 입은 짐승처럼 억눌린 목소리를 토해 냈다.

"더 이상 내가 필요 없다 하더라도 우리의 아이를 생각하세요. 소예가 얼마나 총명한지 모릅니다. 그 아이가 커가는 모습뿐 아니라 장차 제위에 오르는 것까지 지켜봐야지요."

나는 그가 이렇게까지 말을 많이 하는 모습을 처음 보았다. 그는 행여 그녀의 입에서 거절의 말이라도 나올까 봐 말할 기회조차 주지 않았다. 마치 그녀가 거절만 하지 않으면 계속 곁에 남아 있을 수 있다고 믿고 싶은 듯했다.

거센 광풍이 한바탕 지나가자 그녀를 안고 있던 그의 모습이 순간 멈칫하며 굳어지는 것이 느껴졌다. 한참 후 그는 비틀거리며 자리에서 일어섰고, 손에는 붉은색의 옷만이 남겨져 있었다.

화서조가 돌연 멈추자 나는 한참 동안 정신을 차릴 수 없었다. 과연 모용안은 역구 전투에서 죽음을 맞았다. 이것이 사서에 기록되어 있지 않은 죽음의 진실이었다.

모용안은 아름다운 삶을 살다 죽어갔고, 동쪽 땅에서 누구도 범접할 수 없을 만큼 강한 비술사이기도 했다. 이런 그녀가 바로…… 소예의 어머니였다. 원래 그의 어머니는 모지가 아니었던 것이다.

이야기가 다 끝난 후 군사부는 미간을 찌푸린 채 깊은 침묵에 빠져들었다. 아무래도 이 이야기는 군사부에게 결코 아름다운 기억이 아닐 듯싶었고, 나와 군위는 무슨 말을 해야 할지 몰라 그저 등불만 멍하니 바라보았다.

지난 과거의 한 기억을 모두 보고 나서 한 가지 드는 생각은 이 일과 군사부는 아무런 연관이 없다는 것이었다. 그런데 그가 왜 그렇게까지 진후를 적대시하며 죽이려 드는지 도무지 이해가 가지 않았다. 그러나 군사부의 코앞에서 감히 군위와 이런 생각에 대해 이야기를 나눌 수 없었다. 눈빛으로나마 의견을 교환해 보려 했지만 군위와는 그런 일 자체가 불가능했다. 결국 혼자 한참을 고심하다 번뜩 떠오른 결론 하나는 바로 군사부가 모용안에게 다른 마음이 있어 그녀를 죽음에 이르게 한 소형에게 그렇게 큰 적대감을 품게 되고…… 그러나 또 달리 생각해 보니 이 또한 너무 극단적이었다. 모용안은 평생 동안 딱 두 명의 제자를 받아들였는데 어떻게 그 두 명이 모두 그녀에게 남모를 연정을 품을 수 있단 말인가.

내가 이유를 찾아내기도 전에 군사부가 먼저 입을 열었다.

"화서조를 봤으니 내가 네게 바라는 게 무엇인지 알겠느냐?"

나는 머리를 긁적이다 이때다 싶어 사부의 마음을 떠보았다.

"진후의 꿈을 엮어 그를 그 꿈속에 가두기를 바라시는 것이 아닙니까?"

군사부의 입은 웃고 있었지만 눈은 여전히 매섭기 그지없었다.

"잘 알고 있구나. 지난날 소형은 사부를 버리고 왕위를 선택했지. 사부는 이 일에 대해 단 한마디도 꺼내지 않았지만 그해 그녀의 고통을 나는 이 두 눈으로 똑똑히 보았다. 그녀는 더 높은 자리까지 올라갈 수 있었지만 소형이 그녀의 길을 가로막았지. 그러나 그녀가 그를 위해 모든 것을 포기했는데도 그는 그 귀한 마음을 조금도 알지 못했다. 만약 다시 그때로 돌아간다면 지금의 소형이 과연 어떤 선택을 하는지 보고 싶구나. 만약 사부를 향한 그의 마음이 오래도록 변하지 않았다면 화서의 공간 속에 남아 사부와 함께하는 삶을 선택할 테지. 그러면 나는 그에 대한 원한을 풀고, 사부가 속세에 남긴 마지막 한도 끝낼 것이다. 그러나 만약 그가 여전히 왕좌에 대한 미련을 품고 있고 지금에 와서도 그녀를 또 저버린다면 내 기필코 그자를 이 손으로 죽이고 말 것이다."

군사부의 이런 모습을 보고 있자니 마음이 복잡해지면서 엄청난 심적 부담감이 몰려왔다. 지금 사부는 소형의 과거를 재현하는 화서의 공간을 만들어 그가 그 꿈속에 남을지 선택하도록 만들고 싶어 했다.

그런데 이 상황은 송웅을 위해 화서인을 썼을 때와 완전히 달랐다. 물론 화서의 공간에 들어간 이상 그가 어떤 선택을 하든 그는 죽게 될 것이다. 다만 그가 원해서 죽는지, 아니면 어쩔 수 없는 강요에 못 이겨 죽게 되는지의 차이가 있을 뿐이었다. 나는 입술을 깨물며 잠시 고심하다 물었다.

"복수를 원한다면 다른 방법이 얼마든지 있는데 왜 사부님이 굳이 화서인을 쓰려 하시는지 생각해 봤습니다. 사부님은 그때 모용안이 목숨 걸고 그를 지켜낸 것이 과연 의미 있는 일이었는지 알고 싶으신 겁니다. 아닌가요?"

군사부는 대답이 없었고, 그의 눈빛에 담긴 무거운 감정의 깊이는 내가 이해할 수 있는 것이 아니었다.

사서 속에 미화되어 누구에게도 알려지지 않았던 이 이야기는 지난 25년 동안 세월의 흐름 속에 산산이 흩어져 아무것도 남아 있지 않은 채 오로지 한 사람의 마음속에 원한으로 새겨졌다. 그리고 지금 그는 기억이 사라지기 전에 그 원한의 끝을 보고자 했다. 하지만 당사자도 아닌 제삼자가 끝을 본다고 해서 그것이 또 무슨 의미가 있을지 확신이 서지 않았다. 나는 사부가 이렇게까지 진왕을 향한 복수에 집착하는 것이 무엇을 위해서인지 알지 못한다. 그저 사부의 눈빛을 보며 어쩌면 화서인을 통해 진왕의 마음을 다시 한번 시험해보길 원하는 거라 생각할 뿐이었다.

2장

9월 12일, 소형의 생일을 축하하는 진연이 열렸다. 진후는 오랫동안 병환 중이었지만 호전되지 않자 8월 초에 도산茶山 안락궁安樂宮으로 거처를 옮겼고, 세자 소예에게 나랏일을 맡겼다. 이 때문에 문무백관들이 모두 안락궁으로 가 축하연을 열었다.

10일부터 위로는 공경, 아래로는 궁노宮奴들이 바치는 축하선물 행렬이 도산을 향해 끊임없이 이어졌고, 마차에 실린 선물이 무엇인지 모르겠지만 산길을 오르는 내내 마차바퀴 자국이 깊이 파였다.

사실 윗사람에게 선물을 보내는 것도 상당한 요령과 지식이 필요했다. 보내는 선물이 진부하지 않아야 진심이 전해질 수 있지만 그렇다고 분수에 넘쳐서도 안 된다. 군위는 마당발을 이용해 선물 명단을 손에 넣었고, 그것을 보는 순간 우리는 실망을 넘어 절망에 빠졌다. 대부분이 각지의 토산품이지만 결코 쉽게 구할 수 없는 물건들 일색이었다. 마음을 전하기에는 충분하나 그렇다고 결코 흔하거나 분수에 넘친다고 볼 수 없는 그런 것들이었다.

오로지 기안군祁安郡의 군수만이 눈에 띄게 악기를 연주하는 여인, 악희樂姬를 보냈다. 군위는 감탄사를 연발하며 고개를 절레절레 흔들었다.

"이 기안군 군수가 눈앞의 이익에 급급한 게 너무 티가 나네. 이렇게 주제넘게 나서면 주위에 적들로 가득 차지 않겠어?"

나는 한참 고심하다 장난스레 웃으며 나름의 답을 내놓았다.

"기안군은 예로부터 문예예술로 번성했고, 그 명성이 제후국 사이에 자자했잖아. 그들 입장에서 보면 악희야말로 진짜 토산 품일지도 모르지."

내 웃음소리가 끝나기도 전에 군사부가 인피가면 세 장을 들고 방 안으로 들어섰다. 그리고 한 장은 기안군 군수, 또 한 장은 군수의 하인, 나머지 한 장은 바로 방금 전까지 우리 입에 오르내렸던 '토산품' 악희라고 설명해 주었다.

우리는 이 모습으로 축하 인파에 섞여 도산 안락궁에 들어갈 예정이었다. 나는 인피가면을 시험 삼아 써보았고, 능화菱花 모양의 거울에 비친 모용안의 얼굴을 보는 순간 기겁을 하고 말았다.

군사부는 거울에 비친 내 얼굴을 한참 동안 바라보다 담담하게 나의 할 일을 알려주었다.

"이 가면을 쓰고 연회에 나타나면 소형이 분명 널 따로 불러내 이런저런 이야기를 물을 것이다. 그러면 적당한 기회를 봐서 그에게 너의 피를 마시게 하고 그의 화서조를 보도록 하거라."

나는 고개를 푹 숙인 채 신발 끝만 뚫어져라 쳐다보며 괜한 반항을 해 보았다.

"꼭 이 모습이어야 하나요? 보나 마나 비극이 될 게 뻔해요! 잘생긴 부잣집 도령이 젊은 시절에 아리따운 여인을 만났고, 그녀가 죽은 후에 백방으로 그녀를 대신할 여인을 찾았다고 생각해 보세요. 소형은 나를 보는 순간 내가 모용안의 환생이라고 생각할 게 뻔하고, 그럼 나를 그녀 대신으로 삼아 궁으로 들이겠죠. 어쩌면 첩으로 봉할지도 모르고⋯⋯."

군사부는 이마를 쓸어내리며 내 말을 끊고 고개를 돌려 군위에게 물었다.

"네가 한번 대답해 보려무나. 정상적인 사내라면 자신이 사랑했던 여인이 죽고 20여 년이 흐른 후에 그녀와 꼭 닮은 젊은 여인을 만났을 때 가장 먼저 어떤 생각이 들겠느냐?"

군위는 머리를 긁적이며 머뭇대다 소설가다운 답을 내놓았다.

"오랜 세월 한 여인을 그리워하며 살지 않았습니까? 그러니 하늘이 그 마음을 가련하게 여겨 그녀를 다시 곁으로 보내 지난 인연을 계속 이어가게 하려는 것이라고 생각하지 않을까요?"

군사부는 기가 막힌 듯 우리 둘을 번갈아 바라보며 입가를 파르르 떨었다.

"나라면 그 여인이 혹시 자기 딸이 아닐까 하고 생각할 것 같구나⋯⋯."

군사부의 계획에 따라 우리는 신분을 감춘 채 안락궁으로 들어갔다. 군사부는 기안군 군수로 변장해 천부적인 재능을 드러냈다. 그는 장본인과 친분이 있는 사람들 앞에서도 능수능란하게 대처했고, 나와 군위는 그 모습을 보며 불안감을 완전히 씻어낼 수 있었다.

얼마 후 오시午時가 되자 진후가 자화루子花樓 아래서 큰 연회를 베풀었고, 백관들이 차례로 자리에 앉아 관직과 품계에 따라 순서대로 만수무강을 기원하며 술잔을 기울였다.

궁녀들이 나를 계수나무 뒤로 데려가 기다리게 했다. 이곳은 누구도 몰래 훔쳐볼 수 없는 그런 데였다. 멀지 않은 곳에서 술잔이 오고가며 흥에 겨운 시끌벅적한 소리들이 들려왔고, 한참 후 환관이 나의 이름을 호명하는 소리가 들렸다. 나는 그 가늘고 째지는 듯한 소리를 들으며 얼른 나서서 자신을 소개했다.

"기안군 모용접慕容蝶이라 하옵니다."

순식간에 모두의 이목이 거문고를 안고 청석이 깔린 비취색 돌길을 걸어 나오는 나에게 일제히 쏠렸다. 성벽 위에서 떨어져 순국했던 순간을 빼면 내 평생 이렇게 많은 사람의 주목을 받은 것은 실로 이번이 처음이었다. 다양한 의미를 담고 있는 눈빛이 촘촘하게 짜인 거미줄처럼 내 앞에 가로놓여 있었다. 이들은 분명 내가 모용안을 처음 보았을 때 속으로 했던 생각처럼 나를 아름답다고 생각할 것이다.

돌연 내 자신이 내가 아닌 듯한 착각이 들고, 걸음을 옮길 때마다 결코 존재할 리 없는 방울 소리가 따라오는 것만 같았다. 거문고를 올려두는 곳에 당도하자 마침내 턱을 괸 채 왕좌에 기대앉아 있는 남자의 모습이 또렷이 보였다. 그는 그날 이후 23년의 세월을 보낸 소형이었다. 물의 덕水德을 숭배해 검은색을 귀히 여기는 나라답게 그 역시 검은색 옷차림이었고, 어림잡아 계산해도 이미 마흔은 넘긴 나이였으나 얼굴은 나이답지 않게 젊어 보였다. 물론 얼굴에 병색이 드러나기는 했지만 한 나라의 군주다운 위엄을 잃지 않았다. 지난 세월을 거치며 그의 차분하면서도 냉담한 기질은 젊은 시절과 비교가 되지 않을 만큼 훨씬 위압적인 분위기를 만들어냈다.

내가 이렇게까지 자세하게 그의 외모를 묘사할 수 있었던 데는 서 있는 각도가 한몫을 했다. 그의 시선이 내 얼굴에 닿기 전까지 꽤 긴 시간 동안 그를 꼼꼼히 살펴볼 수 있었다. 지금까지 이렇게 많은 생각을 담고 있는 눈빛을 본 적이 없었다. 우수에 잠긴 듯 쓸쓸하고, 그윽한 달빛처럼 아득하고, 하늘의 별빛처럼 반짝이는 눈빛이 이 쓸쓸한 검은 눈동자 속에 모두 숨겨져 있었다. 나는 그런 눈빛을 받으며 거문고 연주를 했고, 진심을 담아 한 음도 틀리지 않고 연주를 마쳤다. 비록 악희의 모습으로 변장해 그를 속인 것은 미안하지만 기안의 문예예술이 다시 한번 명성을 떨치도록 최선을 다해 연주했다.

모든 것이 군사부의 예상대로 흘러갔다. 군신들의 축하를 받은 후 진후는 일치감치 자리를 떴고, 얼마 후 환관이 나를 장안루로 데려갔다. 그곳은 바로 소형이 늘 휴식을 취하는 장소였다. 이미 미시가 가까워져 가을 햇살이 눈부셨다. 나를 부른 이는 나에게서 등을 돌린 채 서서 날카로운 긴 검을 닦고 있었다. 환관이 등 뒤의 문을 당겨 닫는 소리가 들리자 그제야 그가 뒤돌아서며 검을 내 목에 가져다 댔다.

"너는 누구냐?"

군사부의 말대로라면 내가 모용안처럼 보일수록 소형은 나를 그의 딸로 여기게 될 것이다. 게다가 교주의 능력 덕에 내 피는 어떤 피와 섞여도 분리되는 법이 없으니 친자관계를 확인시키는 데 문제될 것도 없었다. 만약 이런 방식으로 그의 신임을 얻을 수 있다면 그에게 나의 피를 마시게 해 화서조를 보는 일도 식은 죽 먹기가 될 것이다.

비록 이 일은 위험부담이 크지만 서늘한 칼날 앞에서 이보다 더 좋은 방법은 없어 보였다. 나는 손을 뻗어 검을 옆으로 살짝 밀친 후 고개를 살포시 기울이며 그를 바라보았다. 이것은 모용안이 습관적으로 하던 동작이었고, 여기에 눈까지 살짝 치켜뜨면 누구라도 그 모습에 반하지 않고 못 배길 정도였다.

"저를 돌봐주시던 사부님께서 돌아가시기 전에 제게 오라버니가 한 명 있다고 하셨어요. 이름은 소예라고 하였지요. 그리고 제 어머니는 방산 단풍 숲에 사는 모용안이고, 제 아버지는 진나라의 소형이라고 하셨습니다."

어깨 위에 있던 긴 검이 순간 흔들렸다. 모든 것이 맞아떨어졌으니 그가 나의 존재를 안 믿을 이유가 전혀 없었다. 만약 모용안이 쌍둥이를 낳았다면 그녀는 분명 딸을 혼자 키우는 길을 선택했을 것이다. 그는 엄청난 충격에 휩싸인 채 눈빛이 흔들렸다. 나는 그에게 한 발짝 다가가 물었다.

"어머니를 다시 한번 보고 싶으신가요, 아버지?"

검이 바닥에 떨어지고, 그는 내 얼굴에서 시선을 떼지 못했다. 그의 창백한 얼굴에 고통스러운 표정이 스쳐 지나갔다. 목소리가 지금 이 상황이 믿기지 않는 듯 흔들렸다.

"참으로 많이 닮았구나."

화서조가 장안루에서 울려 퍼졌다. 고요하면서도 정적인 음조는 너무나 단조롭고 쓸쓸해서 그 어떤 감정도 느껴지지 않았다. 소형은 나의 기지와 침착한 대처에 부응이라도 하듯 너무나 쉽게 화서의 공간으로 들어갔다. 모언은 내가 그에게 시집간 후 하루가 다르게 똑똑해졌다고 했으니 일단 그의 말이 맞는 셈 치기로 했다.

사실 지난 23년 동안 소형은 모용안을 잊은 적이 없었다. 그렇다면 다시 문후가 그를 협박하던 그때로 돌아갔을 때 지난 과오를 깨닫고 다른 선택을 할 수 있을까? 솔직히 말해서 나는 분명 그럴 거라 말할 자신이 없다.

사는 동안 쉽게 잊히는 고통이 있는 반면 어떤 고통은 머리와 가슴속에서 지워지지 않은 채 평생을 함께 가기도 한다. 솔직히 나는 소형의 마음속에서 모용안의 손을 놓은 기억이 어떤 의미로 자리 잡고 있는지 잘 모르겠다. 그는 그 감정을 지난 23년 동안 가슴속에 묻어두며 살아왔다. 과연 그건 양심의 가책과 사랑 중 어느 쪽에 더 가까울까? 어쩌면 그는 그녀를 다시 만나 이 악몽의 끈을 끊어버리고 싶어 기꺼이 꿈속으로 들어가려 한 것은 아닐까?

환상 속으로 통하는 희뿌연 빛무리가 눈앞에 나타나자 나는 거문고를 안고 발걸음을 옮기려 했다. 그런데 바로 그 순간 예고도 없이 군사부가 내 앞에 끼어들었고, 내가 막을 틈도 없이 우리는 이미 불타는 듯 붉게 물든 숲으로 빨려 들어갔다. 내 기억이 틀리지 않다면 이곳은 바로 낮이면 활력이 넘치고, 밤이면 쥐 죽은 듯 고요해지는 방산의 단풍 숲이 확실했다.

내가 자초지종을 물으려는 순간 군사부가 먼저 입을 열었다.

"참으로 절묘하구나. 오늘이 바로 문후가 사람을 보내 소형을 호도로 데리고 가는 바로 그날이라니…… 사부가 버려진 날이기도 하지."

그의 시선을 따라가자 과연 멀지 않은 곳에 있는 연못 옆에 무장으로 보이는 사내 두 사람이 보였다. 나는 고개를 돌려 군사부에게 물었다.

"왜 저를 따라 들어오셨어요?"

이 질문을 하면서도 이미 그의 대답을 어림짐작하고 있었다. 그러나 직접 두 귀로 듣고 나니 간담이 서늘해졌다. 내가 아는 군사부는 손에 피를 묻히는 일을 그다지 좋아하지 않았다. 그는 평생 가장 독한 독약을 만드는 데 집중해왔다. 일단 먹으면 이미 독살된 것처럼 보이지만 시간이 지난 후 다시 벌떡 일어나는 그런 독약이었다. 그런데 이런 성향을 가진 군사부의 표정이 전에 없이 악랄해 보였다.

"전에도 말하지 않았느냐. 만약 그가 이번에도 왕위를 선택한다면 내가 기필코 저자를 죽어서도 편히 묻히지 못하게 만들어 줄 것이다."

화서의 공간에서는 허상을 이용해 심마에 든 사람을 가둬둘 수 있다. 그러나 이번은 단지 과거를 재현해 소형에게 또 한번 선택의 기회를 주는 것뿐이다. 소형이 왕위를 선택한다면 모든 것이 현실과 달라지지 않고, 설사 그를 데리고 나가지 않아도 그 스스로 꿈에서 깨어나게 된다. 만약 그가 깨어나지 못하게 하려면 화서의 공간 속에서 그를 죽이는 수밖에 없다.

내 생각에 아무래도 군사부의 잠재의식 속에는 소형이 왕좌를 선택할 거라는 생각이 지배적일 가능성이 컸다. 이것은 마치 내가 위나라를 위해 순국했을 때와 비슷하다. 지금 나는 죽은 몸으로 살아가면서 불편한 점이 한두 가지가 아니지만, 다시 그 순간으로 돌아간다 해도 위나라의 성벽 위에서 떨어지는 똑같은 선택을 했을 것이다.

나는 단풍 숲을 나오기 위해 반드시 거쳐야 하는 오래된 단풍나무 위에 앉아 소형을 기다렸다. 그리고 그가 나를 금세 찾을 수 있게 거문고를 무릎 위에 올려놓고 손 가는 대로 현을 튕겼다. 빠른 속도로 달려오는 말발굽 소리가 점점 가까워지더니 나무 앞 열 장 정도 떨어진 거리에서 급하게 멈추어 섰다. 수려하게 생긴 젊은이가 고개를 살짝 들어 나를 올려다보았다.

"사부님, 여기 계셨군요. 달리 시키실 일이라도 있으십니까?"

나는 그를 자세히 살펴보았다. 지금 그의 얼굴만 봐서는 비통해하는 훗날의 모습이 전혀 상상되지 않았다. 그리고 보면 사람은 누구나 무엇이든 잃고 나서야 그 귀중함을 깨닫게 되는 듯하다. 나는 가야금을 안고 턱을 괸 채 그를 지그시 내려다본 후 고개를 가로저었다.

"나는 모용안이 아니에요. 그러나 소형, 내 이야기를 들어보지 않을래요?"

현실에서 화서조를 거꾸로 연주하면 환상 속의 일을 속세에서 볼 수 있다. 반대 역시 마찬가지다. 환상 속에서 화서조를 거꾸로 연주하면 속세의 일 역시 꿈속에 보여줄 수 있다. 마지막 음을 튕기자 사방으로 뻗어나간 가지와 울창한 이파리 사이로 햇살이 부서져 들어오고, 오늘 이후에 벌어질 일들이 하나하나 허공 속에 펼쳐졌다.

화촉을 밝힌 방 안에서 그의 신부가 침대가에 조신하게 앉아 있었다. 그리고 그는 수심이 가득 찬 표정으로 창가에 앉아 술 주전자에 가득 찬 술을 연신 술잔에 따르며 벌컥벌컥 마셔댔다.

세자로 봉해지던 바로 그날 밤, 야심한 시각에 군사부는 갓 태어난 소예를 안고 그의 앞에 나타났다.

"사부님은 도깨비고, 도깨비가 아이를 낳는다는 것이 얼마나 힘들고 위험한 일인지 자네도 알 거라고 보네. 사부님은 돌아가셨지만 두 사람 사이에 태어난 이 핏덩이를 남기셨으니 부디 사제가 잘 키워주시게."

또한 역구 전투가 벌어지던 그날 밤 아름다운 붉은 나비가 그녀의 미간에서 날개를 펼쳐 날아오르고, 그의 품속에서 그녀는 모든 것을 체념한 듯 미소 지었다.

"이제 난 돌아갈 수 없어요."

화서조 한 곡이 긴 여운을 남기며 모용안이 죽음을 맞이하는 그 순간에 멈췄다. 말 위에 있던 소형의 얼굴이 일그러지고 눈동자는 무서우리만치 칠흑같이 변했다.

"이것이…… 무엇입니까?"

말고삐를 쥐고 있던 손이 파르르 떨리고 있었다.

나는 거문고를 옆으로 치우며 말했다.

"당신은 이게 뭐라고 생각하나요?"

그는 입을 굳게 다물며 나를 매섭게 노려보았다.

나는 말없이 그를 내려다보다 무심코 한숨이 터져 나왔다.

"당신은 그 답을 알고 있어요, 안 그런가요? 지금 본 것은 모두 사실이고, 앞으로 23년 동안 일어날 일들이죠. 당신은 지금의 모든 진실이 내가 누군가의 부탁을 받고 엮어낸 꿈이라고 생각하겠죠. 비록 모용안이 죽은 지 이미 20여 년이 흘렀고, 당신이 그녀에게 어떻게 했는지는 아무 의미가 없지만요. 하지만 나에게 이 일을 부탁한 분은 다시 예전으로 돌아간다면 당신이 어떤 선택을 할지 알고 싶어 해요."

그의 이마에 식은땀이 배어나왔다.

"참으로 황당하군요……."

나는 잠시 고심하다 그에게 한 가지 진실을 알려주었다.

"당신이 다시 선택을 하게 될 때 만약 왕좌를 선택한다면 현실로 돌아가서도 계속 만인지상의 진왕으로 살게 될 거예요. 하지만 모용안을 선택하게 된다면……."

나는 잠시 멈추고 쉽게 말을 꺼내지 못했다.

"당신은 현실세계로 다시 돌아갈 수 없어요. 그러나 모용안은 지난 2년 동안 함께 살았던 그 대나무 집에서 당신과 평생을 함께하기 위해 기다리고 있을 거예요."

나는 그를 속였다. 그가 왕좌를 선택하는 순간 단풍나무 뒤에 숨어 있는 군사부가 그의 목숨을 앗아갈 것이다. 하지만 선택이란 다 이런 거 아니던가? 그 사람의 진심을 보기 위해서는 그만큼의 위험부담을 감수해야 한다.

2월의 봄바람이 시야를 가린 찰나, 검은 준마가 길게 울음소리를 내며 숲 속 깊은 곳을 향해 내달렸다. 땅 위로 올라오던 새순이 말발굽에 파이며 흙과 함께 흩어졌다.

난 고개를 돌려 나무 뒤에서 웃고 있는 군사부를 바라보았다.

"소형이 어디로 갔을지 맞춰보세요."

그에게 이렇게 물어보면서 손가락으로 거문고를 두 번 튕겼다. 그러자 눈 깜짝할 사이에 이미 모용안의 대나무 거처에 와 있었다.

호흡이 없는 죽은 자는 이런 일을 염탐하는 데 최적화되어 있으니 발각될 염려가 전혀 없었다. 그에 반해 군사부는 자신의 몸을 숨기기 위해 꽤나 고생해야 했다.

방 안을 둘러보니 소형은 보이지 않았다. 열린 창문을 통해 병풍 앞에 서 있는 모용안이 보였다. 원래는 그녀가 병풍에 그려진 산수화를 감상하고 있다고 생각했지만 한참이 지나도록 그녀의 움직임이 전혀 없었다.

나는 방금 전에 거문고 줄을 두 번 퉁긴 후 우리가 어느 시간과 공간으로 들어오게 되었는지 확신이 서지 않았다. 이치대로라면 차를 한 잔 마실 시간이니 소형이 모용안을 찾아 나섰다면 지금쯤 도착하고도 남는 시간이었다. 설마 그가 말을 몰고 다른 곳으로 갔단 말인가?

어찌 된 영문인지 몰라 지푸라기라도 잡는 심정으로 군사부를 쳐다봤지만 그는 나의 조급한 마음 따위 아랑곳하지 않은 채 오로지 모용안만을 바라보고 있었다. 방문이 끼익 소리를 내며 열렸다. 소형의 가늘고 긴 손가락이 문고리를 잡고 있었다. 그 순간 나는 가슴을 쓸어내렸고, 십 년 묵은 체증이 내려가는 듯 속이 다 후련해졌다. 그제야 모용안이 움직이는 것이 보였지만 그를 향해 고개를 돌리지는 않았다.

"내가 뭐라고 했죠? 떠날 거면 다시는 돌아오지 말라고 하지 않았나요? 그런데 고작 반나절도 안 돼 그 말을 잊은 건가요?"

방 안에 무거운 침묵이 흘렀다. 소형의 손가락은 그녀를 보고 나서야 그 떨림을 멈췄다. 다섯 걸음의 거리를 좁히며 그가 그녀를 잡으려 했지만 어느새 그녀가 먼저 몸을 움직여 피했다. 하지만 결국 그의 동작이 더 빨랐다. 그가 그녀와의 검술 대련에서 처음 이겼을 때부터 그는 늘 그녀보다 반 초식이 앞섰다.

그는 마침내 그녀의 오른손을 잡아 품속으로 와락 끌어당겼다. 그는 언제 어떤 방식으로 그녀를 굴복시킬 수 있는지 누구보다 잘 알고 있는 듯 보였다. 그녀에게 용서를 구하기보다 굴복시키는 편이 더 빠르다는 것을 말이다.

그는 눈을 감고 더 세게 그녀를 끌어안았다.

"다시는 떠나지 않을 거고, 똑같은 실수를 두 번 다시 하지도 않을 겁니다."

그녀의 왼손이 눈을 가렸다. 고개를 살짝 숙이자 눈물이 손가락 틈을 타고 흘러내리며 뺨을 적셨고, 방울방울 그의 어깨에 떨어져 내렸다.

소형의 화서의 공간에서 걸어 나오는 동안 군사부는 아무 말이 없었다. 사실 이 일은 누가 봐도 원만한 결말로 끝이 난 셈이니, 군사부가 왜 아직도 불만에 가득 찬 표정을 짓는지 도통 이해가 가지 않았다.

어쩌면 모용안에 대한 미련 때문일지도 모르겠다. 소형은 먼 길을 돌아 자신이 원하는 것을 알고 그녀와 함께하는 길을 선택했지만 군사부는 더 이상 그녀를 볼 수 없기 때문이다.

어찌 됐든 모든 일이 좋게 끝났다. 너무 완벽해도 하늘이 질투할 수 있으니 약간의 아쉬움을 남긴 채 좋게 끝나는 것도 나름 괜찮은 결말이 아닐까 싶다. 나의 경우도 그렇다. 지금까지 나는 모언이 너무 완벽해서 혹시라도 젊은 나이에 단명할까 봐 늘 걱정이 앞섰다. 다행히 그는 나와 혼인을 했고, 죽은 자를 아내로 맞이함으로써 완벽한 인생에 오점을 남겼다. 그리고 그 덕에 천지신명의 시기와 질투에서 벗어날 수 있었다고 본다.

군사부는 올 때도 그러더니 갈 때도 소리 소문 없이 사라지셨다. 과연 모용안의 제자다웠다.

침대 위에 누운 소형은 깊은 잠을 자는 듯 그 어느 때보다 평온한 모습으로 죽음을 맞았다. 지금 내가 해야 할 일은 가능한 한 빨리 장안루를 나와 안락궁을 떠나는 것이다. 아무리 늦어도 내일이면 궁인들이 진후의 죽음을 알게 될 테고, 그의 나이대에 침실에서 잠든 채 죽었다고 하면 가장 의심받을 인물은 바로 가장 마지막까지 함께 있었던 나였다.

물론 소형은 화서인 속에서 죽음을 맞이했다. 나는 나 자신이 자객이라고 절대 생각하지 않는다. 이것은 단지 상대의 바람을 충족시켜주는 거래일 뿐이었다.

부귀영화를 누려온 덧없는 세상에서 그가 평생토록 가장 원했던 일은 그녀와 이생에서 오래도록 평온하게 해로하는 것이었다. 그렇다면 그녀가 이미 저세상 사람이 된 이상 그는 자신의 목숨을 담보로 그녀가 살아 있는 꿈속으로 들어가는 수밖에 없었다. 그와 나 사이에 그야말로 아주 공정한 거래였다.

바깥문을 열자 문밖을 지키고 있던 환관이 예를 갖췄고, 나는 손가락을 입에 대며 조용히 하라는 손짓을 한 후 조용조용 말을 꺼냈다.

"폐하께서 간신히 잠이 드셨으니 최대한 소리를 낮추고 조심하셔야 합니다. 절대 옆에서 폐하의 숙면을 방해하지 못하도록 주의를 주십시오. 그리고 제 거문고 현이 끊어져서 고쳐야 하는데 어디로 가야 할런지요? 폐하께서 깨어나시기 전에 얼른 고쳐놔야 다음 연주를 들려드릴 수 있을 것 같습니다."

환관은 아무런 의심 없이 궁녀를 불러 나에게 길을 안내하도록 시킨 후 자신은 소형의 침실 밖을 계속해서 지켰다.

고개를 돌려 장안루를 다시 바라보니 처마가 가을 햇볕을 받아 황금빛으로 물들어 있고, 80장 높이의 건물이 땅 위로 긴 그림자를 드리웠다. 소형은 그가 간절히 바라던 평안을 찾았고, 나는 진후를 죽여야 하는 임무를 완수했다. 이제 서둘러 백리진을 찾아내 나의 신분을 되찾고, 배중으로 돌아가 모언을 기다리면 나 역시 오래도록 계속될 평안을 얻게 될 것이다.

이런 생각이 들자 날아갈 듯 기분이 좋아졌다. 머리 위로 가을 태양이 뜨겁게 내리쬐고, 귓가에 들리는 벌레 소리, 눈앞에 보이는 무성한 초목, 발아래 펼쳐진 파릇한 풀잎 어느 것 하나 아름답지 않은 것이 없었다. 장안長安, 장안…… 오랜 세월 평안을 기원하는 이 얼마나 아름다운 이름인가.

귓가에 검이 부딪히는 소리가 들렸을 때쯤 나는 한창 어떻게 하면 날 위해 길을 안내하는 궁녀를 떼어낼까 궁리 중이었다. 그 소리에 깜짝 놀라 본능적으로 고개를 돌리자 바로 코앞까지 다가온 검을 가로막고 있는 누군가의 검이 보였다.

순간 정신이 멍해진 상태에서 눈에 들어온 것은 언제 나타났는지 모를 검은 옷의 검객들과, 말도 없이 종적을 감췄던 군사부가 그들의 공격으로부터 나를 보호하고 있는 장면이었다.

정신을 차리고 난 후 나는 일단 곁에 있던 궁녀를 칼로 쳐서 기절시켰다. 그다음으로 떠오른 생각은 진후의 죽음이 벌써 발각되어 내가 쫓기고 있다는 것이었다.

군사부의 검술은 모용안에게 전수받았고, 비록 소형보다 빠르지는 못했지만 기민하고 유연했으며, 불필요한 동작을 최소화하여 상대의 급소를 찔렀다. 군사부가 검을 들고 싸우는 모습은 태어나서 처음 보는 광경이었다. 하지만 아무리 간결한 동작으로 적의 급소를 치며 한 사람씩 물리친다 해도 혼자서 감당하기에는 너무 많은 숫자였다. 게다가 검은 옷의 시종들은 움직임이 너무나도 일사불란했다.

정신없이 검이 부딪히는 가운데 군사부는 나를 보호하며 점점 뒤로 밀려났고, 얼마 안 가 낭떠러지에 다다랐다. 언제인지 모르지만 진후는 장안궁을 도산의 봉우리에 지었다. 가히 절경이라 할 수 있는 깎은 듯 가파른 낭떠러지를 궁중의 화원으로 포함시키기 위해서였다. 그리고 지금 군사부는 나를 데리고 일부러 이곳까지 물러났다. 일단 궁지에 몰렸으니 급하면 여기서 뛰어내리려는 의도도 있었을 것이다. 하지만 군사부의 남다른 면을 감안해 볼 때 수비와 공격에 유리한 장벽을 찾아 이곳까지 왔을 가능성이 더 컸다.

과연 군사부는 나를 돌출된 부채형 절벽 위에 떼어 놓고 홀로 검을 휘두르며 시위들을 상대했다. 삼면이 모두 길이 없는 절벽이었기 때문에 오로지 우리를 추격해 오는 시위들만 상대하면 되었고, 나를 엄호하며 사방을 경계하지 않아도 된 덕분에 손발이 훨씬 자유로워졌다.

상황은 우리 쪽에 유리하게 돌아갔다. 군사부가 검을 휘두를 때마다 시위들이 연이어 피를 흘리며 죽어갔다. 그런데 오른쪽 앞에서 돌연 하얀 검광이 번개처럼 번쩍이며 스쳤다.

검에 대해 잘 모르는 나도 찰나의 순간에 그 검이 얼마나 빠른 속도로 움직였는지 느껴질 정도였다. 거센 바람을 일으키며 허공을 가른 검은 군사부의 방어막을 순식간에 뚫고 그의 어깨를 스쳐 지나갔다. 군사부의 어깨에 기다란 핏자국을 남긴 검은 눈 깜짝할 사이에 초식을 바꿔 내 쪽으로 곧장 날아왔다. 적은 백 보 밖에서도 흩날리는 꽃잎을 관통하며 엄청난 힘을 검에 싣고 번개처럼 빠르게 나를 향해 다가왔다. 그제야 그 사람이 내 눈에 들어왔다. 심지어 그 검의 칼자루에 박힌 눈에 익은 짙푸른 보석까지도 너무나 또렷하게 보였다.

모언. 긴 검은 일순간에 나의 심장을 뚫고 들어왔고, 찰나의 시간 속에서 교주가 산산이 부서지는 희미한 소리가 들렸다. 그것은 마치 아무 소리도 들리지 않는 어두운 밤에 한 송이 꽃이 돌연 활짝 피어나는 듯한 그런 소리였다.

나는 계속 깊숙이 파고드는 날카로운 검을 움켜쥐었다. 그 순간 피가 손가락 사이를 타고 흘러내렸다. 소리를 내서라도 그의 공격을 막고 싶었지만, 생명은 지나치게 빠른 속도로 내 몸 속에서 빠져나가 입을 열 힘조차 남아 있지 않았다. 이 참담한 상황과 대비될 만큼 가을 태양은 너무나 눈부시게 환했고, 들녘의 풀이 바람을 따라 출렁였다. 나를 바라보는 그의 서슬 퍼런 눈빛은 칼날처럼 날카로웠다.

"감히 내 어머니의 행색으로 부왕을 암살하고도 네가 살아남을 줄 알았더냐? 너희들이 정녕 이 진나라를 그리 우습게 봤단 말인가?"

나는 자신이 마치 검 끝에 매달려 위태롭게 흔들리는 마른 나뭇잎처럼 느껴졌다. 그의 말조차도 환청이 아닌지 의심이 들었다. 군사부는 시위들에게 포위된 채 나를 애절하게 불렀다.

"아불."

흔들리는 시선 속에서 모언의 냉혹한 얼굴이 하얗게 질렸다. 그의 몸은 충격으로 꼼짝하지 못했다. 검을 쥔 그의 손이 허공에 멈췄고, 날카로운 검 끝은 여전히 나의 가슴 속에 박혀 있었다.

"모…… 언…….

나는 피를 울컥 쏟아냈다. 지난 일들이 주마등처럼 스쳐 지나가며 어떤 생각이 머릿속을 강하게 강타했다.

그가 진나라의 세자란 것을 내가 어떻게 알아채지 못했을까?

소예는 어머니의 성을 따고, 자신의 이름인 '예豫'에서 말씀 '언言' 자만 떼어내 모언이라고 이름을 지었다. 귀족 가문에서 좋은 교육을 받고 자란 듯한 말과 행동거지를 보이고, 높은 자리에 있는 자들에게서 풍겨져 나오는 위엄을 갖췄으며, 정예부대 십만 명으로 위나라를 평정하고 천하를 종횡무진했던 그가 아니던가. 누가 봐도 한 나라의 군주가 되기 위해 태어났다고 소문이 자자했던 소예였다.

그리고 내 앞에 있는 이 사내는 나의 부군이기도 했다.

어쩐지 혼례를 치른 그날 밤 그는 자신의 진나라가 위나라를 무너뜨린 것이 원망스럽지 않느냐고 물었고, 내가 그를 진나라의 장군으로 착각하도록 내버려 두었다. 그러고 보니 그는 단 한 번도 집안 이야기를 해주지 않았으며, 나의 몸 곳곳에서 나타나는 이상한 증상들에 대해 놀라는 기색을 일절 보이지 않았다. 그는 모든 것을 알고 있었던 것이다.

그렇다면 왜 나를 속이고 아무것도 모르는 척했을까? 나는 위나라의 멸망이 왕실의 부패와 무능이 극에 달했기 때문이라고 말하지 않았던가? 공주의 순국은 그 자리에서 마땅히 져야 할 책임을 진 것뿐이고, 한 번 죽었던 군불은 이미 예전의 엽진이 아니니 지금 이렇게 노력하는 것도 자신을 위해 살고 싶어서라고 분명 그에게 말했었다.

결국 그는 나의 진심을 믿어주지 않았던 것이다. 만약 나의 마음을 일찌감치 알고 자신이 소예라고 밝혔다면 어떻게 이런 일이 생길 수 있겠는가? 하늘의 뜻이 너무도 잔인했다.

어떻게든 손을 들어 입가의 피를 닦아내 보려 했지만 그럴 기력조차 허락되지 않았다. 그때 그가 떨리는 손으로 내 뺨을 어루만지는가 싶더니 얼굴에 붙은 인피가면을 떼어냈다.

그 간단한 동작마저도 한참이 걸려서야 간신히 다 떼어낼 수 있었다. 가면이 벗겨지는 순간 그의 몸이 휘청거리고, 창백한 얼굴은 더 하얗게 질려버렸다.

나는 숨을 그러모아 보았지만 깨진 교주에서 흘러나가는 생명을 막을 방도가 없었다. 그와의 마지막 이별이 이럴 줄은 정말이지 상상조차 해 본 적 없었다.

교주가 완전히 산산조각이 나는 순간, 이 몸은 가루가 되어 날아갈 것이다. 그 순간이 머지않았다는 생각이 들자, 겁이 많은 나였으나 이상하리만치 하나도 무섭지가 않았다.

다만 한 가지 바람이 있다면 그의 눈앞에서 내가 사라지는 모습만은 절대 보이고 싶지 않았다. 또한 억지로라도 미소를 지어 그의 기억 속 나의 마지막 모습이 웃는 얼굴이면 좋겠다고 생각을 했다. 하고 싶은 말은 너무 많았지만 무슨 말부터 해야 할지 떠오르지 않았다. 나는 그저 고개를 저으며 미소를 지어 보였다.

"난 그분이 당신 아버지인 줄 몰랐어요. 날 너무 미워하지 말아줘요."

몸을 돌려 절벽 아래로 떨어질 때 등 뒤로 처절하게 나의 이름을 부르는 그의 목소리가 들려왔다. 하지만 이 또한 귓가를 스치는 강한 바람 소리에 섞여 점점 희미해져 갔다. 모든 것이 이렇게 끝난다고 생각하자 참을 수 없이 눈물이 흘러내렸다.

눈물이 살쩍으로 흘러 떨어지려던 찰나, 무언가 허리를 받치는 느낌이 들더니 절벽을 긋는 날카로운 마찰음이 들려왔다. 나는 놀란 눈으로 힘겹게 입을 열었다.

"왜 쫓아온 거죠?"

그의 목소리가 갈라졌다.

"배중에서 나를 기다린다고 하지 않았소."

죽기 전에 잠깐 정신이 맑아진다는 말이 정말일까? 이상하게 그 순간 말을 하는 것이 그리 힘이 들지 않았다. 나는 눈을 감은 채 그의 얼굴을 감히 올려다보지 못했다.

"변명을 하려는 게 아니라 당신의 아버지는 아주 편안하게 가셨어요. 그분께서 스스로 그곳에 남기를 선택했을 뿐 누구의 강요도 없었어요. 그분은 평생 당신 어머니를 그리워하며 사셨고, 마침내 당신 어머니가 계신 곳으로 가신 것뿐이에요. 어쩌면 당신은 내가 이 상황을 모면하려 거짓말을 한다고 생각할지 모르지만……."

그가 나의 말을 끊었다.

"믿소. 어떤 말도 다 믿을 것이오. 그러니 이제 그만 말하고 일단 위로 올라갑시다."

소예는 내가 절벽 아래로 뛰어내릴 때부터 어쩔 수 없이 그 일을 할 수밖에 없었다는 사실을 이미 알고 있었을 것이다. 그럼에도 그는 나를 구하기 위해 절벽에서 뛰어내렸다.

나는 그의 목을 꼭 끌어안고 어깨에 얼굴을 파묻었다.

"내가 죽으면 당신도 살아갈 수 있을까요? 아니면 이루지 못한 사랑 때문에 죽을 건가요?"

그의 팔이 희미하게 떨리고, 목소리도 흔들렸다.

"만약 날 좋아한다면 살아서 나와 평생을 함께 해주시오."

나는 웃으며 정신을 차리려 애를 썼다.

"잠시만 가만있어줘요. 당신이 이렇게 날 안고 있어주면 좋겠어요. 내 고향에 전해지는 말 중에 사람이 죽으면 영혼이 빠져나온대요. 그리고 죽은 영혼들이 저승으로 건너가는 다리에 모여 줄을 서서 건너간대요. 다리 저편에 새로운 인간 세상이 기다리고 있어서죠. 그래서 그들은 다리를 건너는 걸 윤회라 말해요."

그는 나를 꼭 끌어안은 채 허공에 매달려 있었다. 나는 품에서 조금 벗어나 그의 눈을 바라봤다.

"정말 그런 곳이 있다면 그 다리 아래서 당신을 기다릴래요.

당신은 끝까지 살아남아서 진나라의 왕이 되고 천하를 위해 큰 공을 세우세요. 사랑 때문에 발목이 잡히는 그런 바보 같은 일은 하지 말고요. 우리 30년 후에 다시 만나요. 그때 당신이 날 찾아오면 우리 같이 윤회의 다리를 건너도록 해요. 그럼 다른 세상에서도 부부로 다시 태어날지 모르잖아요."

그의 눈빛이 고통스럽게 변해갔다. 내 손이 그의 눈에 닿으려는 찰나 그의 입술이 먼저 내 이마에 와 닿았다.

"하지만 내가 없어도 두렵지 않겠소? 당신이 이생에서 나와 함께할 수 없다면, 내가 당신을 따라가면 되지 않겠소?"

그는 나에게 차마 입에 담을 수 없는 말을 강요했다. 나는 한참을 놀란 눈으로 그를 바라보았다. 감당할 수 없을 만큼 가슴이 아려왔다.

"당신이 내 곁에 없어도 두렵지 않을 거예요. 난 이미 어른인 걸요. 당신 앞에서 두려운 척했던 것도 다 당신이 날 버리고 갈까 봐 그랬던 것뿐이고……."

"나는 두렵소."

그가 나지막한 소리로 내 말을 끊었다.

"당신이 없으면 난 두려울 것이오."

나는 손을 뻗어 그의 살쩍을 어루만졌다.

"그럼 그곳에서 당신을 기다리지 않을래요. 내가 죽은 후에도 당신 곁에 머물 테니 약속한 30년이 지나면 함께 그 다리를 건너요. 하지만 30년을 채우지 못하고 죽게 되면 나를 찾을 수 없을 거예요. 당신은 대대로 칭송받는 공적을 세우고 세상 사람들이 모두 성군이라 부르는 그런 군주가 되세요. 난 당신이 태양처럼 환하게 빛나는 모습으로 나를 보러오기를 바라니까요. 우리는 현생에서…… 이루어질 수 없지만 내세에는 반드시…….”

하지만 그의 안색을 보는 순간 더는 말을 이어갈 수 없었다.

“화내지 말고 날 위해 좀 웃어 봐요.”

그는 절벽에 깊게 꽂힌 검에 의지해 나를 안고 위로 올라가며 이를 꽉 깨물었다.

“다음 생 따위는 나에게 필요 없소. 내가 원하는 건 오로지 이생에서 당신과 함께하는 것이오.”

그 말에 목이 메어왔다. 이생에서 우리는 절대 함께할 수 없을 것이다. 나는 소매에 든 비수를 움켜쥐고 그가 절벽 위로 올라가려고 힘을 쓰는 바로 그 찰나, 날 안고 있는 그의 팔을 찔렀다. 그러자 나를 꼭 잡고 있던 팔이 무방비 상태에서 힘이 풀리고 말았다.

몸이 추락하는 순간 나의 가냘픈 목소리가 내 귀에 들려왔다.

“기억해줘요. 날 잊으면 안 돼요. 좋아하는 여자가 생기더라도 절대 나는 모르게 해줘요.”

그도 이 목소리를 들었는지 알 수 없었다.

마지막으로 본 그의 모습은 믿을 수 없는 현실에 고통스러워하고 있었다. 푸른색 옷을 입은 그의 모습이 눈물로 흐려진 시야 속으로 들어왔다. 가을이 무르익은 하늘 아래서 그의 목소리가 바람을 타고 전해졌지만 전혀 알아들을 수가 없었다.

이렇게 죽는 것도 그다지 나쁘지 않았다. 다만 이별이 이렇게 빨리 올 줄 알았다면 한시도 그의 곁을 떠나지 않았을 거고, 그렇게 길게 이별하는 일도 하지 않았을 텐데…….

하지만 하늘은 나에게 그리 인색하지 않았다. 작년 한겨울부터 지금까지 한바탕 꿈을 꾼 듯했으니 말이다. 이 꿈속에서 나는 나의 보물, 바로 그를 얻었다.

인생은 길고 짧음과 상관이 없는 듯하다. 때로는 한순간이 영원처럼 느껴지고, 때로는 한평생도 고작 짧은 한 순처럼 느껴진다. 모든 것이 숙명이었다. 그 옛날 내가 태어났을 때 한 스님이 나를 두고 박복한 운명을 타고났다고 했고, 그 말은 사실이 되어 버렸다. 오늘 나는 정해진 운명 속에서 죽을 뿐이다.

그러나 모언은 분명 자신을 탓하며 살게 될 것이다. 어떻게 하면 그가 나로 인해 슬퍼하지 않게 만들 수 있을까. 내가 살아나지 않는 이상 그 또한 불가능한 일이다.

3장

10월이 되자 집집마다 벼를 수확하고 술을 빚었다. 저 멀리 내려다보니 안회산 아래로 벼를 심어놓은 논이 끝없이 펼쳐져 있었다. 이것만 봐도 모언이 위나라를 얼마나 잘 다스렸는지 미루어 짐작이 갔다.

내게 인피가면을 만드는 특출한 기술을 전수해준 군사부에게 정말 감사할 따름이었다. 진나라에서 위나라의 안회산으로 돌아오는 스무날 동안 걷고 쉬기를 반복했고, 가끔 몸이 힘들 때도 있었지만 그럭저럭 순탄하게 여정을 마무리할 수 있었다.

스무날 전에 나는 곡엽 강변에서 깨어났다. 보아하니 절벽에서 강으로 떨어져 곡엽강까지 물살을 타고 흘러내려온 듯했다. 모언과 이별했을 때만 해도 나는 교주가 곧 산산조각 날 거라고 생각했다. 그런데 깨어나 보니 정신이 아득한 가운데서도 가슴 속에서 구슬의 형체가 어렴풋이 보였다. 달처럼 둥근 구슬은 절반만 완전히 깨지고 나머지 절반은 온통 금이 간 상태였다.

아무래도 이것이 바로 내가 아직까지 살아 있는 이유인 듯했다. 역시 하늘에는 호생好生의 덕처럼 살아 있는 생명을 아끼는 덕이 있는가 보다. 다만 그 덕을 완벽하게 베풀지는 않았으니 금이 하루하루 점점 더 깊어지고, 그러다 어느 날 깨지는 순간이 오면 내 생명도 거둬가게 될 터였다.

지금 속도대로라면 길어야 3, 4개월이었다. 나는 모언을 찾으러 가야 할지 고민을 했다. 이 세상에서 가장 마음을 놓을 수 없게 만드는 유일한 존재를 다시 한 번 만나보는 것도 나쁘지 않을 성 싶었다.

　그러나 결국 무로 돌아갈 운명을 피할 수 없다면 그에게 또 한 번의 절망을 안겨주는 일이 너무 잔인하게 느껴졌다. 게다가 다시 그를 만난 후엔 나 역시 내가 석 달밖에 살 수 없다는 사실을 감당하기 힘들 것 같았다. 이런저런 고심을 하다 남은 석 달 동안 그와 처음 만난 곳, 그와의 행복한 추억이 있는 곳으로 돌아가 마지막을 준비하기로 결심했다.

　안회산으로 돌아가는 도중에 이런저런 소문을 들을 수 있었다. 진왕이 홍서하고 세자 예가 즉위했으며, 그가 즉위하던 날 왕후의 자리에 사람은 없고 옥으로 만든 위패가 놓여 있었다고 한다.

　나는 해바라기가 가득 핀 뜰에서 그가 난처한 표정으로 했던 말이 떠올랐다.

　"그러니까 낭자의 말은 명혼을 말하는 거요? 허나 우리 모씨 가문은 후손이 없으면 안 되니 그 마음만 고맙게 받겠소."

　모언, 비록 내가 죽어서도 그를 독차지하겠다는 말을 죽기 전에 남겼다 해도…… 순전히 그냥 내뱉은 말일 뿐 진짜 이렇게까지 해주길 바라고 그랬던 것은 아니었다.

　순간 참을 수 없이 눈물이 뺨을 타고 흘러내렸다.

　안회산은 예전과 달라진 것이 없었다. 햇수를 따져 보니 내가 떠나 있었던 시간은 그리 길지 않았지만 2년 동안 참 많은 일이 일어났다. 청언종은 곧고 길게 자란 대나무에 둘러싸인 채 입구만 살짝 보였다. 이제 이곳도 이미 내가 돌아갈 수 없는 곳이 되어 버렸다.

뒷산의 동굴은 전과 다름없이 완벽하게 보존되어 있었고, 돌 침상 위에 새겨둔 그림도 예전 그대로였다. 나는 동굴에서 잠시 기거하기 시작했다.

이곳의 풍경은 지난 16년 동안 늘 봐왔던 대로 봄에는 바람이 불고, 여름이면 햇볕이 뜨겁게 내리쬐고, 가을이면 높고 푸른 하늘에 흰 구름이 떠다니고, 겨울이면 눈송이가 휘날릴 것이다. 비록 너무나 익숙하지만 그 계절의 변화를 과연 모두 다시 볼 수 있을지 자꾸 미련이 남았다. 하루하루 체력이 쇠약해질 때면 나에게 남은 시간이 얼마 없다는 것을 새삼 깨닫게 된다.

늦가을의 밤은 공기가 차가웠고, 가끔 바람이 동굴 안으로 불어 들어와 돌 침상에서 잠을 청하기가 쉽지 않았다. 다행히 동굴 벽에 푸른 등나무 뒤로 감춰진 작은 굴이 하나 나 있어서 바람을 피하기에 딱 적당했다.

나는 이생을 정말 이렇게 끝낼 준비를 했고, 이곳에서 내 몸이 가루가 되어 날린다 해도 시작과 끝을 한곳에서 마칠 수 있어 나름 만족했다. 그런데 이레째 되는 날 밤에 왕위에 즉위한 지 얼마 되지 않은 모언이 이곳으로 나를 찾아오는 예상치 못한 일이 벌어지고 말았다.

저녁 무렵 등나무 뒤 작은 동굴에 누웠을 때쯤 동굴 입구에서 익숙한 발자국 소리가 들려왔다. 저 멀리 희미한 불빛에 비친 그는 칠현금을 품에 안고 있었다. 그는 횃불을 동굴 벽에 대충 꽂고 동굴을 한동안 둘러본 후 몸을 돌려 석탁 위에 거문고를 올려 놨다.

횃불이 동굴 안을 환하게 비추었다. 그는 처음 봤을 때처럼 검은색 옷을 입고 있었다. 3년 전 별빛이 쏟아져 내리던 음력 5월의 어느 날 밤으로 돌아간 것처럼 그는 여전히 풍채 있고 멋진 모습이었다. 달라진 것이 있다면 수심이 차 있는 눈과 웃음기를 잃고 굳게 다물어진 입술, 창백해진 얼굴뿐이었다.

그 모습을 보자 마음이 아려왔다. 그는 자리에 앉아 미간을 살짝 찌푸린 표정으로 예전에 내가 막대기로 그림을 그렸던 곳을 바라봤다. 하지만 지금 그곳에 그때의 흔적은 남아 있지 않았다.

한참 후 그는 무언가 생각이 떠오른 듯 돌 침상 앞으로 몇 걸음 걸어갔다. 그는 살짝 몸을 굽혀 침상에 새겨진 그림을 찬찬히 어루만지며 입을 열었다.

"아주 잘 그렸군. 보아하니 실력이 많이 나아졌소. 그때 당신이 내게 그려준 그림도 그리 나쁘지는 않았지. 사실 난 당신이 무슨 그림을 그리려고 한 건지 다 알고 있었소. 그저 모른 척 당신을 놀린 것뿐이라오."

만약 평소대로였다면 나는 분명 그를 째려보며 소리를 질렀을 것이다.

"뭐요? 너무해요!"

하지만 지금은 그저 입을 굳게 다문 채 소리 내지 않기 위해 숨을 죽일 수밖에 없었다. 모언은 늘 장난치길 좋아했고, 나는 매번 그에게 당하고는 했다. 만약 우리에게 함께할 수 있는 미래가 있다면 나는 지금까지 당한 것의 몇 배로 갚아주고 말 것이다. 하지만 나에게 그런 미래는 결코 오지 않을 테니 억울해도 어쩔 수가 없다.

그런데 지금 나는 아직 살아 있지만 이 세상에 군불의 존재가 없는 양 숨어 있어야 하니 이 또한 그를 상대로 장난을 치는 것이 아닐까? 그가 이 사실을 알게 되면 얼마나 화를 낼지 모르겠지만 어쨌든 영원히 몰랐으면 하는 바람이 더 크다.

동굴 안에 거문고 연주 소리가 울려 퍼졌다. 구름에 가려 흐릿했던 달빛이 구름 너머로 고개를 내밀었고, 밝은 달빛이 동굴 안으로 쏟아져 들어왔다.

나는 그가 타는 거문고 연주 소리가 좋고, 그런 그의 모습을 보는 것은 더 좋았다. 풍류가 넘치면서도 여유와 멋이 느껴지는 그의 자태는 누구도 따라할 수 없는 그만의 독특한 분위기를 자아냈다.

사실 그는 진나라의 세자로 태어나지 않았다면 아마 천하제일의 거문고 대가가 되었을지도 모르겠다. 인생은 정말 얻는 것이 있으면 잃는 것도 있기 마련이라는 말이 딱 맞는 듯하다.

밝은 불빛 속에서 어디선가 붉은 나비 한 마리가 날아들어 붉은 날개를 파닥이며 그의 곁을 끊임없이 배회했다. 그 나비는 마치 거문고에서 흘러나오는 심오한 곡조가 무엇을 의미하는지 알아듣고 있는 듯했다. 거문고 소리가 돌연 멈추고 나자 굳었던 얼굴이 풀어지고 그의 눈가에 익히 봐왔던 부드러운 표정이 감돌았다.

붉은 나비가 손가락 위에 살포시 앉자 그의 목소리가 희미하게 떨렸다.

"아불, 당신이오?"

그 순간 나는 입을 틀어막으며 목구멍을 타고 터져 나오려는 오열을 간신히 참아냈다. 저 나비가 어떻게 나일 수 있겠는가? 모언처럼 이성적이고 똑똑한 사내가 지금 이 순간 어떻게 저런 황당한 생각을 할 수 있단 말인가?

붉은 나비는 잠깐 그의 손가락 위에 머물다 날갯짓을 하며 날아갔다. 그는 몸을 일으켜 그것을 막으려 했다. 하지만 조심성 없이 움직이다 오른손이 거문고 현에 부딪혀 소리를 냈고, 그 소리에 붉은 나비가 반응하며 다시 거문고에 와 머물렀다.

정말로 신기한 나비였다. 어쩌면 모언의 피 속에도 모용안처럼 나비를 끌어들이는 능력이 흐르는지도 모르겠다. 그가 손가락을 거문고 현 위에 올려놓자 침통한 표정이 다시 얼굴에 떠올랐다.

"거문고 연주를 듣고 싶은 거요? 어떤 곡을 듣고 싶소?"

나비는 아무 대답이 없고, 나는 대답을 하고 싶어도 할 수 없었다. 그가 홀연히 미소를 지었다. 수심이 서린 미소는 그 어느 때보다 사람의 마음을 아프게 했다.

"그럼 내가 아는 곡을 다 들려줄 테니 들어보겠소?"

횃불이 모두 타들어가며 여명이 어렴풋이 밝아오고, 해가 뜨고 지고, 석양의 노을이 하늘을 물들였다. 그는 정말 자신이 아는 곡을 모두 연주했고, 꼬박 하루 밤낮이 지나도록 멈추지 않았다. 나는 푸른 등나무 뒤 작은 동굴에 누워 거문고를 타는 그의 손가락에 피가 맺히는 것을 훔쳐보며 안타까운 마음을 금치 못했다. 하지만 내가 할 수 있는 일은 그저 입을 틀어막은 채 흐느끼는 울음소리가 절대 새어 나가지 못하도록 하는 것뿐이었다.

오랜 아픔보다 차라리 잠깐 동안의 고통이 나은 걸까? 오늘처럼 이렇게 한꺼번에 밀려오는 엄청난 고통이 석 달 동안 무딘 칼로 살이 조금씩 깎여나가는 고통보다 훨씬 나은 걸까? 그 답은 모르겠지만 지금은 정말이지 천지신명에게 욕이라도 실컷 퍼부어주고 싶은 마음이 간절했다. 왜 나에게 이런 고통을 안겨주는지 너무 화가 났다. 남은 석 달 동안 시름 따위 없이 지내게 할수는 없었을까? 이런 그를 보니 마음이 괴롭고 아프면서도 그 속에서 나도 모르게 행복한 기분이 자꾸 느껴졌다.

만약 소의가 나타나 그를 말리지 않았다면 그는 언제까지라도 연주를 멈추지 않았을 것이다. 예전에야 그가 아는 모든 곡을 오직 나만을 위해 연주해주기를 바랐던 적도 있었다. 하지만 지금 모언이 다시 내 앞에 나타나 손에 피가 맺히도록 거문고를 계속 연주하는 모습을 보고 있자니, 그가 아는 곡이 너무 많은 게 화가 나기까지 했다.

거문고 소리가 멈추자 그 위에서 하루 밤낮을 조각처럼 머물러 있던 나비도 놀란 듯 날갯짓을 하며 동굴 밖으로 날아갔다. 거문고 현을 다시 튕겨보았지만 이번만큼은 잠시도 머뭇거리지 않았다. 모언은 황망히 일어나 나비를 쫓았지만 이내 소의에게 가로막히고 말았다. 동굴 안에 그녀의 억누르는 듯 흐느끼는 목소리가 울려 퍼졌다.

"저 나비가 정말 새언니라면 오라버니를 혼자 두고 날아갈 리 없잖아요. 백 번 양보해서 설사 새언니라면 또 어쩔 건데요? 저 나비랑 한평생 함께 보내기라도 할 거예요?"

붉은 나비는 점점 멀어지며 환한 달빛 속으로 사라져버렸다. 모언이 나에게서 등을 돌리고 있어 표정은 제대로 보이지 않았지만, 더 이상 나비를 쫓지 않는 걸 보니 나비가 내가 아니라는 사실을 받아들인 듯했다. 소의의 말이 맞다. 만약 나비가 나라면 어떻게 그를 혼자 두고 떠날 수 있겠는가?

횃불에 다시 불을 붙이자 그의 긴 그림자가 푸른 등나무 위에 드리워졌다. 손만 뻗으면 그 그림자에 닿을 것만 같았지만 결국 아무것도 하지 못했다. 기나긴 침묵을 깨고 소의의 목소리가 들려왔다.

"오라버니, 새언니는 어떤 사람이었어요?"

동굴 안에는 송진이 탈 때 나는 타닥 소리만이 희미하게 들려왔다. 그의 목소리는 낮게 가라앉아 있었다.

"나에게 맘껏 응석도 부리고 가끔 투덜대며 화도 내고, 그러다 훌쩍이며 울기도 했지."

소의가 조심스레 말을 꺼냈다.

"그게 다라면 그런 여자는 세상에 얼마든지 많아요. 왜 이렇게까지……."

그가 몸을 돌려 그녀를 보며 말했다.

"그건 내가 곁에 있을 때의 그녀 모습이란다."

그는 표정 없이 석탁 위에 놓인 거문고를 정리했다.

"내가 곁에 없을 때면 그녀는 누구보다 강인하지."

눈물이 두 눈을 가리며 뺨으로 흘러내렸지만 닦을 생각조차 하지 못했다. 바람이 한 차례 불어와 푸른 등나무 잎이 살짝 흔들렸다. 나는 얼른 눈물을 닦아내며 눈을 들어 차례로 동굴을 나서는 두 사람의 뒷모습을 하염없이 바라보았다.

나는 이것이 마지막이라고 생각했다. 그런데 모언과의 만남은 여기서 끝이 아니었다. 모언은 나를 발견하지 못했고, 동굴 안에는 사람이 산 흔적이 전혀 남아 있지 않았으니 의심의 여지도 없었다. 나는 죽은 사람이라 식사를 할 그릇이나 산짐승을 쫓아낼 때 쓸 불 따위가 전혀 필요하지 않았다. 게다가 기력이 딸려 그가 오기 전부터 이미 이틀 동안 등나무 뒤 작은 동굴에서 꼼짝도 하지 못하고 있었다.

그들이 다시 돌아올지도 모른다는 생각이 들어 모언이 떠난 후 하루 동안 작은 동굴 안에 숨어 있기까지 했다. 다음 날 절대 발각되지 않을 거라 확신하며 비틀비틀 동굴에서 나와 근처 샘으로 향했다. 그런데 머리카락이 흠뻑 젖은 채 다시 동굴로 돌아왔을 때 푸른 옷차림의 여인이 고개를 숙이고 돌 침상에 새겨진 그림의 탁본을 뜨는 모습이 보였다.

몸을 숨기려 했지만 한 발 늦고 말았다. 눈이 마주친 순간 그녀의 눈이 놀라 휘둥그레졌다. 햇살이 동굴 입구로 쏟아져 들어오는 가운데 나는 천천히 두어 걸음을 옮기며 그녀에게 인사를 했다.

"석 달 만이네요. 잘 지냈나요, 소의?"

그녀는 종이를 든 손을 덜덜 떨며 나에게서 눈을 떼지 못했고, 한참이 지나서야 눈에 눈물이 그렁그렁 맺혔다.

"당신이 사람인지 귀신인지 모르겠지만 어쨌든 계속 이 동굴에서 지낸 건가요? 그럼 왜 지금에야 나타난 거죠? 새언니가 만나야 할 사람은 내가 아니라 오라버니잖아요."

나는 그녀와 어쩔 수 없이 인사를 나눴지만 그녀가 이렇게까지 흥분해 울 줄은 꿈에도 생각하지 못했다. 비록 나 역시 늘 눈물을 달고 살지만 다른 사람이 내 앞에서 울 때는 정말이지 어떻게 해야 할지 몰라 난감할 뿐이었다. 결국 그 상황을 견디지 못하고 뒤돌아 도망치려는 순간 울먹이며 소리치는 그녀의 목소리가 들려왔다.

"어쩜 이렇게 모질 수가 있어요!"

동굴 입구에 소슬바람이 불며 나뭇잎이 바람을 타고 땅에 떨어졌다. 그녀의 말을 못 들은 척 발길을 떼 보았지만 몇 걸음 가지 못해 멈추고 말았다.

등 뒤에서 바스락 소리가 들리는가 싶더니 소의의 흐느끼는 울음소리가 지척에서 들려왔다.

"새언니가 절벽에서 떨어지던 날 오라버니도 함께 떨어졌어요. 하지만 절벽 아래로 강물이 흘러 언니를 찾는 일은 생각처럼 쉽지 않았고, 결국 찾아낸 건 언니의 보라색 옷 조각뿐이었죠. 호위무사들이 그를 찾아냈을 때 어떤 모습이었는지 아세요? 영혼의 절반을 강물 너머로 흘려버린 것처럼 거의 초주검 상태였어요. 하지만 행궁으로 돌아온 순간부터 그는 언니에 대해 단 한 마디도 입에 올리지 않았고, 반나절이 지난 후 부왕과 함께 장례를 치러줬어요. 그는 이런 힘든 일을 겪으면서도 침착함을 잃지 않았죠. 그래서 우리는 그가 이 상황을 받아들이고 모두 극복했다고 생각했어요. 그런데 부왕의 장례식을 치른 후 모든 일을 팽

개쳐두고 방 안에 틀어박혀 사흘을 꼼짝도 하지 않더군요. 즉위
하던 날 오라버니는 당신의 위패를 직접 들고 나타나 자기 옆에
있는 왕후의 자리에 올려 두었어요. 그런데 그 위패가 어떤 건지
아세요? 오라버니가 사흘 밤낮을 꼬박 새가며 직접 칼로 새겨 만
든 위패였어요."

나는 고개를 들어 하얀 구름이 떠있는 높고 푸른 가을 하늘을
올려다보았다. 모두가 나의 잘못이었다. 그는 나를 사랑해서는
안 되었다. 산 자가 죽은 자를 사랑했으니 당연히 미래가 없는
운명 속에 휘말리고 만 것이다.

그때 나는 단지 그에게 더 가까이 다가가고, 이생에 아무런 후
회를 남기고 싶지 않다는 생각뿐이었다. 언젠가 내가 그를 떠났
을 때 그가 어떻게 될지에 대해서는 전혀 생각하지 못했다. 그러
니 모두가 나의 잘못이었다.

뒤에 있던 소의가 앞으로 두어 발짝 걸어 나왔고, 울먹이느라
잠긴 목소리가 심하게 떨리고 있었다.

"왜 고개조차 돌리지 않으려 하죠? 이 정도로도 마음에 차지
않는 건가요? 그럼 오라버니가 언니 때문에 검조차 들지 못한다
고 말하면 마음이 바뀔까요?"

나는 너무 놀라 고개를 휙 돌리며 힘겹게 입을 열었다.

"그게 무슨 의미죠?"

그녀가 소맷자락을 들어 눈물을 훔쳐내며 애써 미소 지어 보
였다.

"오라버니는 검술의 고수였어요. 위험이 닥치면 호위무사들
조차 할 일이 없어질 만큼 뛰어난 검술을 펼쳤죠. 그런데 즉위식

날 저녁 연회에서 자객이 나타났을 때 충분히 막을 수 있었던 검의 공격을…… 내가 상처를 살피며 왜 그랬는지 꼬치꼬치 묻자 더 이상 검을 쓸 수 없다고 하더군요. 나중에야 안 사실이지만 그날 언니를 실수로 찌른 후로 다시는 검을 들지 못하게 된 것 같아요. 게다가 이번에 내 생일을 맞아서 몸이 다 회복되지 않았는데도 이 먼 안회산까지 찾아 왔어요. 오라버니는 아무 말도 하지 않았지만 그게 다 언니 때문이라는 걸 내가 어찌 모르겠어요. 그런데 언니는 어떻게 살아 있으면서도 오라버니를 속이며 그 시간을 견뎌낼 수 있었죠? 오라버니가 여기까지 왔는데도 모습을 드러내지 않고 어떻게 이렇게까지 모질게…….”

동굴은 아주 높았고, 동굴 천장 여러 곳에 오랜 세월 침식된 용식溶蝕의 흔적이 있다는 것을 오늘 처음 알게 되었다. 나는 더 이상 모언과 나에게 모질어질 수가 없을 것 같았지만 마음 깊은 곳에서 서서히 자라나는 고통스러운 마음이 쉽게 사라지지 않았다. 한참 후 나는 어렵게 그녀에게 도움을 청했다.

“소의, 나를 좀 도와주겠어요?”

호성으로 가는 길에 조, 강나라의 전쟁이 시작되었다는 이야기가 들려왔다. 이 일은 이미 예상했던 바였지만 전혀 예상 밖이기도 했다. 8월 말에 모언은 조왕과 회맹을 했고, 나는 조왕의 급한 성격을 감안해 볼 때 보름을 채우지 못하고 바로 강나라에 선전포고를 할 거라고 생각했다. 그런데 그는 예상 외로 화를 억누르며 10월 초까지 전쟁을 미뤘다.

선전포고를 하던 날 조왕은 직접 전선으로 나와 강나라의 일곱 가지 죄상을 일일이 열거했고 인적, 물적 증거를 통틀어 강나라를 꼼짝 못 하게 만들었다. 그중 백미는 4월에 강나라가 소예를 제거하기 위해 조나라에 화를 전가하며 남의 칼을 빌려 목적을 이루고자 한 일을 죄라고 직접적으로 지적한 것이었다.

조왕은 강나라의 죄상을 일일이 들추어내 세력 확장을 위한 악랄한 계책을 만천하에 알렸다. 그의 말에 따르면 강나라는 조, 진 두 나라의 전쟁을 일으켜 어부지리를 얻으려 했다. 다행히 두 나라는 오랜 세월 우호적인 관계를 유지해 왔고, 인척관계를 맺고 있었기 때문에 간신히 화를 피할 수 있었다. 그 후에도 강왕의 야욕은 사라지지 않았고, 조나라와 진나라 사이를 이간질하며 잇속을 차리려던 지난 계책을 덮기 위해 자신의 오른팔을 자르는 극단적인 선택을 하기도 했다. 강나라는 이런 고육지책을 이용해 국사를 책임지던 승상을 죽였고, 조나라를 모함했다. 강왕의 이런 행동은 군주의 도리를 위배했으니 위로는 천자에 대한 불충이요, 아래로는 군신에게 불의를 저지르는 짓이었다.

내가 보기에 이 죄상의 전반부는 꽤 설득력이 있어 보였지만 후반으로 갈수록 강왕에게 억울한 누명을 뒤집어씌우는 느낌이 강했다. 그러고 보니 한 달 전 모언이 이 말들을 어떻게 그럴싸하게 포장해서 조왕을 속였는지, 조왕이 왜 그의 말을 철석같이 믿고 출병을 했는지 이해가 갔다. 다른 이유는 없었다. 그저 모든 것이 그의 타고난 연기력 덕이었다.

상대의 말에 근거해 그 사람을 다스리듯 모언의 이 한 수는 정말 절묘했다. 당초 강나라가 그물을 쳤을 때 지금의 이런 결과가 나올 줄 어찌 상상이나 했겠으며, 결국에 그물을 거두는 자가 자신이 아니라 그 그물에 걸려들기를 바랐던 물고기일 줄 누가 예상이나 했겠는가.

하지만 조나라의 국력을 감안해 봤을 때 강나라에 감히 선전포고를 한 것은 일시적 충동이 아닐 확률이 높았다. 분명 진나라와 회맹을 할 때 모언에게서 일단 전쟁을 시작하면 진나라가 뒤를 봐주겠다는 약속을 받아냈을 터였다. 그러나 소의가 나를 비밀리에 호성으로 데리고 돌아갈 때까지 조나라가 이번 전쟁에서 어떻게 자기 잇속을 차렸는지에 대해선 말이 전혀 돌지 않았다.

도리어 강왕이 그 일곱 가지 죄상을 듣고 격분해 대군을 이끌고 나가 적에 항거하고, 온 나라 백성이 조나라에 적개심을 불태우는 도화선이 되었다. 연속 이레 동안 조나라 대군은 양국 변경의 경계선에서 조금도 나아가지 못한 채 도리어 점점 후퇴를 했다. 보아하니 모언이 당초 조왕과의 약속을 지키지 않은 것이 분명했다.

소의는 단순하게 이번 전쟁을 바라보며 조나라와 강나라가 모두 패하는 쪽이 최선이라고 생각했다. 그래야 두 나라와 이웃한 진나라가 앞으로 오랫동안 근심 없이 살 거라고 봤다.

그녀조차도 이 일의 핵심을 간파했으니 조왕도 이미 진실을 알아차렸을 터였다. 하지만 그렇다 해도 지금 이 순간 대대적으로 진나라에 지원을 요청하는 것 말고는 달리 방도가 전혀 없었다. 그러나 내가 단언하건대 두 나라가 모두 다시는 일어설 수 없을 만큼 치명타를 입기 전까지 모언은 절대 출병할 리 없다.

10월 25일, 스산한 바람이 불어오던 그날 벽산에서 이별한 후 나와 모언은 꼬박 보름 동안 만나지 못했다. 어쩌면 그는 나보다 그 시간이 훨씬 더 길게 느껴졌을지 모르겠다.

전선이 너무 길게 이어지다 보니 조왕의 전력으로는 지탱할 능력이 되지 않았다. 그는 결국 발등에 불이 떨어져 황급히 호성으로 사람을 보내 지원을 요청했다. 소의의 말에 따르면 그때 모언은 몸이 아프다는 핑계로 진시가 되도록 조정에 나타나지 않아 조나라 사신의 피를 말렸고, 오후가 되어서야 몸이 좀 나아졌으니 저녁에 사신을 위해 진롱원珍瓏園에서 연회를 열겠다고 교지를 전했다.

소의는 옆에서 나를 위로했다.

"오라버니는 계속해서 상황이 안 좋기는 했지만 상처가 이미 다 아물어 크게 문제될 것이 없었어요. 아마 밤까지 정무에 매진하다 보니 그런 걸 거예요. 어쨌든 오늘 밤 연회가 열리니 이따가 얼굴을 볼 수 있을 거고……."

말을 다 맺지도 못하고 그녀의 눈가가 붉어졌다. 나는 장난스러운 표정으로 웃으며 그녀를 협박했다.

"오늘 밤에도 이러면 우리 일이 들통날지도 몰라요. 모언이 우리 계획을 알게 되면 어떻게 되는지 알죠? 혹시 내가 몰매라도 맞게 되면 나서서 막아줘야 할 테니 각오해요."

그녀는 기가 막힌 표정으로 나를 보며 눈물을 훔쳐 냈다.

"일이 이 지경까지 왔는데도 농담할 기분이 들어요? 역시 오라버니의 말이 맞았어요. 오라버니가 없을 때……."

그 순간 모언이 했던 말이 머릿속을 스치고 지나갔다.

"내가 없을 때 그녀는 누구보다 강해지지."

나는 정신을 바싹 차리고 턱을 괴며 말했다.

"그게 문제라니까. 당신 오라버니가 그런 말을 하는 바람에 울고 싶어도 울지 못하고, 보는 눈이 있으니 쓸데없이 강한 척을 해야 되잖아요."

그녀가 나를 한참 바라보다 조심스레 물었다.

"오라버니의 기억을 없애는 것 말고는 다른 방법이 정말 없을까요?"

나는 시선을 돌려 대들보를 올려다보며 착잡한 표정으로 대답했다.

"오직 그 방법뿐이에요."

결국 나는 모언을 위해 자오子午 화서조를 연주해 그의 기억을 없애기로 결심했다.

사실 자오 화서조는 거문고를 연주해 화서의 공간으로 들어가는 방식만 보면 기존의 화서조와 별반 다르지 않다. 다만 차이가 있다면 한밤중에 연주를 해야 하고, 손가락이 아니라 주문呪文과 염력으로 현을 튕겨야 한다.

이렇게 만들어진 곡조는 상대방을 위해 특별한 환상의 공간을 엮어낼 수 있다. 비록 이 공간 역시 과거의 재현이지만 상대방의 아름다운 꿈, 목숨을 대가로 받는 것이 아니라 그 사람의 마음속에 가장 깊이 새겨진 감정을 가져가게 된다.

소위 자오는 자정부터 정오까지를 가리키며, 환상의 공간에 빨려 들어간 사람은 심마가 몸에서 빠져나가는 것을 알아챌 수 없다. 정오가 지나 그가 깨어나면 환상의 공간 속으로 빨려 들어간 그 감정은 영원히 그의 기억 속에서 사라지게 된다. 또한 자오 화서조의 경우 일반 화서조와 달리 꿈의 주인이 꿈속에서 빠져나오지 못해도 목숨을 잃는 일은 생기지 않는다. 오시가 되면 자연히 잠에서 깨어나게 되고, 그가 깨어난 후에도 그 꿈은 또 다른 공간 속에서 계속 이어지게 될 것이다.

이것이야말로 화서인의 가장 큰 비밀이자 어쩌면 군사부조차 알지 못할 수 있는 금기된 비술이기도 하다. 세상 누구도 타인의 감정을 박탈할 권력을 가져서는 안 되고, 신이 내린 공간 속에서 신조차 볼 수 없는 곳이 존재해서도 안 된다. 이런 이유로 자오 화서조는 하늘의 이치를 역행하는 비술로 여겨졌다. 그래서 이 비술이 일단 성공하게 되면 비술을 쓴 사람에게도 엄청난 타격이 가해진다. 화서인과 연결되어 있는 교주가 산산조각이 나고, 비술의 힘도 흔적 없이 사라지게 되니 그야말로 모든 것이 무로 돌아가는 셈이다.

예전에는 모언이 날 평생 기억해주길 바랐다. 그러나 나를 기억하는 일이 그에게 고통만 안겨준다면 차라리 잊혀져서 모든 것을 무로 돌리는 편이 나았다.

밤이 되자 소의가 진연이 열리는 진롱원으로 나를 데리고 갔다. 위나라에선 아직 혼례를 치르지 않은 공주는 절대 외부에 얼굴을 드러내서는 안 된다고 금했었다. 하지만 진나라는 위나라와 강을 사이에 두고 있을 만큼 지리적으로 가까운데도 풍속은 천지 차이였다.

나는 소의의 시녀로 변장을 하고 그녀 곁을 바싹 따랐다. 진롱원으로 이어지는 길은 등이 환하게 밝혀져 있었고, 사방이 가을로 물들어 있었다. 천축규天竺葵[*]가 옥으로 만든 왕좌가 있는 곳까지 쭉 피어 있어 연회가 열리는 이곳이 마치 꽃으로 만들어진 바다처럼 느껴졌다.

이렇게 아름다운 경관은 한 폭의 발묵화를 보는 듯 그윽하고 운치가 넘쳤다. 멀지 않은 곳에서 주위를 물리는 환관의 외침 소리가 들리고, 시녀들의 비단 옷자락이 바람에 가볍게 휘날리는 모습이 얼핏 보였다. 소의가 나를 끌어당기고 나서야 왕좌 아래에 있던 군신들이 허리를 굽히고 왕의 행차를 기다리고 있다는 것을 알아챘다.

나는 사람들이 하는대로 바닥에 무릎을 꿇고 앉았다. 오랜만에 다시 보게 된 모언의 모습이 어떻게 변했을지 무척 궁금해졌다. 결국 참지 못하고 고개를 살짝 들어보니 박달나무로 만든 궁등이 밝히는 길을 위풍당당하게 걸어오는 그의 모습이 눈에 들어왔다. 그런데 그는 늘 입고 있던 푸른 비단옷이 아니라 제례 때 착용하는 검은색 면복冕服을 입고 있었다. 머리에 면류관을 쓰고 이마 앞으로 구류九旒를 늘어뜨려 그 그림자가 얼굴의 표정을 가렸다. 나는 그의 이런 복색을 처음 봤는데, 감히 범접할 수 없는 모습마저도 너무나 멋져 보였다.

이후 모든 것은 마치 꿈결처럼 흘러갔다. 그의 목소리는 근엄하면서도 냉담했고, 고작 두세 마디 말로써 결코 만만치 않은 조나라 사신의 입을 막아 버렸다. 그가 평상시에도 이랬는지 문득 고개가 갸웃해졌다.

---

[*] 관상용으로 키우는 여러해살이 풀

나의 기억 속에는 두 사람이 존재했다. 바로 소예와 모언이다. 한 사람은 타고난 정치가이고, 또 한 사람은 그저 나의 부군일 뿐이다.

한 사람은 이렇게 흔들림 없이 침착하게 천하의 대세를 쥐락펴락하지만 또 한 사람은 바쁜 정무를 뒤로한 채 나를 위해 밤새 거문고를 퉁기며 슬픈 곡을 연주해준다.

비록 두 사람이 사실은 한 사람임을 마음으로야 알지만 이런 모언을 보고 있자니 왠지 낯설고 다른 사람처럼 느껴졌다.

그가 나를 잊고 잘 사는 모습을 보고 싶은 건지, 아니면 평생 나만을 기억하며 고통스럽게 살기를 바라는 것인지 잘 모르겠다. 때로는 이런 생각을 하는 내 자신이 비정상적으로 보이지만 나도 모르게 생기는 갈등을 어찌해 볼 도리가 없으니 그저 손쓸 수 없을 만큼 무성하게 자라버린 잡초처럼 그냥 내버려두는 수밖에 없었다.

백관들이 주거니 받거니 술잔을 기울이며 연회의 분위기가 무르익어 갈 때쯤 소의가 깜짝 놀라 외마디 비명을 질렀다. 그 소리가 끝도 없이 이어지던 생각의 고리를 끊어주었다. 그제야 나는 좀 전까지 술잔을 주거니 받거니 하던 소리가 멈추고, 나지막한 무대 위에 붉은 옷을 입은 무희가 서 있는 것을 알아챘다. 조나라의 존재감 없는 사신이 허리를 숙인 채 환한 미소를 지으며 왕좌를 향해 무슨 말을 하고 있었다.

나는 귀를 쫑긋 세우고 그의 이야기를 들어보았다. 그는 옆에 있는 붉은 옷차림의 여인이 얼마나 아름답고 춤을 잘 추는지 입에 침이 마르도록 칭찬을 아끼지 않았다. 비록 본론을 꺼내지는 않았지만 이런 장소에서 아름다운 무희를 데리고 나온 것만 봐도 그의 의도가 무엇인지 충분히 미루어 짐작할 수 있었다.

소의가 그렇게까지 놀라 소리를 칠 만한 상황은 아닌 듯 보였다. 비록 내가 독점욕이 강한 편이기는 하지만 이런 상황까지 이해하지 못할 정도로 생각이 막힌 사람은 아니었다. 왕들 사이에서 미인을 선물로 보내는 것은 나와 군위가 서로에게 고구마를 보내는 것만큼 일반적인 일이었다. 물론 선물받은 고구마는 나혼자 모두 먹을 수 없을 만큼 양이 많아서 대부분 그날 함께 있던 사형들에게 나눠주고는 했다.

모언은 그의 성격답게 얼굴에 감정을 전혀 드러내지 않았다. 하지만 조나라 사신의 말이 다 끝났을 때 그는 고개를 들어 무대 위에 서 있는 여인을 한참 동안 바라보며 나지막하게 한마디를 건넸다.

"고개를 들어 보거라."

나는 황망한 눈빛으로 무대 위를 바라보았고, 천천히 고개를 드는 그 여인의 얼굴에 시선이 닿았다. 버드나무처럼 부드럽게 휜 눈썹, 동그랗고 커다란 눈, 작고 오뚝한 코, 살짝 다문 붉은 입술.

나는 너무 놀라 무심코 뒤로 몸이 휘청했다.

소의가 왜 외마디 비명을 질렀는지 이해가 되는 대목이었다. 그 얼굴은 나와 너무나 흡사했고, 일 년 전에 내가 위나라 궁에서 살 때 늘 보던 얼굴이기도 했다. 이 붉은 옷의 여인은 바로 나의 열두 번째 언니 엽맹葉萌이었다.

나한테는 열네 명의 언니가 있고, 그중 나와 가장 많이 닮은 언니가 바로 엽맹이었다. 그런데 그녀가 왜 조나라에서 왕에게 바치는 여인이 되어 여기 나타난 것일까? 위나라가 망한 후 그녀는 왕후와 함께 호성으로 보내져 감금되지 않았던가?

충격이 채 가시기도 전에 조나라 사신이 아부하는 소리가 또 들려왔다. 듣자 하니 좀 전에 엽맹을 추켜세웠던 말들을 다시 한 번 떠벌이고 있는 모양이었다.

소의가 나의 치마를 잡아당기더니 손가락에 술을 묻혀 탁자 위에 글자를 써 내려갔다.

"오라버니가 그녀를 거둬들여도 그건 다 언니를 닮아서, 언니가 보고 싶어서 그러는 거니까⋯⋯."

뒤에 글자를 다 쓰지도 않았는데 갑자기 마음 밑바닥에 찬물을 한 바가지 들이부은 양 등골이 서늘해졌다. 솔직히 나는 거기까지는 생각하지 못했다. 소의가 그 말을 하는 순간 이와 비슷한 경우가 번뜩 뇌리를 스치고 지나갔다.

하지만 어떻게 한 사람을 그리워하며 또 다른 사람을 곁에 두는 황당한 일을 벌일 수 있단 말인가? 용원이 아무리 앵가를 사랑했다 해도 그녀에 대한 사랑이 너무 깊어 그녀와 똑같이 생긴 금작을 사랑하게 된 것은 아니었다.

조나라 사신의 한바탕 칭찬이 일단락되자 나는 고개를 들어 왕좌에 앉아 있는 모언을 바라보았다. 그가 있는 곳을 비추는 궁등의 각도가 다소 치우쳐 있어서인지 구류에 가려져 있던 담담한 표정이 한눈에 들어왔다. 그는 고개를 살짝 기울여 왼쪽에 앉아 있는 재상 윤사尹詞를 바라봤다.

"짐은 이제껏 가무에 별반 흥미가 없었지. 내 기억으로는 윤경이 그쪽에 조예가 깊으니 엽맹 낭자를 그대에게 하사하겠소."

나는 안도의 한숨을 내쉬었다.

조나라 사신의 안색이 붉으락푸르락 변하며 그 순간 어떤 항변도 하지 못했다. 도리어 그를 대신해 나선 것은 바로 옆에 있던 엽맹이었다.

"맹엽孟葉의 두 다리가 어느 땅에 서 있든, 소녀는 그 땅에서 가장 강한 분을 모실 것이옵니다. 폐하께서 소녀를 다른 사람에게 넘기신다면 차라리 이 자리에서 소녀를 죽여주시옵소서."

엽맹, 맹엽. 솔직히 나는 그녀에게 아무런 감정도 남아 있지 않았다. 다만 열네 명의 언니 중 그나마 가장 기억에 남는 한 사람을 꼽으라면 바로 엽맹이었다.

내가 위궁으로 돌아오기 전까지 자식들 중 부왕의 사랑을 독차지했던 것도 그녀였다. 위나라의 열두 번째 공주 엽맹은 오만방자함이 하늘을 찔러 위궁 안에서 누구도 그녀의 심기를 건드리지 못했다. 그런데 비록 망국의 공주이기는 하나 나름 자존감과 자존심을 지키며 살아왔던 그녀가 어떻게 나라 간에 서로 주고받는 선물로 전락하게 된 것일까?

나는 얼핏 모언의 웃는 모습을 보며 혹시 그녀의 매력에 빠져들지 않았을까 마음이 점점 불안해졌다. 하지만 그의 목소리는 여전히 냉담하기 그지없었다.

"과인의 왕후는 질투심이 무척 강하지. 짐은 낭자를 거둬줄 수는 있으나 왕후가 분명 달가워하지 않을 것이다. 과인이 그대를 화나게 하는 것이 낫겠는가, 아니면 왕후를 화나게 하는 것이 낫겠는가?"

나는 주먹을 꼭 쥐고 이 상황을 지켜봤다. 그런데 이때 소의
가 갑자기 웃음을 터뜨렸다. 쥐 죽은 듯 조용했던 연회장이 술렁
이고 모든 이의 시선이 그녀에게 향했다. 모언이 소의 쪽으로 시
선을 돌리는 순간 나는 얼른 고개를 숙였다. 뒤이어 엽맹의 당찬
목소리가 들려왔다.

"왕후께서 화를 내시던 소녀가 화가 나든, 그런 것은 중요하지
않사옵니다. 중요한 건 폐하의 마음이겠지요."

모언은 의자 팔걸이에 턱을 괴고 앉아 마치 그곳에 다른 신하
들이 아무도 없는 것처럼 왕후를 향한 자신의 마음을 전했다.

"과인의 마음에 달려 있다?"

그는 태연하게 웃으며 당연하다는 듯 대답했다.

"왕후의 마음이 바로 짐의 마음이다."

소맷자락을 움켜쥐고 있던 두 손이 희미하게 떨렸다. 연회장
에 있던 신하들은 그들의 왕후가 이미 위패로 존재한다는 사실
을 마음의 위안으로 삼았다. 다들 그렇지 않았다면 그들의 왕이
우매한 군주가 되었을 거라고 믿어 의심치 않았다.

결국 엽맹은 재상부로 가서 윤사를 모시는 길을 선택했다. 이
결정이 옳은지 아닌지는 누구도 확언할 수 없다. 여러 가지 선택
지가 있었지만 그녀 스스로 그 길을 선택했을 뿐이었다. 지난날
나 역시 순국을 선택했고, 그 길을 후회하지 않았던 것처럼 그녀
도 그럴 거라고 믿는다.

연회가 끝나갈 무렵 모언은 엽맹에게 술 한 잔을 내렸고, 그의

잔은 소의가 채워주었다.

내 손바닥에서 식은땀이 배어 나왔다. 물론 무슨 문제가 생길 리 없다는 것은 나도 잘 알고 있었다. 술병에 가득 담아 소의에게 건넨 피는 쓴 쑥을 첨가한 데다가 술잔에 고작 두세 방울 정도 떨어뜨린 거라 혀에 닿아도 맛이 느껴질 리 없었다.

술을 따를 때 모언이 소의에게 무슨 말을 하는 듯 보였는데 술을 따르던 그녀의 손이 순간 멈칫하는 모습이 보였다. 한쪽에서 시녀에게 잔을 건네받은 엽맹의 안색이 순간 창백해졌다. 술잔을 든 손을 덜덜 떨고 있었다.

그 잔을 다 마시고 난 후 노래와 춤이 이어지며 연회장은 흥겨운 분위기로 바뀌었다. 왕좌에 앉아 있는 모언은 턱을 괸 채 깊은 생각에 잠긴 듯 보였다. 그의 몸은 공작 깃털로 만든 커다란 부채가 드리운 그림자에 반쯤 가려져 있었다.

한참 후 오로지 그에게 속한 곡조가 박달나무 궁등이 비추는 작은 빛무리 속에 떠오르기 시작했다. 그것은 마치 아주 우아한 춤을 추듯 움직이며 나의 가슴속으로 흘러 들어왔다.

모든 것이 당혹스러울 만큼 순조롭게 진행되었다. 이제 사전에 완벽하게 세운 계획에 맞춰 아무도 방해하지 않을 장소를 찾는 일만 남아 있었다. 그곳에서 자시가 되면 주문과 염력으로 모언의 자오 화서조를 연주할 것이다.

연회를 마치고 자리를 뜨는 모언의 뒷모습을 보며 나는 참지 못하고 두어 걸음 앞으로 나아갔다. 지금이 바로 이 세상에서 그를 보는 마지막이었다. 하지만 하늘의 별조차 없는 어둑어둑한 밤길에 보이는 것은 그의 검은 뒷모습뿐이었다. 땅 위는 온통 천축규 천지였고, 그의 옷자락이 스칠 때마다 꽃잎이 바람을 타고 움직이며 춤을 췄다.

모언, 우리의 아름다웠던 시간을 난 잊지 않았어요. 하지만 이번 생에서는 이제 더 이상 당신을 볼 수 없겠죠.

소의가 물었다.

"아까 오라버니가 나한테 무슨 말을 했는지 알아요?"

나는 고개를 가로저었다.

그녀가 자리에서 일어서며 나지막이 말했다.

"오늘에서야 아불이 진짜 죽었다는 걸 알게 되었다고 했어요. 언니와 비슷하게 생긴 여자를 보며 계속 왜 그녀가 아니라 아불이 죽었는지 그런 생각밖에 나지 않았대요. 언니가 혼자 외로울 텐데 함께 해주지 못하니 그녀를 보내면 언니가 적적하지 않을 것 같다고도 했어요."

손에 든 잔이 바닥으로 떨어지며 산산조각 났다. 그녀가 한숨을 내쉬었다.

"가요. 아무도 방해하지 않을 곳으로 데려가 줄게요. 오라버니의 기억 속에서 언니를 지워야 한다고 했죠?"

그녀가 고개를 돌렸다.

"이제야 그 말이 옳다는 걸 알겠어요."

4장

　진궁의 자시子時는 딱딱이 소리와 함께 시작되었다. 지금 이 시간은 내가 인간 세상에서 보내는 마지막 달밤이 될 것이다.

　얼음을 저장하는 움집에 놓아두었던 거문고에는 서리가 앉아 얼어 있었다. 나는 거문고대 앞에 앉았고, 소의가 가져다준 하얀 갖옷을 걸쳐 찬 공기를 막았다. 자시에 맞춰 첫 번째 등불이 꺼지자, 교주의 갈라진 틈을 타고 흘러나와 의식을 휘감는 주문을 낮게 중얼거렸다.

　내가 자오 화서조를 쓰게 될 거라고 단 한 번도 생각해 본 적 없었다. 내가 알기로 화서인을 연마했지만 그 끝이 좋지 않았던 이들이 마지막으로 연주했던 곡은 바로 자신을 위한 것이었고, 대부분 이 자오 화서조를 썼다.

　아름다운 꿈을 너무 많이 엮다 보면 결국 언젠가 자신도 모르게 그 속에 스스로를 가두게 된다. 바로 사람의 탐욕이 부르는 재앙이기도 하다. 비록 나는 자신을 위해서가 아니지만, 말로 다 할 수 없는 바람과 집착이 마음에 남아 있는 것도 사실이었다.

　고적한 거문고 음이 주문을 따라 흘러나오고, 칠흑같이 어두운 얼음 저장고 안에 돌연 빛이 가득 차올랐다. 하늘과 땅을 빙빙 돌듯 움직이는 하얀 빛이 눈앞에 나타났다. 그 순간 누군가 내 손을 잡았다. 호랑이가 울부짖는 소리가 귓가에 들렸다. 나는 순간적으로 누군지 알아챘고, 그 사람이 자오 화서조가 엮어낸 공간에 완전히 들어오기를 기다렸다. 두 다리가 땅에 닿았을 때 고개를 드니 과연 근심으로 가득 찬 군위의 얼굴이 보였다. 아래를 보니 발치에 반쯤 엎드려 어지러운 듯 머리를 파묻고 있는 소황도 있었다.

나는 순간 말문이 막혀 버렸다. 군위가 고개를 옆으로 돌리며 먼저 말을 꺼냈다.

"네가 뭘 하려고 하는지 소의에게 다 들었어. 그녀한테 뭐라고 할 것 없어. 내가 닦달해서 알아낸 거니까."

잠시 후 그가 살짝 고개를 숙여 나를 바라봤다.

"아버지랑 나는 계속 너를 찾아다녔어. 만약 네가 행복하다면 당연히 날 찾아올 필요가 없었겠지. 하지만 행복하지 않은데도…… 아불, 왜 날 찾아오지 않은 거니?"

나는 주저앉아 소황의 머리를 토닥였다.

"군사부님은 잘 계시지? 모언이 난처하게 굴지는 않았다고 들었어."

나는 잠시 고심하다 가능한 한 대수롭지 않은 말투로 그에게 이 일에 대해 알려주었다.

"너도 대충 알겠지만 이건 내 마지막 시간들이 될 거야. 사실 다들 내가 이미 죽었다고 알고 있겠지만 말이야. 내가 다시 태어난 그날부터 이런 날이 올 줄 다들 알고 있었잖아. 안 그래? 난 나에게 남은 시간을 의미 있는 일에 쓰고 싶었어. 설마 날 막으러 온 거야?"

소황은 어지럼증이 거의 나았는지 내 손에 머리를 비벼댔다.

아무래도 소황은 무슨 일이 일어났는지 전혀 모르는 모양이었다. 머리 위에서 군위의 갈라진 목소리가 들려왔다.

"아니, 난 널 도우러 온 거야."

나는 놀란 눈으로 그를 쳐다봤지만 그의 말 때문은 절대 아니었다. 한참 후 나는 떨리는 목소리로 군위를 불렀다.

"군위, 나 좀 부축해봐. 다리가 쥐가 났는지 일어날 수가 없어."

코끝에 희미한 수선화 향이 전해졌다. 그것은 그의 옷에 배어 있는 향기였다. 오랫동안 맡아볼 수 없었던 향이기도 했다. 나의 감각이 드디어 살아난 것일까?

숨을 쉴 때마다 입김이 나왔고, 소황의 이빨이 내 손가락을 피가 나올 정도로 깨물자 눈이 튀어나올 만큼 통증이 느껴졌다. 그제야 감각이 정말 회복되었다는 것이 실감 났다.

군위가 거울을 나에게 건네주었다. 거울에 비친 이마에는 상처 자국이 하나도 남아 있지 않았다. 마치 열일곱 살 적 가장 좋았던, 가장 예뻤던 시절로 다시 돌아간 것만 같았다.

나는 내 이런 모습을 늘 모언에게 보여주고 싶었다. 과연 생명을 대가로 연주한 자오 화서조에는 자신에게 속하지 않은 꿈의 공간 속에서 늘 염원하던 바를 이루게 하는 능력이 숨겨져 있었다. 그야말로 나의 선택이 조금도 후회되지 않는 순간이었다.

군위는 내가 놀라면서도 기뻐하는 모습을 보며 이렇게 된 이상 주막에 가서 맛있는 음식을 시켜놓고 축하주나 한 잔 거하게 하자고 했다. 귀가 솔깃해지는 제안이었다. 소황도 그 말에 신이 나는지 제자리에서 빙글빙글 돌았다. 하지만 나는 그 유혹을 애써 외면했다.

"시간이 많지 않아. 먼저 모언부터 찾는 게 좋겠어."

그가 미간을 찡그리며 나를 힐끗 보더니 단 몇 마디로 날 완전히 굴복시켰다.

"지금 이곳에서 너는 더 이상 죽은 사람이 아냐. 예전처럼 밥을 먹든 안 먹든 상관없는 시절은 지나갔어. 지금은 배를 든든히 채워두지 않으면 기운이 딸려서 모언을 찾으러 다니기도 힘들어질걸?"

다행히 우리가 있는 곳은 아무것도 없는 허허벌판이 아니었다. 군위를 따라 가다 보니 얼마 안 가 주막이 하나 보였다. 이렇게 다시 산 사람처럼 세상을 활보하고 다니니 설령 꿈이라 해도 죽은 자로 사는 것보다 천 배 만 배는 좋았다.

머리 위로 비가 조금 떨어졌다. 강물 위로 떨어진 빗방울이 잔잔한 파문을 일으켰다. 비가 부슬부슬 내리는 파란 겨울 하늘이 강물 위로 내려앉았다. 강가 옆에 주막이 하나 있었다. 갑자기 허기가 느껴져 주막 안으로 성큼성큼 걸어 들어가 좋은 자리를 찾기 위해 사방을 두리번거렸다. 그러다 시선이 창가 자리로 옮겨진 순간 나는 그 자리에서 꼼짝도 할 수 없었다.

활짝 열린 창문에 대나무로 만든 주렴이 위로 말려 올라가 있었다. 창밖에 핀 하얀 매화가 창문 안으로 고개를 내밀며 네모난 탁자 위에 드리워졌다. 흰 매화 옆에는 청자 주전자가 놓여 있었다. 매화의 하얀색이 유약을 바른 자기의 푸른빛과 어우러져 창가의 정취를 더 돋보이게 했다. 술 주전자를 들고 술을 따르는 사내는 검은 두루마기를 입었고, 콧대 위로 은빛 가면을 쓰고 있었다.

모언, 우리가 여기서 만나게 될 줄 몰랐네요.

그는 고개를 살짝 숙여 맞은편에 앉아 있는 하얀 옷의 사내가 하는 말에 귀를 기울이고 있었다. 그 사내는 등을 돌리고 있어 손에 들고 이리저리 만지작거리는 검은 팔찌만 보일 뿐이었다.

보아하니 그와 동행한 사람은 공의비가 확실했다. 군위도 이 광경을 같이 봤지만 은색 가면의 사내가 모언이라는 사실을 눈치채지 못한 채 나를 밀치며 안으로 들어섰다. 심부름꾼이 다가와 우리를 친절하게 맞았다.

"여기는 자리가 없으니 위로 올라오십시오."

나는 한 발자국도 움직일 수 없었다. 창가에 있는 모언이 살짝 고개를 돌려 내 쪽을 바라봤지만 나에게 시선이 머물지는 않았다. 나는 심부름꾼을 붙잡고 다급하게 물었다.

"지금이 어느 해인지 압니까?"

심부름꾼은 이층 모퉁이를 돌다 말고 고개를 돌리며 머리를 긁적였다.

"장공 23년이지요."

장공. 내 기억이 틀리지 않다면 지금 하늘 아래 존재하는 장공은 딱 한 사람 여장공뿐이었다. 여장공 23년이면 나는 열여섯 살이고, 모언과 안회산에서 만난 지 2년이 흐른 뒤다. 그럼 방금 그는 나를 알아보고도 인사조차 할 가치가 없다고 생각해 무시했거나, 아예 알아보지를 못했다는 건가?

이층에 자리를 잡고 앉자 마음이 복잡해졌다. 원래는 이곳에 도착해서 차분히 계획을 의논하고 일을 진행시킬 생각이었지만 생각지도 못한 돌발변수가 생기고 말았다.

나는 깊은 고민에 빠져들었고, 실패를 다시 되풀이하지 않는 길은 오직 한 가지뿐이라는 결론을 얻었다. 바로 모언이 가능한 한 빨리 나를 사랑하게 만드는 것이다. 이 꿈의 공간은 영원히 존재하지만 나는 그렇지 못하다. 사실 현실에서 몇 개월밖에 남지 않은 목숨은 꿈에서도 마찬가지다. 만약 이 몇 개월 안에 모언이 날 사랑하게 만들지 못하면 결국 위나라와 함께 나는 순국으로 생을 마감하게 된다. 이 꿈속에서 아무것도 바꿀 수 없다면 석 달 남은 내 목숨과 자오 화서조를 바꿀 이유가 있을까?

달리 생각하면 꿈의 출발점이 좋았다. 그가 나를 사랑하게만 만들면 내 임무는 바로 끝이 나고, 그때 그에게 서신을 보내 위나라에 혼담을 넣으라고 하면 사방으로 서로를 찾아다닐 필요가 없어진다. 그리고 그가 이곳에서 행복을 느끼면 화서의 공간을 나가려는 생각도 들지 않을 것이다.

생각을 정리하고 난 후 나는 군위에게 가까이 오라는 손짓을 했다.

"아래층에 내려가서 창가에 있는 가면 쓴 사내가 언제 나가는지 감시하고 있다가 나한테 신호를 보내줘."

군위는 차를 마시며 미간을 찡그렸다.

"왜 그래야 하는데?"

나는 시나 소설에 등장하는 것처럼 그와의 잊지 못할 만남을 만들 작정이었다. 일단 그가 문을 나설 때 이층에서 뛰어내려 그의 품에 안긴다면 분명 깊은 인상을 남길 수 있을 터였다.

물론 이 일은 군위가 알아서는 안 된다. 군위는 내가 위험한 일을 하게 내버려 둘 리 없었다. 하지만 원하는 것을 얻으려면 상응하는 대가를 치러야 하듯 군위처럼 고지식한 사내가 내가 하란다고 그냥 해줄 리도 만무했다. 나는 잠시 고민하다 솔직하게 그에게 털어놓았다.

　"저 사람이 모언이야."

　찻잔을 쥔 그의 손이 희미하게 떨리더니 말없이 손에 든 잔만 응시했다. 나는 그가 무슨 말을 할 거라고 생각했지만 한참 후 그는 단 한마디만을 입 밖에 냈다.

　"네 말대로 하자."

　군위는 아래층에서 한참 동안 모언의 움직임을 주시했다. 나는 연거푸 차를 마시며 때를 기다렸고 어느 순간 휘파람 소리가 들려왔다. 그때까지만 해도 누군가 소황의 주의를 끌려고 내는 소리로만 생각했다. 그러다 문득 군위가 보내는 신호라는 생각이 번뜩 들었다.

　황급히 창가로 달려가 고개를 내밀고 밖을 내다보았다. 과연 매화나무 옆에서 우산을 펼치고 서 있는 모언이 눈에 들어왔다. 마음이 급해지다 보니 어느 각도에서 뛰어내려야 좋을지 생각할 겨를 없이 몸이 이미 창가를 벗어났다. 그런데 바로 아래 있는 모언은 아무 반응이 없었다. 나는 어떻게 땅에 떨어질지 다양한 착지 자세를 생각해 두었지만, 그와 그대로 충돌할 가능성에 대해서는 전혀 머릿속에 담아 두지 않았다.

　"조심해요!"

　이 말이 입 밖으로 나오는 순간 몸이 그의 가슴과 정면으로 부딪히고 말았다. 하얀 매화의 청량한 향이 코끝에 스치고 머리 위에서 웃음을 머금은 목소리가 들려왔다.

"낭자야말로 더 조심해야 할 것 같소만."

나는 떨리는 손으로 그의 옷섶을 움켜잡았다. 옆에 있던 사내가 안타까운 듯 한숨을 내쉬었다.

"이렇게 정교하게 만들어진 우산이 망가져 버렸으니……. 낭자가 배상을 해야겠군요."

그는 잠시 하늘을 올려다보다 다시 입을 열었다.

"보아하니 비가 금세 그칠 것 같지 않으니 다시 들어가 앉았다 가는 게 좋겠네요."

목소리를 듣자 하니 공의비가 확실했다.

나는 그의 말 따위에 전혀 아랑곳하지 않고 좀 전에 차를 마시며 수도 없이 속으로 연습했던 말을 떠올리려고 애를 썼다. 그런데 내가 한참을 생각해서야 떠올린, 강단 있고 기품 어린 말을 어떻게 꺼내야 할지 그것이 문제였다. 오래 고심할 틈도 없이 나를 안고 있는 이 사람은 이미 날 바닥에 내려놓으려 하고 있었다. 그 순간 일단 말부터 뱉고 봤다.

"책임을 안 질 생각인가요?"

잠시 침묵이 흐르고 모언은 나를 내려놓으며 차분히 말을 꺼냈다.

"낭자, 그런데 내가 무슨 책임을 져야 하는 것이오?"

사실 나도 왜 그런 말이 나왔는지 모르겠다. 어쨌든 말문을 트는 계기가 될 수 있으니 뻔뻔하게 계속 우기며 억지를 부렸다.

"우리 고향에서는 시집을 안 간 처자가 외간 남자의 품에 부딪히면 꼭 그 사내에게 시집을 가야 한단 말이에요. 그렇지 않으면 스스로 목숨을 끊을 수밖에요. 방금 그쪽이 나를 안았으니 끝까지 책임지세요."

나는 몰래 그의 표정을 살폈다.

모언은 말이 없었고, 공의비가 웃음을 터뜨리며 물었다.

"아주 특별한 풍속이군. 그건 그렇고 비가 점점 더 거세지는데 계속 여기 서서 비를 다 맞을 생각입니까?"

당연히 아무도 비를 맞을 생각이 없었던 터라 곧바로 뒤돌아서서 아까 앉았던 탁자에 다시 둘러앉았다. 심부름꾼이 따뜻한 술을 가져왔고, 나는 계속 모언의 반응을 주시했다. 모언은 술잔 세 개에 술을 가득 채우고 나서야 말문을 열었다.

"군 낭자는 위나라 사람이 아니오? 위나라에 그런 풍속이 있다는 말은 태어나서 처음 들어보는데."

나는 깜짝 놀라 고개를 번쩍 들었다.

"나…… 날 기억하고 있었어요?"

그의 표정은 가면에 가려졌지만 어떤 생각이 떠오른 듯 살짝 올라가는 입술 끝이 보였다.

"기억을 안 하고 싶어도 안 할 수가 없지……."

그는 말을 하면서 따뜻하게 데운 술을 나에게 건넸다.

"당신을 따르는 자가 또 있을 텐데? 그 사람은 어디 있소?"

나는 멀지 않은 곳에 앉아 있는 군위에게 절대 아는 척하지 말라고 연신 눈짓을 보냈다. 그런 다음에 하늘을 우러러 한 점 부끄러움도 없다는 표정으로 모언을 바라보며 고개를 가로저었다.

"그럴 리가요. 나 혼자 왔어요."

잠시 고민하다 대담하게 한마디를 덧붙였다.

"오로지 당신을 찾기 위해서요."

그가 놀란 눈을 치켜뜨며 고개를 들었다.

"나를 찾았다고?"

나는 이제 부끄러울 것도 없다는 듯 격하게 고개를 끄덕였다. 남아 있는 시간이 얼마 없으니 체면을 따져가며 조심스럽거나 진중하기보다 차라리 속전속결로 해치우는 편이 더 나았다. 아직 남은 고작 석 달의 짧은 시간은 가늘고 길게가 아니라 무조건 굵고 짧게 가야 했다.

긴장한 탓인지 잔을 쥔 손에 힘이 잔뜩 들어갔다.

"지난 이 년 동안 당신을 계속 찾아다녔어요. 좀 전에 이층에서 뛰어내린 것도 당신을 보고 너무 흥분해서 그만……."

공의비가 옆에서 끼어들었다.

"그리 급하게 찾은 걸 보니 무슨 일이 있나 봅니다?"

모언은 말없이 손에 쥔 잔을 이리저리 굴릴 뿐이었다. 나는 잠시 마음을 다잡고 살짝 고개를 들며 호기롭게 말을 꺼냈다.

"만약 내가 당신에게 혼인을 허락하면 받아들일 건가요?"

그 순간 공의비가 마시던 술을 내뿜었고, 그중 절반이 내 옷소매를 적셨다.

모언은 잔을 내려놓더니 말없이 탁자 위 정중앙에 있는 매화꽃을 바라보았다. 기대하면 안 된다는 것을 알고 있고, 십중팔구 가능성이 전혀 없는데도 자꾸 기대가 되었다.

한참 후 그의 입에서 나온 말은 내가 기다리던 대답과 전혀 상관없는 것이었다.

"부모님은 알고 계시오?"

나는 그의 말이 떨어지기 무섭게 반응하며 진지한 표정으로 고개를 끄덕였다.

그가 돌연 웃음을 터뜨렸다.

"나처럼 가난한 잡화점 주인한테 시집오려 한다는 걸 아신단 말이오?"

나는 어리둥절한 표정으로 고개를 갸우뚱했다.

"네?"

공의비가 또 한 번 술을 뿜자 모언이 그를 흘겨보며 고개를 돌려 내게 말했다.

"나한테 시집오면 고생길이 열리는데 그래도 괜찮겠소?"

나는 잠시 그 말을 곱씹어보고 나서야 의미를 알아챘다. 그는 나와의 혼인을 원하지 않았지만 행여 내게 상처를 줄까 봐 이런 핑계를 대고 있었다. 아마 내가 지레 겁먹고 알아서 포기하기를 바랐을 것이다. 하지만 그가 정말 단지 가난한 잡화점 주인이라면⋯⋯.

의도한 바는 아니지만 나도 모르게 얼굴에 유난히 환한 미소가 떠올랐다.

"만약 잡화점 주인이라면 나는 더 좋아요."

나는 감정을 숨기지 못한 채 그의 손을 덥석 잡았다.

"내가 먹여 살릴게요."

처음으로 서로의 손가락이 닿는 보드랍고 따뜻한 느낌이 전해졌다. 예전에는 서로를 꼭 잡거나 안고 있으면 단지 마음으로 행복한 기분이 전해지는 경우가 대부분이었다. 흰 매화 위에 맺혀 있던 영롱한 물방울 하나가 손등으로 미끄러지듯 떨어지고, 얼굴도 뭔가 물에 젖은 듯 느껴졌다. 나는 손을 올려 얼굴을 닦으며 이곳 어딘가에서 비가 새고 있는 것은 아닌지 의심이 들기 시작했다.

마침내 모언은 나와 함께 길을 떠나기로 했다. 사실 나를 위나라로 돌려보내고 싶은 마음이 굴뚝같아 보였지만 호위무사가 없으니 혼자 보낼 수도 없는 노릇이었다. 나를 버려두고 간다 해도 결국 천방백계로 자신을 따라올 것이 확실하고, 그렇다고 완력을 써서 내쫓을 수도 없으니 진퇴양난이 따로 없었다.

며칠 동안 함께 동행을 하고서야 그들의 행선지가 영천穎川이라는 사실을 알게 되었다. 듣자 하니 영천에서 대대로 검을 주조해 온 가문의 가주 형荊 노인이 반평생을 쏟아부어 천하제일 검을 만들었고, 널리 천하영웅들을 불러 모아 검의 주인을 찾고 있다고 했다. 두 사람 역시 이 일 때문에 영천으로 가는 중이었다. 당대에 가장 유명한 주검세가는 응당 배중의 공의가다.

비록 지금은 공의가가 몰락한 지 6년의 세월이 흘렀지만 모언은 일찌감치 경쇄쇄에게서 공의 가문에 대대로 내려오는 주검도를 받아두었다. 그런데 왜 형씨 가문에서 주조한 그 검에 또 관심을 두는지 쉽게 이해가 되지 않았다.

나는 공의비에게 빙빙 돌려가며 이유를 물어봤다. 원래 형 노인이 주조한 주루검鑄繿劍은 현철玄纖을 가마에 넣을 때부터 바로 사람의 피로 제를 올리면 검이 완성된 후 아무도 감히 범접할 수 없는 강한 기가 뿜어져 나오는 무기가 된다. 그는 검객이라면 누구나 이 검에 마음을 빼앗길 수밖에 없다고 했다.

나름 일리가 있는 말이었다. 이 방면으로 검객과 표객嫖客*의 생각은 거의 비슷할 듯싶다. 다만 한 명은 명검을 소장하고 싶어 하고, 다른 한 명은 미녀를 소장하고 싶어할 뿐이다. 그들은 원하는 것을 손에 넣지 못하면 한 번 만져라도 보고 싶고, 만져도 못 보면 적어도 한 번 보기라도 하고 싶고, 보는 것조차 못하면 진정한 검객이나 표객이 아니라고 생각한다.

오래지 않아 산을 끼고 촌락을 이룬 작은 마을에 도착했다. 듣자 하니 이 산 뒤쪽이 바로 영천이라고 했다. 나는 모언에게 찰싹 달라붙어 잠자는 시간 빼고 늘 그의 곁을 떠나지 않았다. 비록 그는 일부러 피하지는 않았지만 안회산에서 처음 만났을 때만큼 부드럽지 않았다.

나는 문제점이 무엇인지 알고 있었지만 어떻게 해결해야 할지 방법을 몰랐다. 시간이 없다 보니 가능한 한 빨리 그와의 감정이 깊어지게 만들어야 했다. 저녁 무렵 모언이 공의비와 일을 보러 나간 사이 줄곧 몰래 뒤따르던 군위가 그 틈을 타서 내 앞에 나타나 안타까운 듯 충고를 했다.

"너처럼 하루 종일 뒤만 졸졸졸 쫓아다니면서 사랑한다는 둥 좋아한다는 둥 말해봤자 소귀에 경 읽기야. 말로는 누군들 못하겠어? 사랑이란 말로만 하는 게 아니라 행동으로 보여줘야 하는 거야!"

나는 한동안 어리둥절한 눈으로 그를 바라봤다.

"뭐? 뭘 하라고? 그러니까 나더러 오늘 밤에……."

---

* 기루의 유객

황당한 눈빛으로 나를 보던 군위의 얼굴이 빨갛게 물들었다.

"……내 말은 그런 뜻이 아니라…… 대체 무슨 생각을 하는 건지……."

군위의 충고는 꽤 도움이 되었다. 과연 소설을 쓰는 사람다웠다. 예전에는 그를 너무 얕잡아 본 경향이 있었다. 어떻게 모언의 마음을 움직여야 할지를 두고 나는 반나절 동안 머리에 쥐가 나도록 고민했고, 마침내 그에게 밥을 한 끼 차려주기로 결심했다. 이것저것 고민하다 그중 하나로 정하긴 했지만 일단 결심을 하고 나자 갑자기 기대감에 차서 기운이 펄펄 나기 시작했다.

생각해 보니 이제까지 모언을 위해 밥 한 끼를 차려 준 적이 없었다. 그와 혼례를 치른 후에도 함께하는 시간보다 떨어져 있는 시간이 많았고, 각자의 일에 바빠 그럴 기회조차 없었다.

소설 속에 나오는 것처럼 아내가 남편을 위해 손을 씻고 국을 끓이는 평범한 행복이 나에게는 참 쉽게 주어지지를 않았다. 비록 요리 솜씨가 좋지는 않지만 다행히 군위가 옆에서 도와주니 문제는 없었다. 게다가 이 일은 아마도 그가 나를 방해하지 않으면서 도움을 줄 수 있는 유일한 것이기도 했다.

어떤 요리를 할지 결정한 후 주인에게 부엌까지 빌렸지만 막상 요리를 하다 보니 위나라 전통 음식을 할 때 꼭 들어가야 하는 재료가 없었다. 나는 주인장에게 잡화점의 위치를 물어 곧장 달려갔고, 군위는 안심이 안 되는지 소황을 데리고 적정 거리를 유지하며 내 뒤에 따라붙었다. 이렇게 순박한 시골 마을에 무슨 걱정할 게 있다고 저리 노심초사하는지 알다가도 모를 일이었다. 비록 날이 저물어 하늘이 점점 어두워지고 있었지만 마음만은 환한 햇살이 비추는 꽃길을 걷는 듯 가는 내내 콧노래가 절로 나왔다. 그러다 문득 고개를 든 순간 너무 놀라 발걸음이 절로 멈춰졌다.

나는 눈을 비비며 반쯤 열린 창문에 부채를 들고 기대 서 있는 남자를 다시 한 번 확인해 보았다. 아무리 봐도 모언이었다.

군위가 어느새 내 옆으로 다가와 있었다. 그는 나를 잡아끌더니 고개를 푹 숙인 채 앞으로 걸어가며 나지막이 속삭였다.

"저 사람은 모언이 아니야. 잘못 봤어."

지금 군위는 눈에 뻔히 보이는 거짓말을 하고 있었다. 나는 그 사람이 누구를 닮았다고 말한 적도 없는데 먼저 모언이 아니라고 선수를 치는 것이 눈에 다 보였다.

군위를 따라 한참을 걸어가다 그에게 물었다.

"내가 슬퍼할까 봐 그래?"

나는 그의 대답을 기다리지 않고 내 속내를 들려주었다.

"조금은 그렇겠지. 하지만 어쩔 수 없는 일이라 생각해. 이 꿈은 과거의 재현이고, 그때 난 여전히 그를 찾아내지 못했으니까."

"하지만 지금은 그를 찾아냈잖아."

눈앞에 이미 몽롱한 저녁 안개가 끼었다. 나는 입김을 불어 꽁꽁 얼어붙은 손가락을 녹이며 배시시 웃었다.

"그래도 그가 아직 나를 좋아하는 건 아니잖아."

그가 고개를 돌려 나를 쳐다봤고, 표정이 전에 없이 진지했다.

"아불, 아무리 그를 좋아해도 자존심까지 내팽개치고 매달리지는 마. 예전에는 이러지 않았잖아."

나는 어리둥절한 표정으로 손을 내리며 그를 쳐다봤다.

"여기는 꿈속이야. 현실에서는 일어나지 않았거나 이미 과거가 되어버린 일들이 펼쳐지지. 가령 나처럼 두세 달밖에 살 수 없는 사람은 단 일분이라도 이 귀한 시간을 지나간 일에 얽혀 보낼 수 없어. 그래서도 안 되고. 하물며 이 꿈은 그와 내가 함께했던 시간도 아니잖아. 어떤 일을 꼭 이루고 말겠다고 결심해도 실패에 부딪힐 때가 더 많아. 그런데 그건 의지가 강하지 못해서가 아니라 단지 갑작스럽게 닥친 시련에 너무 쉽게 좌우돼서 초심을 잃기 때문이야. 난 내가 왜 여기에 왔는지 한시도 잊은 적이 없어. 넌 어때?"

그가 미간을 찡그리며 물었다.

"그럼 하나만 묻자. 이렇게 하는 게 정말 그를 위한 길이라고 생각하는 거야?"

나는 고개를 끄덕이며 미소를 지었다.

"응."

설사 꿈속이라 해도 가끔 눈을 감고 있으면 모언의 나지막한 목소리가 마치 귓가에서 속삭이듯 들릴 때가 있다.

"당신이 이생에서 나와 함께할 수 없다면, 내가 당신을 따라가면 되지 않겠소?"

나의 부군이자 진나라의 젊은 군왕이 내게 들려준 이 말은 날 두렵게 하면서도 기쁘게 만들어 주었다. 그는 내가 이 세상에서 너무나 사랑했고, 절대 떠나보내고 싶지 않은 그런 사람이었다.

나는 군위의 도움을 받아 저녁상을 한상 가득 차려냈다. 사실 그는 옆에서 이래라저래라 시키며 불을 피우는 정도만 했을 뿐 재료를 손질해서 썰고, 만들고, 그릇에 담는 모든 과정을 나 혼자 했다고 해도 과언이 아니었다. 물론 칼질이 서툴러서 고기를 썰 때 손가락 두 군데를 베고, 음식을 볶을 때 기름이 손에 튀어 손등에 물집이 생기기도 했다.

살짝 아프기는 했지만 손가락 끝에서부터 뇌로 전달되는 감각이 또렷하게 느껴진다는 게 너무 가슴 벅찼다. 정말 오랫동안 느껴 보지 못한 통증이었다. 군위가 간 지 한참이 지났지만 모언은 여전히 돌아오지 않았다. 부엌에 식은 음식을 데울 수 있을 만큼 아직 장작불 불씨가 남아 있었다. 나는 탁자 위에 엎드려 모언이 오기를 기다리고 기다리다 얼핏 잠이 들었다. 정신이 몽롱한 가운데 청량한 매화 향기가 코끝을 스쳤다. 마치 교교한 달빛을 받으며 매화나무의 매화꽃이 활짝 피어난 듯 그윽한 향에 한참을 취해 있다가 문득 놀라 눈을 번쩍 뜨니, 살짝 몸을 숙인 채 나를 보고 있는 모언과 눈이 딱 마주쳤다.

꿈에서 그를 처음 만났던 그 마을에서 떠난 후부터 그는 바로 가면을 벗었다. 아마도 그곳에 자신의 정체를 드러내고 싶지 않은 사람이 있었던 듯했다. 현실에서도 안회산에서 처음 만났을 때를 제외하면 그는 한 번도 가면을 쓴 적이 없었다. 내가 깨어나자 그는 살짝 뒤로 물러났고, 그의 검은 눈동자가 호수처럼 잔잔하고 평온해 보였다.

"시간도 늦었는데 들어가 자지 않고 왜 여기 있는 거요?"

예전 같으면 뾰로통해진 표정으로 그를 노려보며 구박을 했을 것이다.

"시간이 늦었다는 걸 알기는 하는군요!"

하지만 지금은 그런 투정을 할 수 있는 사이가 아니었다. 나는 잠시 주저하다 기운을 차리고 그에게 환한 미소를 지어 보였다.

"함께 밥을 먹으려고 기다리는 중이었어요."

그가 탁자 위에 차려진 음식을 쳐다봤다.

"난······."

나는 떨리는 마음으로 얼른 그의 말을 잘랐다.

"밖에서 먹고 왔어도 조금이라도 먹어봐요. 내가 한참을 준비해서······."

말을 하다 보니 불현듯 음식이 거의 다 식었을 거라는 생각이 들었다. 때마침 심부름꾼이 하품을 하며 지나갔고, 나는 허둥지둥 가장 많이 식었을 국그릇을 들고 얼른 그를 불러 세웠다.

"이봐요······."

내가 그에게 부탁을 하기도 전에 모언은 이미 자리에 앉아 젓가락을 들더니 새우만두를 집어 들며 나를 봤다.

"아직 식사 전이니 같이 먹읍시다."

나는 어리둥절하여 그에게 물었다.

"그거 좋아해요?"

그는 젓가락으로 집어든 만두를 유심히 살펴보다 내 질문에 대답을 했다.

"어렴풋하니 기억이 잘 안 나는군. 근데 당신이 만들었소?"

나는 격하게 고개를 끄덕이며 그가 만두를 먹고 난 후 어떤 표정을 지을지 잔뜩 기대에 찬 눈으로 바라봤다. 그의 말이 마음에 조금 걸리기는 했지만 우려 따위도 금세 사라져버렸다. 설사 어렴풋한 기억이라 해도 나에 관해서는 아닐 테니 괜한 걱정을 할 필요는 없을 듯했다. 만약 자오 화서조가 이렇게 쉽게 들통이 날 비술이라면 애초에 인생의 마지막 곡으로 불릴 리 없었다.

만두를 다 먹은 후 차를 마시는 그의 입가에 미소가 번졌다.

"맛이 좋군. 당신이 이렇게 요리를 잘할 줄은 몰랐소."

희미한 불빛을 사이에 두고 나는 턱을 괸 채 그에게 나긋하게 물었다.

"음, 내가 한 요리 하죠. 그럼 이제…… 내가 좀 더 좋아진 건가요?"

그가 차를 마시던 동작을 멈췄다. 그의 입가에서 미소가 점점 사라지더니 천으로 싸맨 손가락을 힐끗 보며 말을 돌렸다.

"손가락은 왜 그러오? 베인 거요?"

나는 얼른 손을 등 뒤로 숨겼다.

"별거 아니에요."

그가 좀 일찍 그런 말을 물었다면 이때다 싶어 사실보다 훨씬 부풀려서 그의 연민을 불러일으켰을지도 모르겠지만 지금은 또 그럴 상황이 아니었다. 방금 전까지 요리를 잘한다고 큰소리 쳐 놓고 칼에 베였다고 하면 너무 거짓말한 티가 날 것 같았다.

뭐라 말은 해야겠는데 선뜻 그럴싸한 핑계가 생각나지 않아 급한 마음에 일단 대충 둘러댔다.

"……장난삼아 매 봤어요."

그는 말없이 내 손을 잡아당겨 천을 풀어 상처를 확인하고 나서야 나지막이 말했다.

"하고 싶은 말이 있을 듯싶소만?"

상처가 쓰리기는 했지만 못 견딜 정도는 아니었고, 하고 싶은 말을 하라니 기회다 싶어 얼른 그에게 다가가 물었다.

"모언, 기루에 있던 여인이 예쁘던가요?"

내 왼손을 받치고 있던 그의 손이 살짝 멈칫하는 것을 보니 그래도 내가 신경 쓰이기는 하는 듯해서 왠지 기분이 좋아졌다.

"그리 주의 깊게 보지 않아 잘 모르겠소."

그리고 잠시 멈췄다 한마디를 더 보탰다.

"거기는 일 때문에 들렸던 것뿐이오."

나는 기분이 좋아져 얼른 더 가까이 다가갔다.

"그 여인들이 예뻐요? 아니면 내가 더 예뻐요?"

그가 칼로 베인 손가락을 천으로 다시 싸매주는 사이, 통증 때문에 몸이 움찔거렸다. 나는 얼른 그의 팔에 머리를 묻고 한숨을 내쉬었다.

"왜 좀 더 빨리 날 좋아해 줄 수 없는 거죠? 나도 힘들단 말이에요."

손가락에 비단 천을 감는 소리만이 들려왔다. 그의 손놀림은 군위나 나보다 훨씬 능숙했다. 다만 내 물음에는 계속 아무런 대답이 없었다.

그러나 설사 그렇다 해도 지금 이 순간 나는 비할 수 없이 행복했다. 인생을 살면서 과거에 집착하지 않고 현재만을 생각하며 살 수 있다면 고통이나 번뇌도 없을 터였다. 때때로 우리가 사는 게 너무 힘들다고 느끼는 것은 모두 생각이 너무 많기 때문이다.

군위는 내가 모언을 위해 음식을 차려준 후부터 나를 대하는 그의 태도가 확연히 달라졌다고 말했다. 하지만 솔직히 나는 전혀 그런 느낌이 들지 않았다.

하루하루 시간이 흘러갈수록 죽음으로 한 발자국씩 다가가고 있었다. 모언은 아름다운 여인에게 쉽게 마음이 흔들리는 사내가 아니고…… 그렇다면 어떻게 해야 그가 나를 사랑하게 만들 수 있을까?

나는 지금까지 이런 문제에 대해 생각해 본 적이 없다. 단지 많은 일을 함께 겪고 난 후 비가 억수같이 퍼붓던 그날, 빗속에서 나를 찾아낸 그가 했던 말만 기억할 뿐이었다.

"아불, 당신을 좋아하오."

그 아름다운 기억들을 나는 눈 오는 꿈속의 밤마다 수도 없이 떠올렸다. 물론 가랑비에 옷이 젖듯 서서히 싹트는 사랑이 영원할 수 있다지만 나에게는 그리 많은 시간이 남아 있지 않았다.

만약 그가 세자 자리에 있던 과거에 이미 그의 환심을 사기 위해 달라붙는 여인들이 많았다면 지금 내가 아무리 노력해도 그의 마음에 찰 리가 없었다. 그렇다면 그를 위해 자신의 두 손을 내놓겠다고 한 여인도 있었을까?

만약 내가 그렇게 하면 그의 마음이 움직일까? 모든 것이 내 생각대로 풀릴까? 그가 결국 나를 잊게 만들 수 있을까? 나는 고민을 거듭했고 결국 한번 해보는 쪽도 괜찮다는 생각이 들었다.

모언은 순전히 주루검을 위해 서둘러 영천의 형씨 가문으로 향하고 있었다. 내가 알기로는 형씨 가문의 주루검은 끝내 진나라 세자의 것이 되지 못했다.

이 일은 당시 매우 유명한 일화로 세상에 회자되었다. 형씨 가문의 가주는 천하영웅들을 불러들여 검을 시험해보고자 했다. 원래 그는 주검을 지키는 칠성검七星劍 진법을 깨버리면 주루검을 가져갈 수 있도록 했다.

하지만 주루검을 손에 넣은 사람은 뜻밖에도 검술에 대해 문외한이었던 한 여인이었다. 이미 저세상 사람이 된 그녀의 남편은 살아 있을 때 검치劍痴*로 불렸다. 형씨 가문에서 가장 총애를 받아온 형 공자는 세상이 다 알아주는 조각가로, 특히 여인의 인체를 조각하는 데 일가견이 있었다. 그의 조각상은 살아 있는 듯 생동감이 넘쳤다. 그런데 조각상을 보면 유독 손가락이 늘 소맷자락에 감춰져 있었다. 다들 그 이유가 뛰어난 재주와 섬세한 손놀림을 가진 손을 찾아 골격과 근육 조직을 제대로 해부해보지 못해서라고 했다. 어찌됐든 그는 여자의 희고 매끄러운 손의 생동감 넘치는 움직임을 조각으로 살려낼 수 없다면 차라리 포기하는 편을 선택했다.

주루검을 원했던 그 부인은 검을 못 쓰는 대신 천하제일이라고 불릴 만큼 수를 잘 났다. 그래서 그녀는 자신의 두 손을 잘라 형 공자에게 보냈고, 검술을 시험하는 대회가 열리기 전날 주루검을 손에 넣을 수 있었다. 천하영웅들이 천 리 길을 마다한 채 영천에 모여들었지만 상상 속의 신검을 구경조차 할 수 없었다. 그럼에도 불구하고 그들 중 누구도 항의조차 하지 못했다. 아무리 보기 드문 귀한 검이라도 자신의 두 손과 바꿀 만큼은 아니었

---

* 검에 미친 바보

기 때문이다.

나는 내 두 손이 자수의 달인이라 불리는 그 부인보다 더 재주가 뛰어나다고 감히 말할 자신이 없다. 그러나 이 두 손은 당대 명문가들 사이에서 인정받을 만큼 멋진 그림을 그릴 줄 알고, 모언조차 감탄할 만큼 거문고 연주 실력이 뛰어나다. 내가 보기에 주루검과 바꿀 수 있을 정도의 충분한 가치가 있었다.

영천은 상상했던 것처럼 번화한 곳이 아니었다. 사람이 많아 보이지만 그중 절반은 이레 후 형씨 가문에서 열리는 검술 대결에 참가하기 위해서 온 외지인들이었다.

나는 오는 내내 모언이 왜 이렇게 서둘러 이곳에 도착하려고 하는지 도무지 이해가 가지 않았다. 그런데 이틀이 지난 후 객잔 마당에 자리를 깔고 노숙하는 사람들을 보고 나서야 오랜 경험에서 나오는 그의 노련한 선견지명에 감탄할 수밖에 없었다.

비록 같이 길을 떠났지만 모언과 공의비는 나에게 그다지 신경을 쓰지 않았다. 그래서 이렇게 달빛이 교교한 밤에 별 제약 없이 거문고를 들고 객잔 문을 나설 수 있었다. 나는 그 길로 형씨 집안의 별채에 있는 형 공자를 만나러 갔다.

사실 나는 영천에 막 도착했을 때 별다른 기대 없이 군위 편에 서신을 보냈다. 그런데 뜻밖에도 이틀 후에 그의 회신이 내 손에 들어왔다.

보아하니 그는 나의 두 손에 관심이 많은 듯했다. 군위는 서신에 무슨 내용이 오갔는지 모른 채 그를 만나러 갈 때 군이 따라가겠다고 고집을 부렸다. 다행히 적당한 때를 봐서 그의 음식에 마취약을 잔뜩 넣어둔 덕에 그럴 일은 생기지 않았다.

군위가 있으면 이 일을 절대 하지 못하게 막을 게 뻔했다. 이 꿈속으로 그는 나를 도우러 왔다고 했고, 나를 잘 지키는 게 날 돕는 거라고 생각했다. 이 마지막 시간 속에서 나는 더 이상 누구의 보호도 받을 필요가 없었다. 하지만 그만은 이 사실을 인지하지 못하고 있었다.

그러나 이런 말을 솔직히 털어놓으면 분명 속상해할 테고, 하물며 그의 머리로 이렇게 복잡한 감정문제를 이해할 수 있을지 문득 의심이 들기도 했다.

백옥으로 만든 패방을 지나자 형씨 가문의 별채 주위로 마치 밤에 내려 가득 쌓인 눈처럼 온통 배꽃이 피어 있었다. 그리고 배꽃길 양옆으로 쭉 이어져 있는 그림자가 넘실대는 석부도石浮屠 안에는 촛불이 불을 밝힌 채 바람에 흔들리고 있었다.

가끔 시녀가 키의 반쯤 되는 등롱을 들고 배꽃을 밟으며 바쁘게 지나갔고, 달빛 때문인지 아니면 등불 때문인지 모르지만 등 뒤로 긴 그림자가 드리워졌다.

형씨 집안의 작은나리는 이미 별채 밖 낭하의 처마 밑에서 나를 기다리고 있었다. 밖으로 통하는 다실의 창호문이 열려 있고, 등불도 환하게 밝혀 있었다. 그 방 한가운데 오동나무로 만든 거문고가 보였다. 다실 상석에 있는, 다리에 짐승 문양을 새겨 넣은 책상 위로 긴 검이 하나 놓여 있었다.

두 가지 모두 그가 준비한 물건이었다. 하얀색 갖옷을 입은 형초荊楚의 손에는 추위를 피하려는 듯 자색을 띠는 황금 난로가 들려 있었다. 자세히 보니 그는 군위와 비슷한 연령대였다. 내가 가까이 다가가자 그는 무슨 이유에서인지 놀란 기색을 드러내며 확인하듯 물었다.

"군 낭자?"

나는 미소를 지으며 그에게 확인을 했다.

"군불이 왜 이곳에 왔는지 서신을 통해 전했으니 형 공자께서도 이미 알고 계실 거라고 봅니다. 공자께서는 뛰어난 재주를 가진 자의 손을 얻고자 하고, 전 좋은 검이 필요합니다."

나는 고개를 살짝 들어 그를 바라봤다.

"서로가 원하는 걸 맞바꾸기를 바라시나요?"

그는 손에 든 난로를 만지작거리다 거문고를 안고 서 있는 나의 두 손으로 보며 입가에 미소를 흘렸다.

"지금 세상 천하에 악리로 따지자면 가장 조예가 깊은 인물이 진나라 세자 소예고, 거문고를 켜는 재주가 가장 뛰어난 인물은 위나라 공주 엽진이라 들었소. 문창 공주는 한 곡을 연주하는 동안 열두 번의 지법指法이 변하도록 한 번도 음을 틀린 적이 없다 하니 그야말로 천하제일의 손재주라 할 만하겠지요. 지금 군 낭자는 나와 거래를 하려 하지만 그대의 두 손이 과연 나의 아버님이 주조한 이 검에 비견할 만한지 어찌 장담한단 말입니까?"

그의 이야기를 들어 보니 나의 열다섯 살 적 이야기임이 분명했다. 누나라의 한 악사가 혜일 사부님이 예악의 고수라는 소문을 듣고 집요하게 그와 자웅을 겨루고자 했다. 하지만 사부님은 자신이 속세에 속한 사람이 아니라며 그의 결투 신청을 받아들이지 않았다.

그런데 그 사람은 너무나 집요해서 사부가 거듭 거절해도 포기할 줄 몰랐다. 도리어 청언종에서 먹고 자며 사부의 심기를 불편하게 만들었다. 사부는 그의 도전장을 받아들여 선례를 남길 경우 대결을 원하는 자들의 발길이 끊이지 않을까 봐 우려했다. 결국 오랜 시간 고심하다 대신 나를 내보내 자웅을 겨루도록 했다. 하지만 솔직히 내가 어릴 때부터 거문고를 배웠다 해도 본격적으로 배운 시기는 모언과의 만남 이후였으니 고작 일 년이 채 되지 않았다. 아무리 잘한다 해도 평범한 사람들 사이에서 눈에 띄는 고수에 불과했다. 사부는 시작하자마자 상대의 기를 확 누를 수 있도록, 대결에 임박해 실속은 없지만 상대를 압도하기에 충분한 기교를 잔뜩 가르쳐주었다.

한 곡을 연주하는 동안 손가락 기법이 열두 번 변하는 것은 단지 보잘것없는 재주이자 눈속임에 불과했다. 열일곱 살에 내가 세상과 이별을 고했을 때는 아주 짧은 곡을 연주하면서도 그 기법을 자유자재로 부릴 정도가 되었다.

그러나 사부는 이 놀라운 기법을 세상에 널리 알리지 않았다. 그는 뛰어난 음악은 소리가 없는 듯하고, 뛰어난 형상은 형태가 없는 듯하다고 여겼다. 그래서 그는 가장 훌륭한 음악이란 한 곡 안에서 얼마나 많은 지법을 쓰는지가 아니라, 가장 단순한 지법으로 온갖 꽃이 만발하고 세상의 모든 하천이 바다로 흘러들어가는 등의 느낌을 전달하는 것이라고 생각했다. 물론 그는 사는 동안 이런 경지에 도달하지 못했고, 나 역시 마찬가지였다.

형초는 눈 한 번 깜빡하지 않고 나를 뚫어지게 쳐다봤다. 마치 알아서 포기하고 돌아가기를 기다리는 듯했다. 나는 주위를 둘러보았다. 은백색을 띠는 달, 적막한 밤, 새하얀 배꽃, 희미하게 흔들리는 촛불…….

정말이지 거문고를 연주하기에 딱 좋은 분위기 속에서 나는 거문고를 들어 자리 잡고 앉았다. 고개를 숙이니 하얀색 치마가 땅에 핀 하얀 배꽃과 마치 하나처럼 보였다. 마지막 곡을 이렇게 아름다운 곳에서 연주할 수 있다니, 어쩌면 이 또한 행운처럼 여겨졌다.

형초가 나무 난간에서 내려와 나를 향해 서서히 다가왔다.

"군 낭자는 자신의 두 손에 아주 자신이 넘치는 듯하군요. 만약 당신이 문창 공주의 실력을 뛰어넘을 수 있다면 나 역시 주루검을 두 손으로 바칠 것입니다. 허나 그렇지 않다면 군 낭자는 또 어찌할 겁니까?"

나는 고개를 숙이고 시험 삼아 음을 튕겨 보았다.

"앞으로 어찌 될지 걱정해야 할 사람은 제가 아니라 형 공자가 아닐런지요?"

그가 웃으며 말했다.

"군 낭자가 일 년 동안 나의 악비로 남기를 희망한다면……."

태어나서 처음으로 누군가 나에게 시비로 남아달라고 부탁하는 말을 들으니 나름 신선했다. 나는 고개를 숙여 계속 음을 맞춰 보았다.

"형 공자께서는 한 나라가 변화하기만 하면 부강하다고 생각하시나요? 객잔의 겉모습이 화려하다 해서 일류라고 할 수 있나요? 한 여인이 타고난 허울이 멀쩡하다고 해서 아름답다고 할 수 있을까요? 아마 당신도 그렇게 여기진 않을 거라고 생각해요. 그렇다면 왜 거문고 연주자가 현란한 지법을 쓸 줄 안다고 해서 천하제일의 고수라고 여기는 걸까요?"

첫 음을 튕기고 난 후 고개를 드니 알다가도 모를 그의 눈빛과 정면으로 부딪혔다.

"달리 빠져나갈 구멍을 만들어놓기 위해 이런 말을 하는 것은 아니에요. 다만 형 공자의 생각이 틀렸다는 걸 알려드리고 싶을 뿐이지요."

손가락이 거문고 현을 타고 움직이자 생사를 꼬아 만든 현이 알아서 손가락에 착 감겼다. 이는 사부가 내게 가르쳐 주었던 지법이고, 아주 오랫동안 사용해 본 적이 없었다. 그러나 사부의 말처럼 배울 때는 죽을 만큼 힘들었지만 일단 배워놓고 보니 말을 타는 법처럼 시간이 흘러도 잊히지를 않았다.

거문고 음이 물 흐르듯 흘러나오며 달빛과 혼연일체가 되었다. 사부께서는 진정으로 훌륭한 연주는 귀로 얼마나 아름다운 악성을 듣느냐가 아니라, 눈앞에 얼마나 아름다운 광경이 나타나느냐에 달려 있다고 하셨다.

음악 때문이 아니어도 눈앞에는 원래부터 더할 나위 없이 아름다운 풍경이 펼쳐져 있었다. 그런데 얼핏 고개를 들었을 때 절대 보여서는 안 될 사람이 내 시야에 들어왔고…… 다시 눈을 들자 그의 모습은 보이지 않았다.

심장이 덜컥 내려앉을 만큼 생각지도 못한 일이 순식간에 눈앞에 나타났다 사라졌다. 환상이 아니라면 무엇으로 이것을 설명할 수 있을까?

한 곡을 다 연주한 후 떨어지는 배꽃이 바람을 타고 흩날렸다.

세 걸음 정도 떨어져 서 있던 형초는 복잡한 표정으로 나를 바라봤다. 그는 시선이 마주치자 손을 들어 박수를 쳤다. 배꽃이 내 신발 위로 내려앉았을 때 그의 목소리가 들려왔다.

"외람되지만 한 가지만 묻습니다. 군 낭자는 이렇게 훌륭한 재주를 지닌 손을 어째서 귀히 여기지 않고 아무 쓸모도 없는 검과 바꾸려 하십니까?"

평소라면 모언이 주루검을 좋아한다 해도 내 손을 주고 바꿀 생각은 하지 않았을 것이다. 하지만 지금의 나는 곧 죽을 몸이니…… 예전과 상황이 달랐다.

이 귀한 두 손을 나 역시 지키고 싶지만 지금의 선택 역시 처음 세웠던 계획이 물거품이 되는 일을 막을 수 있는 최선의 결정이었다.

나는 거문고를 다시 비단 주머니에 넣으며 담담하게 그 이유를 설명해 주었다.

"나에게는 무용지물일지 모르지만 내가 좋아하는 사람한테는 가장 얻고 싶은 검이기도 하지요. 가끔 나도 그 사람을 기쁘게 해주고 싶거든요."

거문고를 다 챙긴 후 자리에서 일어나며 그를 보았다.

"영천 형씨 가문은 약속을 중히 여긴다고 들었어요. 형 공자께서는 이미 주루검을 준비해 두셨겠지요?"

그런데 그는 아무 말 없이 내 뒤를 바라볼 뿐이었다. 나는 호기심이 들어 그의 시선을 따라 고개를 돌렸고, 너무 놀라 하마터면 거문고를 땅에 떨어뜨릴 뻔했다.

모언이 삼 척도 떨어지지 않은 곳에 서 있었다. 그의 옆에 우

뚝 선 배나무 가지 위에 가득 핀 하얀 배꽃은 한번 툭 치기라도
하면 아래로 쏟아져 내릴 듯했다.

그는 푸른 옷을 입고 배나무 아래 서 있었고, 그 모습은 마치
밝은 달밤에 정인을 만나기 위해 기다리고 있는 사람처럼 보였
다. 하지만 나를 바라보는 그의 표정과 눈빛은 너무나 차가웠다.

"그렇게 하면 내가 기뻐할 거라 생각했소?"

그는 하얀 배꽃이 눈처럼 쌓인 땅을 밟고 내 앞까지 걸어와 위
압적으로 나를 내려다보았다. 그의 검은 눈동자에서 조금의 온
기도 느껴지지 않았다. 아무런 감정이 느껴지지 않는 목소리로
그가 다시 나에게 물었다.

"당신의 두 손과 맞바꾼 주루검을 받으면 내가 기뻐할 것 같았
소?"

그는 화를 내고 있었고, 분명 화가 나 있었다. 나는 그가 여
기에 나타날 줄 몰랐다. 설령 온다 해도 이렇게 빨리 올 줄은 생
각조차 하지 못했다. 처음 계획을 짰을 때만 해도 그가 내 선물
을 받으면 분명 감동할 거라고 확신했는데…… 지금 그의 눈에
는 조소와 경멸이 가득 차 있었다. 그 눈빛을 보는 순간 오랫동
안 나를 지탱해 준 것들이 하나하나 빠른 속도로 사라져버리는
듯한 느낌이 들었다. 나는 쓰러질 듯 휘청거리며 한 발자국 뒤로
물러나 석부도에 몸을 기댔다.

"나는 당신을 돌보고 지켜주고 싶었어요. 하지만 이곳에서도
당신은 내가 필요 없을 만큼 너무 강한 사람이었어요. 당신을 기
쁘게 해주고 싶었는데, 내가 할 수 있는 유일한 일이 이것뿐이었
거든요. 그런데 이 또한 나의 착각이었네요. 그 무엇으로도 당신

을 기쁘게 해줄 수 없다는 것만 깨닫게 되었으니까요. 어쩌면 내가 너무 당신에게 감정을 강요했는지도 모르겠어요. 그래서 당신으로 하여금 내가 싫고 귀찮아지게 만들어 버린 것 같아요. 예전에 당신은……."

나는 손으로 눈을 가렸다.

"예전에 당신은 분명 이러지 않았어요."

그는 눈을 가린 내 손을 잡아 떼어내며 미간을 찌푸렸다.

"내가 알던 어린 소녀 역시 지금의 당신 같지 않았소. 군불, 당신의 모든 것은 부모님으로부터 받은 것이오. 그런 몸을 이렇게 함부로 대하면서 어떻게 다른 이에게 당신을 좋아해 달라고 말할 수 있겠소?"

나는 자꾸 눈물이 나서 고개를 들어 심호흡할 수밖에 없었다.

"당신은 아무것도 몰라요."

그랬다. 그는 아무것도 몰랐다.

간신히 그의 손을 뿌리치고 가려는데 이번에는 형초가 다가와 나를 가로막았다.

"군 낭자, 서신을 통해 이미 계약을 마쳤던 걸 잊었습니까? 나는 주루검을 이미 준비해 두었는데, 낭자는 언제 약속을 지킬 생각이신지요?"

사실 방금 모언을 뿌리칠 수 있었던 것은 나를 잡고 있던 그의 힘이 그리 세지 않은 덕이었다. 그런데 지금은 등 뒤에서 그가 내 팔을 잡아당긴 힘이 너무 세서 꼼짝도 할 수 없었다.

형초에게 말을 건네는 그의 목소리에서는 여전히 아무런 감정의 변화가 느껴지지 않았다.

"형 공자는 춘부장께서 만든 이 검을 군 낭자의 손과 바꿀 자격이 자신에게 있다고 여기시오?"

형초가 당황해서 헛기침을 했다.

"자격이 있든 없든 계약은 계약입니다. 설마 이 계약을 깰 생각은 아니겠지요?"

모언이 웃으며 말했다.

"나와 겨뤄서 지키든지 아니면 그냥 **빼앗기든지** 선택은 그쪽이 하시오."

예전에도 그가 가끔 좀 무례하게 굴 때가 있다는 것은 알고 있었다. 종종 나를 괴롭힐 때 그랬으니까. 그런데 지금 같은 순간에도 이렇게 무례하게 굴 줄은 생각지도 못했다.

형초는 이 상황을 모면할 구실을 찾으려는 듯 전자를 선택했고 거문고, 바둑, 서화 등 모든 면에서 그와 겨뤄 비참하게 패하고 말았다. 보아하니 그는 수예나 방직처럼 여인들이 하는 일을 겨루기 전에는 절대 모언을 이길 수 없을 듯했다.

그러나 그날 밤 내 우울한 기분은 형초가 나보다 더 운이 없다고 해서 전혀 나아지지 않았다. 역시 나는 뒤끝이 긴 여자였다.

나는 다시는 모언과 말상대를 안 하겠다고 혼자 속으로 결심했다. 감정적으로 일을 처리해서가 아니라 잠시뿐이라도 그를 상대하고 싶지 않았다. 그의 입에서 나온 말들이 비수가 되어 내 속을 후벼 팠다. 하물며 나처럼 여린 감성을 타고난 여인에게 그런 말은 너무 타격이 컸다.

그런데 함께 객잔으로 돌아온 후 그가 먼저 나를 찾아와 말을 걸었다.

"나를 기쁘게 해주고 싶다면 그런 미친 짓은 하지 말고 오늘 밤에 형초에게 들려준 것처럼 거문고를 연주해주면 되오."

나는 잠시 주저하다 결국 입을 열었다.

"들었나요?"

그가 내 앞으로 걸어오자 달빛이 만들어낸 긴 그림자가 따라왔다. 잠시 후 땅 위에 그림자가 잠시 멈춰 섰다.

"봤소. 한 곡 안에 지법이 열두 번 바뀌면서 한 번도 음 실수가 나지 않았던 연주였지. 거문고 소리도 훌륭했지만 참으로 보기 드문 지법이었소."

나는 입술을 깨물었다.

"하지만 당신도 할 수 있잖아요. 당신이 오늘 밤 나한테 너무 심한 말을 해서 괜히 달래려고 그런 말을 하는 거 아닌가요?"

그가 고개를 가로저었고, 시선은 다른 곳을 보는 듯했다.

"당신이 나에게 거문고 연주를 들려주는 것과 내가 자신에게 들려주는 것은 같지 않소, 아불."

나는 하늘의 달을 바라보았다.

"하지만 당신에게 몇 번이나 들려줘야 나를 좋아해 줄 수 있죠? 당신이 당장이라도 나를 좋아해 준다면 얼마든지 연주할 수 있어요. 설사 양심의 가책을 느껴 좋아할 뿐이라도 상관없어요."

그가 발걸음을 멈추고 나를 돌아봤다. 그 눈빛이 한없이 복잡해 보였다.

"당신은 아직 너무 어리오."

이날 밤은 이렇게 아무 설명 없이 이 한마디로 끝이 났다. 다음 날 나는 군위에게 달려가 남자가 여자한테 아직 너무 어리다고 말하는 저의가 뭐냐고 물었다. 그는 나를 물끄러미 바라보다 그 답을 알려주었다.

"내가 보기에 너한테 여인의 향기가 안 느껴진다는 뜻일 거야. 기껏해야 그냥 여자 정도로 보는 거지. 아니, 여자라고 단언하기도 좀 그렇고, 앞에 '어린'을 첨가해야 더 어울리겠네."

결국 내 주먹이 날아가고 말았다. 하지만 내가 생각해도 모언의 말이 그런 뜻 같기는 했다. 아무래도 그의 눈에 내가 너무 어리고 성숙해 보이지 않을 가능성이 컸다.

어떻게 해야 아리땁고 성숙한 여인처럼 보이는지 도통 알 길이 없었다. 만약 그가 그런 여인을 더 좋아한다면 그렇게 변하려고 노력할 작정이다. 이렇게 사랑을 위해 나 자신을 잃어간다면 앵가처럼 좋은 결말이 있을 수 없다는 것은 잘 안다. 그럼에도 나에게는 남아 있는 시간이 충분하지 않았다.

예정된 목표에 도달할 수 있다면 어떤 방법이라도 시도해볼 만했다. 다만 이번에 모언이 나를 좋아하게 만드는 일은 너무 난이도가 높았다. 그렇다고 그를 탓할 수도 없었다. 그는 원래 서서히 마음을 여는 사람이기 때문이다.

비록 나로 인해 모언과 형씨 가문 사이에 갈등의 골이 깊어졌지만 그에게선 이틀 후 검술시합에 불참하려는 기미가 전혀 보이지 않았다.

그제야 그가 단지 그 검 때문에 이곳에 온 것이 아니라는 생각이 번뜩 들었다. 공의비의 말을 곧이곧대로 믿어서는 안 됐다. 검술시합은 주루검을 지키는 칠성검진을 깨야 했고, 검객들은 그곳에서 자신의 모든 능력을 펼쳐 보여야 한다. 어쩌면 그의 진짜 목적은 쓸 만한 인재를 찾는 데 있는지도 모른다.

대낮에 모언과 공의비는 객잔에 거의 없었다. 그래서 군위는 그 시간대에 맞춰 나를 영천의 큰 기루로 데려가 가장 인기 있는 기생을 만나게 해주었다. 그녀에게 성숙한 여인의 분위기를 좀 배워보라는 배려였다. 정말이지 그만이 생각해낼 수 있는 일이었다. 그러나 속성으로 배우기에 이보다 더 좋은 방법은 없어 보였다.

나는 어릴 때부터 다른 이의 말과 행동을 따라 배우는 데 일가견이 있었고, 송응과 모용안의 역할을 대신했던 것만 봐도 그 능력치를 인정할 만했다. 그 사람이 되려면 인피가면만 쓴다고 될 문제가 아니었다. 눈빛은 물론 행동 하나하나까지 그 사람의 특징을 기억하고 표현해야 한다. 나는 군위가 소개해 준 이 여인의 찡그리거나 웃는 모습 하나하나를 모두 마음에 새겨 넣었다.

어떻게 하면 눈빛 하나에 천 마디 말을 담을 수 있는지, 어떻게 하면 손가락 놀림 하나로 우아하게 찻잔을 받쳐 들 수 있는지, 어떻게 하면 둥근 부채로 가린 듯 안 가린 듯 상대의 애간장을 태우며 얼굴을 살짝 가릴 수 있는지 유심히 눈여겨 보았다. 하루 동안 배우고 나자 그녀의 자태를 거의 완벽하게 복제했고, 군위조차도 감탄을 금치 못할 정도였다. 반면에 나는 계속 무언가 자꾸 마음에 걸리며 성에 차지 않았다.

그녀가 나를 위해 공들여가며 짙은 화장을 해주고 나서야 그 이유가 무엇인지 불현듯 떠올랐다. 나는 군위가 그녀를 보내고 난 후 이마를 짚으며 한숨을 내쉬었다.

"오늘 하루 종일 헛배웠어. 너도 진짜 어른 같은 사내가 되려면 아직 멀었나 보다. 아무리 자태가 곱고 아리땁다 한들 세상 때가 잔뜩 묻은 기녀의 행동거지를 모언이 못 알아챌 리가 없지. 한번 보자마자 내가 어디서 이런 걸 배워왔는지 금세 눈치챌 테고, 그럼 날 가만두지 않을 거야."

군위가 불같이 화를 냈다.

"지금 나더러 아직 덜 컸다고 했어?"

그러다 좀 더 생각해 보더니 일리가 있다고 느꼈는지 말투가 수그러들었다.

"네가 그렇게 말하니 이해가 되기도 하네. 곱고 아름다우면서 정숙해 보이기까지 해야 한다는 건 너무 난이도가 높아……."

갑자기 그의 눈빛이 반짝였다.

"그러고 보니 예전에 너희 어머니가 위나라 궁에서 가장 정숙하고 아름다운 부인으로 불리지 않았어? 그분의 일거수일투족을 너도 기억하고 있을 거 아냐?"

나는 어리둥절한 표정으로 그를 쳐다봤다.

"뭐?"

군위가 계속 말을 이어갔다.

"네 어머니가 아버지에게 했던 대로 너도 모언에게 하면 되잖아. 이렇게 간단하게 해결될 문제를 가지고 오늘 도대체 얼마를 쓴 건지……."

나는 잠시 고심했다.

"그럼 내가 제대로 따라하는지 네가 책임지고 좀 봐줘."

군위가 한 가지 간과한 사실은 어머니에 대한 나의 기억이 그리 많지도, 또렷하지도 않다는 점이다. 왕족간의 정이란 늘 서로에게 어느 정도 거리가 있었고, 하물며 나는 어릴 적부터 그녀 곁에서 자라지도 못했다.

열여섯 살에 위나라 궁으로 돌아왔을 때도 어머니와 만난 횟수가 손에 꼽을 정도였다. 내 기억 속에 남아 있는 어머니의 기억은 늘 한 치의 흐트러짐 없이 치장을 하고 있는 모습뿐이었다. 부왕의 부인들은 모두 가무에 능했지만 어머니는 그녀들과 달리 술을 감별하는 데 뛰어난 재주가 있었다.

한 번은 부왕이 신하가 올린 술 한 동이를 가져와 어머니에게 감별을 부탁했고, 그때 어머니가 잔을 잡고 있던 모습이 무척 아름다워 보였던 기억이 떠올랐다.

술잔과 술이 마침 모두 그 자리에 있었다. 창밖으로 달빛이 은은하게 밤하늘을 감쌌다. 나는 하얀 술잔을 집어 들고 한참 동안 옛 기억을 떠올리며 어머니의 동작을 따라했다. 군위가 한쪽에서 흥미진진한 표정을 지으며 은침을 꺼내 등불 심지를 돋웠다.

옆을 보니 오른손으로 술잔을 든 모습이 벽에 비쳤는데, 마치 스님들이 정병淨瓶을 들고 있는 듯했다. 어릴 때 사부는 우리가 산을 내려가 그림자 연극을 보러 가는 것을 허락하지 않으셨다. 그래서 나와 군위는 아예 우리끼리 초와 천을 구해서 손가락으로 새와 동물의 모양을 흉내 내며 그림자놀이를 하고 놀았다. 나는 팔꿈치로 그를 밀치며 고갯짓으로 벽에 비친 정병 같은 그림자를 보라는 시늉을 했다. 그는 한참을 바라보다 홀연 내 손에 원래 들려 있던 잔을 빼내고, 자기도 손 하나를 뻗어 작은 쥐 모양을 만들더니 아주 용맹하게 내가 흉내 낸 항아리로 돌진했다. 내 손이 풀리자 쥐의 공격은 대실패로 끝나고 말았다.

군위가 씩씩거리며 말했다.

"쥐가 기름을 훔쳐가는 장면을 만들 수 있었는데 아깝다."

나는 손가락을 흔들었다.

"내가 항아리를 그렇게 오래 만들고 있었는데도 기회를 잡지 못했잖아. 이제는 내 차례야. 얼른 토끼 모양 만들어 봐. 이번에는 토끼끼리 싸워 보자."

군위가 눈썹을 찡그렸다.

"안 돼. 그건 너무 어려워. 어릴 때부터 토끼는 늘 실패했단 말야. 공작도 괜찮겠다. 공작 암컷이랑 수컷이 서로, 같이⋯⋯."

나는 고개를 끄덕였다.

"좋아. 그럼 공작 두 마리가 영역싸움 하는 걸로 해 보자. 내가 기회를 엿보다 너를 쪼러 갈게."

공작의 부리가 막 가까이 가자 군위가 소리쳤다.

"⋯⋯안 돼, 그렇게 긴 손톱으로 너무 무지막지하게 덤벼들잖아. 가만 안 두겠어!"

나는 화들짝 놀랐다.

"너도 부리로 쪼면 되잖아! 소리는 왜 질러!"

문을 세 번 두드리는 소리가 들렸지만 대답을 하기도 전에 문이 먼저 열렸다. 고개를 돌리니 모언이 팔짱을 낀 채 문에 기대 무표정하게 우리를 바라보고 있었다. 그 순간 군위의 손이 좀 전에 하던 동작 그대로 허공에서 멈춰버렸고, 나 역시 마찬가지였다. 심지가 갑자기 타다닥 소리를 내며 타들어갔다. 군위는 얼른 손을 거두고 소맷자락을 정리했다.

"그럼 천천히 얘기 나누도록 해."

그는 자리에서 일어나며 입 모양으로 벙긋거렸다.

"무슨 일 생기면 소리 질러. 밖에 있을게."

군위가 나가자마자 모언이 바로 문을 닫으며 유유히 걸어와 옆에 앉았다. 그는 손 가는 대로 찻잔을 뒤집으며 방금 심부름꾼이 가지고 들어온 술과 술병을 잠깐 쳐다볼 뿐 별말이 없었다.

침묵이 길어질수록 마음은 더 불안해졌다. 어쨌든 해명을 해야 하는데 어떻게 말을 꺼내야 할지 또 한참을 고심해야 했다.

"군위는 친구 같은 오라버니예요. 어릴 때부터 늘 이렇게 놀며 지낸 사이죠."

차를 따르던 그의 동작이 멈췄다.

"당신의 오빠는 엽제葉霽, 엽기葉祺, 엽희葉熙 세 명이라고 알고 있소. 내가 모르는 또 다른 오빠가 있었나?"

한순간 심장이 쿵 내려앉았다. 생각해 보니 그가 과연 어디서 온 줄도 모르는 여자를 곁에 두었을까? 하지만 그의 표정을 보아하니 시시콜콜한 가정사를 들출 마음은 없는 듯 보였다. 나는 놀라 침을 꿀꺽 삼켰다.

"어린 시절부터 나랑 같이 자라온 친구 같은 존재고, 오라버니나 진배없어요."

그가 손에 든 잔을 이리저리 굴리며 말했다.

"오? 죽마고우라는 건가?"

나는 순간 긴장해 고개를 격하게 흔들었다.

"그냥 친구일 뿐이라니까요."

그가 피식 웃으며 담담하게 말했다.

"그래서 달빛이 차가운 밤에 술병을 앞에 두고 남녀가 허물없이 어울리며 촛불 아래서 술잔을 기울였다……."

그가 나를 힐끗 쳐다봤다.

"얼굴에 그리 치장을 하고……."

등줄기를 따라 식은땀이 흘러 속옷이 다 젖어버릴 정도였다. 소설을 보면 남녀 사이의 풀리지 않는 오해는 모두 이런 식으로 시작되었다. 나는 얼른 그의 말을 끊었다.

"보기 흉해요? 그럼 당장 지울게요."

말이 끝나기 무섭게 대야를 찾아내 수건에 물을 적셨다. 수건으로 얼굴을 닦으려는 순간 그의 차가운 목소리가 들려왔다.

"사실 화장을 하나 안 하나 별 차이도 없소."

나는 속으로 잔뜩 실망한 채 억지로 웃으며 그에게 물었다.

"그럼 씻을까요? 말까요?"

그는 여전히 손에 든 잔을 들여다보고 있었다.

"그게 나와 무슨 상관이오?"

나는 거울에 비친 내 얼굴을 보며 대수롭지 않게 물었다.

"모언, 당신은 대체 어떤 여자를 좋아해요?"

이 말을 하는 순간 무심코 눈물이 툭 떨어졌다. 나는 모언 앞에서 수도 없이 울어본 터라 이미 창피할 것도 없었다. 다만 그때는 그가 마음 아파한다는 것을 알았기에 때때로 일부러 우는 척도 했지만 지금은 그럴 수가 없었다.

소매를 들어 눈을 쓰윽 닦아낸 후 문고리를 잡으며 간신히 진정된 목소리로 인사를 나눴다.

"별로 좋은 차는 아니지만 천천히 드세요. 나는 일이 있어서 먼저 나가……."

말이 끝나기도 전에 문고리를 잡은 손 위로 그의 손이 겹쳐졌다. 간신히 화를 삭이는 목소리가 머리 위에서 들려왔다.

"이리 늦은 밤에 무슨 볼일이 있어 나간다는 거요?"

나를 보고 자꾸 화를 내면서 바람 쐬러 나가지도 못하게 막자 참아왔던 화가 폭발하기 일보 직전이었다. 나는 몸을 돌려 젖 먹던 힘까지 짜내서 그에게 소리치며 패악을 부렸다.

"어떤 여자가 좋냐고요? 도대체 어떤 모습의 여자가 좋은지 말을 하라고요!"

나의 이런 모습에 놀란 듯 줄곧 무섭게 가라앉아 있던 그의 표정에 당황하는 기색이 드러났다. 그는 발버둥치는 내 손을 힘껏 움켜잡았다. 하지만 나는 손이 잡히자 이번에는 발로 그를 차기 시작했고, 당황한 그가 나를 아예 안아서 문 쪽으로 밀어붙인 후 꼼짝하지 못하게 품 안에 가뒀다.

"왜 이러는 거요? 자, 마음을 좀 진정해요."

어떻게 진정할 수 있겠는가. 나는 이미 너무 오랫동안 참아왔고, 군위조차 내 인내심에 혀를 내두르며 자존감을 찾으라고 할 정도였다. 심지어 모언은 나를 어린아이 취급까지 하고 있었다.

어쨌든 그가 그렇게 생각한다면 내가 어린아이처럼 행패를 부린들 무슨 상관이겠는가. 지금까지 살면서 내 힘이 이토록 센 줄 처음 알았다. 그가 나를 제압하기 위해 힘을 쓸수록 나는 더 강하게 저항하며 발버둥을 쳤다.

"어쨌든 내가 뭘 하든 화만 내잖아요. 나만 봐도 짜증 나고 화가 나는 거 아닌가요? 안 보고 싶을 만큼 말이죠. 나도 이제 지쳤어요. 그래서 나가서 바람 좀 쐬겠다는데 그것도 안 되나요? 어쩜 이렇게 사람을 화나게 할 수 있죠? 설마 내가 당신한테 질려서 다시는 달라붙지 못하게 하려고……."

돌연 방 안이 조용해졌다. 입술 위로 부드러운 감촉이 전해지자 더 이상 아무런 반항도 할 수 없었다. 감촉은 점점 더 깊고 농밀해졌고, 그 부드러운 느낌에 빨려 들어갈 것만 같았다. 한참 후 먼저 입을 연 건 나였다.

"지금…… 뭐 하는 거죠?"

그의 입술이 내 귓가에 닿았다.

"질투였소."

나는 휘둥그레 뜬 눈으로 그를 빤히 노려봤다. 상황이 어떻게 갑자기 이렇게 뒤집어지는지 정신을 차릴 수가 없었다. 그저 하늘 아래 이보다 더 기막힌 일은 없을 것 같았다.

"방금…… 질투라고 했어요? 하지만 어떻게…… 당신은 날 좋아하지 않잖아요? 내가 귀찮고 싫었던 거 아니었어요? 게다가 난 군위랑 그냥 장난을 쳤을 뿐이라고요."

그가 이마를 쓰다듬으며 한숨을 내쉬었다.

"내가 언제 당신을 싫어한다거나 귀찮다고 말한 적 있었소?"

곰곰이 생각해 보니 정말 직접적으로 말한 적은 없었던 듯했지만 이대로 물러설 수 없었다.

"하지만 좋아한다고 말한 적도 없잖아요."

그가 나를 으스러뜨릴 것처럼 안았다.

"어쩜 그리 신경이 무딜 수가 있지? 내가 좋아하는 게 그렇게 안 느껴졌소?"

나는 그를 밀치며 뒤로 한 걸음 물러섰다.

"그게 느낌이 전혀……."

그가 이마를 문지르며 한숨을 쉬었다.

"됐소."

손을 놓으면서 그의 목소리가 화난 사람처럼 변했다.

"다 큰 성인이 외간 남자를 찾아가 이런 장난을 치고 있는데 그걸 보고 가만히 있을 사내가 어디 있겠소? 차라리 나를 찾아오지 왜 하필……."

나는 또 억울해졌다.

"일부러 군위한테 놀러간 거 아니거든요. 오늘은 특별히 선생님을 모시고 성숙한 여인이 갖춰야 할 몸가짐에 대해 배우는 날이었다고요. 하지만 선생님이 잘 가르쳐주지를 못해서 군위랑 함께 고심하다 내 어머니의 평소 모습을 떠올려 보던 중이었어요. 당신이 그런 여인을 좋아한다고 하지 않았나요?"

수건으로 내 얼굴을 닦아주던 그의 손이 멈칫했다.

"……내가 그런 여자를 좋아한다고 누가 그랬소?"

나는 그를 노려봤다.

"당신이요! 당신이 나한테 아직 너무 어리다고 그랬잖아요!"

그의 손가락이 다시 이마를 문질렀다.

"그 말은 그런 의미가 아니었는데."

나는 그를 흘겨보았다.

"그럼 무슨 의미인데요?"

그가 잠시 침묵하다 돌연 나를 안아 올렸다.

"그만합시다. 오늘은 힘든 하루였고, 당신도 우느라 지쳤을 테니 일찍 잠자리에 드는 게 좋겠소."

그는 나를 침대 위에 내려놓고 이불을 덮어주었다.

이렇게까지 살갑게 대해주니 방금 무슨 말을 했는지조차 잊어버릴 지경이었다.

그가 일어나 가려 하길래 나는 얼른 그의 옷섶을 잡아당겼다.

"그럼 잠들 때까지 옆에 있어줘요. 안 그러면 잠이 안 올 거 같아요."

그가 나를 내려다보며 말했다.

"내가 밉고 싫다고 하지 않았소?"

"내가 언제……."

나는 머리를 옆으로 돌렸다.

"밉지 않다고 말할 수도 없지만……그럼 나가 보세요."

그가 웃으며 자리에 누워 이불을 사이에 두고 나를 안았다.

"마음과 다른 말을 하는군."

나는 고개를 돌려 바로 코앞에 있는 그의 눈을 바라보며 진지하게 부탁했다.

"내가 잠들면 가도 좋아요. 잠들기 전까지 당신과 좀 더 함께 있고 싶으니까."

창밖으로 달빛이 쏟아져 들어오고, 마음을 짓누르던 무거운 돌덩이가 내려앉은 듯 마음도 후련했다. 마침내 내가 해낸 셈이었다. 달빛에 비친 그의 옆모습을 보며 문득 내가 나라를 위해 죽기 전에 그를 만났더라면 우리 둘의 사이가 이랬을지도 모른다는 생각이 들었다.

시선을 느낀 듯 그가 미소를 지으며 손가락으로 내 눈꺼풀을 쓰다듬더니 눈을 감게 했다. 따뜻한 입술이 이마에 가볍게 닿고, 그의 목소리가 자그마하게 속삭였다.

"잘 자요."

나의 마지막 순간에도 그가 이렇게 말해주면 좋겠다는 생각이 들었다. 그가 내 귓가에 입을 대고 나지막이 '아불, 잘 자요' 하고 속삭여 준다면 나는 아주 행복한 기분으로 눈을 감을 수 있을 터였다.

다음 날 이른 아침에 눈을 뜨니 모언이 그때까지도 침대 앞에서 이마를 살짝 짚고 있었다. 나는 지금이 현실인지 꿈인지 구분이 잘 가지 않았다. 희미한 빛이 비췄지만 아침 햇살 같아 보이진 않았다. 한참을 어리둥절해서 그를 바라보다 그제야 그것이 붉은 초의 불빛임을 알아챘다. 그렇다면 아직 다음 날이 되지 않은 모양이었다.

본능적으로 손을 움직였고, 시선을 들었을 때 마주친 모언의 냉정한 눈동자를 보며 나는 눈을 비볐다.

"지금 몇 시죠? 왜 자러 가지 않았어요? 내가 잠들면 가도 좋다고 했잖아요."

나는 그의 손을 잡았다.

"밤새 한숨도 못 잔 거예요?"

그는 내 손을 잡지 않고 알 수 없는 눈빛으로 나를 바라보기만 했다.

나는 영문을 몰라 그에게 다시 물었다.

"왜 그래요?"

그가 손을 내밀어 나의 흐트러진 앞머리를 넘기며 그렇게 또 나를 바라보았다.

"언제까지 나를 속일 생각이었소, 아불?"

나는 덮고 있던 이불을 꽉 움켜쥐었다.

"네?"

그가 다시 말을 이어갔다.

"이것은 단지 꿈에 불과하오, 안 그렇소? 당신이 이 꿈을 엮어 내 꿈속으로 들어와 나를 이곳에 가두려 한 거요? 그래서 내가 하루라도 빨리 당신을 사랑해 주기를 바란 것이었소? 당신의 허상을 이용해서 나를 영원히 이곳에 가둬두려고?"

심장이 정신없이 뛰기 시작했다. 아직 잠이 덜 깬 상태가 분명하다. 어서 잠에서 깨기만 하면 이 악몽에서 벗어날 수 있을 것 같았다. 눈을 감았다 뜨기를 아무리 반복해 봐도 모든 것이 똑같았다. 그가 내 손을 잡고 다그쳤다.

"아불, 정말 그럴 생각이었소?"

나는 고개를 세차게 흔들며 허겁지겁 반박을 했다.

"아뇨! 아니에요! 이건 꿈같은 게 아니에요. 내가 여기에 이렇게 있잖아요. 모언, 날 봐요. 난 허상 따위가 아니에요."

그가 나를 바라봤다.

"당신이 잠든 후에 많은 생각이 들었는데, 도저히 이해가 안 되는 것들이 있더군. 그래서 군위에게 가서 물어봤지. 당신 말이 맞소. 당신은 허상이 아니오."

그가 잠시 멈칫하는가 싶더니 이내 그다음 말을 꺼냈다.

"허상은 바로 나였소."

이마에서 식은땀이 점점 배어나왔고 말까지 더듬거렸다.

"이, 이건 불가능한 일이에요. 지금까지 이런 일이 일어난 적은 없다구요. 어떻게 이 일을 간파할 수 있죠? 아니, 지금 당신이 날 속이고 있는 게……."

그가 내 말을 끊었다. 그의 눈동자에 침통한 기색이 역력했다.

"예전에 당신이 심마에 대해 얘기해 준 적이 있지. 사람은 누구나 자신만의 심마를 가지고 있다고. 당신을 보고 있으면 언제적인지 모를 기억이 송곳처럼 내 머릿속을 파고들어 나를 괴롭혔소. 당신은 허상을 이용해 나를 속박할 생각이었지. 이 세상에 그 누구도 화서의 공간이 꿈이라는 사실을 알아챌 수 없다고 여겼을 거요. 하지만 아불, 당신이 잘못 생각했소."

고개를 들어 그를 보았다. 이제야 마음이 진정되기 시작했다.

"도대체 얼마나 알고 있는 거죠?"

촛불의 희미한 불빛 속에서 그가 나지막이 대답했다.

"전부. 당신이 엮은 이 꿈의 공간을 내 스스로 걸어 나갈 수 있을 만큼."

방 안에 돌연 광풍이 불고, 그 바람이 촛대의 남은 불씨를 거두어갔다. 멀리서 말발굽이 마른 낙엽을 밟고 지나가는 듯한 소리가 들려왔다. 그것은 다름 아닌 꿈의 공간이 깨지는 소리였다.

모언이 어디에 있는지 보이지 않았다. 움켜쥐고 있던 비단 이불이 손가락 사이에서 녹아 없어지고, 머릿속이 어지러워질 때쯤 갑자기 눈을 뜰 수 없을 정도로 눈부신 빛이 쏟아져 내렸다.

간신히 눈을 뜨니 호흡과 후각이 사라지면서 눈앞에 은백색 얼음이 쭉 줄지어 있는 것이 보였다. 이곳은 진나라 궁전의 얼음 저장고였다. 눈이 휘둥그레진 소의가 하늘에서 뚝 떨어진 나와 군위, 그리고 아직 잠이 덜 깬 소황을 쳐다보며 너무 놀라 말을 잇지 못했다.

"고작 오경이에요. 아직 초가 절반밖에 안 탔는데 어떻게……설마……."

나는 현이 모두 끊어져 버린 거문고를 어루만지며 고개를 끄덕였다.

"짐작한 대로예요. 실패했어요."

그런데 가슴 속의 교주는 예상을 깨고 그대로 있었다. 이 또한 애초에 생각했던 바와 전혀 다른 결과였다. 아무래도 이제까지 자오 화서조가 엮은 꿈속에서 걸어 나왔던 사람이 없다 보니, 그 꿈에서 빠져나오는 것이 무슨 의미인지 제대로 아는 사람도 없었던 모양이었다. 그렇다면 나는 현실 속에서 내게 남은 두 달여의 시간을 계속 살아갈 수 있는 걸까?

소의가 고개를 끄덕이다 돌연 놀란 눈으로 입을 가로막았다.

"그럼 오라버니는……."

냉기가 손가락 끝을 따라 피부 속으로 점점 스며들었다. 나는 몸에 걸친 갖옷을 여미며 한기를 조금이라도 피해보려고 했다.

"지금쯤 꿈에서 깨어났을 거고, 꿈속에서의 일은 기억하지 못할 거예요. 이 일은 이렇게 실패했으니 차라리 꿈을 엮지 않았다고 생각하는 편이 낫겠어요. 어차피 변한 것은 없으니까."

이곳에 온 후 계속 말이 없던 군위가 기어들어가는 목소리로 미안한 마음을 전했다.

"나도 절대 알려줄 생각이 없었어. 근데 이미 다 알고 온 것 같더라고."

나는 고개를 가로저었다.

"네 잘못이 아니야."

그가 현이 끊어진 거문고를 들어 올렸다.

"아직 두 달이 남아 있어. 그와 함께하고 싶지 않아?"

나는 무릎을 꿇고 앉아 소황을 흔들어 깨울 뿐 그의 물음에 쉽게 대답하지 못했다.

"그는 내가 아직 살아 있다는 사실을 모르잖아. 한 번 잃어버린 걸 다시 얻었을 때의 기쁨은 그리 길지 않을 거야. 그걸 다시 잃게 되면 더 큰 절망에 빠지게 되겠지. 그러느니 차라리 이렇게 모른 채 살게 하는 편이 나을지도……."

허공에서 무언가 떨어졌는지 등 뒤로부터 가볍게 울리는 소리가 들려왔다. 뒤이어 익숙한 발자국 소리가 들린 순간 나는 그 자리에 얼어붙고 말았다. 절대 일어날 수 없는 일이라고 마음을 다잡아 보았지만 거울처럼 투명하고 매끄러운 얼음 위로 모언의 모습이 너무나 선명하게 비쳤다. 어깨 위로 흘러내린 머리, 새하얀 두루마리, 어깨에 걸친 외투…….

"지금 어떻게 하는 편이 낫다고 했소?"

소의가 군위에게 손짓을 하며 함께 자리를 떠났다. 소황은 가고 싶지 않은 듯 버텼지만 결국 군위에게 질질 끌려 나가고 말았다. 나는 믿을 수 없는 표정으로 모언을 바라보았다. 그의 짙고 검은 눈썹, 곧게 뻗은 콧날, 보기 좋게 다물린 단정한 입술……

정말이지 보기 드물게 잘생긴 그의 얼굴은 얼음에 비쳐서인지 더 차갑게 느껴졌다.

나는 그날 저녁 연회가 그를 이생에서 볼 수 있는 마지막이라고 생각했다. 이렇게 다시 마주하게 될 줄은 꿈에서도 생각하지 못했다. 당연히 기뻐해야 마땅한 순간이었지만 우리에게 드리워진 짙은 비극의 그림자를 쉽게 떨쳐내기 힘들었다. 나는 한 손으로 눈을 가린 채 좀 전에 했던 말을 곱씹어 봤다. 모언, 그가 나라면 그 역시 그런 생각을 하지 않았을까?

바닥에 흩어진 얼음 부스러기들이 밟혀 바스러지는 소리가 들려왔다.

그가 등 뒤에서 나를 껴안았다. 그의 두 팔 안에서 내 몸은 꼼짝도 할 수 없었다. 그가 눈을 가리고 있던 내 오른손을 떼어내자 매끄러운 얼음 표면 위로 두 눈을 감은 그의 모습이 보였다. 그의 머리카락이 어깨 위로 흘러내렸고, 그의 뺨은 내 뺨에 닿아 있었다. 얼굴에 아무런 표정도 드러나지 않았지만 촉촉하게 젖은 눈가를 타고 흘러내린 것은…… 눈물이었다. 나는 아무 말도 하지 못했고, 내 몸을 통해 그의 희미한 떨림이 전해져 왔다. 그렇게 긴 침묵이 흐른 후 나지막한 목소리로 그에게 물었다.

"그 꿈을 아직 기억해요? 내가 여기에 있는지는 어떻게 알았어요?"

그가 나를 돌려세우며 얼음장처럼 차가운 손을 잡았다.

"꿈속에서 당신의 손이 계속 차갑더군. 그래서 깨어났을 때 당신이 여기에 있을지도 모른다고 생각해서……."

나는 얼른 그의 말을 끊었다.

"그 꿈이 모두 기억나요?"

그가 나를 바라보았다.

"조금밖에 기억이 안 나오."

그가 나를 품에 안으며 말했다.

"군위에게 그 꿈속에서 당신에 관한 내 기억을 없애려 했다고 들었소. 그것이 당신이 진짜 바라던 거요?"

나는 무언가 말하려고 입을 벌렸지만 아무 말도 할 수가 없었다. 그러다 그의 품속으로 파고들어 울먹이며 진짜 속내를 털어놓고 말았다.

"아뇨. 절대 그러고 싶지 않아요. 하지만 당신이 나로 인해 슬퍼하는 걸 보고 싶지 않아요. 자오 화서조가 최선의 방법은 아니지만 당신의 머릿속에서 나의 기억을 지울 수는 있었어요. 그렇게 되면 내가 없어도 당신이 행복하게 살 수 있을 거고, 그럼 나도 안심이 될 테니까요."

그의 손이 내 머리 위에 내려앉았다.

"당신을 잊는다면 그 사람은 그저 소예일 뿐 더 이상 모언이 될 수 없을 거요. 만약 내가 더 이상 내가 아니라면 어떻게 행복해질 수 있지? 당신은 그런 나를 보며 안심할 수 있겠소?"

그때가 되면 나는 이미 이 세상 사람이 아닐 테니 안심을 하고 안 하고는 내 몫이 아닐 터였다. 그는 늘 내가 쉽게 대답할 수 없는 질문을 던지길 좋아했다. 나는 코를 훌쩍이며 대답했다.

"하지만 우리에게 고작 두 달의 시간밖에 남지 않았다는 사실을 당신도 알잖아요. 그냥 꿈이라 생각하고 지나가면 될 텐데 왜 나를 찾아왔어요?"

그의 몸이 순간 경직되며 내 머리를 쓰다듬던 손길도 멈췄다. 나는 그가 모든 것을 다 알고 찾아왔다고 생각했기에 내 말에 이렇게까지 놀랄 줄은 생각지도 못했다.

한참 후 나는 나지막이 그에게 물었다.

"하지만 지금 이곳은 현실이에요. 아직도 받아들이기가 힘든 가요?"

나무에서 꽃이 피기를 기다리는 것처럼 그렇게 긴 시간이 흐르고 난 후 그가 입을 열었다.

"때로는 현실인지 아닌지 구분이 안 갈 때가 있소. 이 손으로 검을 잡고 당신의 가슴을 찔렀다는 것도 꿈처럼 느껴지지. 내가 당신을 죽였소. 그것도 두 번이나 말이오. 한 번은 위나라의 성벽에서 당신이 뛰어내리도록 만들었고, 또 한 번은……."

나는 그를 힘껏 껴안았다.

"당신의 잘못이 아니에요. 때때로 나는 내 운명이 죽도록 미워요. 그 운명이 우리를 이렇게 만들었으니까. 그런데 때로는 그 운명에 감사하기도 해요. 그 덕에 당신을 만났잖아요. 그래서 내 운명을 미워해야 할지 아니면 감사해야 할지 나도 잘 모르겠어요. 사실 당신의 머릿속에서 나에 대한 기억만 지우면 지금보다 행복하게 살 수 있을 거라고 생각했어요. 그런데 이 역시 제 착각에 불과하더군요. 그렇다면 이제 남은 시간을 당신과 함께 보내며 좋은 추억을 남기고 싶어요. 설사 두 달 후에 내가……."

몸이 붕 뜨는 느낌이 들더니 어느새 그가 날 안아 올렸다. 곧이어 나를 안심시키는 그만의 믿음직스러운 목소리가 들려왔다.

"두 달만 남아 있을 리 없소. 내가 방법을 찾을 테니."

나를 안심시키려고 하는 말인지, 자신을 안심시키기 위해 하는 말인지 알 수 없었다. 그가 다시 한마디를 더 보탰다.

"당신은 지난 추억을 중요하게 생각하지. 하지만 나는 지금과 미래의 일이 지난 추억보다 더 중요하오. 지금 당신이 아직 살아 있으니 이보다 더 좋고 중요한 일은 내게 없소. 기필코 당신을 살릴 방법을 찾을 것이오. 당신은 늘 내가 못 미덥겠지만."

나는 본능적으로 반박했다.

"내가 언제 당신을 못 믿었다고 그래요?"

그런데 말을 뱉고 보니 왠지 도둑이 제 발 저리듯 마음이 켕겼다.

그러고 보니 나는 그를 믿지 않았었다. 만약 그를 믿었다면 반각 전에 그에게서 한사코 도망치려 들지 않았을 것이다. 나는 그가 이 저주를 풀 방법을 찾아낼 수 있다고 생각해 본 적이 없다. 그저 모든 것을 운명으로 인정할 뿐이었다. 사실 지금도 그 마음은 달라지지 않았다. 그러나 그는 화서의 공간을 스스로 빠져나와 나를 찾아냈다. 그는 내가 그를 위해 하는 선택을 싫어했고, 그래서 다시 자신을 위해 하나의 선택을 했다.

나는 정신을 차리고 손을 뻗어 그의 목을 꼭 끌어안았다.

"날 어디로 데려갈 거죠?"

그가 부드러운 목소리로 말했다.

"그만 자러 갑시다. 안 피곤하오?"

나는 고개를 가로저었다.

"난 괜찮아요. 그건 그렇고 꿈속에의 일을 얼마나 기억해요? 내가 당신을 위해 음식을 만들었던 거 기억나요? 우리가 형씨 가문으로 검을 구하러 갔던 일은요? 참, 당신이 질투도 했는데 기억나요?"

"……기억이 안 나오."

나는 열심히 그의 기억을 떠올려 주었다.

"그곳에서 당신이 군위 때문에 질투를 했어요. 내가 그렇게 공들여 예쁘게 화장했는데 그게 다 군위를 위해서라고 착각했잖아요. 그러면서 내 화장이 하나도 안 예쁘다는 식으로 말했어요."

"……기억이 안 나오."

나는 더 열심히 그의 기억을 되새겨주었다.

"나랑 군위가 같이 그림자놀이를 하던 것도 질투했어요. 심심해서 장난이 치고 싶으면 군위를 찾아갈 게 아니라……."

그가 어쩔 수 없이 내 말을 자르며 시인했다.

"그만! 다 기억났소. 그러니 더는 아무 말도……."

하지만 나는 흥이 나서 이 재미있는 놀림거리를 멈출 수가 없었다.

"게다가 나한테 얼마나 못되게 굴었다고요. 그때 정말 표정이며 목소리며 아주 다른 사람 같았어요. 내 몸의 모든 것은 부모님에게 물려받은 것이니 소중히 여겨야 하고, 또 나조차 나를 사랑하지 않으면 다른 누구도 나를 좋아하지 않을 거라고도 했죠. 정말 너무 심했어요."

"……그만합시다. 그때는 내가 너무 심했소."

하늘가에 초승달이 떠 있었고 이제 곧 동이 트려는 듯 바람을 타고 간간이 벌레 울음소리가 들려왔다. 정원 안에 어떤 꽃들은 피어 있고, 또 어떤 꽃들은 시들어갔다. 이 길고 긴 길 위에서 아

득하게 느껴지는 지난 세월과 아름다운 기억들을 떠올려 보았
다. 세월이 흐른 후 나와 그의 이야기가 사서에 어떻게 기록될지
지금은 알 수 없다. 그리고 이렇게 아무런 근심도 걱정도 없이
서로 즐겁게 입씨름을 벌이는 날들이 또 얼마나 오래 지속될 수
있을까?

종장

하루하루 몸은 점점 기력을 잃어갔다. 반쪽 남은 교주의 균열이 점점 깊어질수록 생명이 빠져나가는 속도도 빨라지기 시작했다. 예전에는 단지 호흡, 후각, 미각, 통증을 느끼는 감각이 없었을 뿐이지만 근래 들어 촉각마저 둔해지고 있었다.

나는 기적이 일어날 거라고 기대하지 않았다. 그러나 매일 눈을 떴을 때 가장 먼저 머릿속에 떠오르는 장면은 바로 가슴 속에 남아 있는 교주였다. 보기만 해도 어느 것이 새로 생긴 균열인지 눈으로 거의 구분이 갔고, 이 또한 꽤나 고통스러운 일이었다.

이런 일들에 대해 모언에게 전혀 말하지 않았지만 사실 그는 모든 것을 알고 있었다. 그럼에도 전혀 내색하지 않은 채 하늘이 무너져도 자기만 있으면 안심해도 된다는 듯 나의 기운을 북돋워 주었다.

"당신이 어떤 일을 하려 할 때 자신조차 해낼 수 있다는 자신감이 없다면 어떻게 그 일을 이룰 수 있겠소?"

아주 예전에 그가 내게 해준 말이었다. 그와 함께 있으면 배울 점이 많았는데 이 또한 그중 하나였다. 그러나 세상에는 우리가 믿는다고 해도 절대 이룰 수 없는 일들이 분명 존재한다.

그럼에도 나는 내가 그를 온전히 믿고 있고, 의심이나 근심 걱정 없이 안심하며 지내고 있는 모습을 그에게 보여주고 싶었다.

모언이 나를 찾아낸 그날부터 진나라 궁 안에는 비술사들이 수도 없이 들락거렸다. 나는 그들이 왜 왔는지 누구보다 잘 알고 있었다. 소의는 흥분을 감추지 못하고 그들이 모두 흩어진 정신과 혼을 하나로 응집시키는 데 타의 추종을 불허하는 최고수라고 말해주었다. 나는 그 말 속에 숨겨진 의미를 익히 알았다. 하지만 화서인에 속박된 적이 있는 정신의 갈래들은 하나로 모아 도깨비로 환생시킬 수 없다. 모언 역시 이 사실을 누구보다 잘 알았다.

예전에 그는 나에게 자신이 방법을 찾기 전까지 버텨야 한다고 신신당부를 했다. 지금 생각해 보니 그 말을 했을 때 그는 이미 내가 죽은 사람이라는 것을 알고 있었다. 방법을 찾는다 해도 이미 사라졌거나 퇴화된 감각기관을 어떻게든 되살리는 정도가 전부일 터였다.

그때를 돌이켜 생각해 보니 그런 바람을 품을 수 있었다는 자체가 사치였다. 지금은 이 상태로 얼마나 더 버틸 수 있을지조차 알 수 없게 되어 버렸다.

얼마 남지 않은 시간 속에서 우리는 마치 한 몸처럼 늘 함께했다. 하지만 그는 비술사들을 만날 때면 절대 나를 데리고 가지 않았다. 아마도 그들과 나누는 이야기가 내 생사와 관련 있기 때문일 것이다.

다만 나는 그의 상상처럼 그렇게 말을 잘 듣는 여자가 아니었기에, 언젠가 몰래 서재 뒷방에 숨어들어가 그들의 이야기를 한 번 들은 적이 있었다. 그곳은 공무를 논의하는 다른 자리와 별반 다르지 않았다. 우선 참석한 사람들이 순서대로 발언을 하며 최근 연구 성과를 보고한 다음 자유롭게 의견을 나눴다. 그 과정에서 서로의 문제점을 들추어냈고, 그 방법들이 실효성이 전혀 없다는 것을 증명했다.

내가 벽 구석에 숨어 몰래 엿들었던 그때, 그들의 논쟁이 점점 격해지며 뜻밖에 싸움으로 번졌다. 논쟁의 끝은 잔이 깨지는 소리로 일단락이 되었다. 뒤이어 잔을 바닥에 떨어뜨린 모언의 나지막한 목소리가 들려왔다.

"잔이 미끄러졌군."

내실은 쥐 죽은 듯 조용해졌고, 그제야 그가 심각하게 물었다.

"만약 짐의 수명을 왕후에게 나눠주면 어떻겠소? 이 일을 해낼 수 있는 이가 있는가?"

그날 이후 나는 더 이상 그들의 논의를 들으러 가지 않았다. 그들의 말이 거슬려서가 아니라 나를 향한 그의 절박한 마음을 감당할 자신이 없었다.

예전에 나는 잠을 잘 필요가 전혀 없었다. 잠을 자고 싶으면 좀 잤고, 아예 안 자도 상관이 없었다. 교주 덕분에 잠을 안 자도 신체의 흐름이 정상적으로 정화되었다. 그런데 요즘은 자꾸 잠이 왔다. 아무래도 그런 방면으로 교주의 능력이 점점 사라지고 있는 듯했다.

그리고 모언도 이상한 병이 하나 생겼다. 한밤중에 늘 나를 깨워 말을 시키고, 대답을 듣고 나서야 안심하고 다시 재웠다. 몇 번은 그가 나를 깨웠을 때 정신이 그리 혼미하지 않은 상태라 나를 부르는 그의 목소리가 떨리는 것을 눈치챘다. 그리고 분명 서

로를 안고 두꺼운 이불까지 덮고 있는데도 그의 손이 이상할 정
도로 차가웠다.

처음에는 왜인지 그 이유를 몰랐고, 나중에야 내가 잠이 들어
영원히 깨어나지 못할까 봐 두려워하고 있다는 것을 알아챘다.
매일 밤 그는 늘 긴장을 하며 나의 작은 반응 하나에도 흠칫흠칫
놀랐다. 그럼에도 낮에는 전혀 그런 내색을 하지 않았다.

겨울에 접어들면서 조, 강 두 나라의 전쟁이 점점 치열해졌다.
이번에 조나라는 제 무덤을 제가 판 격이 되었고, 전쟁의 불길이
조나라 코앞까지 번지고 말았다. 장병들은 모두들 합심해 용맹
하게 저항했지만 결국 강나라와의 국력 차이가 현격하게 나면서
처참하게 패하고 말았다. 그러나 강나라는 적당한 시기를 봐서
물러날 줄 모르고 조나라 도읍을 공격해 들어갔다. 일이 이 지경
에 이르자 모언도 더는 손을 놓고 방관할 수 없었다.

모든 것이 과연 그가 쳐놓은 그물망에 차례로 걸려들었다. 천
자가 그에게 현경의 이름을 하사함으로써 근심을 함께 나누도록
했다. 그는 이번 출병에 앞서 '제후들 간에 화합을 이루지 못하
니 천자를 대신해 중재에 나선다'는 명분을 내걸었다. 이치대로
라면 대조에서 이번 전쟁에 간여할 자격이 있는 사람은 천자를
제외하면 그가 가장 적임자였다. 다만 천자는 그럴 능력이 되지
않았고, 그렇다면 천자 다음으로 그가 나설 차례였다. 비록 진나
라는 풍속이 개방적이기는 했지만 위나라와 마찬가지로 여자가
조정 정치에 간여하는 것을 기피했다.

그런데 모언은 침실에서 잠자리에 들기 전에 이런 일들을 마
치 자장가처럼 나에게 들려주었다. 그는 나를 어린아이처럼 다

루길 좋아했다. 예전에는 그것이 그가 한 여인을 사랑하는 방식임을 알지 못했다. 그리고 그의 이야기가 거의 끝나갈 때쯤 내가 유일하게 궁금했던 것은 이 바둑판에서 가장 처음에 두었던 바둑돌, 바로 진자연의 행방이었다. 잠들기 전에 그렇게 많은 이야기를 들었는데도 여전히 그녀의 행방은 도무지 감이 잡히지 않았다. 한참을 고민하다 모언에게 물어봤지만 그는 대수롭지 않게 내 질문을 받아주었다.

"아직 살아 있다면 분명 조나라에 있을 테지."

나는 괜히 물었나 싶어 후회가 되었지만 그는 차근차근 그녀에 관한 이야기를 들려주었다.

"비밀리에 조나라와 회맹을 했을 때 조왕이 어떻게 강나라의 책임전가론을 믿게 되었는지 아오?"

나는 고민할 필요도 없다는 듯 단박에 대답했다.

"그야 당신의 뛰어난 연기 덕이겠죠."

그는 이 이야기를 더 이상 하고 싶지 않다는 표정을 드러냈다.

"……아무래도 일찍 자는 게 좋겠소."

그런 그를 한참 동안 어르고 달래서야 간신히 한마디를 들을 수 있었다.

"인적 증거요."

진자연이 바로 그가 말하는 인적 증거였다. 이것이 바로 그때 그가 계속 그녀를 찾았던 이유이자, 마지막에 그녀가 조나라에 남게 된 이유였다.

이렇게 나는 그의 품에 안겨 마치 자질구레한 집안일에 대해 이야기하듯 천하대사를 논했다. 만약 내가 그와 백년해로할 수 있다면 우리는 분명 평생을 이렇게 살게 될 것이다.

예전에 나는 언젠가 그의 오른팔이 되어 그가 영명한 결단을 내리려 할 때, 넓은 시야로 세상을 보도록 그를 도울 수 있길 줄곧 꿈꿨다. 그리고 내가 오래 살 수 있고 좀 더 노력한다면 충분히 해낼 수 있다고 생각했다. 그런데 이런 생각을 할 때마다 내 마음속에서 어떤 목소리가 조용히 나를 일깨워주었다.

"너는 네 등 뒤에 잔뜩 드리워진 그림자가 보이지? 저 이별과 죽음의 그림자 말이야?"

11월, 서리가 몇 차례 내린 후 성 밖에 하얀 매화가 활짝 피었다. 나는 시간이 해그림자처럼 천천히 흘러가기를 바랐고, 이별에 관해서는 더 이상 생각하지 않았다. 반면에 모언의 눈에 담긴 피곤한 기색도 날로 짙어졌다. 그는 나를 아주 잘 속이고 있다고 생각했지만 나도 그 못지않게 뛰어난 연기력으로 모르는 척을 해주었다.

그러나 절체절명의 위기에 희망이라도 생기려는지 내가 전혀 실현 불가능한 기대를 마음속에서 지워 버렸을 즈음, 새로 온 비술사가 그렇게 기다리던 좋은 소식을 가지고 왔다. 그는 이 세상에 화서인이 봉인된 또 하나의 교주가 존재한다고 했다.

그의 이론대로라면 세상은 음과 양으로 이루어져 있듯 홀로 존재하는 사물은 없고, 세상사와 만물이 모두 상생을 도모하는 것이 바로 천지만물이 만들어지는 법칙이었다. 상고시대부터 화서인은 자연의 힘으로 봉인되든, 아니면 사람의 힘으로 봉인되든 모두 자연의 법칙을 위배하는 것이 아니었다. 그렇다면 구주에 분명 또 하나의 교주가 존재할 가능성이 컸다.

하지만 세상 사람 대다수가 그 교주 안에 숨겨진 힘을 알지 못한 채 속세에서 오랜 세월을 보냈다면 그저 눈요깃거리로 남아 있을지도 모를 일이었다.

하늘이 나를 가련히 여겨 길을 열어주었다고는 말하고 싶지 않다. 이 역시 운명의 또 다른 장난일지 모르기 때문이다. 솔직히 하늘은 나에게 운명의 장난을 너무 심하게 치는 경향이 있다. 어찌 됐든 모언은 구주대륙을 샅샅이 뒤지며 아무도 그 행방을 모르는 전설 속의 교주를 찾는 일에 매달렸다.

나의 생에서 좋은 운이 아직 다 사라지지는 않은 듯했다.

이레 후 군사부가 새로운 소식을 들고 나를 찾아왔다. 강나라의 사당에서 명주를 모시고 있는데 상고시대부터 내려오는 귀한 물건이니 교주가 확실할 거라고 알려주었다.

12월에 진나라는 강나라를 포위해 조나라를 구했고, 모언이 직접 강나라로 출정을 나섰다. 이번 출정이 그에게 어떤 의미인지 나 또한 모르지 않았다.

출정을 앞둔 전날 밤 붉은 촛불 아래서 그는 내 이마에 난 상처 자국 위로 하얀 매화를 그려주었다. 거울 속에 비친 꽃의 흔적이 살짝 가장자리에서부터 피어나 단아하면서도 우아한 아름다움과 기품이 느껴졌다. 그가 왜 이런 그림을 그렸는지 궁금해졌다.

"원래는 당신의 눈썹에 그리려 했지만 그리 예쁜 눈썹에 굳이 그림까지 곁들일 필요는 없을 것 같았소."

보아하니 그는 내가 지난 추억을 너무 소중히 여기는 것은 좋아하지 않았지만, 평범한 부부 사이에 흔히 하는 이런 소소한 일로 나에게 좋은 기억을 남겨주고 싶었던 모양이었다.

그가 손으로 의자를 짚고 서서 미소를 머금고 내 얼굴을 유심히 살폈다.

"아주 잘 그리지 않았소?"

나는 고개를 끄덕이고 나서 시구를 이용해 아주 그럴싸하게 평을 해주었다.

"음, 하얀 매화가 핀 가지 하나가 담 밖으로 뻗어 나왔으니 이제부터 군왕은 조회에 일찍 나오지 않겠네요."

눈빛을 반짝이며 음흉하게 고개를 드는 그를 보며, 나는 얼른 침대 가장자리로 물러났다.

"장난으로 한 말이에요. 그… 그러니까 먼저 다가오지 마요."

그가 한 걸음 다가왔다.

"다가가면 어쩔 테요?"

나는 계속 뒷걸음질을 쳤다.

"그럼 무슨 이상한 짓은 안 하겠다고 약속해요."

그가 웃으며 말했다.

"그게 가능할 거라 생각하오?"

"……."

다음 날 모언은 출정했다. 찬바람이 살을 에는 가운데 나는 성 위에 서서 그를 배웅할 뿐 성문을 나서지 않았다. 그가 빨리 돌아오겠다고 약조했으니 이 또한 이별은 아니었다.

어쩌면 그가 돌아오기 전에 내가 한발 앞서 이 세상을 떠난다 해도 나는 그의 곁으로 돌아오기 위해 노력할 것이다. 서신이 하루가 멀다하고 날아왔고, 하나같이 그의 필적으로 쓰여 있었다. 그렇다면 그는 아직 평안하다는 의미였다. 나의 체력은 하루가 다르게 쇠약해졌고, 근래 들어 청각조차 제대로 역할을 못하기 시작했다. 승전보가 전해지던 날, 호성에는 겨울 들어 처음 눈이 내렸다. 흩날리는 첫눈은 마치 왕성 하늘에 활짝 피어난 하얀 매화처럼 보였다. 눈이 손가락 끝에 내려앉자 살짝 찬 기운이 느껴졌다.

동짓달 27일, 많은 눈이 흩날렸다. 나는 옷을 갖춰 입고 호성 성벽 위에 올라서서 모언의 개선을 기다렸다. 이마 가에는 그가 출정하기 전날 밤처럼 하얀 매화가 그려져 있었다. 부드러운 갖옷 아래로 7척 길이의 물빛 치마가 바닥 위에 길게 넘실거렸다.

높은 성벽 아래로 군신들이 길 양옆으로 쭉 서 있고, 성 밖에 핀 하얀 매화는 눈 속에서 더 활짝 피어났다. 상상에 불과하지만 나는 이미 그 매화의 청량한 향을 맡을 수 있었다.

집숙이 나를 부축하며 계속 돌아가자고 설득을 했다.

"폐하의 어가는 미시나 되어야 성 밖에 도착하는데 이제 겨우 사시巳時가 지났을 뿐입니다. 게다가 이리 큰 눈이 내리니……."

나는 고개를 저었다.

"그는 그 시간보다 앞당겨 돌아올 것이네."

집숙은 믿지 않았으나 달리 설득할 방도가 없었다.

사시 말각末刻이 되자 저 멀리서 들려오는 개선가와 함께 힘찬 행군 소리가 희미하게 귓가를 맴돌았다.

"들었는가?"

그녀가 대답을 하기도 전에 돌길 끝에서 말 한 마리가 질주해 오는 모습이 눈에 들어왔다. 천지간에 다른 소리는 전혀 들리지 않고, 오로지 나를 향해 점점 다가오는 말발굽 소리만이 심장을 치는 것 같았다. 익숙한 모습이 눈 아래 보이자 나는 집숙의 부축을 뿌리치고 치마를 들어 올린 채 성루를 뛰어 내려갔다. 땅에 끌리는 치맛자락이 바람을 타고 춤추듯 펄럭였다. 몸을 돌려 말에서 내린 그가 나를 향해 손을 활짝 펼치는 모습이 보였다. 그 순간 한 줄기 빛이 회백색 구름을 뚫고 땅으로 쏟아져 내리고, 무겁게 쏟아지던 함박눈도 투명한 얼음 꽃으로 변해 깃털처럼 흩날렸다. 나는 그의 품으로 뛰어 들었다. 얼음처럼 차가운 갑옷이 손가락을 스치는 순간 무심코 몸서리가 쳐졌다. 하지만 그의 얼굴을 올려다보니 살짝 여윈 듯한 멋진 얼굴에 안도의 미소가 어려 있고, 그의 눈동자 속에 내가 담겨 있었다.

나는 손을 올려 그의 얼굴을 어루만지고 싶었지만 결국 미간에서 멈추고 말았다.

"내가 제비집 죽을 끓일 줄 알아요. 돌아가서 만들어 줄게요."

그가 입가에 미소를 지으며 내 손을 잡고 자신의 얼굴에 살포시 댔다.

"정말이오?"

번외
진자연 편

　순조롭게 진나라 왕궁에 숨어 들어갈 때까지 이렇게 위험을 감수할 정도로 그를 보러가는 길이 과연 가치 있는 일인지 나로서도 갈등이 적지 않았다.

　자유가 바로 등 뒤에 있고, 한 발자국만 물러서면 바로 끝없이 펼쳐진 넓은 세상이 나를 기다리고 있었다. 그러나 조나라에서 도망치는 길에 우연히 소예에 관한 소식을 듣게 되었고, 고인 물과 같았던 마음에 또 한번 파문이 일어났다.

　나의 자존심은 천 리가 멀다 하고 호성으로 달려가 그를 보고 싶어 하는 내 마음을 인정할 수 없었다. 하지만 가산 한 귀퉁이에 숨어 흩날리는 꽃잎 사이로 걸어오는 그의 모습을 보았을 때부터 내 심장은 의지와 상관없이 빠르게 뛰기 시작했다.

　따사로운 햇살 아래서 검은색 평복을 입은 그의 몸이 살짝 비켜서자 짙은 분홍빛 옷소매가 보이고, 앳된 목소리가 들려왔다.

　"이렇게 예쁜 꽃잎을 땅에 떨어진 채 그냥 두기 너무 아까워요. 아무래도 이걸 다 긁어모아서 바싹 말린 다음에 당신을 위해 꽃향기 가득한 베개를 만들어 줄게요."

　그가 고개를 갸우뚱하며 그녀를 쳐다봤다.

　"오? 당신이 베개에 수도 놓을 줄 알았소?"

여자가 억울하다는 듯 고개를 꼿꼿이 세웠다.

"내가 잘하는 게 얼마나 많다고요! 소의도 내가 안 해서 그렇지 한번 하면 엄청 잘한다고 했거든요? 당신만 내가 아무것도 못 하는 줄 안다고요!"

그가 웃으며 말했다.

"그럼 능력 좋은 소 부인께 한번 들어나 봅시다. 마른 꽃으로 베개를 만들려면 어떻게 해야 하지?"

짙은 분홍빛 긴 치마를 입은 여자는 갑자기 기가 살짝 죽어 고개를 숙였다.

"그게…… 그러니까 집숙이 베개를 준비해 놓으면 내가 마른 꽃잎을 그 안에 넣으면 되고……."

그가 웃음을 터뜨렸다.

"오, 대단한걸."

여자는 토라져서 그를 외면했다.

"이따가 연꽃탕 끓일 때 안에 비상을 집어넣을 줄 알아요."

그가 손을 올려 살짝 옆에 꽂힌 꽃잎 모양의 머리장식을 잘 매만져주었다.

"그럴 수 있겠소?"

가슴 깊은 곳에서부터 시작된 어렴풋한 통증은 마치 맹수에게 물린 것처럼 조금씩 그 강도를 더해갔다. 나는 소예를 좋아했고, 이는 내 손으로 그를 찌르기 전에 이미 분명히 알고 있었던 감정이었다.

지금에 와서도 그때 어떻게 그런 일을 벌였는지 나 자신조차 이해가 되지 않았다. 어쩌면 스스로를 감정에 휘둘리지 않는 완벽한 자객이라 증명해 보이고 싶었던 게 아닐까 싶다.

그런데 내가 칼끝에 인정을 두지 않고 그를 찌를 거라는 사실을 소예는 이미 알고 있었다. 그처럼 영준하고, 영민하며, 시문에 능통하고 풍류를 즐길 줄 아는 사내라면 누구라도 그의 마음을 얻고 싶고, 그의 곁에 머물고 싶기 마련이다. 반면에 그런 그가 당신을 속이려 든다면 누구도 그가 쳐놓은 그물망에서 벗어날 수 없다. 그는 그렇게 무서우리만치 완벽한 사내였지만 그럼에도 그에게 빠져들 수밖에 없었다.

나는 벽산 부근의 작은 마을에서 상처를 치료할 때 정신이 오락가락하는 와중에도 '자연'을 부르던 그를 기억하고 있다. 어쩌면 그때 그가 내 이름을 불러줬기 때문에 이제까지도 그와의 악연을 끊지 못하고 있는지도 모르겠다.

그런데 나중에야 그가 창밖에서 몰래 훔쳐보던 나를 발견하고 이름을 불렀다는 사실을 알게 되었다. 한마디로 그 또한 철저히 계산된 행동이었다. 그를 찌른 후 아주 오랜 시간 동안 나는 그가 정말 나와 사랑에 빠졌다고 생각했었다. 한 나라의 세자가 자객의 칼에 찔리고도 별다른 반응을 보이지 않았으니, 나를 용서한다는 의미가 아니면 달리 해석할 방도가 없었다.

하지만 그의 곁에 있던 군불이라는 여인을 납치해 오고 나서야 그가 내게 어떤 조치도 취하지 않았던 이유가 단지 때가 되지 않았기 때문이었다는 것을 알게 되었다. 이번 대국에서 그는 모두의 상상을 뒤엎을 만큼 초강수를 두었다. 알아챘을 때는 이미 그에게 대적할 수가 전혀 남아 있지 않은 상태였다. 그리고 그에게 나는 처음부터 끝까지 대국을 완성하기 위한 하나의 바둑돌에 불과했다.

자고이래로 군왕의 자리에 오른 자들은 모두 대사를 도모함에 있어 늘 고충이 따르기 마련이었다. 높은 곳에서 홀로 추위를 감당해야 하는 왕좌의 자리에서 그들 역시 쓸쓸하고 고독한 그 인생이 몸서리치게 싫을 때가 생긴다. 그럴 때마다 스스로를 과인이라고 부르는 자조 섞인 목소리에 슬픔이 배어나온다. 그러나 소예는 달랐다. 이 세상에 왕좌에 오르기 위해 태어난, 하늘이 내린 왕이 있다면 그가 바로 소예였다. 그는 누구보다 강인하고 냉혹할 뿐 아니라 원하는 바를 얻기 위해 참고 때를 기다릴 줄 아는 진중한 사내였다.

나는 소예 같은 사람이 진심으로 누군가를 사랑하게 되리라고는 믿지 않았다. 그날 그는 한 치의 주저함도 없이 나를 밀치고 산속 동굴로 뛰어 들어가 그곳으로 떨어진 군불을 구하러 갔다. 나는 속으로 그가 연기를 하는 것뿐이라고 말하며 위안을 삼았다. 얼마 전 우연한 기회에 군불이 화서인의 비술을 품고 있다는 사실을 알고 나는 안도의 한숨을 내쉬었다. 심지어 그가 그녀를 쫓아간 것도 동쪽 땅에서 사라진 지 오래된 화서인을 손에 넣기 위해서라고 억측도 해보았다.

하지만 모든 일이 내가 원하는 대로 흘러간다 해도 이 또한 나와 무슨 상관이 있을까? 그는 지금까지 나를 마음에 둔 적이 없었다. 또한 이제까지 나와 그 사이에서는 관계를 발전시킬 수 있는 어떠한 계기도 찾을 수 없었다. 그렇다면 그가 그녀를 좋아하지 않는다고 해서 기뻐할 이유도 없는 셈이었다.

나는 내가 어떻게 해야 하는지 알고 있었다. 하지만 그를 향한 끊을 수 없는 미련은 아무리 애를 써도 사라지지 않았기에 나를 더 고통스럽게 만들었다.

조나라에서 도망쳐 나온 그날 밤, 나는 이생에서 다시는 소예와 엮이는 일을 하지 않겠다고 스스로에게 다짐했다. 이 사내에게 나는 단지 대국의 판도를 유리하게 끌고 가기 위해 적시적소에 놓을 바둑돌에 지나지 않았다.

하물며 우리가 다시 만난 후에도 그는 나에게 우리의 관계를 진전시킬 만한 그 어떤 언질도 해주지 않았다. 나는 그런 사내 때문에 스스로를 망가뜨릴 수 없었다. 하지만 이렇게 모질게 내린 결심도 생각지 못한 곳에서 일격에 무너지고 말았다.

조나라에서 도망쳐 나오는 길에 그가 새로 맞은 왕후의 복을 기원하기 위해 한 달 사이에 연이어 세 번이나 대사면령을 내렸다는 소문을 듣게 되었다. 지금까지 꾹 참고 눌러왔던 감정이 마치 굶주린 맹수가 한순간 방심한 사이에 미친 듯이 날뛰며 덤벼드는 것처럼 폭발하고 말았다. 인간의 감정은 세상에서 가장 무서운 마귀와도 같다. 마음속에서 이미 죽였다고 생각하지만 사실 마귀는 어딘가에 잠복한 채 때를 기다리고 있는 것뿐이다. 먼 길을 돌아 내 발걸음은 어느새 호성을 향하고 있었다.

나는 도대체 무엇을 원하는 것일까? 그를 보고 싶은 걸까? 아니면 그의 왕후를 보고 싶은 걸까? 그렇다고 한들 내 마음을 접을 수 있을까?

그가 선택한 여인은 어떤 사람일까? 세상에 둘도 없을 만큼 아름답고 매혹적일까?

내 머릿속에 수도 없는 생각이 떠올랐다 사라졌다.

하지만 수백 번을 생각해도 답은 나오지 않았다. 지금까지 나는 소예에 대해 누구보다 잘 안다고 자신했지만 종잡을 수 없는 것이 사람의 마음 아니던가. 군불, 그가 왕후로 맞은 여인은 뜻밖에도 군불이었다.

그녀를 바라보는 그의 눈동자를 보는 순간 마음속에서 분노가 치밀어 올랐다. 분명히 그녀와 나는 똑같이 그가 이용할 만한 가치가 있었다. 그런데 왜 나만 철저히 이용하고 버린 것일까? 그녀를 선택했던 그가 왜 나는 선택할 수 없었던 걸까?

그녀는 누가 봐도 경국지색이었다. 하지만 저 애교 넘치는 앳된 여인에게 아름다운 외모 말고 또 무엇이 있단 말인가! 손톱이 손바닥을 파고들자 통증이 전해졌다. 나는 어두운 곳에 숨어 적개심을 불태웠다.

그녀를 죽이고 싶다.

순간적으로 든 생각에 불과했지만 누군가 주술이라도 쓰는 양 조금씩 머릿속을 파고 들어와 쫓아낼 수가 없었다. 마치 활활 타오르는 큰불이 나를 송두리째 덮쳐버린 듯 옴짝달싹 못했다.

소예는 군불 곁에서 오래 머물지 못했다. 뒤이어 하얀 옷의 사내가 나타났고, 그녀 곁으로 다가와 시중을 드는 여인이 보였다. 그녀는 소예가 가장 신임하는 호위무사 사사四使 중 하나인 집숙이었다. 삼백 명의 호위무사로 이루어진 사사 내에서 그녀는 유일한 여인이었고, 공개적으로 얼굴을 드러낸 채 군불을 모셨다.

내가 군불을 죽이고 싶다 해도 지금은 신중해야 할 때였다. 군불은 하얀 옷의 사내를 군위라고 불렀다. 궁중 법도상 가족이나 친척이 아닌 이상 후궁전 한복판에 낯선 남자가 출입할 수 없고, 소예에게 후궁은 군불 한 명뿐이었다. 그렇다면 그는 그녀의 오라버니일 가능성이 컸다.

나는 발각되지 않도록 조심하며 좀 더 가까이 다가갔다.

군불은 손에 물고기 먹이를 들고 있었다. 소문에 듣던 대로 안색이 좋지 않았지만 표정은 웃고 있었다. 그들이 좀 전까지 무슨 이야기를 했는지 모르겠지만 지금 듣기로는 그녀의 목소리가 무척 득의양양했다.

"예전에는 무대에서 연기하는 이들이 어떻게 맘만 먹으면 그렇게 눈물을 바로바로 흘리는지 신기했거든. 근데 얼마 전에 모언이 내가 심심해할까 봐 창극을 아주 잘하는 사람을 불러줘서 그 비법을 제대로 배웠어. 알고 보니 그리 어려운 게 아니었어."

군위라 불린 사내가 그녀의 손에서 물고기 먹이를 건네받았다.

"창극을 할 것도 아니면서 그런 건 배워서 뭐하려고?"

그녀는 더욱 우쭐거리는 표정을 지었고, 말하는 억양마저 살짝 높아졌다.

"내가 울어야 모언이 당황해서 내 말을 다 들어주거든. 모언이 평소 내게 어떻게 못 살게 구는지 너도 알잖아? 이번 참에……."

나도 모르게 주먹을 불끈 쥐었는지 손톱이 또 손바닥을 파고들었다. 눈물로 사내의 마음을 사로잡을 수 있다고 생각하다니 정말이지 순진하기 짝이 없었다.

군위가 미간을 찌푸리며 그녀의 말을 끊었다.

"그건 네가 걱정돼서 그런 거 아니겠어? 네가 어디로 튈 줄 모르니까 걱정스러워서 더 그런 거지. 그를 좋아하잖아? 누군가를 좋아하면 무슨 수를 써서라도 그 사람의 마음을 편하게 해줘야지. 걱정만 시키는 게 아니라."

긴 침묵이 이어지자 집숙이 입을 열었다.

"군 공자……."

그녀의 말이 끝나기도 전에 군불이 손을 들어 저지했다.

비록 군위에게 한 소리 듣기는 했지만 그녀의 얼굴에는 지금까지 한 번도 본 적 없는 환한 미소가 떠올랐다. 그 미소에는 세상 때가 전혀 묻지 않은 순수함이 배어 있었고, 현실감이 없을 만큼 아름다웠다.

뒤이어 그녀는 선뜻 이해가 가지 않는 말들을 꺼냈다.

"그 사람은 내가 가짜로 운다는 걸 알면서도 늘 모르는 척 기꺼이 내 기분을 맞춰주지. 그는 내가 자기를 화나게 만들고 짓궂은 장난도 쳐야 안심이 되나 봐. 내가 화낼 기력조차 없다면 걱정부터 앞서겠지. 그런데 그가 무슨 일이든 내 말대로 해주는 걸 보면 나도 너무 기분이 좋아."

그 순간 그녀의 이 말이 내 귓가에 계속해서 맴돌았다.

"내가 그를 화나게 만들어줘야 안심이 되나 봐."

방금 전까지 고작 철없는 짓이라고 치부했던 일들이 내 예상과 전혀 다르게 흘러가고 있었다. 소예가 정말 그렇게 생각한단 말인가? 그녀의 말이 설마 사실일까? 만약 진짜라면 그녀는 그의 마음을 또 어떻게 알았을까?

군불의 몇 마디 속에 존재하는 사람은 내가 아는 사람과 전혀 다른 낯선 인물이었다. 그동안 내 마음속에 담아 두었던 소예의 모습이 모두 거짓은 아닌지 의심이 들 정도였다.

군위는 잠시 앉아 있다 돌아갔고, 소예가 반 시진 만에 다시 그녀 곁으로 왔다. 나는 이렇게 숨어서 그들을 훔쳐보는 것이 무슨 의미가 있는지 회의가 들었다. 이곳에 올 때 가슴속에 맺혀 있던 마음의 응어리가 여전히 풀리지 않고 있었다.

조정의 신하들이 올린 상주문을 잔뜩 싸안은 환관과 함께 온 그는 군불의 곁에서 물고기들의 먹이를 준 후, 환관이 먹을 가는 동안 붓을 들고 상주문을 펼쳤다. 집숙은 탕약을 들고 와 돌로 만든 탁자 위에 놓았다. 군불은 먹기 싫은 듯 우물쭈물하며 탕약이 든 사발을 집어 들었다.

마음속에 오만가지 감정이 뒤엉켜 소용돌이쳤다. 마치 준마가 고비 사막을 질주하며 일으키는 모래바람 같기도 했다.

만약 내가 현명했다면 즉시 이곳을 떠났어야 했다. 그때 내 손으로 소예를 찌른 그 순간부터 우리는 함께할 수 없게 되었다. 그의 손을 놓으려면 칼같이 인연의 끈을 잘라내야 하고, 질질 끌수록 서로에게 추한 모습만 보일 뿐이다.

다만 이런 생각은 머릿속에서만 맴돌 뿐 내 몸은 정반대로 행동하고 있었다. 나는 그와 그녀가 어떻게 지내는지, 그녀가 나보다 나은 점이 무엇인지, 과연 소예가 마음을 줄 만한 여인인지 알고 싶어졌다. 그조차도 사랑에 빠지는 다른 사내들처럼 정신을 차리지 못할 만큼 그녀의 유혹에 빠져든 것일까? 나는 그가 그녀를 어느 정도까지 좋아하는지도 알고 싶었다.

정자 주위로 정적이 흐르면서 가능한 한 가까이 다가가면 소예가 종이 위로 붓을 놀리는 미세한 소리까지 들릴 정도였다. 군불은 미간을 찌푸리며 손에 든 탕약 사발을 한참 동안 노려보다,

정자 가장자리로 자리를 옮겨 사발을 난간 위에 조심스레 올려
놓았다.

소예는 고개를 숙인 채 일을 처리하며 그녀에게 물었다.

"뭐 하는 거요?"

그 순간 그녀의 팔이 움찔했다.

"……너무 뜨거워서 좀 식히려고요."

그는 더 이상 묻지 않고 계속해서 상주문을 읽어 내려갔다. 집
숙이 차를 들고 오자 그는 확인이 끝난 상주문을 분류해서 정리
하도록 지시했다. 군불은 난간 옆에 서서 거무스름한 탕약을 뚫
어져라 쳐다보았다. 그러다 홀연 손을 내밀어 재빨리 사발을 들
더니 몰래 탕약을 물에 쏟아 버렸다.

나지막하게 들리던 대화가 돌연 멈추고, 그가 가라앉은 목소
리로 물었다.

"약은 어디 있소?"

그녀가 사발을 들고 뒤돌아보았다.

"……다 마셨어요."

그는 붓을 내려놓았다.

"그럼 방금 그 소리는 무엇이었지?"

당황한 기색은 어느새 사라지고 그녀가 안면몰수하며 말했다.

"물고기 먹이를 뿌리는 소리였어요. 물고기 먹이를 한꺼번에
물 위로 뿌렸거든요."

그가 자리에서 일어나 난간으로 다가가 호수를 내려다봤다.

"……물이 검게 변했군."

거짓말이 들통나버리자 그녀는 우물거리며 투정을 부렸다.

"……왜 약을 꼭 먹어야 하죠? 아무리 비술사가 달인 약이라 해도 내 몸이 좋아질 리 없다는 걸 당신도 잘 알잖아요. 마셔 봤자…… 나을 리 없어요."

그가 미간을 찡그렸다.

"쓴 약이 싫어서 그러는 것도 아니면서 왜 매번……."

그녀가 그의 말을 끊어버렸다.

"하지만 내가 얼마나 상상력이 풍부한지 알잖아요? 물론 쓴맛을 못 느끼기는 하지만 느낌이 아주 좋지 않단 말이에요. 애벌레를 먹어도 아무 문제가 없고 몸에 좋다고 해도, 애벌레 한 접시를 당신 상에 올리면 과연 먹을 수 있겠어요?"

집숙이 이미 주전자에 든 탕약을 사발에 다시 채워 넣어 그에게 건넸다. 그녀는 눈썹을 찡그린 채 탕약을 외면하고 딴청을 부렸다. 그러자 그가 사발을 입에 대더니 단숨에 반을 마셔버렸다.

그가 남은 탕약을 그녀의 입가에 대자 그녀는 아기 새처럼 입을 벌려 눈을 동그랗게 뜨고 남은 약을 다 마셔버렸다. 그가 손을 내밀어 그녀의 입가에 묻은 탕약을 닦아주었다.

"내가 옆에서 먹여 주니 기분이 좋지 않소?"

그녀가 그를 힐끗 노려보더니 헛기침을 하며 고개를 숙였다.

"조금, 아주 조금 좋았어요."

그가 느긋한 표정으로 그녀를 바라보았다.

"다음에 또 말썽을 피우면 그때는 내가 직접 먹여주겠소."

그녀의 얼굴이 살짝 붉게 물들었다. 뒤이어 무슨 말을 했지만 잘 들리지 않았고 입 모양으로 미루어 짐작할 수밖에 없었다.

"그게 뭐 대단하다고. 그래요, 다음에 또 말썽을 피워줄 테니 어디 한번 해보시든지요."

그의 웃음소리가 들렸다.

"그럼 애벌레를 더 추가해서 약을 달여 주리다. 어떻소?"

그를 향한 나의 마음은 내가 단지 그의 손에 쥔 바둑돌에 불과하다는 사실을 알았을 때 꽁꽁 얼어붙어 더 이상 무엇을 봐도 상관없을 줄 알았다. 그런데 군불을 향한 그의 미소와 그녀의 이마를 짚어 보는 따스한 손길을 보는 순간 쇠몽둥이로 뒤통수를 세게 얻어맞은 듯 엄청난 충격과 슬픔이 몰려왔다.

지금 이곳에 내가 모르는 소예가 살고 있었다.

내가 그토록 연모했던 소예는 냉정하고, 쉽게 마음을 주지 않는 그런 사람이었다. 이제까지 호의를 베풀면서도 늘 가까이 다가오기보다 적절한 거리를 유지했다. 그때는 그런 그의 모습이 어릴 적부터 권위를 지키며 살아왔던 탓이라고 치부해버렸다. 그런데 지금 생각해 보니 그 또한 연기가 아니었을까 의심이 들기 시작했다. 그것이 연기였다면 당연히 나와의 거리를 유지해야 했을 테고, 모든 말과 행동이 계산에서 나왔을 터였다.

원래는 그도 저렇게 환한 웃음을 지을 줄 알고, 온 세상이 그녀를 중심으로 돌아가는 양 온 마음으로 사랑하는 여인을 대할 줄 아는 그런 사람이었다.

나는 이름 모를 거대한 꽃나무 뒤에 홀로 숨어 혼란스러운 마음에서 헤어날 수 없었다. 어느새 경계심이 풀려 누군가 다가오는 기척조차 알아채지 못했다.

인기척을 느끼자마자 본능적으로 나를 겨냥해 날아오는 날카로운 칼날을 피했고, 고개를 드는 순간 집숙의 얼굴이 보였다. 칼끝은 아슬아슬하게 비껴가 있었다. 그녀가 공격을 멈추고 담담하게 말했다.

"폐하께서 부인의 복을 기원하기 위해 당분간 살생을 금하지 않으셨다면 진 낭자는 아마 지금쯤 살아남지 못했을 것입니다."

나는 놀란 눈으로 그녀를 쳐다봤다.

"그 말은 폐하께서 이미 내 존재를 눈치챘다는 건가요?"

그녀는 대답하지 않은 채 나를 위아래로 훑어보았다.

"낭자가 그때 폐하의 몸에 깊은 상처를 남겼지만 폐하께서는 자비를 베풀어 더 이상 당신의 죄를 추궁하지 않으실 겁니다. 하지만 진나라 왕궁은 이미 낭자가 함부로 발을 들여놓을 수 있는 곳이 아니니 어서 돌아가십시오."

나는 소예가 자비를 베풀어 나를 풀어주는 것이 내게 남은 미련 때문이라고 믿고 싶었다. 하지만 나는 그에게 아무것도 아니었고, 단지 진나라가 조나라와 회맹을 할 때 강나라가 모든 일의 주모자임을 증명하는 바둑돌에 불과했다.

사실 지금에 와서까지 단념하지 않고 매달린다 한들 무슨 의미가 있겠는가?

나는 이생에서 예상치도 못한 뜻밖의 오점을 두 번이나 남겼고, 두 번 다 소예와 관련이 있었다.

한 남자의 곁에서 그렇게 오랜 시간을 함께 했는데도 그의 진짜 모습조차 알아볼 수 없었다. 또한 분명 한 남자를 속이기 위해 접근했지만, 결과적으로 그에게 철저히 속고 말았다.

아마도 언젠가 나는 그를 잊어버릴 터였다. 그것이 사랑 때문이든 증오 때문이든 상관없다. 어쨌든 그때가 되면 나를 마음으로 아껴주는 그런 사람을 찾게 될지도 모를 일이다. 나는 진심으로 그런 사람을 찾고 싶어졌다. 그렇게 되면 단순하면서도 행복한 인생을 살 수 있을 듯하다.

마지막으로 위용이 넘치는 왕궁을 바라보았다. 석양이 물든 하늘 아래서 그곳은 신비로울 만큼 아름다운 빛을 띠었다. 잘 있어라, 호성. 잘 있어요, 소예.

번외
소예 편

7년의 세월은 눈 깜짝할 사이에 흘러갔다. 도산은 온통 푸른빛을 띠며 여전히 수려한 장관을 이루고 있었지만 안개비가 산 전체를 자욱하게 휘감아 운치가 넘치면서도 스산하게 느껴졌다.

이곳은 진나라의 성스러운 기운이 깃든 명산이자 역대 왕들의 왕릉이 모셔진 곳이기도 했다.

그는 대나무 우산을 받쳐 들고 왕릉 앞에 우두커니 서 있었다. 그의 가늘고 긴 손가락이 우뚝 솟은 석비 위에 닿았고, 옷소매는 비를 맞아 물에 젖은 흔적이 희미하게 드러났다.

왕릉 앞에 놓인 사자 석상은 위엄이 넘쳤다. 이 석상은 7년 전 그녀가 직접 그린 그림을 석공에게 맡겨 조각한 것이었다. 묘 앞에 울창하게 자란 월계수 나무는 꽃이 피려는 듯 방울 같은 꽃망울이 맺혀 있었다.

이곳은 그와 그녀가 함께 묻힐 제왕의 무덤이었다. 하지만 그녀는 이미 홀로 관 속으로 들어가 7년 동안 긴 잠을 자고 있다.

그녀가 그를 떠나간 지 벌써 7년의 세월이 흘렀다.

22년 전 그는 직접 강나라 정벌전을 이끌었지만 화서인이 봉인된 또 다른 교주는 끝내 얻지 못했다. 하지만 그는 그녀를 안심시키기 위해 그 사실을 알리지 않았다. 비록 교주를 찾는 데 실패했지만 다행히 한 가지 성과는 있었다. 강나라 땅에서 그는 오랜 세월 속세를 떠나 은거하던 비술사를 찾아 데리고 돌아왔다. 그는 그의 어머니와 알고 지내던 벗이었고, 오래전에 사라진 수많은 금술禁術에 대해 잘 알고 있는 유일한 인물이었다.

백발이 성성한 비술사는 그를 쳐다보며 차마 말하기 힘든 듯 선뜻 입을 열지 못했다.

"모용안의 피를 이어받았으니 왕께서도 기이한 운명을 타고난 게지요. 그러니 지금 절 찾아와 명을 연장시키는 금술을 청하는 것이 아니겠습니까? 하지만 아무리 길어도 고작 15년의 수명만을 나눠줄 수 있을 뿐입니다. 왕께서는 대업을 이루셔야 하는 분이니 몇 년의 수명을 나눠줄지 신중하게 생각하셔야 하옵니다."

그의 생각은 단호했다. 그는 그녀가 살아서 그의 곁에 있기를 원했고, 살아서는 같은 이불을 덮고, 죽어서도 같은 능에 묻히기를 바랐다.

그는 평생 동안 사람의 심리를 철저히 분석하여 그들의 행동을 예측하며 살아왔다. 그렇다 보니 인간 세상은 바둑판에 불과했고, 그 안에서 움직이는 사람의 마음은 늘 그의 예상을 벗어나지 않았다. 당사자보다 제삼자가 돌아가는 상황을 더 정확히 안다는 말처럼, 온갖 방법을 강구해 그에게 접근하는 사람들이 마음속으로 무슨 음모를 꾸미고 있는지 그보다 더욱 잘 아는 사람은 드물었다. 바둑판 안의 대세는 그의 손안에 있었고, 그는 모든 상황을 자신에게 유리하게 이끌어갔다. 이것은 그가 일곱 살 때부터 깨닫고 실천했던 처세술이기도 했다.

이생에서 그가 만났던 수많은 사람 중 오로지 그녀만이 가장 특별했다. 그녀는 영리하고, 선량하고, 순수하고, 아름다웠다. 어린 소녀가 첫눈에 반한 그의 흔적을 찾아 멀고 험한 길을 마다하지 않았고, 오로지 한마음으로 그와의 혼인을 간절히 바랐다. 그렇게 여린 몸으로 그를 세상의 전부라 생각하며 귀히 여기고 지켜주려 했다. 그녀는 조건 없이 자신의 모든 것을 그에게 주고 싶어 했으며, 이것은 세상에서 가장 순수한 감정이었다.

사실 그도 그녀를 진나라 왕궁으로 데리고 가야 하는지 선뜻 내키지 않아 주저한 적이 있었다. 그녀는 생기발랄한 작은 멧새처럼 푸른 하늘을 자유롭게 날아다녀야 어울렸다. 그는 행복과 기쁨을 향한 그녀의 작은 날갯짓을 멈추게 하고 싶지 않았다. 그러나 왕궁은 거대한 새장과 다를 바 없고 자유를 갈망하는 작은 새는 그곳에서 분명 조금씩 생기를 잃어 갈 터였다. 그러다 그녀가 진자연에게 납치되던 그날, 그는 퍼붓는 빗속을 뚫고 그녀를 찾아 나섰고 어두운 곳에 숨어 먹잇감을 노리고 있는 호랑이의 초록빛 눈동자가 그녀에게 향해 있는 것을 보았다. 부들부들 떨리는 손으로 움켜쥔 날카로운 단도가 그녀의 가슴을 겨누고 있었다. 순간 하늘에서 떨어지는 빗줄기가 비수처럼 심장을 난도질하며 말로 형용할 수 없는 통증이 느껴졌다. 그 순간이 되어서야 그는 자신에게 더 이상 선택의 여지가 없다는 것을 깨달았다. 그는 그녀를 놓칠 수 없었고, 그녀를 곁에 두고 평생을 지켜주고 싶었다. 예전에는 왕궁이 단지 얼음으로 만든 새장과도 같아 그녀를 그 안에 가둬두고 싶지 않았다면, 이제는 그녀가 맘껏 노닐 수 있는 푸른 하늘과 바다처럼 그곳을 만들어서라도 그녀와 함께하고 싶어졌다. 예전에 그는 세상에 딱 두 종류의 사람이 있고, 결국 그들은 왕이 되거나 역적이 되는 선택의 기로에 서게 된다고 여겼다. 그는 대세의 주도권을 잡기 위해 강해질 수밖에 없었다. 그리고 그것을 당연한 숙명처럼 받아들였다. 그러나 한 치 앞도 볼 수 없을 만큼 쏟아지는 빗속을 뚫고 달려가 등 뒤에서 그녀를 껴안는 순간, 태어나서 처음으로 자신이 더 강해져야 하는 이유를 깨닫게 되었다. 그 순간 그는 품 안에 있는 그녀를 선택했고 그녀를 지키기로 결심했다. 그리고 그녀가 아무 근심 걱정 없이 오래도록 평안하게 만들려면 그가 먼저 누구보다 강해져야 했다.

그러나 모든 것은 그의 마음속 바람에 불과했다. 무서운 기세로 몰려오는 운명의 파도를 누가 막을 수 있겠는가? 15년, 그는 그녀에게 단지 15년의 수명만을 나눠줄 수 있을 뿐이었다. 그 이상은 단 일 년도 허용되지 않았다. 애써 거짓말로 에둘러 말하며 그녀를 안심시켜 봤지만 과연 믿어줄지 확신이 없었다. 다행히 그녀는 그의 말을 철석같이 믿어 주었다. 그렇게 영민한 여인이 그가 하는 말이라면 무엇이든 한 치의 의심도 없이 믿었다. 자신이 정말 좋은 운을 타고나 모든 악재가 사라졌고, 백 세까지 장수하며 백년해로한다는 말을 곧이곧대로 믿었다. 붉은 종이에 혼인서약서를 쓰고 난 후에는 화사한 햇살 아래서 아이처럼 좋아하며 귀여운 협박을 하기도 했다.

"앞으로 나한테 잘못하면 내가 당신을 쫓아낼 줄 알아요."

그녀는 기가 막힌 듯 웃고 있는 그를 보며 사랑스럽게 그의 목을 끌어안고 속삭였다.

"평생 나한테 잘해야 해요. 그래야 우리가 쭉 함께할 수 있어요. 백 년, 이백 년, 삼백 년."

그녀는 손가락을 하나하나 꼽아가며 즐거워했다.

"대대손손 함께 살아요."

한마디 한마디가 지금도 눈에 선했고, 그 기억들을 떠올릴 때마다 가늘고 긴 바늘이 심장을 서서히 뚫고 지나가는 듯 몸서리쳐지게 고통스러웠다.

비가 지나간 후 구름이 걷히고 붉은 노을이 하늘을 물들여갔다. 석상 위에 이미 도자기로 만든 술병이 여러 개 올라가 있었다. 왕릉에서 멀지 않은 곳에 있는 천층탑千層塔에서 희미하게 들려오는 방울 소리가 마치 그녀의 웃음소리처럼 점점 어둑어둑해지는 저녁하늘 속에서 메아리쳤다. 석상 위에 놓인 여러 개의 하얀 매화 다발은 작년 겨울에 딴 것으로 그윽한 향기가 취기를 더 돋우는 듯했다. 그는 손을 들어 이마를 문지르다 문득 그날을 떠올렸다.

그날 그는 그녀의 침대 가장자리에 누워 잠시 쉬며 그녀가 자신의 수명을 나눠주는 주술에서 깨어나기만을 불안한 마음으로 기다렸다. 얼마 후 그는 깨어날 때가 됐다 싶어 일어나 그녀를 살피려 했다.

아직 눈을 뜨기도 전에 입가가 간질거리는 느낌이 들었다. 살짝 실눈을 떠보니 얼굴 가까이 와 있는 그녀의 얼굴이 보였다. 그녀의 손이 그의 입가를 살며시 어루만졌다. 감은 눈 위로 기다란 속눈썹이 살포시 흔들리고, 혈색이 도는 입술이 조금씩 그에게 다가왔다. 예전에도 수없이 입맞춤을 했었지만 단 한 번도 그녀의 숨결을 느낀 적은 없었다. 그러나 이 순간 놀랍게도 그녀의 호흡이 느껴졌다. 과연 비술사의 말대로 그녀는 정말 살아 돌아왔다.

그는 그녀가 몰래 입을 맞추기를 기다렸다.

따뜻한 입술이 마치 잠자리가 수면을 건드리고 날아오르듯 살짝 입맞춤을 하고 떨어져 나갔다. 그녀가 눈을 뜨려는 찰나 그는 얼른 눈을 감고 자는 척을 했다. 그 와중에도 자신을 자세히 살피는 그녀의 뜨거운 시선이 느껴졌다. 그녀는 그가 알아채지 못했다고 생각한 모양인지 다시 몰래 한 번, 두 번, 세 번, 네 번 입을 맞췄다.

마지막으로 입술이 떨어질 때 그가 갑자기 그녀를 와락 끌어안았다. 그녀는 깜짝 놀라 얼굴이 순식간에 빨갛게 달아올랐고, 시선을 어디에 둬야 할지 모른 채 두리번거리다 문득 무언가 떠오른 듯 코를 비비며 도리어 화를 냈다.

"지금 자는 척했죠!"

그가 웃으며 말했다.

"그러는 당신은 내가 잠든 틈을 타서 뭘 한 거지?"

그녀의 눈빛이 흔들리더니 이내 헛기침을 한 후 가슴을 문지르며 말을 돌렸다.

"그건 그렇고 이 교주가 정말 대단하긴 하네요. 이렇게 숨을 쉴 수 있게 됐으니 말이에요."

그녀는 숨을 깊이 한번 들이마셨다 뱉었다.

"게다가 오늘 아침에 피운 향이 무슨 냄새인지도 알겠어요."

그녀가 그의 손을 잡았다.

"더 굉장한 건 감각이 살아났어요. 당신 손을 잡으면 이게 손이라는 것이 아주 또렷하게 느껴져요."

그녀는 이 모든 사실이 믿기지 않는 양 연신 감탄을 쏟아냈다.

"이런 게 정말 전화위복 아닐까요?"

그는 그녀를 쳐다보더니 손가락에 깍지를 끼고 농담처럼 그녀를 놀렸다.

"말 돌리는 기술이 영 어설프니 좀 더 연마해야겠소만?"

그녀가 말문이 막힌 듯 고개를 숙이고 우물거렸다.

"내가 방금 당신에게 입 맞춘 걸 인정하란 말로 들리는데…."

그러다 돌연 태도를 바꿔 고개를 바짝 들고 뻔뻔하게 나왔다.

"그래요! 내가 했어요. 몰래 입맞춤 좀 했기로서니 뭐가 잘못됐어요? 나는 그냥 당신이 어떤 느낌인지 궁금해서 한번 해 본 건데, 그것도 안 돼요?"

애써 아무렇지 않은 척하지만 점점 얼굴이 빨개지는 그녀를 보며, 그는 웃음을 거두고 일부러 진지한 척을 했다.

"한 번이 아닌 거 같은데? 대충 다섯 번이지 아마?"

그녀는 손으로 이불을 움켜쥐고 조용히 뒤로 몸을 빼 경계하며 말했다.

"뭘 하려는 거죠?"

그가 그녀의 손을 꼭 쥐고 예고도 없이 다가와 거침없이 입을 맞췄다. 그녀는 그의 품에서 거친 숨을 몰아쉬었고, 매달려 안겨 있는 손에 힘이 들어가면서 손가락이 그의 등을 파고들었다. 그녀를 풀어주자 그녀의 얼굴이 부끄러운 듯 발그레하게 물들었다. 그러면서도 뭔가 억울한 모양인지 그를 노려보며 트집을 잡았다.

"나는 이렇게까지 오래하지 않았거든요. 내가 손해봤어요!"

그가 웃으며 그녀를 바라보더니 태연하게 반박을 했다.

"그게 그렇게 억울하면 당신도 잇속을 차리면 되지 않겠소?"

그 순간 그녀의 벌어진 입이 다물어질 줄 몰랐다. 뒤이어 그녀는 새빨갛게 달아오른 얼굴로 그의 입술을 한참 동안 바라보다 얼굴을 돌리더니 말을 더듬거렸다.

"돼, 됐어요! 그런 잇속은 안 차려도 될 것 같아요."

그는 그녀를 어떻게 다뤄야 하는지 누구보다 잘 알고 있었다. 그녀의 불안, 머뭇거림, 당황, 수줍음이 교차하는 표정을 바라보면 그는 더 놀리고 싶어 참을 수가 없었다. 사람들은 모두 그녀가 얼핏 보기에 순진하고 어수룩해 보여도 범접할 수 없는 지혜를 가지고 있다고 했다. 그 말이 딱 맞아떨어지는 듯싶기도 했다. 그렇지 않으면 어떻게 늘 그렇게 속을 수 있는지 신기할 정도였다. 하지만 때때로 그녀는 기발한 생각으로 그를 당황스럽게 만들었다. 그는 어떻게 대답을 해야 할지, 웃어야 할지 울어야 할지 기가 막힐 따름이었다.

그해 겨울 눈 오던 밤에 그는 며칠 밤낮으로 정무에 바빠 몸을 제대로 돌보지 못했고 결국 감기에 걸리고 말았다. 그는 그녀에게 감기를 옮길까 봐 홀로 태화전에서 잠을 청했다. 그런데 잠이 깊이 들려는 찰나 바스락거리는 소리가 어렴풋이 들리더니 얼마 후 따스하고 부드러운 물체가 그의 품 안으로 미끄러지듯 들어왔다. 환관이 휘장 밖에 밝히고 간 촛불은 이미 꺼져 있었다. 그는 몰려오는 잠을 애써 쫓으며 힘겹게 눈을 떴다. 휘장이 걷힌 사이로 달빛이 새어 들어왔다. 그녀가 옆으로 누워 그의 이마에 손을 댔다.

"음, 열은 없네요."

그가 깨어난 것을 보고도 그녀의 손은 여전히 이마에서 떠날 줄을 몰랐다.

"걱정 말아요. 내가 보살펴 줄 테니."

그가 장난스럽게 타박을 했다.

"자기 한 몸도 제대로 못 챙기는 사람이 내 병간호를 하러 왔다는 거요?"

그녀는 아무런 반박도 하지 않은 채 그에게 바짝 기대 누워 이불을 단단히 덮었다.

"의원이 그러는데 한밤중에 오한이 나기 쉽다고 했어요. 그래서 이불을 여러 장 준비해 두었다고 들었어요. 그 말을 듣고 나니 혹시 당신이 자다가 이불을 걷어차기라도 하면 어쩌나 걱정이 되더라구요. 그래서 따뜻하게 해주려고 온 거예요."

그녀는 따뜻한 두 손을 그의 옷 속에 넣어 가슴을 쓸어내리며 그럴싸한 진단을 내렸다.

"이 정도 열이면 정상 같아요. 그래도 한밤중에 오한이 나면 나를 깨워요. 알았죠?"

그가 그녀의 못된 손을 잡으며 물었다.

"깨도 안 일어나면 어쩌지?"

그녀가 곰곰이 생각한 후 대답했다.

"그럼 여러 번 더 깨워야죠."

그가 영 믿음이 안 가는 듯 다시 물었다.

"그래도 안 되면?"

그녀가 한참을 고심하며 선뜻 대답을 하지 못했다. 그사이 그녀의 얼굴에 고뇌, 결연, 침통 등 다양한 표정이 번갈아 가며 나타났다. 얼마 후 그녀가 어쩔 수 없다는 듯 결연하게 대답했다.

"그럴 땐 발로 차서 나를 떨어뜨려요. 그럼 놀라서 깨지 않겠어요?"

그리고 걱정이 되는지 한마디 더 보탰다.

"근데 살살 차야 해요. 연약한 여인을 함부로 세게 찼다가 무슨 일이라도 생기면 어떡해요."

"……."

이처럼 그녀는 좋은 아내가 되기 위해 나름대로 노력했고, 열과 성을 다해서 그를 잘 보살피려고 애를 썼다. 그리고 그가 없다고 생각되면 소황에게 몰래 고민을 털어놓았다.

"이 교주는 예전 교주랑 확실히 달라. 어쩌면 이 교주 덕에 내가 불로장생할지도 모르겠어. 근데 그렇게 되면 모언이 백 살이 된 후 나는 어떻게 살아가야 하지? 나중에 망각의 강을 건널 때 스스로 목숨을 끊은 사람은 그곳에서 가장 소중한 사람을 찾을 수 없대. 소황, 넌 내가 어떻게 하면 좋겠어?"

날이 점점 저물고, 바람이 나무들 사이로 소용돌이를 쳤다. 천
층탑에서 들려오는 방울 소리가 끊이지 않고 왕릉 주위를 맴돌
았다. 누가 등불을 켰는지 모르겠지만 작은 불빛 속에서 무덤 앞
월계수 나무의 긴 가지가 비석 위로 드리워졌다. 15년 동안 그는
그녀의 죽음을 받아들여야 한다고 수도 없이 다짐했다. 그러나
시간이 흘러갈수록 두려움은 점점 커져갔다. 이 세상에서 가장
잔인한 일이 무엇일까? 바로 그녀가 언제 죽을지 알면서도 아무
것도 할 수 없는 것이었다.

서로를 위하고 지키며 15년의 세월을 보내는 동안, 마지막이
눈 깜짝할 사이에 그들 앞에 닥쳐왔다. 그녀의 정신은 물을 빨아
들이지 못하는 나무처럼 하루하루 생기를 잃어갔다.

마침내 떠올리기조차 힘든 그날 밤이 찾아왔다.

마지막 밤에 호성은 여름인데도 눈발이 날렸고, 왕궁 안에 광
풍이 휘몰아쳤다. 이런 이상 기온은 하나의 생명을 앗아가기 위
해 누군가가 부린 주술처럼 예사롭지 않았다. 아니나 다를까 얼
음처럼 차가운 소고궁昭古宮에서 한 귀인의 명이 다해가고 있었
다. 그해 그는 그녀와 한시도 떨어지지 않았다. 그는 태화전에서
깜빡 잠들었다 깨어나고는 왠지 마음이 급해져 얼른 그녀의 침
전으로 달려갔다. 그런데 문을 들어섰을 때 그녀의 침대 앞으로
둘러 쳐진 거대한 병풍이 그를 가로막았다.

그의 비틀거리는 발걸음 소리를 들은 듯 병풍 안에서 가느다
란 목소리가 들려왔다.

"오지 마세요."

그는 원앙이 물 위에서 노니는 병풍 그림 위를 손으로 짚은 채 한 발자국도 움직일 수 없었다.

"아픈 모습을 나에게 보이고 싶지 않아서 그러오?"

창밖으로 바람이 점점 거세지면서 창문이 덜컹덜컹 소리를 냈고, 바람을 타고 흔들리는 불빛이 병풍 위로 그의 그림자를 드리웠다. 그녀는 휘장 뒤에서 잠시 숨을 고른 후 최대한 감정을 숨기며 말을 이어갔다.

"보지 않으면 내가…… 당신 곁을 떠나도 단지 어딘가로 놀러 갔다고 생각할 수 있을 거예요."

그녀는 끝내 울음을 숨기지 못한 채 울먹였다.

"나도 당신이 즐거워하는 모습, 웃는 얼굴만 기억하고 싶어요. 힘들기야 하겠지만 당신을 생각하면……."

그녀는 흐느껴 울며 힘겹게 말을 이어갔다.

"당신이 슬퍼하고 힘들어하는 모습을 보고 싶지 않아요. 그러니 이리 오지 마세요."

그가 차분하게 그녀를 안심시켰다.

"쓸데없는 소리 마오. 당신은 좋아질 테고, 지금은 그냥 몸이 아픈 것뿐이니."

그의 손가락이 금사남목으로 만들어진 병풍의 가장자리를 움켜쥐었으나 더 이상 앞으로 나아가지 못했다.

그녀가 그의 걱정을 덜어주려는 듯 울음을 멈췄다. 목소리가 점점 가늘어지며 숨소리도 거칠어졌다.

"모언, 내가 어디로 가든 난 늘 당신 곁에 있을 거예요."

그가 나지막이 대답했다.

"나도 아오."

눈물이 뺨을 타고 흘러내렸다.

"꼭 잊지 말고 날 기다려주오."

창밖으로 바람이 점점 잦아들었다. 병풍 뒤에서는 이미 아무 소리도 들리지 않았다.

자고로 모든 제왕은 불로장생을 꿈꿔왔다. 하지만 그는 자신에게 남은 세월이 너무 길다고 느낄 뿐이었다. 하물며 하루하루 시간이 흐를수록 그녀와 더 가까워진다는 생각을 하며 그 외롭고 긴 시간을 견뎌냈다. 만약 이 세상에 화서인이 또 존재한다면 그 역시 누군가 자신을 위해 화서조를 연주해주기를 간절히 바랐다. 그리고 그녀가 그를 기다리는 곳에서 하루라도 빨리 그녀를 보고 싶었다. 그럼 그녀는 발그레한 얼굴로 뛰어와 다시 그의 품에 안겨 이렇게 말할 것이다.

"모언, 드디어 나를 보러 오셨군요."

후기

　선후宣侯 23년 7월 초나흗날, 한 시대를 이끌어간 제왕이자 명
군이었던 소예가 붕어했다. 진나라의 풍속대로라면 왕릉과 왕
비릉은 나란히 서 있도록 만들어져야 한다. 그러나 선후는 붕어
한 후, 7년 전에 세상을 뜬 왕후와 합장을 해서 하나의 능에 모셔
졌다. 선후 소예는 전설적인 인물로 후대에 그 이름을 길이 남겼
다. 그는 제위 기간에 천하를 평정하고 태평성세를 이끌었으며,
진나라의 영토를 확장하는 등 역사상 진나라의 전성기를 주도했
다. 소예가 제위에 올라 이룬 수많은 업적은 진나라 사서에 고스
란히 기록되었다. 그런데 그중 가장 인상적인 대목은 그가 평생
단 한 명의 왕후를 두었다는 점이었다. 사서에서는 그녀의 이름
을 문덕후 군불文德後君拂이라고 칭했다. 군후는 후사를 보지 못했
고, 선후는 훗날 영태永泰 공주 소의의 아들 소신蘇宸을 양자로 들
여 제위를 물려주었다. 군후는 선후 16년 4월 12일에 세상을 떠났
다. 그녀가 죽은 후에 진왕은 후궁을 그녀가 떠나던 그날 그 모
습 그대로 남겨두었다. 출입이 금지된 후궁에 묻어둔 깊은 사랑
은 7년이 지난 후 마침내 아름다운 전설로 남게 되었다.

옮긴이 홍민경

숙명여자대학교 중문과와 이화여자대학교 통번역대학원 한중번역학과 석사를 이수했다.
타이완 정치대학교에서 수학했고, 현재 번역 에이전시 엔터스코리아에서 출판기획 및 중국어 전문 번역가로 활동하고 있다.

화서인 下

초판 1쇄 발행   2018년 2월 5일

지은이 당칠공자
옮긴이 홍민경
발행인 원종우
편집 정다움
디자인 조은아
마케팅 김정훈 김아름

발행처 이미지프레임
주소 (13814) 경기도 과천시 뒷골1로 6, 3층
영업부 02) 3667-2653   **편집부** 02) 3667-2654   **팩스** 02) 3667-2655
메일 edit02@imageframe.kr   **웹** imageframe.kr

ISBN 978-89-6052-424-4 03810
     979-11-6085-422-0 (세트)